그
림자
신
부

2

그림자 신부 2

ⓒ 류다현 2013

초판1쇄	2013년 5월 2일
초판3쇄	2014년 12월 20일
지은이	류다현
펴낸이	박대일
편집	이문영 · 임유리 · 신지연
교정	박준용
마케팅	송재진
표지디자인	김은희
펴낸곳	파란미디어
출판등록	2004년 9월 14일 제313-2004-00214호
주소	121-897 서울시 마포구 성지1길 32-36 (합정동)
전화	02. 3141. 5589(영업부) 070. 4616. 2012(편집부)
팩스	02. 3141. 5590
전자우편	paranbook@gmail.com
카페	cafe.naver.com/paranmedia
트위터	@paranmedia

ISBN 978-89-6371-075-4(04810)
      978-89-6371-073-0(전2권)

그
림
자
신
부

2

류
다
현

장
편
소
설

파란

21

황후의 행차라고는 믿기지 않을 만큼 소박한 행렬이었
다. 경요의 행렬 어디에서도 황실의 위엄과 화려함은 찾을 수
없었다. 호위하는 금군도 일반 군복으로 갈아입혀서 경요의 행
차를 본 이들은 지방 수령이 부임지로 가고 있구나 생각했다.

경요는 좋은 일로 가는 것도 아니며 환주의 상황도 좋지 못
하니 조용히 환주로 가고 싶다는 뜻을 준에게 밝혔고, 준 역시
그녀의 생각에 동의했다. 화려한 행렬은 도리어 환주 백성들의
심기를 자극할 뿐이었다.

무영이 말을 타고 앞을 호위했고 호위청 금군이 뒤쪽을 지
켰다. 경호를 위한 병력이 환주 근처에서 합류할 예정이었다.

경요 일행은 마차 두 대에 나누어 탔다. 경요와 자균이 한 마
차를 탔고, 안규와 홍 의원이 다른 마차를 탔다. 환주까지 가는

길에 자균과 이런저런 대화를 나누고 싶다는 경요의 뜻에 따른 배치였다. 흔들리는 마차 안에서 경요는 조금씩 바뀌는 바깥 풍경을 굳은 얼굴로 응시했다.

"이제 곧 환주군요."

"예, 마마."

환주가 가까워질수록 경요의 입매가 굳어졌다. 첩첩산중이었다. 환주 문제를 해결하더라도 그다음엔 연이 버티고 있었다.

자균이 입을 열었다.

"마마, 연국에 대해서는 어느 정도 알고 계십니까?"

"깊은 지식은 없습니다. 파곤초원에 살던 청랑족이 만든 나라로, 호전적이며 사냥을 좋아한다고 들었습니다. 국세는 현왕의 아비인 기숙 때 크게 일어났다 하더군요. 연왕 제선과 거래를 해 본 자들에게 들은 바로는 만만치 않은 자라 하더이다. 책사인 명희도 악명이 높다지요."

깊은 지식이 없다는 경요의 겸손에 자균은 속으로 미소 지었다. 경요는 그가 만난 누구보다도 박식했고 지식의 깊이도 대단했다. 환주로 떠나기로 마음먹은 순간부터 연에 대한 책들을 읽고 연에 다녀온 상단 사람들을 불러 사정을 자세히 물었을 것이라고 자균은 생각했다.

"예, 잘 알고 계시는군요. 단은 매년 봄이면 곡식과 여자를 약탈하는 청랑족들이 지긋지긋한 골칫거리였습니다. 원하는 것을 주면 잠잠해졌기에 청랑족들에 대해서는 늘 미봉책일 수밖에 없었습니다."

경요는 자균이 예상하지 못한 부분에 흥미를 나타냈다.

"여자는 왜죠?"

"이유는 알 수 없지만 청랑족은 여아가 무척 귀합니다. 다른 사람의 아내를 약탈해서 제 아내로 삼는 일도 흔하답니다."

"남자아이만 태어나는 건 아닐 텐데요."

"척박한 환경 탓에 약한 여자들이 어릴 때 많이 죽기 때문이 아닐까 싶습니다."

경요는 화제를 연왕 제선으로 돌렸다.

"제선은 선왕 기숙의 친자가 아니라고 들었습니다. 그런데도 왕 자리를 지키는 데 큰 문제가 없습니까?"

"죽은 기숙이 제선의 모친을 무척 은애했다고 하더군요."

"얼마나 은애했기에 제 핏줄이 아닌 자를 세자로 삼았을까요?"

경요는 고개를 갸웃거렸다. 자균 역시 경요의 의문에 동의했다.

"기숙의 어머니이자 연의 국조 혁요의 정비인 왕대비 효라가 제선을 지지하는 한 제선이 연의 권력을 장악하는 데는 별문제가 없을 겁니다."

"야심이 큰 자라지요?"

"그 야심은 국조 혁요 때부터 있었습니다. 혁요와 기숙은 그것을 숨겼고 제선은 그것을 드러냈을 뿐이지요."

"애초부터 중원을 노렸다, 그리 생각하시는 겁니까?"

"그렇습니다. 마마도 그리 생각하시지 않으십니까?"

경요는 고개를 끄덕였다.

자균도 경요도 긴 싸움이 되리라는 것을 직감적으로 느끼고 가볍게 한숨을 내쉬었다.

"한데 뭉뚱그려 청랑족이라고는 하나, 그 안을 들여다보면 수많은 씨족으로 분열되어 있어 그들 간의 싸움에 바빠 중원을 노릴 여력이 없었습니다. 그런데 현 왕의 조부인 혁요가 그 씨족들을 하나로 묶는 불가능한 일을 해냈습니다."

"어떤 방법으로 그리했습니까?"

"탐욕과 선민의식입니다. 혁요는 청랑족이 중원의 모든 것을 차지하는 것이 하늘의 뜻임을 모든 청랑족에게 믿게 했습니다. 그리고 거미줄 같은 혼맥으로 주요 부족들을 인척 관계로 묶었죠. 아까 제가 청랑족들은 여아가 귀하다고 말하지 않았습니까. 그런데 혁요는 딸이 무려 열둘이었다고 합니다. 배우자와 사별하면 남편의 근친과 재혼을 시켜서 가계도가 여간 복잡하지 않습니다. 그렇게 혼인과 피로 묶인 자들을 하나의 목표로 뭉치게 했으니 꽤 두려운 상대가 될 것입니다."

"정면 승부를 한다면 우리에게 승산은 얼마나 있나요?"

"없습니다."

자균은 단호하게 말했다.

"환주뿐만 아니라 단 전체와 싸운다고 해도 승산은 연국에게 있습니다."

"왜죠?"

"그들은 타고난 전사들이니까요. 걷자마자 말을 타고 초원

8

을 달리며 사냥으로 몸을 단련한 자들입니다. 설사 군사 수가 열 배 이상 차이가 나도 우리 쪽엔 승산이 없습니다. 오직 싸움으로 전쟁의 승패를 결정짓는다면요."

"하지만 전쟁은 싸움만으로 끝나지 않지요. 창업보다 수성이 어려운 것 아닙니까."

경요가 자균의 의중을 읽은 듯 대꾸했다.

"그렇습니다. 분명 폐하도 이것저것 생각이 많으실 겁니다. 마마, 제게 한 가지 약속해 주십시오."

"말씀하세요. 할 수 있는 것이라면 하겠습니다."

어디까지나 조건부였다.

"환주에서 행궁行宮 밖으로 나갈 생각일랑 하지 마십시오. 연국과 싸울 생각도 하지 마십시오. 지금 황후마마는 환주의 민심을 살피러 가시는 것뿐입니다. 환주가 위험해지면 신은 바로 마마를 민예로 모시고 갈 것입니다. 폐하와 그리 약조를 했습니다."

"약속 못 하겠습니다."

"마마!"

"한 가지는 약속하지요. 경솔한 행동은 하지 않겠습니다. 나는 환주와 운명을 같이할 것입니다. 적어도 내년 봄까지는 환주에 있을 것입니다. 환주의 들판에 씨앗이 뿌려지고, 싹이 트고, 백성들이 제 할 일을 하는 것을 보고 돌아갈 것입니다."

경요는 문득 그때는 배가 불러서 임신한 것을 숨기지 못하겠다고 생각했다.

자균은 앞이 캄캄했다. 겨울바람이 불어오면 청랑족의 전사들이 환주로 몰려올 것이다. 겨울바람은 오랑캐를 부른다 하여 호풍胡風이라 불리었다. 활과 칼로 무장한 그들은 가을 내내 잘 먹인 말을 타고 환주를 점령하기 위해 올 것이다. 그런데 황후는 봄에 씨를 뿌리겠다는 말을 하고 있었다.

경요의 시선이 자균의 왼쪽 팔목으로 향했다. 연자 팔찌 두 개가 부드러운 빛을 내며 반짝이고 있었다. 경요가 자신의 팔찌를 보고 있다는 것을 깨달은 자균은 짐짓 아무렇지 않은 듯 팔찌를 소매 안쪽으로 감췄다. 경요는 그러는 자균을 모른 척하며 조용히 입을 열었다.

"국사가 바빠 그대 가족이 겪어야 했던 깊은 슬픔에 대해 아무 위로도 못 했군요. 내 위치가 위치인지라 무슨 말을 해도 그대 가족과 그대에게는 상처가 될 듯해 말할 때를 그만 놓쳐 버렸습니다."

"아닙니다. 어찌 그런 황송한 말씀을 하시옵니까. 그저 타고난 명이 짧았을 뿐입니다."

"아까운 분이 일찍 가셨군요. 그분은 무엇을 좋아하셨습니까?"

"네?"

주유가 무엇을 좋아했더라? 그에게 어떤 것을 받았을 때 가장 환히 웃었더라?

"꽃을 좋아했습니다. 작약을."

작약을 주면서 늘 생각했다. 네가 꽃보다 더 곱다고.

"저를 원망하십니까?"

경요의 말에 자균은 당황했다.

"저 때문에 황귀비가 충격을 받아 열병을 앓았다, 제가 폐하의 총애를 차지하지 않았다면 황귀비는 아무 일 없었을 것이다, 그리 원망하지 않으셨습니까?"

"어찌 그런 황망한 말씀을……. 황궁이라는 곳이 원래 그러한 곳 아닙니까."

"원래 그렇다고 하여 그것이 꼭 옳은 건 아니지요."

자균은 신음과 눈물을 힘겹게 삼켰다.

"그리우십니까?"

순간 심장에 칼이 꽂힌 듯 고통이 밀려왔다. 동시에 마음을 들킨 것 아닐까 하는 생각에 섬뜩했다. 대답하지 않아도 자균의 얼굴이 모든 것을 말해 주고 있었다.

"가족을 잃은 고통을 무엇에 비할 수 있겠습니까."

경요는 적당히 자균이 가족을 잃어 슬퍼하는 것으로 받아들이는 척했다.

"진 대학사는 유자儒者이시니 도교의 이야기들은 허황하다 여기시겠지요."

"괴력난신怪力亂神을 믿지 않을 뿐입니다. 마마는 신선이니 옥황상제니, 또 불로장생이니 연단술이니 하는 것을 믿으십니까?"

"죽은 양귀비를 그리워한 현종을 위해 홍도객이라는 도사가 양귀비의 혼백을 불러 만나게 해 주었다는 얘기도 있지 않습니까. 인간의 삶이 지금 이렇게 숨을 쉬고 있는 것이 전부라면 좀 허망할 것 같습니다."

"그저 허황한 것을 좋아하는 이들이 지어낸 이야기라고 생각합니다."

"그리움이 깊고 간절히 바란다면 어쩌면 일어날 수 있는 일 아닐까요?"

"깊은 그리움이 만들어 낸 환영이겠지요. 마음이 만들어 낸 허상일 뿐입니다."

마차가 말을 바꾸기 위해 역에서 멈췄다. 경요는 잠시 걷고 싶다며 마차 밖으로 나갔다. 그 뒤를 안규와 원표가 졸졸 따라갔다. 자균은 홀로 마차에 남아 생각에 잠겼다.

'환영이라도 좋으니, 허상이라도 좋으니 꼭 한 번 보고 싶구나, 주유야.'

자균의 생각은 다급하게 마차 문을 두드리는 소리에 흩어졌다. 마차 문을 열자 무영이 당황해서 어쩔 줄 모르는 얼굴로 서 있었다.

"무슨 일인가?"

"마마는?"

"잠시 산책한다고 나가셨네."

"당장 민예로 돌아가야 하네. 환주에 역병이 돌고 있네."

"어디서 들은 소식인가!"

"좀 전에 환주 지사 유세형이 이 역을 통과했다는 소식을 들었네. 지사가 식솔들과 관청 사람들을 데리고 환주에서 빠져나온 뒤, 병의 확산을 막기 위해 성문을 잠가 버렸다고 하네."

자균은 너무 놀라 눈을 크게 떴다.

"그럼 성안에 있는 사람들은 다 죽으라는 것인가? 어찌 목민관이 그런 짓을 한단 말인가! 대체 어떤 역병이길래!"

"멀쩡한 사람이 갑자기 온몸에 경련을 일으키며 쓰러지고 고열에 이삼일 시달리다 사지가 차갑게 식은 후 심장이 멈춰 버리는 괴이한 병일세. 벌써 백 명이 넘게 떼죽음을 당했다네."

자균의 얼굴이 흙빛으로 변했다. 이 병이 환주 너머로 퍼진다면 단 전체에 큰 혼란이 올 것이다.

무영이 다급한 목소리로 계속 이야기했다.

"도망간 건 유세형만이 아니야. 목숨이 아까웠는지 선씨 가문의 당주도 일찌감치 도망친 모양이야. 환주도 급하나 우린 황후마마부터 생각해야 되네."

자균에게 환주의 돌림병 이야기와 환주 지사의 탈출 소식을 들은 경요의 얼굴이 무섭게 변했다. 경요는 무영에게 말을 타고 가 환주 지사 유세형을 잡아오라고 명했다.

경요는 자균, 원표와 함께 역에 마련된 작은 방으로 들어갔다. 얼마 후 무영이 유세형을 잡아와 경요 앞에 꿇어 앉혔다. 경요는 매서운 눈으로 환주 지사 유세형을 노려보았다.

"진 대학사, 내가 여국에서 와서 단의 법은 잘 몰라서 묻습니다만……."

"하문하소서."

"황제가 임명한 지방관이 무단으로 임지를 버리고 떠났을 때는 어떤 율로 다스립니까?"

"사형입니다. 저자에서 참수한 후 성문에 그 목을 한 달 동안 걸어 둬 일벌백계하도록 하고 있습니다."

사형이라는 말에 유세형은 얼굴이 흙빛으로 변하면서 온몸을 부들부들 떨었다.

'제 목숨은 아까운가 보구나.'

무영은 차가운 눈으로 유세형을 보았다. 녹을 먹는 자로 황제와 백성에게 충忠과 성誠을 바치지 않고 제 잇속만 채우는 자를 무영은 가장 경멸했다. 그런 놈과 한공간에 있는 것만으로도 토악질이 날 것 같았다. 그런 기질은 아버지 사조원을 꼭 닮았다.

"환주 지사는 군직軍職인 절도사를 겸하고 있는 것으로 알고 있습니다. 절도사가 황제의 명 없이 임지를 이탈한 것에 대해 군율로는 어찌 처분합니까?"

"절도사뿐만 아니라 말단 군졸도 명 없이 임지를 떠난 것이 확인되면 눈에 띄는 즉시 죽여도 죄를 묻지 않는다 하였습니다."

"알겠습니다. 일단 저자를 역참의 감옥에 가두세요. 그리고 관직에 있는 자들도 모조리 하옥하도록 하세요."

자균이 물었다.

"식솔들은 어찌할까요?"

단국의 율에는 연좌제가 있었다.

경요는 바로 대답했다.

"식솔들은 고향으로 돌아가게 하세요. 만약 환주로 가길 원하는 자들이 있다면 환주로 보내 주도록 하시고요."

무영이 유세형을 끌고 나갔다. 그를 보는 사람들의 시선엔 어떠한 자비도 없었다. 자균은 한심해서 죽을 지경이었다. 안 그래도 문제가 많은 환주를 맡은 지사 겸 절도사가 저 꼴이라니, 타국에서 온 경요에게 부끄러웠다. 전쟁터에서 부하를 버려둔 채 혼자 살겠다고 도망친 것과 무엇이 다른가.

"돌림병이라. 이를 어쩌면 좋습니까?"

경요가 한숨을 토하듯 물었다. 그런데 원표가 자기도 모르게 중얼거리듯 말했다.

"돌림병이 아닙니다."

경요는 원표를 바라보았다. 경요는 원표가 거기 있는지도 몰랐었다.

경요의 시선이 자신에게 쏠리자 원표는 당황했다. 마음속으로 생각한 것이 왜 입 밖으로 튀어나온 걸까? 하여간 자신은 그게 문제였다. 원표는 '내 팔자를 내가 꼬는구나.' 하고 속으로 한탄했다. 왜 입을 다물어야 하는 순간을 모른단 말인가. 하지만 의술에 관한 거라면 원표는 말을 참기 어려웠다. 원표는 의술 말고는 어떤 것에도 관심이 없는 사내였다.

"그게 무슨 말인가? 돌림병이 아니라니?"

경요의 눈에서 번쩍 빛이 나오는 것 같았다.

원표는 더듬거리며 설명하기 시작했다.

"갑자기 많은 사람들이 한꺼번에 발병하여 돌림병으로 오인

하기 쉽지만, 제가 볼 때 지금 환주에서 유행하고 있는 건 풍병인 것 같습니다."

"풍병?"

자균과 경요가 고개를 갸웃거렸다. 생전 처음 듣는 병이었다. 경요와 자균은 원표의 입만 바라보았다.

"의서에서 본 적이 있습니다. 말씀하신 증상은 풍병의 증상과 같습니다. 초겨울에 북쪽 바람이 불면 갑자기 발병해서 수백, 수천 명을 한꺼번에 죽게 하는데, 이듬해 봄이 오면 언제그랬냐는 듯 싹 사라진다고 합니다. 이 풍병은 전염되지 않습니다."

"그럼 매년 겨울마다 이 병이 창궐해 수많은 사람들이 목숨을 잃는다는 말이냐?"

경요의 질문에 원표가 대답했다.

"아닙니다. 이 병은 항상 창궐하는 것이 아니라, 겨울이 이상하게 덥고 여름에 냉해가 있는 해에 발병한다고 합니다. 기근이 있는 해는 병이 더 심하고요. 환주에서 이 병이 창궐했다는 기록은 읽은 적은 없습니다."

"그러니까 병이 옮지 않는다는 것이지?"

"예, 마마. 제가 기억하기로 이 병은 그 땅에서 오래 산 자들만, 보통 서너 대에 걸쳐 산 자들만 걸리는 희한한 병입니다. 병에 걸린 자들을 구완하기 위해 다른 땅에서 온 자들은 멀쩡했다고 했습니다. 특이한 풍토병인 듯합니다."

경요는 냉해와 수해가 겹친 데다, 계속된 내전으로 인해 환주의 식량 상태가 극도로 좋지 않았다는 보고를 떠올렸다.

"더 자세히 설명해 보거라. 그럼 병자를 어찌 구완해야 하는가? 약은 있는가?"

"강활탕을 기본으로 하여 처방한다고 들었습니다만 실제 환자를 본 적이 없으니 효과가 있을지는 알 수 없습니다."

경요는 묵묵히 생각에 잠겨 있었다.

경요의 눈치를 보던 자균이 입을 열었다.

"마마, 대책은 민예에 돌아가서 세워도 늦지 않습니다. 일단 이곳을 뜨시지요."

경요가 무슨 소리냐는 듯 눈을 둥그렇게 떴다.

"왜요? 돌림병도 아니라지 않습니까. 할 일이 많습니다. 일단 식량과 약재부터 확보해야겠군요."

경요가 환주로 가겠다고 태연하게 말하자 모두 당황했다. 거기에 있는 사람들 중 제일 환주에 가기 싫은 원표가 눈을 질끈 감고 입을 열었다.

"마마, 돌림병이 아니라고 해도 회임 중에 그런 곳에 가시면 안 됩니다."

회임이라는 말이 마치 바윗덩어리처럼 떨어졌다. 경요는 원표를 노려보았다. 하지만 원표는 사지로 끌려가고 싶지 않았다. 자신은 일개 의원에 불과했다. 그런 건 원표보다 녹봉을 많이 받는 높은 사람이 해야 하는 일이었다.

무영과 자균의 얼굴이 하얗게 질렸다. 자균이 원표에게 물었다.

"회임이라니, 지금 얼마나 되었는가?"

"아직 두 달을 넘진 않았습니다."

예석황제가 회임한 황후를 궁 밖으로 내보냈을 리 없다. 게다가 임신 초기에 조심해야 된다는 것은 상식 중의 상식.

이 사실을 황상이 아신다면? 눈앞이 캄캄했다. 만약에 황자가 태어난다면 일이 더 커질 것이다. 정통성을 의심하는 추문에 휘말릴 게 뻔했다.

예석황제 역시 단사황태후가 냉궁에 있을 때 잉태했기에 황제의 씨가 아니라는 소문이 심심찮게 돌았다. 하나 자라면서 선황의 얼굴을 쏙 빼닮자 그 소문은 쏙 들어갔다. 예석황제와 선황의 얼굴이 도장을 찍어 놓은 것처럼 닮았던 것이다.

자균은 한숨을 내쉬었다.

"마마, 민예로 돌아가셔야 합니다. 환주는 제가 돌보겠습니다. 무영과 함께 어서 황궁으로 돌아가십시오."

"용종이 그리 중요합니까?"

"그걸 말이라고 하십니까."

용종이 그리 중요하냐는 경요 앞에서 자균은 할 말을 잃었다. 경요는 뭔가 탐색하는 눈빛으로 자균을 바라보며 말했다.

"그대라면 내 마음을 이해하리라 생각했는데요."

"무슨 마음을 말씀입니까?"

"대를 위해 소를 희생하는 것 말입니다."

경요는 자균을 똑바로 바라보았다. 경요의 눈빛이 무언가를 알고 있는 사람 같아 심장이 두근거렸다. 하지만 황후가 주유와 그 사이에 있었던 일을 알 리가 없다. 주유에 대한 회한과 자책 때문에 스스로 그리 느끼는 것이라 마음을 다독였다.

자균은 주유의 일을 떠올렸다. 그는 폐하를 위해, 단을 위해 주유를 양보했다. 폐하라는 대의를 위해 자신의 연정을 희생했다. 다시 그런 선택의 순간이 온다면 그는 어찌할 것인가? 슬펐지만 또다시 그런 선택의 순간이 와도 자신은 폐하를 선택할 거라고 생각했다.

경요는 여전히 담담한 어조로 말했다.

"저는 환주로 갑니다. 폐하께서 환주로 군사들을 이끌고 쫓아오길 바란다면 황궁에 알리세요."

협박 아닌 협박이었다. 지금 예석황제가 군사들을 이끌고 환주로 오는 것은 연국에게 전쟁을 시작하자는 선전포고로 받아들여질 것이다.

무영과 자균은 결국 경요의 뜻을 꺾을 수 없었다.

경요는 굳은 얼굴로 밖에서 굳게 잠긴 환주의 성문을 바라보았다. 자기도 모르게 주먹에 힘이 들어갔다. 성격대로라면 환주 지사라는 저 사내의 얼굴에 주먹을 날리고 말았을 것이다. 사람이 길에 쓰러져 있으면 모르는 사람이라도 그 사람의 안위를 걱정하는 것이 인정이거늘, 환주를 책임진 자가 알량한 자기 목숨을 살리려고 제대로 병에 대해 알아보지도 않고 소임을 저버리고 도망쳤다. 성문까지 밖에서 걸어 잠가 살릴 수 있는 백성들마저도 생매장시키려고 했다.

경요는 절대로 그를 용서하지 않을 생각이었다. 그를 통해 앞으로 환주에서 함부로 제 소임을 내팽개치면 어찌 되는지 관리들과 백성들에게 똑똑히 보여 줄 생각이었다.

어렵게 환주의 성문을 열었다. 무영은 제 나라 성에 들어가기 위해 성문에 도끼질을 해야 하는 현실이 비참했다. 도끼질 소리가 점점 커질수록 환주성 안도 술렁거렸다. 단에서 환주 지호족들을 다 죽이러 오는 줄 알고 겁에 질렸다. 무기라도 있으면 손에 들고 항거하겠지만, 환주 지사 유세형이 성문을 잠그기 전 무기가 될 만한 쇠붙이들을 모두 빼앗아 성 밖에 던져 버렸다.

자균은 경요에게서 뿜어져 나오는 노기에 기가 질려 한마디 말도 붙이지 못했다.

보석같이 아름다운 땅이라고 불리는 환주. 그 별칭이 무색하게 버려진 들판은 스산했다. 논밭의 상태를 보니 가을걷이가 없었던 것 같았다. 인재와 천재로 황폐해진 그 땅이 경요의 마음을 슬프게 했다.

기묘한 기분이었다. 한 번도 와 본 적 없는 환주 땅인데, 그 땅을 밟고 섰다는 생각만으로도 가슴이 뛰었다. 그녀 몸에 흐르는 피가 환주를 기억하는 것 같았다. 어쩌면 환주가 그녀를 부른 것일지도 모른다고 경요는 생각했다.

일단 식량문제와 약재부터 해결해야 했다. 그러나 민예까지 파발이 아무리 빨리 간다고 해도 사흘은 걸릴 것이며, 조정 대신들의 탁상공론을 거쳐 다시 환주까지 오려면 보름은 걸릴 것이다. 그사이 환주 사람들은 굶어 죽거나 병으로 죽겠지.

다행히 환주에서 병주는 가까웠다. 경요는 혼인 납폐 비단을 판 돈으로 상단에서 식량과 약재를 사야겠다고 마음먹었다. 단의 황후로 그 이상 돈을 잘 쓰기도 어려울 것 같았다.

"행궁에 도착하는 즉시 약재와 식량을 보내 달라는 서신을 써서 무영 편으로 병주의 화경족 상단에 보내세요."

"마마, 무엇으로 식량과 약재를 산단 말입니까?"

분명 환주의 금고와 식량 창고는 거덜 났을 것이다. 경요가 아무리 상단의 후계자였다고 해도 장사를 하는 입장에서 아무 대가 없이 약재와 식량을 보낼 리 만무했다.

"제게 화경족 상단에 맡겨 둔 금이 있습니다. 그 금이면 충분히 원하는 만큼의 식량과 약재를 가져올 수 있을 것입니다. 민예에서 오기만을 기다리면 이미 늦습니다."

그 말엔 자균도 동의했다.

환주에 들어가자마자 경요는 자균에게 환주 지사 유세형을 백성들 앞에서 참수하라고 명했다. 자균은 너무 가혹한 조치라며 말렸지만 경요의 마음은 바뀌지 않았다. 환주를 버리고 간 지사가 저자에서 참수됐다는 소문은 빠르게 퍼져 나갔다. 다들 3백 년 만에 이 땅을 찾은, 환주의 주인인 경요가 하는 양을 두려움과 놀라움 섞인 눈으로 바라보았다.

경요는 가장 먼저 활인서를 세웠다. 책임자는 홍원표였다. 일개 내의원의 의관에서 활인서의 수장으로 벼락출세했지만 그는 전혀 기쁘지 않았다. 어쩐지 의서에 탐닉할 수 있는 무사안일의 나날들이 끝장나고 말았다는 불길한 생각이 가시질 않았다. 경요는 안규에게 원표를 돕게 했다. 차분하고 꼼꼼한 안규는 의녀 못지않게 환자들을 잘 보살폈다.

다행히 환주를 들끓게 했던 병은 홍원표의 말대로 돌림병이 아니었다. 병주에서 식량과 약재가 도착한 후 환주의 사정은 눈에 띄게 좋아졌다. 원표가 처방한 약은 효과가 좋았다. 의욕은 없고 불평은 많은 홍원표였지만 의술만은 쓸 만했다.

활인서를 가득 메웠던 환자들의 수가 눈에 띄게 줄어들었지만 원표의 일은 조금도 줄어들지 않았다. 경요는 원표가 쉽게 내버려두지 않았다. 오늘도 피곤해 보이는 자균을 위한 탕제를 지으라는 명을 내렸다. 원표는 투덜거리면서 처방을 썼다. 짜증이 치밀어 오른 원표는 잠이나 실컷 자라고 산조인을 좀 많이 넣었다.

자균은 병의 기세가 어느 정도 꺾였다는 것을 이야기하기 위해 경요를 찾아갔다. 자균의 보고를 듣고 경요가 말했다.

"이 세상에 완벽하게 나쁜 것은 없다더니, 정말 그렇군요."

그러고는 피식 웃었다.

영문을 모르는 자균에게 경요가 설명했다.

"풍병 때문에 환주의 혼란이 어떤 식으로든 정리되지 않았습니까. 이제 남은 건 연국인가요?"

경요의 말대로였다. 환주 사람들은 자신들을 배신하고 도망친 유세형을 처형한 환주의 신부 편으로 돌아섰다. 해묵은 구원들은 여전했으나, 단국이 자신들에게 아무 대가 없이 도움을 베풀었다는 것에 다들 놀라고 있었다. 자신들을 돌보기 위해 그들의 눈에는 구름 위에 있는 듯한 황후가 직접 내려왔다는 것도 놀라운 일이었다.

처리해야 할 문제가 산적해 있었지만 환주는 빠르게 회복되고 있었다. 자균은 경요의 빠른 일처리에 놀랐다. 예석황제는 경요의 능력을 알아보고 그녀를 이곳에 보냈던 것이다.

"많이 피곤해 보이십니다. 잠은 주무십니까?"

"저는 괜찮습니다. 마마는 어떠십니까?"

막 입덧을 시작한 경요는 음식 냄새만 맡아도 토할 것 같아서 꿀을 탄 우유와 원표가 올리는 탕제만 겨우 삼켰다.

"아직 버틸 만합니다. 그대를 위해 원표에게 잠을 푹 자게 하는 탕제를 짓게 했습니다. 오늘 저녁엔 그것을 드시고 푹 주무세요."

자균은 감사를 표하고 물러났다.

물끄러미 자균의 뒷모습을 보던 경요는 자균의 발소리가 멀어지자 입을 열었다.

"그만 나오게."

휘장 뒤에 있던 여인이 나왔다. 여인은 얼굴을 가린 얇은 비단 너울을 들어 올렸다. 경요가 그녀를 보고 희미하게 미소 지었다.

"주유 낭자, 오랜만이네."

주유의 얼굴은 살짝 상기되어 있었다. 경요를 만나러 왔다가 급작스런 자균의 방문에 놀라 몸을 숨겼다. 주유는 자균이 이곳에 있다는 것은 꿈에도 몰랐다. 휘장 뒤에서 자균의 목소리를 들으며 주유는 자기도 모르게 몸이 떨렸다. 얼굴을 보고 싶어 미칠 것 같았지만 감히 그럴 용기는 나지 않았다.

주유는 경요에게 무릎을 굽혀 예를 표했다.

"황후마마, 그간 강녕하셨습니까."

"나야 뭐. 얼굴이 좋아 보이는군. 건강은 어떤가?"

"걱정해 주신 덕에 편안합니다."

"상단 생활은 할 만한가?"

"예, 꽤 재미있습니다. 저도 몰랐는데, 제가 산학에 꽤 재주가 있더군요. 요즘 동비마마 곁에서 장부 정리하는 것을 배우고 있습니다."

상단에서 유정 아씨라 불리는 동비는 주유의 눈에 퍽 신기한 사람이었다. 여인이라면 봉제사 접빈객奉祭祀 接賓客이라는 말처럼 바느질과 집안 꾸리는 법만 알면 되는 줄 알았던 주유에게 바깥일을 하는 사내처럼 어떤 일이든 막힘없이 처리하는 동비의 능력은 놀라웠고, 그런 동비를 아무도 신기하게 보지 않는 게 더 놀라웠다.

동비뿐만 아니라 상단에서 일하는 이 중엔 여자들도 꽤 많았다. 상단의 장삿길에 동행하는 여인들도 있었다. 혼인한 후에는 규방에 갇혀 살아야만 하는 줄 알았던 주유에게는 그런 화경족 여인들의 모습이 충격으로 다가왔다.

"약재와 식량은 잘 받았네. 어마마마께 고맙다는 말 전해 주게."

　아직도 민예에서는 식량도 약재도 의관도 도착하지 않았다. 경요는 민예로부터 도움받겠다는 기대를 접었다.

　경요는 주유가 가져온 어머니의 서신을 읽었다. 연국의 내부 상황을 알려 달라는 경요의 편지에 대한 어머니의 답장이었다. 꼼꼼한 동비는 서신 말미에 경요가 가져간 식량과 약재의 양, 현재 상단에 남은 경요의 금을 정리해서 보냈다. 딸은 딸이고 장사는 장사였다.

　"외할아버지는 어떠신가?"

　위보형의 건강이 회복되었다니 다행이었다.

　"많이 좋아지셨습니다."

　"모린은 어떤가?"

　"이제 겨우 입덧이 가라앉았습니다. 배도 꽤 불러서 이젠 누가 봐도 아이를 품은 부인네의 풍모랍니다. 어찌나 심하게 입덧을 하였는지 서화 행수가 아무것도 못 하고 내내 곁을 지켰답니다. 그나마 행수가 곁에 있으면 입덧이 좀 누그러들어서요. 동비께서 응석을 다 받아 주지 말라고 크게 야단을 치셨답니다."

　주유는 후후 소리 내어 가볍게 웃었다.

　경요는 이 여인이 이젠 웃을 수 있게 되었구나, 마음이 놓였다. 슬픔과 절망만 가득했던 주유가 조금은 기운을 차린 것 같았다. 그러고 보니 서화에게 혼인을 축하한다는 말도 못 했다.

　"서화 행수는 좀 더 나중에 환주로 올 것입니다. 부탁하신

산삼을 다 구하지 못해서 다른 약재상을 좀 돌아보고 오신다고 전해 달라셨습니다. 소식을 기다리실 것 같아서 제가 먼저 상단 사람들과 들어왔습니다. 이것은 마마가 좋아한다고 모린이 챙겨 준 것입니다."

말린 자두였다. 무척 좋아하는 음식이었지만 경요는 헛구역질을 했다. 말린 자두에서 나는 달콤한 향이 역했다. 경요는 입을 막고 계속 욱욱거렸다.

"마마."

주유가 놀라서 경요를 붙잡았다. 빈속이라 토할 것이 없었다. 모린의 입덧을 지켜봤던 주유는 경요가 회임했음을 눈치챘다. 경요는 조용히 손가락을 입에 댔다. 주유는 자기도 모르게 고개를 끄덕였다.

한동안 지속되던 두 사람 사이의 침묵을 깨고 경요가 입을 열었다.

"진 대학사가 이곳에 있어서 놀랐는가?"

주유는 고개를 끄덕였다. 전혀 예상하지 못했다. 예석황제의 곁을 떠난 그를 상상할 수 없었다. 문득 주유는 이것이 경요가 의도한 걸지도 모른다는 데 생각이 미쳤다.

"보고 가지 않겠나?"

"네?"

주유는 당황해서 얼굴을 붉혔다.

"진 대학사를 말일세."

주유는 떨리는 손을 맞잡았다. 갑자기 온몸이 긴장되었다.

주유는 눈을 내리깔고 말했다.

"이미 제 손으로 끊은 연입니다. 어찌 다시 나타나 오라버니를 혼란스럽게 하겠습니까. 제가 죽은 걸로 아는 게 마음이 편하실 겁니다."

"잊었는가?"

"그리움이야 어찌 접을 수 있겠습니까."

"그럼 꿈에서 만난 것으로 생각하고 얼굴이나 보고 가게."

경요의 목소리에는 위로가 가득했다.

주유는 대답하지 않았다.

경요는 자균의 처소가 어딘지를 알려 주고 상단 이야기로 화제를 돌렸다.

경요의 처소에서 나온 주유는 비단 너울로 얼굴을 가렸다. 그녀를 기다리고 있는 상단의 가마 앞에서 주유는 발걸음을 멈추었다.

'이번이 아니면 또 언제 오라버니를 볼 수 있을까?'

주유는 가마꾼에게 기다려 달라고 말하고 몸을 행궁 쪽으로 돌렸다. 자기도 모르게 발걸음이 빨라졌다. 단 한 번만, 그것도 멀리서 보기만 하는 것이라고 다짐했다.

도연명의 시첩에 쓰인 연시. 그것은 분명 자균의 필적이었다. 주유의 마음은 두 갈래였다. 혹시 오라버니에게 은애하는 다른 분이 있었던 걸까? 아니면 그 연시의 대상이 그녀였을까? 오라버니도 내 마음과 같았을까? 그래서 그 시첩에?

그녀가 직접 쓴 도연명의 시첩이었다. '어쩌면, 혹시, 만에 하나'라는 단어가 주유의 마음을 어지럽혔다. 그래 봐야 달라질 게 없다는 건 알았지만 주유의 마음은 어지러웠다.

주유는 불이 밝혀진 자균의 처소 밖에 멍하니 서 있었다. 저 불이 꺼지면 오라버니의 얼굴이라도 몰래 보고 가자. 황후마마께서 말씀하시지 않았나. 그래, 꿈에서 오라버니를 보았다고 여기는 거다.

한참 후 자균이 묵고 있는 처소의 불이 꺼졌다. 그러고도 또 한참을 주유는 못이 박힌 듯 그 자리에 서 있었다. 잠이 들 때까지 기다릴 생각이었다. 자는 모습만 보고 떠나자, 주유는 그렇게 결심했다.

주유는 자균 처소의 문을 조용히 열었다. 기름칠을 잘해 놓은 문은 소리 없이 부드럽게 열렸다. 주유는 어둠에 눈이 익숙해질 때까지 가만히 서 있었다. 방 가장 안쪽에 있는 침상 곁에 촛불 하나가 조용히 타오르고 있었다.

자균은 깊이 잠들었는지 숨소리가 골랐다. 주유는 천천히 자균 곁으로 다가갔다. 발밑에 무언가가 부딪쳐 소리가 났다. 놀란 주유는 화들짝 바닥에 주저앉았다. 방바닥에 쌓아 놓은 서책이 주유의 발에 부딪쳐 무너지는 소리였다. 자기도 모르게 주유는 미소를 지었다.

자균은 정리 정돈이라는 단어가 머릿속에 없는 사람이었다. 서책을 다 읽으면 그 책을 도로 제자리에 가져다 놔야 한다는 단순한 사실을 깨닫지 못하고 왜 항상 방이 엉망인지 고민했다. 읽은 서책을 바닥에 그냥 쌓아 두어 방바닥은 늘 서책 더미가 점령하고 있었다. 그냥 내버려두면 서책에 깔릴 것 같아서 보다 못한 주유가 자균의 서책들을 다시 제자리에 꽂아 주곤 했다. 그러면 자균은 고맙다는 말 대신 작약 한 송이를 건네곤 했다.

한겨울에 황궁 토우(土宇:온실)에 핀 작약을 황자였던 예석황제에게 하사받아 주유에게 준 적이 있었다. 딱히 작약을 좋아하진 않았지만 자균이 주는 꽃이기에 기쁜 얼굴로 받았다. 그 후로 자균은 가끔 주유에게 작약을 선물했다.

'오라버니는 여전하시군요.'

마음이 따스해졌다.

주유는 자균이 그녀 곁에 있었던 몇 년 전으로 돌아간 기분이었다. 기척을 한껏 죽이고 주유는 어지러운 방을 정리했다.

방을 다 정리하고 나서 주유는 먼발치에서 침상에 누워 있는 자균을 멍하니 바라보았다. 가까이 가고 싶다는 마음과 이대로 떠나야 한다는 마음이 복잡하게 얽혔다. 어떻게 끊어 낸 미련인데. 자신의 존재를 지워 버리고서야 끊어 버린 인연인데.

하지만 마음의 줄다리기에서 이긴 것은 가까이 가고 싶다는 마음이었다. 주유는 미련한 자신을 한탄하며 자균 곁으로 다가갔다.

자균은 곤히 잠들어 있었다. 잠든 오라버니의 모습을 보는 건 처음이었다. 겨우 몇 달인데 오라버니의 얼굴은 무척이나 상해 있었다. 자기도 모르게 주유는 자균의 얼굴을 쓰다듬었다.

그때 자균이 눈을 떴다. 둘의 눈이 마주쳤다. 주유가 놀라서 도망치려 했지만 자균이 홱 주유의 팔을 잡았다. 주유가 고개를 돌렸다. 눈을 볼 수가 없었다. 자균은 주유의 고개를 돌려 자기 쪽으로 향하게 했다. 손에 닿는 느낌이 부드럽고 따스했다.

자균은 몇 초간 멍하니 주유를 바라보았다. 믿을 수 없다는 듯 눈을 깜빡거렸다. 여전히 주유가 그 앞에 있었다.

자균은 원표가 준 탕제를 먹고 잠자리에 든 터였다. 무엇이 든 탕제인지 모르지만 곧 눈꺼풀이 한없이 무거워지면서 잠이 왔다.

자균은 주유의 팔을 놓을 수 없었다. 그 팔을 놓는 순간 주유가 사라질 것 같았다.

머리가 너무 무거웠다. 멍한 기색이 가시질 않아 자고 있는 건지 깨어 있는 건지 알 수 없었다. 제 몸이 제 몸 같지 않고 머리가 무거웠다. 주변은 흐릿한데 눈앞의 주유만이 또렷이 보였다. 꿈인지 현실인지 확신할 수 없었다. 꿈이어도 상관없었다. 주유가 죽은 후 자균은 꿈에서도 그녀를 볼 수 없었다.

자균이 떨리는 목소리로 속삭이듯 물었다.

"주유냐? 정녕 너냐?"

"그렇습니다, 오라버니."

오라버니라는 말에 심장이 찌르르했다. 다정하면서도 수줍어하며 '오라버니'라고 부르는, 열망이 가득 찬 목소리. 정녕 주유였다.

"내 그리움이 만들어 낸 환영인 게냐?"

"꿈입니다, 오라버니."

"꿈인 것이냐? 이리도 네가 생생한데."

"하룻밤 꿈입니다. 내일이면 사라질 그런 꿈입니다."

자균은 눈을 감았다 떴다. 꿈치고는 지나치게 생생했다. 자균의 귓가에 언젠가 경요가 했던 말이 떠올랐다. 그리움이 깊고 간절히 바란다면 어쩌면 일어날 수 있는 일 아닐까요? 정말그런 걸까? 꿈에서라도 널 꼭 한 번 다시 보고 싶다는 내 바람이 이렇게 생생한 널 불러온 걸까?

자균은 주유의 손을 꼭 잡았다. 그토록 해 주고 싶었던 말을토해 냈다.

"주유야, 내겐 오직 너뿐이다. 처음부터 지금까지 너만을 은애했다."

"오라버니."

"너에게 이 말을 하지 못해서, 이 말을 하지 못해서 내 가슴이 타 버렸다. 어찌 그리 세상을 버렸느냐?"

주유의 눈에 눈물이 차올랐다. 속눈썹을 적신 눈물이 아래로 또르르 굴러 내렸다.

"죽을 만큼 싫었느냐? 내가 널 죽인 것이냐?"

"아닙니다, 오라버니. 제가 나약하고 어리석어 그런 것입니다."

주유는 자균의 손을 자신의 뺨으로 가져갔다. 따뜻하고 부드러웠다. 자균은 홀린 듯이 주유를 만졌다. 뺨을 만지고 입술

그림자 신부 2　　31

을 만졌다. 자균의 손이 주유의 목에서 어깨로, 어깨에서 팔로 흘러내렸다. 손으로 주유의 윤곽을 그렸다. 이처럼 작고 연약한 몸이었구나. 주유는 생각보다 더 가냘프고 더 부드러웠다.

자균은 주유를 침상에 눕혔다. 꿈이라는 것이 자균을 무장해제시켰다. 무엇을 해도 괜찮을 거라고 생각했다. 꿈이니까. 꿈에서 수없이 했듯 자균은 주유에게 입을 맞추었다.

"으읏, 오라버니."

주유는 자균의 손길이 그녀의 몸을 거칠게 탐하자 당황했다. 자균은 무엇에 홀린 듯 손으로는 주유의 몸을 더듬고 입술로는 주유의 얼굴을 더듬었다. 적나라한 남자의 욕망을 처음으로 경험한 주유는 두려움에 몸이 굳었다.

억눌러 놓았던 욕망이 마치 고삐 풀린 망아지인 양 난폭하게 날뛰었다. 자균은 주유의 옷을 벗기고 자신의 옷도 다 벗었다. 몸에 닿는 자균의 몸이 불덩이처럼 뜨거웠다. 주유는 머릿속이 하얗게 비는 기분이었다. 끝을 모르는 어딘가로 계속 아득하게 떨어지고 있는 것 같았다. 자균의 손이 아래로 내려갔다. 주유는 기절할 듯 놀랐다.

"오, 오라버니."

주유가 자균의 손길을 거부하며 몸을 틀었다. 자균은 더욱 더 강하게 그녀를 품에 안고 집요하게 그녀에게 입맞춤을 퍼부었다. 주유가 질 수밖에 없는 싸움이었다. 주유는 저항을 멈추고 자균이 하는 대로 내버려두었다.

자균의 손길에 굳었던 주유의 몸이 점점 풀렸다. 익숙하지 않아 벗어나고 싶은 감촉들이 점점 견딜 만했다.

주유는 첫 합궁이 있기 전 나이 많은 내인이 알려 준 남녀 간의 교합을 머릿속에 떠올렸다. 그때는 망측하고 짐승처럼 느껴졌는데 지금은 그리 생각되지 않았다. 여인으로 그녀를 탐하는 그의 욕망을 받아 내면서 주유는 새롭게 자균을 알아 갔다.

주유의 몸은 점점 더 뜨거워졌다. 그녀의 몸을 탐하는 자균의 손길이 닿는 곳마다 한 번도 맛본 적 없는 기묘한 쾌감이 조금씩 차올랐다. 그 쾌감은 점점 더 정도가 심해졌다. 주유는 아찔한 기분에 자기도 모르게 한숨 섞인 신음 소리를 냈다. 색스러운 신음 소리가 부끄러워 주유는 입을 틀어막았다. 아직 자신을 완전히 놓은 건 아니었다. 자균은 억지로 주유의 손을 입에서 떼어 냈다.

갑자기 자균이 그녀에게서 몸을 뗐다. 자균은 믿을 수 없다는 눈으로 땀에 젖은 주유의 하얀 몸을 바라보았다. 갑자기 그녀가 흐릿해 보였다. 자균은 천천히 그녀에게 손을 뻗었다. 사라지면 어쩌나 걱정되었다. 손끝에 그녀가 닿자 자균은 슬프게 미소 지었다.

정안공주는 늘 오라버니인 예석황제가 어려웠다. 정빈과 단사황태후가 친밀한 사이라 어릴 때부터 자주 처소에서 마주쳤지만 예의상으로도 웃어 준 적 없는 딱딱하고 무서운 오라버니였다. 황위에 오른 뒤에는 더욱더 범접할 수 없는 기운을 뿜어내 가끔 단사황태후의 처소에서 예석황제를 뵐 때면 자기도 모르게 긴장을 해서 어깨와 목이 뻣뻣해졌다. 그런데 그런 오라버니가 입궁하라는 명을 내렸다. 정안공주의 마음은 불안했다.

"무슨 일로 부르시는 걸까요?"

황궁으로 들어가는 가마 안에서 정안공주는 어머니 정빈에게 물었다. 어제 정빈은 단사황태후와 이야기를 나누고 왔었지만 별다른 언질을 받지 못했다. 정빈 역시 갑작스런 입궁에 놀라긴 마찬가지였다. 하지만 정빈은 느긋하게 말했다.

"글쎄, 나도 잘 모르겠구나."

문득 한 가지 짚이는 것이 있었다.

"네 혼사 문제가 아닐까?"

정안공주는 자기도 모르게 마음이 놓여 활짝 웃었다. 생각해 보니 그 문제 말고 예석황제가 그녀를 부를 일이 없었다.

"폐하께서 절 진 대학사에게 하가시키시기로 하신 걸까요?"

"그랬으면 좋겠구나."

여러모로 진자균은 욕심나는 사윗감이었다. 태후전에서 혼담을 넣었지만 거절했다 하여 낙담한 터였다. 하나 황명이라면 진 대학사도 거절할 수 없을 것이다. 자기도 모르게 정빈의 얼굴에 만족스러운 미소가 흘러나왔다. 하나 있는 딸만 잘 출가시키면 생이 그녀에게 준 숙제를 모두 다 해치우는 거라고 생각하는 정빈이었다.

하지만 예석황제와 독대한 정안공주는 마른하늘에 날벼락을 맞은 기분이었다.

"폐하, 다시 말씀해 주세요. 제가……, 제가 어디로 시집을 간다고요?"

예석황제의 얼굴에 얼핏 동정심이 스쳐 지나갔다.

"곧 여국과의 국혼이 있을 것이다. 여국의 태원세자가 네 짝이다."

폐하의 안전이라는 것도 잊고 정안공주는 소리를 지르고 말았다.

"제가 왜, 제가 왜 여국으로 시집을 가야 합니까? 오라버니, 싫습니다."

"황후도 화친을 위해 단으로 시집오지 않았느냐."

정안공주는 눈물을 글썽거리다 그만 통곡을 하고 말았다.

"오라버니, 싫습니다. 싫습니다."

마치 아이처럼 떼를 쓰는 정안을 보자 준의 마음이 쓰라렸다. 낯선 궁정에서 잘 적응할 수 있을까 걱정이 되었다.

황실에서 태어난 공주인 이상 화친의 도구로 쓰이는 것은 피할 수 없는 일이었다. 그런데 이번 국혼에는 선황의 피를 이은 적통공주가 필요했다. 왕위를 이을 태원세자의 짝인 만큼 어설프게 양녀로 들인 공주를 보낼 수 없었다.

정안공주가 가여웠지만 준은 목소리를 엄히 했다.

"공주로 태어나 당연한 의무를 하는 것인데 어찌 다섯 살짜리처럼 떼를 쓰느냐."

퉁퉁 부은 눈을 하고 정안공주가 물러갔다.

준은 경요와의 첫 대면이 떠올랐다. 바람에 날려 빛나던 검은 머리카락과 그를 바라보던 당당한 눈동자. 그림자 신부임에도 전혀 기죽지 않았던 그 모습이 떠올랐다. 그녀가 그리웠다. 환주로 당장 달려가고 싶었다.

'네가 환주에서 애쓰는 만큼 나는 이곳에서 힘쓰겠다. 너와 환주를 지키기 위해 난 최선을 다할 것이다.'

그날 예석황제 준은 예조에 명해 여국으로 혼인을 청하는 국서를 보냈다.

22

자균은 정신없이 자고 있었다. 어지간히 깊이 잠들었는지 주유가 그의 품에서 빠져나온 것도 모르고 있었다.

주유는 침상에서 몸을 일으켰다. 움직일 때마다 아래쪽이 아릿하고 얼얼했다. 열락을 나누면서도 여인은 고통을 감내해야 했다. 사내가 여인을 가진다는 것은 은유적인 표현이 아니었다. 자균은 주유의 온몸 구석구석을 제 것으로 했다. 고기를 탐하는 육식동물처럼 주유의 여린 살을 이와 혀와 손과 온몸으로 탐했다. 주유는 자신의 몸 곳곳에 남겨진 자균의 흔적을 느낄 수 있었다. 그의 손길과 입술이 준 자극과 그녀의 몸을 짓누른 그의 건장한 몸이 주유의 몸에 남아 있었다. 그녀의 흔적도 자균에게 남아 있는 걸까? 주유는 궁금했다.

자균이 준 쾌감과 고통을 저울에 달면 저울의 양팔은 수평을 이룰 것 같았다. 자균을 은애하기에 감당할 수 있는 고통이었다. 꿈이라 여긴 자균의 움직임은 거침없었다. 고통과 열락 사이 어딘가쯤에서 주유는 아픔에 신음했고, 또 열락에 신음했다. 눈은 눈물로 젖어 있었다. 주유는 손등으로 눈썹을 적신 눈물을 털어 냈다. 자균이 준 열락은 강렬하면서도 오묘했다.

주유는 자신의 배에 손을 댔다. 이 하룻밤으로 아이가 생긴다면 얼마나 좋을까? 하지만 그럴 리 없다는 것을 알았다.

황궁에 있을 때 내인이 주유에게 임신이 가능한 날을 계산하는 법을 가르쳐 준 적이 있다. 주유의 달거리는 한 번도 그날짜를 어긴 적이 없었다. 그러니 오늘 그녀의 복중에 아이가 생길 리 없었다.

주유는 자균에게서 그녀만을 은애한다는 말을 들은 것만으로도 행복했다. 이상한 일이지만, 그 말을 들은 순간 주유는 자균에 대한 미련을 접었다. 마음이 아프면서도 기묘하게 상쾌했다. 그대로 무언가가 끝이 난 것 같았다.

앵혈은 생각보다 많지 않았다. 생살이 찢어지는 듯한 아픔에 주유는 피가 철철 흘러내릴 것이라 예상했지만, 흐릿한 촛불 아래에서 확인한 앵혈은 허벅지를 타고 흘러내려 요 위의 구겨진 치마에 꽃잎처럼 묻어 있었다. 주유는 마르기 시작한 자신의 앵혈 자국을 손으로 쓰다듬었다. 좀 전의 일이 꿈만 같았다. 그리고 이제 꿈에서 깰 시간이었다.

'오라버니도 절 용서하세요. 이렇게 다시 이별하는군요. 이젠 제 죽음으로 슬퍼하지 마세요. 그저 인연이 아니었나 봅니다. 오라버니, 전 언제까지 오라버니를 생각하면 마음이 아플까요? 서른이 돼도, 마흔이 돼도, 쉰이 돼도 이렇게 아플까요? 아니면 세상 모든 일이 그러하듯 점점 희미해지다 기억을 더듬어야 겨우겨우 떠올릴 그런 이름이 될까요?'

주유는 자균의 이마에 입을 맞췄다. 그러고는 서둘러 여기저기 흩어져 있는 옷가지를 찾아서 몸에 걸쳤다. 막 나가려던 주유는 잠시 발걸음을 멈췄다. 자균이 자고 있는 침상으로 다가간 주유는 자균의 팔에서 자신의 연자 팔찌를 벗겨 냈다.

"제 것을 다시 가져가는 겁니다."

주유는 망설이다 자균의 연자 팔찌까지 벗겨 냈다.

자균은 자균의 삶을 살아야 한다. 그녀도 경요와 예석황제 덕에 덤처럼 주어진, 자균 없는 삶에 익숙해져야 한다. 그리고 벌써 어느 정도 익숙해졌다. 경요의 말이 맞았다. 그래도 살아 있으니, 자균과 헤어지고 나서도 웃을 일이 생겼다.

'죽을 만큼 아파서 차라리 죽으려 했는데, 막상 살아 있으니 또 살아지더이다. 그러니 오라버니도 부디 행복하게 사세요.'

주유는 자균의 이불을 고쳐 덮어 주었다.

"안녕히 주무세요, 오라버니. 안녕히."

다음 날 자균은 늦잠을 잤고, 매일 아침 경요와 무영, 원표와 함께하는 조회에도 지각을 했다. 다들 별일이라는 눈으로 자균을 바라보았다.

"이게 곧 첫눈이 오겠군요."

경요의 어조가 비장했다.

첫눈. 그것은 전쟁을 알리는 효시嚆矢였다.

"저들이 어찌 나올까요?"

경요의 물음에 무영이 대답했다.

"지금까지 무혈입성을 위해 공을 들였으니 무턱대고 공격하진 않을 것입니다. 한 가지 확실한 건 저들이 이번 겨울을 넘기지는 않을 거라는 거죠. 제가 연국 왕 제선이라고 해도 그리할 것이니까요."

자균이 덧붙였다.

"저들에게 환주는 끝이 아닙니다. 시작이지요. 폐하로부터 연통이 왔습니다."

자균이 경요에게 비밀문서를 넘겼다. 경요는 촛불에 문서를 쪼여서 읽고 불에 태워 버렸다. 경요의 얼굴에 미묘한 미소가 어렸다 사라졌다. 좋은 소식은 아닌 것 같았다.

자균과 무영은 한 달쯤 경요와 함께 생활하면서 그녀에게 익숙해지고 있었다. 저런 미소는 십중팔구 무언가 제대로 잘 돌아가지 않는다는 뜻이었다.

"마마, 폐하로부터 무슨 전언입니까?"

"식량이 오지 않을 거라는군요. 약재와 의원도요."

자균과 무영이 어두운 시선을 주고받았다. 원표도 모자란 약재 때문에 크게 한숨을 내쉬었다.

지원이 힘들 거라 예상은 했지만 한 달이 넘은 지금까지 쌀알 한 톨, 약재 한 줌 오지 않는 건 좀 너무한 처사라고 여겼다.

황후를 믿는 것은 알지만 너무 믿는 것 같았다. 아니면 철저히 버려둬서 마마가 두 손 들고 항복하면서 '제발 저 좀 환주에서 구해 주세요.'라고 말하길 기다리시는 걸까? 자균과 무영의 머릿속에 같은 생각이 오갔다.

자균도 무영도 경요가 일찌감치 두 손 두 발 다 들길 바랐다. 수십 년 국정을 운영해 온 사람들에게도 환주는 어려운 문제였다. 그것을 이국에서 온 스무 살짜리 황후가 해내리라 믿는 사람은 없었다. 민예까지 무사히 모시고 가는 것이 두 사람의 목표였다.

경요의 활약으로 두 사람의 목표는 무참히 깨졌다. 입성 첫날 환주 지사 유세형의 머리를 날려 버린 경요는 과감한 일처리로 고작 2주 만에 민심을 자기 것으로 만들었다.

경요는 헛된 약속을 남발하지 않았고 급한 일부터 먼저 처리했다. 내전의 잘잘못을 가리기 전에 일단 풍병으로 쓰러진 사람들을 돌봤고, 굶고 있는 백성들에게 식량을 무료로 나누어 주었다. 경요는 묵묵히 산적한 일들을 헌신적으로 처리했다. 반신반의하던 이들은 무영과 자균이 경요의 진심에 마음을 열었듯 자기도 모르게 경요를 지지하게 되었다.

지금 경요가 일하는 모습을 보면 자균은 어쩌면 봄에 환주 들판에서 백성들이 농요農謠를 걸게 부르며 씨를 뿌릴 수 있을지도 모른다는 생각이 들었다. 지금까지 경요는 모든 불가능을 돌파했다. 할 수 없을 거라고 여겼던 일들을 해낸 경요의 기세에 다들 자기도 모르게 끌려가고 있었다.

'정말 마마는 이상한 분이십니다. 마마와 함께 있으면 절대 나쁜 일은 생기지 않을 것 같으니까요. 마마가 말씀하는 대로 일이 잘될 것 같으니까요. 마마가 저와 백성들의 기대를 배신하지 않을 것 같습니다.'

환주에는 절대적으로 경요가 필요했다. 그래서 가책을 느끼면서도 자균은 회임 사실을 예석황제에게 알리지 않았다. 황후에게 무슨 일이 있으면 알리라는 황명을 거역한 것이다.

"여국과의 국혼이 결정되었답니다. 정안공주가 여의 태원세자와 혼인할 것이라고 합니다."

무영이 머뭇거리다 말했다.

"역시 큰 싸움은 피할 수 없겠군요. 여국까지 동원된다면 말입니다. 여국 역시 연과 국경을 맞대고 있으니까요."

자균이 말했다.

"옳은 결정입니다. 역사를 봐도 변경의 오랑캐들에겐 유화책을 쓰기 전 강경책으로 그들에게 누가 우위에 있는지 보여 주었습니다."

하지만 경요의 표정은 영 개운치 않았다.

"마마, 어찌 얼굴이 어두우신 겁니까?"

"누가 이기든 환주는 전쟁터가 되겠군요. 일껏 살려 둔 사람들은 모두 전쟁에 희생되겠지요. 그리되라고 죽을힘을 다해 살린 것이 아닌데요."

전쟁은 남자들의 일이었다. 무영은 경요가 감상적이 된 것 같았다. 어쩌면 회임 중이라 살생에 더욱 민감한 것인지도 몰랐다.

무영이 부드러운 어조로 말했다.

"마마, 그것이 전쟁입니다. 마마는 여인이라서 전쟁을 모르십니다. 피 흘리지 않는 전쟁이 어디에 있겠습니까. 살리는 게 여인의 일이라면 죽이는 것은 남자들의 일입니다. 너무 걱정 마시옵소서."

"있다면? 내가 피 한 방울 흘리지 않는 방법을 생각해 낸다면 따르시겠습니까?"

경요가 자균과 무영을 번갈아 보며 물었다.

자균이 입을 열었다.

"그런 방법이 있다면 누가 칼을 휘두르고 활을 쏘겠습니까. 그 누구도 살생을 즐기진 않습니다. 어쩔 수 없으니 칼을 휘두르는 것이지요."

경요가 작게 미소 지으며 혼잣말을 했다.

"연국 왕 제선이 영리한 자였으면 좋겠군요. 전쟁은 싸움만이 아니라는 것을 아는 자였으면 좋겠습니다."

경요는 무영 쪽을 바라보며 물었다.

"성벽 쪽은 어떻습니까?"

"일단 방어 준비는 마쳤습니다."

자균에게 물었다.

"비축 식량과 약재로 어느 정도 버틸 수 있습니까?"

"겨울을 나기엔 턱없이 부족합니다."

"그래요? 그럼 내가 상단에 더 부탁해 보지요."

자균이 망설이다 물었다.

"마마, 상단에 지불하는 그 금, 어디서 난 건지 여쭤 봐도 되겠습니까?"

화경족 상단에서 들어온 식량과 약재는 그 양이 어마어마했다. 올해는 흉년이어서 곡식 값이 폭등했으니 분명 엄청난 금을 지불해야 했을 것이다. 자균은 금의 출처를 알아야 했다. 나중에 단국이 그것을 갚아야 할지도 모르기 때문이다.

"단에서 준 금입니다."

"혹시 폐하께서 비밀리에 내리셨습니까?"

경요는 장난스러운 미소를 띠며 말했다.

"단이 제게 준 금입니다."

잘 이해가 되지 않았다.

"제가 받은 혼인 납폐 비단을 모조리 팔아서 생긴 금입니다."

자균은 자기도 모르게 입을 떡 벌렸다. 혼인 납폐를 팔아?

"마마, 진짜로 그리하셨단 말입니까? 폐하는, 폐하는 아십니까?"

"허락받고 판 것입니다. 그런데 그것을 이렇게 요긴하게 쓸 줄은 정말 몰랐군요. 애초에 단에서 받은 것이니 단을 위해 쓰는 것입니다. 예전에 단에서 혼수를 보내왔을 때는 사치스럽다고 불평했는데, 이리 쓸 줄 알았다면 좀 더 달라고 할걸 그랬습니다. 하하하."

경요는 꼭 사내처럼 호탕하게 웃었고, 자균과 무영도 그만 따라 웃고 말았다.

애초에 도움 따윈 기대한 적이 없었다. 준 역시 적극적으로 도울 수 없다고 분명히 말했다. 다행히 아직 상단에 맡겨 둔 금에 여유가 있었다.

경요는 자균과 무영에게 성 밖에 천막을 치고 유숙 중인 화경족 상단에 다녀오겠다고 말했다.

"그럼 제가 따라가겠습니다."

경요는 거절했다. 그림자처럼 쫓아다니는 안규와 무영 때문에 넌덜머리가 났다. 분명 그녀가 걷다가 휘청거리기만 해도 세상이 무너진 것처럼 소동을 피울 게 뻔했다. 경요는 자신의 측근 이외의 사람들에게 가급적 회임 사실을 알리고 싶지 않았다. 그런데 이 둘을 데리고 다니면 등 뒤에 '회임했소.'라고 써 붙이는 것과 똑같았다.

도대체 단국 여자들은 유리로 만들어졌단 말인가? 상단에 있으면서 여인들이 아이를 갖고 낳는 것을 수없이 본 경요는 그들의 호들갑이 잘 이해가 되지 않았다. 상단 여인들은 임신한 몸으로도 말을 타고 돌아다닐 만큼 강인했다. 아마 경요가 말을 타겠다고 하면 무영과 안규는 입에 거품을 물고 쓰러질지도 모른다.

"서화 행수가 성문 밖에서 기다리기로 했습니다. 올 때도 호위를 해 주겠다고 하니 다들 할 일 하세요."

그리 말하고 경요는 자리에서 일어났다.

각자의 소임을 하러 가는 길에 자균이 원표를 붙잡았다. 원표는 자균이 늦잠을 자서 지각을 한 것에 뜨끔했다. 산조인을 정량보다 많이 쓴 탓이리라.

"어제 준 탕제 말인데."

역시 그 이야기였다.

"네. 잠은 푹 주무셨습니까?"

자균의 얼굴이 복잡 미묘했다.

"무엇이 들어간 탕제인가?"

"산조인을 넣은 탕제입니다만."

"산조인?"

"묏대추의 씨 말입니다. 숙면을 취하게 하고 긴장을 풀어 주는 약재이지요."

자균은 얼굴을 살짝 붉히며 머뭇거리다 입을 뗐다.

"혹시 그 산조인이라는 약재에 부작용이 있는가?"

"산조인은 성질이 순하고 독성이 없는 약재입니다."

마치 책을 읽듯 원표가 말했다.

"내가 어제 그 탕제를 먹고 잠을 잤는데……. 혹시 산조인에 최음 효과가 있는가?"

"예?"

원표는 어리둥절했다.

"기분 좋은 환각을 본다든지, 자면서 성적으로 흥분해 열락을 맛본다든지 하는 부작용이 있는가?"

원표는 입을 떡 벌렸다. 최음 효과? 환각? 열락? 혹 양이 많아지면 그런 효과가 있는 건가? 서른 넘은 숫총각 원표는 자기도 모르게 심장이 두근거렸다.

원표의 전혀 모르겠다는 얼굴을 보고 자균은 한숨을 내쉬며 '아닐세.'라고 말한 뒤 자리를 떴다.

이상한 꿈이었다. 주유가 그에게 왔다. 어쩌면 꿈이 그리도 생생할까?

꿈에서 주유를 안았다. 너무나도 생생한 쾌감이었고 열락이었다. 열락 중에 진한 슬픔을 함께 느꼈다. 가슴에 토해 내지 못한 뜨거운 울음이 고여 있는 기분이었다.

아침에 깨어났을 때 그는 자신의 몰골과 침상의 상태를 보고 아연해졌다. 자신은 알몸이었고 요에는 정수精水가 말라붙어 있었다. 마지막으로 몽정을 한 게 언제였더라? 기억도 나지 않을 만큼 가물거렸다. 자균은 얼굴이 화끈거렸다.

요에 묻은 알 수 없는 핏자국을 보고 자균은 자신이 실수로 진짜 여인을 취한 건 아닌지 걱정하고 또 걱정했다. 방이 깔끔하게 정리되어 있어서 더욱 의심이 커졌다. 자제력을 잃어 본 적 없는 그였기에 당황스러웠다.

그의 방을 치우기 위해 들어온 여인을 잠결에 주유로 착각한 것은 아닐까? 아니면 환주의 관리들 중 누군가가 오지랖 넓게 긴 밤을 지루하지 않게 해 줄 기녀를 넣어 준 걸까? 하지만 사람들에게 물어볼 수도 없는 노릇이었다.

원표의 설명도 그다지 도움이 되지 않았다. 탕제 탓은 아닌 것 같았다. 눌러 놓았던 마음이 그런 식으로 새어 나간 것이리라. 자균은 여전히 주유를 안았을 때의 촉감이 온몸에 남아 있는 것 같아 자기도 모르게 괴로운 한숨을 내쉬었다. 습관적으로 왼쪽 팔목을 만지작거렸는데 촉감이 달랐다. 팔찌가 없었다.

'언제부터 없었던 거지?'

자균은 당황해서 처소로 달려가 샅샅이 뒤졌지만 팔찌는 찾을 수 없었다.

그날 밤 홍원표는 자균의 처방전으로 탕제를 만들어 먹고 잤다. 기대감에 부풀어 침상에 누웠지만 원표는 그냥 잠만 푹 잤다. 그리고 다음 날, 원표는 조회에 늦어 무영과 경요의 눈총을 받았다.

연국 왕 제선은 오랜만에 할머니인 효라의 처소를 찾아갔다. 혁요의 정비 효라는 여전히 예전 청랑족의 생활 방식을 고수했다. 손수 염소를 쳤으며, 염소젖으로 차를 끓이고 술을 만들었다. 또한 시집올 때 받은 자기 천막에서 아직까지 살고 있었다.

그 천막은 제선의 요람이었다. 그가 아비의 씨가 아니라는 것은 누구나 알고 있었다. 궁에서는 아무리 아비와 어미가 애를 써도 그 아이를 상처 없이 지킬 수 없다고 효라는 생각했다. 그래서 태어나자마자 그는 효라의 천막으로 보내져 자랐다.

효라의 천막으로 들어가자 시큼한 냄새가 진동했다. 발효된 염소젖 냄새였다. 그 냄새에 환주 문제로 잔뜩 곤두섰던 신경이 누그러졌다. 환주는 지금껏 승승장구했던 그가 처음으로 부딪친 커다란 돌부리였다.

왔느냐는 말도 없이 효라는 염소젖으로 만든 차를 질그릇에 담아 제선에게 주었다. 태어나 어미의 젖보다 염소젖을 먼저 접해 본 제선에게 염소젖 차는 묘한 그리움을 불러일으켰다. 효라는 자신의 손자를 바라보았다. 뭔가 문제가 있을 때 말없이 다녀가는 제선이었다.

제선이 염소젖으로 만든 차를 다 마시고 입을 열었다.

"할마마마께오서 제 혼사 상대를 또 물리셨다면서요?"

효라가 짓궂게 미소를 지었다. 무엇이 마음에 들지 않는지 효라는 계속 청랑족 주요 씨족장의 딸들을 골탕 먹이고 있었다.

"명희가 일은 잘하는지 몰라도 여자 보는 눈은 없구나. 그저 예쁘기만 한 것들을 왕궁에 데려다 어디에 쓰려는 겐지. 여자건 남자건 야무지고 똑똑해야 된다."

"하지만 할마마마, 곱게 큰 여인들에게 대뜸 염소를 몰아오라, 물을 길어라, 저녁으로 먹을 토끼를 잡아오라, 염소 똥 말린 것으로 불을 피우라면 어쩌십니까?"

"그 정도 문제도 해결하지 못하는 여자가 어찌 왕의 배우로 설 수 있겠느냐."

효라는 콧방귀를 뀌었다.

"일할 여자를 뽑는 게 아니지 않습니까."

"시할머니의 심술도 감당 못 하는데 어찌 네 곁을 지킬 수 있겠느냐. 나는 그 일을 직접 다 할 수 있는 아이를 찾는 것이 아니다. 네 말대로 일할 여자를 뽑는 게 아니지 않느냐. 자신에게 불가능한 일이 주어졌을 때 어찌하는지를 보고 싶었을 뿐이야. 그런데 명희가 데려온 애들은 하나같이 질질 짜면서 '전 이런 거 못 해요.' 하기만 하니. 누가 누가 더 귀히 컸나 자랑하러 왔다더냐. 쯧쯧. 되든 안 되든 한번 부딪쳐 보든지, 아니면 내게 가르침을 청하든지 여러 방법이 있지 않느냐. 이런 작은 어려움에 무너지는 여인이 어찌 수많은 사람들의 삶을 책임지는 결정을 내릴 수 있겠느냐. 명희가 데려온 애들은 한 가족을 책임지기에도 턱없이 부족한 그릇이야. 그런 애를 왕후로 삼아 봤자 어차피 버티지도 못할 테니, 난 그 애들에게 자비를 베풀어 준 것이다."

서른이 코앞인 제선의 옆자리가 여전히 빈 것은 이런 효라 때문이었다. 배우자 문제와 관련해서 효라의 뜻을 거스르긴 힘들었다.

제선이 비를 선택하는 기준은 지극히 간단했다. 건강하고 자식을 많이 낳아 줄 수 있는 여자면 족했다. 그리 말했더니 효라는 그럴 거면 염소나 말과 결혼하라며 악담을 퍼부었다. 일흔이 넘었지만 성격은 여전히 괄괄했고, 총기와 체력도 젊은이 못지않았다.

효라의 말이 틀린 건 아니었다. 그처럼 밖으로 나돌아야 하는, 전쟁의 운명을 타고난 왕에게는 내치內治를 맡길 만한 여인이, 효라 같은 아내가 필요했다.

'하나 그런 여인이 어디 흔하겠습니까.'

"곧 첫눈이 내리겠지."

효라는 혼잣말처럼 중얼거렸다.

첫눈, 겨울, 전쟁과 약탈의 계절. 그 계절이 오면 손수 갑옷을 입혀 지아비를 전장에 내보냈고, 아들과 손자 역시 전장에 내보냈다. 그들의 부재에 익숙해질 만도 하지만, 하늘이 쨍하는 소리를 낼 만큼 시퍼레지고, 건조하고 차가운 공기가 북쪽에서 불어오면 여전히 가슴 한구석이 선득해졌다.

"푸른 이리의 후손들은 누구에게도 무릎 꿇지 않는다."

굶주린 이리처럼 반짝이는 눈빛을 가진 효라가 강한 어조로 말했다.

그랬다. 효라도 제선도 변방의 작은 나라로 머물 생각은 없었다. 그들이 원하는 것은 모든 부가 집중돼 있는 중원, 단이었다. 제선은 하늘이 그들에게 단을 정복할 힘을 주었음을 믿어 의심치 않았다.

명희가 천막 안으로 들어왔다.

"그래 환주성 안은 어떤가?"

조금만 더 기다리면 무혈입성하리라 여겼던 두 사람이었다. 싸움에 자신 있는 그들이었으나, 칼과 활을 쓰지 않는 것이 더 낫다는 것을 모르진 않았다. 게다가 돌림병까지 돌았으니 환주는 회복 불가능이라고 믿었다.

올해 첫 전투가 싱겁게 끝나겠다며 웃었던 제선과 명희였다. 그러나 모든 예상이 빗나갔다. 환주의 돌림병은 빠르게 회복되고 있었고, 약재와 식량이 끊임없이 들어왔다. 명희로선 기가 막힐 노릇이었다.

그 중심엔 환주의 신부, 단의 황후가 있었다. 단의 황제는 이 모든 것을 예상하고 그림자 신부를 환주에 보낸 것일까, 아니면 그저 우연의 일치일까? 명희는 그것이 고민이었다.

"성안의 치안이 안정되고 있습니다. 민심 역시 단에서 온 황후 쪽에 있고요. 단으로부터의 원조는 전혀 없는 듯한데 식량과 약재 또한 계속 들어오고 있습니다. 사람들에게 무상으로 나눠 주고 있다고 합니다."

"도대체 어디서 식량을 구한 건가? 환주는 가을걷이를 하지 못한 걸로 아는데."

"화경족 상단이 대고 있습니다."

"화경족 상단이라……."

"폐하, 저희가 그림자 신부를 너무 얕봤던 것 같습니다. 대단한 여인이더군요. 이름은 경요인데, 어려서 상단으로 보내져 위보형의 후계자로 자랐다 하더이다. 아직까지 화경족 상단원들의 절대적인 지지를 받을 만큼 대단한 존재라고 합니다."

제선이 놀라서 눈썹을 위로 올렸다. 상단의 후계자? 그냥 공주가 아니었던 건가? 그래서였구나. 제선은 환주에서의 일이 묘하게 납득이 되었다.

명희는 계속해서 간자가 가져온 소식을 전했다.

"게다가 단의 황궁에서도 만만찮은 소동을 일으켰답니다. 무슨 수를 썼는지 그림자 신부이면서 예석황제의 총애를 받아 합궁까지 했고, 황귀비의 처소인 태화전까지 차지했다고 합니다. 예석황제가 그녀에게 빠져 원하는 것이면 뭐든 들어준다는군요. 불여우 단사황태후가 뒷목을 잡고 쓰러질 정도로 무서운 여인이랍니다. 황귀비가 입궁을 했는데, 황제의 총애를 독차지하기 위해 그녀를 독살했다는 소문도 파다합니다."

단사황태후가 뒷목을 잡아? 목석같은 예석황제의 총애를 받아? 황귀비를 독살해?

"꼬리가 열둘은 달린 불여우인가 보구나."

효라가 그들의 대화에 끼어들었다.

"하나 단순한 불여우는 아닌 듯하다."

"어째서입니까?"

"그저 아름답고 똑똑한 여인은 아니라는 것이다. 애초에 그 그림자 신부가 왜 환주에 왔을까부터 생각해야 하지 않을까?"

"환주가 그림자 신부의 땅이기 때문 아닐까요? 성난 민심을 잠재우기 위해."

효라는 제선의 말을 부정했다.

"환주의 백성들이 그림자 신부이기 때문에 그 황후를 받아들인 것이 아니란 걸 잘 알지 않느냐."

제선과 명희는 효라의 다음 말을 기다렸다.

무언가를 골똘히 생각하던 효라는 한참 후에야 입을 열었다.

"총애하는 여인이어서 환주로 보낸 것이 아니다. 환주 문제를 해결할 수 있으리라 믿고 보낸 것이다. 지금까지의 일을 보면 예석황제의 판단은 정확하지 않았느냐. 자신의 일을 맡길 만큼 능력을 인정하는 여인을 후로 둔 사내다. 그림자 신부도 만만치 않아 보이지만, 그 여인을 환주까지 보낸 예석황제도 만만치 않아 보인다. 기 센 어미의 치마폭에 싸여 자란 유약한 사내인 줄만 알았는데. 우리가 그도, 그림자 신부도 오판했어. 어쩌면 환주를 손에 넣는 게 힘들지 모르겠구나."

여자 하나가 무엇을 할 수 있을까 방심했다. 제선은 그림자 신부가 그들 일에 걸림돌이 되리라고는 꿈에도 생각해 본 적이 없었다. 그런데 명희의 보고를 들어 보면 그녀는 놀랍게도 깔끔하게 환주를 제 손에 휘어잡았다. 적이어서 유감일 정도로 훌륭한 솜씨였다. 제선은 그림자 신부가 어떤 여인인지 궁금했다. 범의 새끼는 작아도 범이라더니, 역시 능수능란하게 거래를 주도했던 동비의 딸다웠다.

'놀라운 것은 민심을 자기 것으로 했다는 것이지. 불과 한 달밖에 안 되는 짧은 시일에.'

왕이 가장 다루기 어려운 것이 민심이다. 민심은 단순하면서도 복잡하기 때문에 원하는 것을 준다 하여 받아들여지는 것도 아니고, 자유를 준다 하여 기뻐하는 것도 아니다. 백성들이 치자에 대해 가지는 감정은 양가적이다. 지나치게 엄격하면 불평하고, 지나치게 풀어 주면 권위가 서지 않는다. 민심은 살아 있는 생물과 같다. 늘 주시하면서 제어하고 풀어 주고를 적절히 반복해야 한다.

단에 대한 환주의 민심은 연국보다 더 반감이 심했다. 차라리 연국에 붙는 게 더 낫다고 여긴 백성들이 제법 많았었다. 그런데 그 험악한 민심을 저리 돌려놓았다. 그것도 정공법으로. 치자인 제선은 정공법으로 얻은 민심은 오래간다는 것을 알고 있었다.

강한 할머니 효라 밑에서 큰 제선은 여자는 남자만 못하다고 여기지 않았다. 다만 뛰어난 남자가 드물듯 뛰어난 여자도 드물다고 생각했다. 그런데 만약 그림자 신부가 드문 보석 같은 여인이라면? 처음엔 환주를 쉽게 얻을 생각으로 관심을 가졌지만 이젠 그림자 신부 본인에게 관심이 생겼다.

명희는 제선이 그림자 신부에게 관심을 가지자 예의 그 안을 꺼냈다.

"어떠십니까? 그분을 정비로 삼으시면. 환주를 가장 쉽게 얻을 수 있는 방법 아닙니까."

제선은 효라를 힐끗 보고 말했다.

"일단 할마마마의 시험부터 통과해야 하지 않겠느냐."

효라가 말했다.

"난 싫다. 혼수로 환주를 가져온다 해도 불여우는 싫다."

제선이 명희에게 물었다.

"화경족 상단이 어디에 유숙하고 있느냐?"

"환주성 밖이라고 하더이다. 가 보시겠습니까?"

지난번 환주를 건 거래를 거절해서 화경족과 다소 서먹해졌다. 그러나 전략적인 서먹함임을 제선과 명희도 알고 화경족 상단도 알았다. 한두 해 거래를 해 온 사이가 아니기에 이런 일로 거래가 끊길 거라곤 양쪽 다 생각하지 않았다. 다만 지금은 그저 냉각기일 뿐이다.

"말을 준비하라. 환주성 안을 돌아보고 화경족의 유숙지에 가겠다.”

경요는 가벼운 발걸음으로 환주의 저자를 걸었다.

차가운 공기, 하늘은 을씨년스러운 회색이었지만 이상하게
도 기분이 상쾌했다. 사람들의 표정에서 봄을 예감했기 때문이
었다. 경요는 부적 삼아 넣고 다니는 씨앗 주머니를 손에 꼭 움
켜쥐었다. 저들이 이 씨앗을 내년 봄에 꼭 뿌리도록 하리라.

경요는 뱃속의 아기에게 마음속으로 말을 걸었다.

‘아가야, 너도 아바마마가 보고 싶니? 나도 네 아바마마가
무척 보고 싶단다. 부디 건강하게 잘 자라다오. 난 너도 환주도
잃을 수 없단다.’

풍병이 어느 정도 지나가고, 구휼미이긴 하나 끼니를 거르
지 않게 되자 사람들의 얼굴빛이 제대로 돌아왔다. 환주 사람
들의 얼굴에서 궁기가 사라지자 경요는 자기 배가 부른 듯 뿌
듯했다. 저자를 활보하다 보니 그녀를 지독하게 괴롭혔던 입덧
도 사라졌다.

경요는 하늘을 올려다보았다.

곧 첫눈이 온다. 과연 그녀가 단국과 여국, 연국의 군대를
막을 수 있을까?

경요는 왼쪽 팔을 들어 햇빛 아래에서 팔찌를 살짝 흔들어
보았다. 주홍색 나비 장식이 살아 있는 양 날갯짓을 했다.

“준, 당신의 마음을 또 아프게 해 드릴지도 모르겠어요. 이
럴 줄 알았으면 한 번이 아니라 두 번 없었던 일로 해 달라고

부탁할걸 그랬어요."

아니, 두 번도 부족하리라. 그녀는 단의 황후로 살기 위해 준의 마음을 평생에 걸쳐 여러 번 아프게 할 것 같았다. 준에게 입 맞추듯 경요는 팔찌의 나비 장식에 입술을 가져다 댔다.

저자를 거닐던 경요의 눈에 앙증맞은 가죽 신발이 들어왔다. 손바닥에 올려놓을 수 있을 만큼 작은 신발이었다. 회임을 한 이후 경요는 자기도 모르게 아기와 관련된 물건에 시선이 갔다.

'아이가 태어나면, 딸이든 사내아이든 그 아이는 환주와 단을 잇게 되겠지. 그렇다면 환주와 단 사이에 그림자 신부라는 슬픈 고리 말고 제대로 된 고리가 처음으로 생기는 것이다.'

자기도 모르게 경요의 눈매에 고운 미소가 어렸다.

경요는 계속 걷다가 아름다운 소리에 발을 멈췄다. 은방울 꽃이 소리를 낸다면 그리 울릴 것 같았다. 경요는 소리가 나는 곳으로 걸어갔다. 그곳은 여인의 몸을 꾸미는 장신구를 파는 곳이었는데, 처마 밑에 유리로 만든 색색의 작은 종들이 걸려 있어 겨울바람이 불 때마다 바람 소리에 맞춰 청아한 소리를 울렸다. 경요는 넋을 잃고 유리종을 바라보았다.

"이 유리종, 파는 건가?"

경요의 등 뒤에서 굵직한 남자 목소리가 들렸다. 가게 주인이 손님을 반색하며 나왔다. 경요는 남자가 가게 주인과 흥정하는 모습을 힐끗 보다가 다시 유리종으로 시선을 돌렸다. 어쩌면 이렇게 정교하고 아름답게 세공을 했을까? 황궁에서나

쓰는 귀한 유리를 이런 저자에서 볼 수 있다니 환주는 정말 물산이 풍요로운 곳이구나. 경요는 환주가 유리 세공으로도 유명한 곳임을 기억해 냈다. 하나 살까 생각했지만 자신을 위해 쓰는 돈은 어쩐지 낭비 같았다. 아직 굶고 있는 백성이 있을지 모르는데 기분 좀 좋게 하자고 종을 사고 싶지는 않았다.

'대신 이리 눈과 귀에 담아 가면 된다.'

경요는 한참 동안 유리종을 보다가 성문 쪽을 향해 걸어갔다. 서화를 기다리게 할 수는 없었다.

"잠깐 서라."

경요는 자신의 소매를 잡는 손길에 발걸음을 멈췄다. 낯익은 얼굴이었다. 아까 가게에서 본 남자였다.

"무슨 일이십니까?"

남자는 소박한 나무 상자를 경요에게 내밀었다.

"마음에 들어 하는 것 같아서. 네게 주마. 유리종이다."

경요는 손을 내밀지 않고 남자를 빤히 바라보았다. 미복을 입었으나 평범한 사람은 아니었다. 강하면서도 잔인한 분위기를 풍겼다. 동물로 치면 호랑이나 이리 같은 느낌이었다. 이런 사람은 웃어도 섬뜩할 것 같았다.

회임한 후 모든 감각이 지독하게 예민해진 경요는 남자의 몸에서 희미한 피 냄새를 맡았다. 무인일까? 이곳 사람은 아닌 것 같은데. 무슨 일로 온 것일까?

경요는 고개를 갸웃거리며 물었다.

"그걸 왜 모르는 사람한테 주시는 겁니까?"

"정말 갖고 싶어 하는 눈빛으로 보길래. 돈이 없어 못 사는 것이냐?"

경요는 남자의 수작을 이해할 수 없었다. 그녀를 유혹하는 것은 아니었다. 남자의 눈빛은 고요하고 차분했다. 무언가 아픈 기억을 떠올리는 것 같기도 했다.

"그냥 받아라. 그래 줬으면 좋겠다."

남자는 마치 경요가 유리종을 받는 게 자신을 도와주는 것이라는 투로 말했다.

"화경족 상단에 있느냐?"

경요는 움찔 놀랐다. 자기도 모르게 경계심이 모락모락 피어올랐다. 나를 해하려 가까이 온 자일까? 경요가 그리 생각할 만큼 남자의 눈에는 지울 수 없는 살기가 어려 있었다. 경요는 자기도 모르게 한 걸음 뒤로 물러났다.

"화경족 옷을 입고 있지 않느냐. 예전에 거래 때문에 병주에 간 적이 있다."

경요는 경계심을 반쯤 풀었다.

"상단 일을 하십니까?"

"뭐, 비슷한 일을 한다."

"그렇게 믿길 바라시면 믿어 드리죠."

"무슨 건방진 소리냐?"

"거짓말을 하려면 제대로 하셔야지요. 상단 사람인 제게 상단 일을 한다고 거짓말을 하십니까?"

남자는 호탕하게 웃었다.

"장사꾼들은 사람 보는 눈이 맵다고 하지. 내가 뭘 하는 사람 같으냐?"

"제가 왜 그걸 맞혀야 합니까?"

경요는 더 이상 남자를 상대하고 싶지 않았다. 발걸음을 옮기려는 경요 앞을 남자가 가로막았다.

"이렇게 하자. 내가 어떤 사람인지 맞히면 너에게 이 유리종을 주마. 그럼 정당하게 네가 얻은 것이니 받아도 되지 않겠느냐."

도대체 왜 이렇게 해서까지 유리종을 주려는 것일까? 어쨌거나 남자의 제안에 경요는 흥미가 당겼다.

"나리는 살생을 하시는 분 같습니다. 무인이십니까?"

남자가 미소 지었다.

"꼬맹이가 사람 보는 눈은 꽤 쓸 만하구나. 옜다, 종은 네 것이다."

경요는 얼결에 나무 상자를 받아 들었다. 경요가 손에 나무 상자를 쥐자 남자는 사내아이에게 하듯 경요의 머리카락을 마구 헝클어뜨렸다. 지나치게 친밀한 태도에 경요는 얼떨떨했다.

"화경족 여인들은 미인이던데 너는 참 못생겼구나."

남자는 마치 경요가 못생겨서 기분이 좋아지기라도 한 듯 그녀를 보고 유쾌하게 웃었다.

"몇 살이냐? 열일곱은 넘겠지?"

"스물입니다."

경요는 자기도 모르게 발끈해서 딱딱하게 대구했다.

"호오, 스물이라. 곧 해가 바뀌면 스물하나구나. 어서 시집 가야지."

"별걱정을 다 하십니다. 제겐 연모하는 분이 있습니다."

남자는 웃음을 터뜨렸다.

"그래, 꼬맹이가 제법이구나."

남자는 성큼성큼 걸어갔다. 경요는 황당하다는 시선으로 그 남자의 뒷모습을 좇았다.

'정말 별일이 다 있네.'

경요는 상자를 버릴 수도 가질 수도 없어 난처해했다. 결국 상단에 가서 처리해야겠다고 생각하며 성문으로 걸어갔다.

말을 끌고 온 서화는 성문 밖에서 경요를 기다리고 있었다. 그런데 혼자가 아니었다. 서화는 선객先客과 이야기를 나누고 있었다.

'저 남자는?'

자신에게 유리종을 준 남자였다. 상단과 거래를 했다는 말은 사실인 것 같았다.

서화가 난처하다는 얼굴로 경요를 바라보았다. 서화는 경요만 알아볼 수 있는 손짓으로 가만히 계시라는 뜻을 전했다. 경요는 살짝 고개를 끄덕였다. 서화와 이야기가 끝나자 날렵하게 생긴 사내가 말을 끌고 다가왔다. 두 남자는 말을 타고 상단의 유숙지로 달려갔다.

서화가 이마의 땀을 닦으며 경요에게 다가왔다.

"공주님."

경요가 냉큼 머리에 알밤을 쥐어박았다.

"모린한테 그런 엉큼한 짓을 하다니!"

그리고 다시 알밤을 한 대 더 쥐어박았다.

"이건 나한테 알리지도 않고 혼인한 벌이야."

알밤을 세게 두 대나 맞고도 서화는 싱글싱글 웃고 있었다. 단둘이 편안하게 마주한 건 굉장히 오랜만이었다. 그동안 그녀를 둘러싼 상황이 복잡하고 급박해서 혼인도 축하해 주지 못했다.

"저자는 누구냐?"

"연국 왕 제선입니다."

경요의 얼굴이 차갑게 얼어붙었다.

"그자가 상단에는 무슨 일로?"

"환주에 들어가는 식량과 약재에 대해 알고 싶어 했습니다. 누가 그 값을 지불하는지를 집요하게 묻더군요. 그리고 공주님에 대해서도요."

"나에 대해서? 왜?"

그녀에 대해 궁금해할 거라고 예상은 했지만 화경족 상단까지 찾아올 줄은 몰랐다. 행동이 빠른 사내였다.

"환주가 생각보다 더 오래 잘 버티고 있어서요. 그런데 그건 뭡니까?"

서화는 경요가 한쪽 손에 들고 있는 나무 상자를 가리키며 물었다. 경요가 인상을 확 구겼다.

"에이, 갖다 버릴 수도 없고. 서화, 네가 그자에게 이걸 돌려 줘라."

"제선이 이걸 공주마마에게 줬단 말입니까?"

서화는 이유를 몰라 어리둥절했다. 서화만큼 경요도 여전히 어리둥절했다.

"정체를 반드시 숨겨야 할 자에게 얼굴을 들키고 말았네. 상 단 사람들에게 나 아는 척하지 말라고 해 줘."

"알겠습니다. 뭐, 별일이야 있겠습니까."

고개를 끄덕이며 경요는 서화가 끌고 온 말에 올랐다. 오랜 만에 말 위에 올라 넓은 들을 바라보니 가슴이 탁 트였다. 경요 는 힘차게 말 옆구리를 찼다.

제선과 명희는 서화 행수와 꽤 긴 이야기를 나누었지만 별 소득은 없었다. 화제가 환주와 그림자 신부 근처에만 가도 서 화는 말을 돌리거나 얼버무렸다. 주고받은 말은 많았지만 알맹 이는 하나도 없었다.

"동비만큼은 아니지만 꽤 능구렁이군."

제선의 말에 명희 또한 동의했다.

환주까지 온 수고에도 별 소득이 없었다. 그렇지만 이상하 게도 제선은 기분이 나쁘지 않았다.

"하긴 그림자 신부가 상단 출신인데, 상단원들 사이의 유대 가 유난히 끈끈한 화경족이 쉽게 정보를 내줄 리 없지. 그림자 신부가 단의 진짜 황후가 된 게 우리에겐 불리하게 됐군."

"그렇군요. 하지만 또 모르지요. 장사꾼이란 이익을 좇는 법이니까요."

연국으로 돌아가기 위해 제선과 명희는 말을 묶어 둔 곳으로 걸어갔다.

제선은 피식 웃었다. 그 다람쥐같이 생긴 여자아이 때문이었다. 환주의 민심을 파악하려고 저자를 걷고 있는데 그 아이가 눈에 띄었다. 생전 처음 겪는 일이었다. 수많은 사람들 속에서 한 사람이 눈에 확 띄었다. 그 아이에게서만 빛이 나는 것 같았다.

갑자기 멈춰 서서 팔에 찬 팔찌를 햇빛에 비춰 보다가 입을 맞췄다. 그 모습을 보는 제선의 가슴이 찌르르했다. 자기도 모르게 그 아이의 뒤를 좇았다. 무에 그리 신기한 것이 많은지 그 아이의 발걸음은 자주 멈췄다. 그중 가장 오래 발길이 머문 곳이 유리종 가게였다. 유리종은 꽤 비쌌다. 상단에서 허드렛일을 하는 아이가 살 수 있는 물건이 아니었다. 제선은 충동적으로 유리종을 사서 아이의 손에 쥐여 주었다. 생전 처음으로 한 일이 오늘 너무 많았다.

하지만 그 유리종은 다시 제선에게 돌아왔다. 서화가 난감하다는 얼굴로 나무 상자를 건넸다.

"이리 비싼 물건을 잘 모르는 분에게 받을 수 없다는군요."

"그 꼬맹이 이름이 뭔가?"

"네?"

이상하게 당황스러워했다. 상단에서 일하는 아이 이름을 묻는데 왜? 잠시 의문이 제선의 마음을 스쳤다.

"희경이라 합니다. 그런데 왜 전하께서 그 아이에게 관심을 가지시는지요? 혹, 전하께 무례라도 저질렀는지요?"

서화는 경요의 아명을 댔다. 상단 사람들에게도 혹 제선이 물으면 그리 대답하도록 일러두었다.

"아무것도 아닐세. 그냥 궁금해서 물어본 것뿐이야."

제선은 나무 상자를 품속에 넣었다.

'이름이 희경이구나.'

그 아이다운 이름이었다. 제선은 밝고 경쾌한 느낌이 그 아이와 닮았다고 생각했다.

말에 오르려는 제선을 명희가 제지했다. 그리고 나지막한 소리로 그에게 말했다.

"엿들은 이야기인데, 오늘 상단에 경요공주가 온다고 했답니다. 어찌 생긴 여인인지 멀리서나마 보고 가지 않으시렵니까?"

제선은 고개를 끄덕이며 다시 상단 유숙지 안으로 들어갔다. 저 멀리에 소박한 단국 옷을 차려입은 여인이 있었다. 그여인 곁에 희경이라는 아이가 반가운 얼굴로 이야기를 나누고 있었다.

명희가 말했다.

"저 여인인 것 같은데요."

"그래."

별 감흥 없이 제선이 대꾸했다.

"미인은 미인이군. 저 정도면 아무리 그림자 신부라도 품에 안고 싶을 것 같군."

여러 사람들 속에 있어도 흰 천에 떨어진 한 방울의 붉은 핏자국처럼 눈에 띄는 미모였다.

제선은 자기도 모르게 피식 웃었다.

"왜 웃으십니까?"

"아니, 그림자 신부도 분명 할마마마에겐 눈에 차지 않을 성싶어서. 저리 고운 손으로 말린 염소 똥을 주우러 다닐 수 있겠는가."

명희도 따라 웃고 말았다. 효라의 지독한 장난 덕에 명희도 애를 먹고 있었다. 하지만 틀린 말은 아니었기에 뭐라 할 수도 없었다. 단 한 분 남은 왕실의 어른이 마음에 드는 손자며느리를 고르겠다는데 누가 뭐라고 하겠는가.

"도대체 누굴 데려가야 눈에 차실 건지. 저 옆에 있는 사내아이같이 생긴 아이를 데려가면 좋아하실지도 모르겠네요. 일단 튼튼해 보이지 않습니까. 아무리 구박해도 꿈쩍도 안 할 것 같은데요."

"그럴지도."

제선은 그 아이에게서 눈을 떼지 않았다. 태양처럼 밝고 환한 아이였다. 그 아이가 있는 곳에 빛과 웃음과 행복이 따라오는 것 같았다.

제선과 경요는 말을 묶어 둔 곳에서 또다시 만났다. 경요는 한바탕 말을 탄 후에 환주성으로 돌아갈 생각이었다. 연국 왕을 보자 자기도 모르게 신 귤을 먹었을 때처럼 얼굴이 구겨졌다. 그 마음을 아는지 모르는지 제선은 경요의 팔목을 잡았다.

"돌려줄 것이 있다."

"별로 갖고 싶지 않습니다. 그냥 가져가시지요."

"희경이라고 했지?"

경요는 움찔 놀랐다. 희경은 자신이 경요라는 정식 봉호를 받기 전에 불린 아명이었다. 그녀의 정체를 들키면 안 되었기에 서화가 아명을 댔나 보다. 왜 연국 왕이 자신에게 신경을 쓰는 건지 마음이 불편했다. 경요는 제선을 말없이 노려보았다.

"아까 너와 함께 있던 단국 옷을 입고 있는 분이 경요공주이시냐? 공주님이 왔다고 상단이 아주 떠들썩하더구나."

확인을 위해 물은 것이었다. 경요는 뜨끔했다.

'내가 누군지 알고 수작을 부리는 걸까?'

하지만 그는 떠보는 게 아니라 정말 자신이 누군지 모르는 것 같았다.

단국 옷을 입고 있는 여인이라면 주유가 분명했다. 아까 함께 있는 것을 보고 주유를 그림자 신부로 생각한 것이다.

경요는 몇 초간 망설이다 대답했다.

"예, 그렇습니다. 제가 모시는 분입니다."

"그럼 너는 지금 환주성에 있느냐?"

경요는 부러 경계 어린 눈초리를 하고 제선을 바라보았다.

"왜 그런 것을 물으십니까?"

"그리 경계할 것 없다."

제선은 경요의 손에 억지로 유리종을 쥐여 줬다. 그리고 자기도 모르게 경요의 머리를 까치집으로 만들어 버렸다. 경요가 발끈해서 뭐라고 소리 지르려 했지만 제선은 날렵하게 말을 타고 힘차게 달려가 버렸다.

　경요는 닭 쫓던 개 지붕 쳐다보는 심정으로 제선의 뒷모습을 바라보았다. 화가 나서 유리종이 든 나무 상자를 집어던져 버렸다. 유리종이 상자 안에서 가벼운 파열음을 내며 깨졌다. 그러나 찜찜한 마음은 조금도 나아지지 않았다.

23

예부의 수장 한녹섭은 단사황태후의 부름에 존호궁으로 한달음에 달려왔다. 이제나저제나 단사황태후의 불호령을 기다리던 터라 태후전의 부름이 반갑기까지 했다.

단사황태후의 의사를 깡그리 무시하고 여국에 국혼을 청하는 국서를 보낸 것을 단사황태후가 좌시할 리 없었다.

그림자 신부가 환주로 떠난 뒤 단사황태후와 예석황제 사이는 더 위태로워 보였다. 형식적인 문안이 교류의 전부였다. 신료들은 단사황태후와 예석황제 사이에서 선택을 해야 했고, 대부분 자신들의 이익을 지켜 줄 듯 보이는 단사황태후 쪽에 붙었다.

진 대학사와 무영, 경요를 환주로 보낸 준은 지독한 외로움에 시달리고 있었다. 그에겐 환주를 노리는 연국 왕 제선과 싸우는 것보다 어머니 단사황태후와 싸우는 것, 또 겨울이 올 것을 모르고 늦가을의 단맛에만 빠져 있는 나태한 조정 신료들과 싸우는 것이 더 힘들었다. 예석황제 준은 자신이 설득력 없는 점쟁이가 된 기분이었다.

'좋은 시절이 끝남을 일찍 깨닫는 이는 불행하다. 그 누구도 듣고 싶지 않은 노래를 부르는 광대는 돌을 맞을 뿐이니까.'

황금기에 익숙해진 이들에게, 피를 흘리지 않고도 지킬 수 있는 평화에 익숙해진 이들에게 어찌 현실을 보게 해야 할까? 준은 한밤중에 홀로 황궁을 산책하는 일이 많아졌다. 차비는 번뇌하는 주인 곁을 묵묵히 지켰다.

어느 밤 예석황제가 차비에게 물었다.

"이 황궁에 방이 모두 몇 칸이나 될까?"

뜬금없는 엉뚱한 질문에도 차비는 잠시 생각에 잠긴 후 성실하게 대답했다.

"8천7백네 칸입니다."

"8천7백네 칸이라……. 그토록 넓은 이 황궁에 날 이해하는 이가 아무도 없구나. 나와 같은 것을 보는 이가 없구나."

차비는 뼛속 깊은 고독을 조용히 토로하는 황제의 뒷모습에 자기도 모르게 눈물이 차올랐다. 지금껏 예석황제를 지탱한 유일한 사람이 단사황태후였다. 그림자 신부 경요를 선택한 후, 바로 그 단사황태후와 예석황제는 무언의 전쟁을 치르는 중이었다. 두 사람이 황궁에서 어떻게 의지하며 살아왔는지를 바로 옆에서 지켜본 차비는 그 누구의 편도 들 수 없었다. 그저 주군의 곁을 지킬 뿐이었다.

예석황제는 단의 황금기가 끝나고 있음을 본능적으로 깨닫고 있었다. 그의 아버지 효성황제의 치세는 황제가 유능하지 않아도 단이 제대로 굴러갔었다. 기존에 해 왔던 것을 답습하는 것만으로도 충분했다. 단은 중원의 주인이었고, 그 누구도 단에 도전하지 않았다.

그러나 자신의 치세는 안팎으로 중원의 패자覇者 자리를 지키기 어려운 시절이 될 것이다. 단은 이제 늙어 가고 있었다. 나라의 운명도 인간의, 또한 자연의 운명과 같다. 탄생이 있으면 죽음이 있다. 씨를 뿌리는 자가 있으면 거두는 자가 있다. 그는 가을의 군주였다. 그가 분투해도 단의 국세가 내리막으로 가는 것은 막을 수 없을 것이다. 현상을 유지하거나 쇠퇴의 속도를 늦추는 것이 그가 해야 할 일이었다. 그것이 시대가 그에게 준 서글픈 임무였다.

8천7백네 칸의 황궁에 자기편이 하나도 없었다. 같은 편일 때, 어머니는 세상에서 가장 든든한 지원군이었지만 적이 된 지금은 최악의 상대였다. 경요를 황후로 삼겠다고 결심했을 때 어머니와 싸울 수밖에 없다는 것을 알았고, 자신이 진정한 황제가 되기 위해서 꼭 이기겠다고 마음먹었지만 어머니를 상대하는 것은 예상보다 더 힘들었다.

자기도 모르게 준의 발걸음이 태화전으로 향했다. 불 꺼진 태화전이 그를 맞이했다. 환주에서 분투하고 있을 경요를 생각하면 그가 지금 이리 흔들려선 안 된다. 준은 마음을 다잡고 자신의 정침으로 발걸음을 돌렸다.

황제의 발걸음이 태화전에 머물고 있을 때 한녹섬은 존호궁으로 들어가고 있었다. 단사황태후는 심기가 상당히 불편해 보였다. 한녹섬이 예를 올리고 앉자마자 차도 한 잔 대접하지 않고 바로 본론으로 들어갔다.

"누구 마음대로 정안공주를 여국에 시집보낸단 말이오."

단사황태후는 자신의 분노를 적절히 표현하기 위해 손바닥으로 다탁을 세게 내리쳤다. 다탁에서 나는 난폭한 소리에 한녹섬은 움찔했다. 꼭 단사황태후의 손바닥이 자신의 얼굴을 후려치는 것 같았다. 한녹섬은 고개를 조아리며 이 난관을 어떻게 타개할지 머리를 굴렸지만 뾰족한 답은 나오지 않았다.

"정안공주는 하가하기 전에는 엄연히 내명부의 사람이고, 내명부의 혼인은 황귀비가 없는 지금 내 권한이라는 것을 황상도 알고 있으실 텐데 어찌 내게 한마디 언질도 없이 정안공주를 여국의 세자에게 시집보내려 하신단 말입니까. 당장 혼인을 취소하는 글을 써서 여국으로 보내세요. 나는 절대로 이 국혼을 인정할 수 없습니다."

"하오나 마마, 이미 국혼을 청하는 조서를 여국에 보냈습니다. 국가의 위신이 있지, 우리가 먼저 제안한 일을 어찌 없었던 일로 한단 말입니까. 아니 될 말씀이옵니다."

말은 그리했지만 한녹섬은 내심 단사황태후의 편이었다. 선황의 공주를 여국 세자빈으로 보내는 뜻이 무엇인지는 분명했다. 예석황제는 이 국혼을 계기로 여국을 단국과 거의 동등한 위치로 대할 것임이 분명했다.

단사황태후가 조용한 목소리로 물었다.

"환주는 어떻습니까?"

"풍병이 어느 정도 가라앉았다고 합니다. 홍원표 그자가 큰 일을 해낸 듯합니다."

소 뒷걸음질에 쥐잡기였다. 사실 내의원에서 홍원표의 평판은 형편없었다. 의욕도 없이 녹만 축내는 자라고 하였는데, 이리 뛰어난 재주를 숨기고 있었다니.

내의원 의관들도 '풍병'에 대해서는 아는 이가 없었고, 치료법은 더욱 알지 못했다. 경요의 회임을 진단한 자라 입단속 겸해서 환주로 보내 버렸는데, 그자가 환주에서 그렇게 활약을 할 줄이야. 진자균에 사무영에 홍원표까지. 그 계집애는 정말 운이 좋았다. 뭐든 쉽게 쉽게 얻었고, 또 쉽게 쉽게 해냈다.

단사황태후는 잠시 생각에 잠겼다. 실력은 운을 이기지 못한다. 그녀는 미신이나 운명 같은 것은 믿지 않지만, 사람들이 말하는 하늘의 뜻이라는 것이 얼마나 변덕스러운 것인지는 안다. 운은 자격이 있는 자에게만 주어지는 건 아니었다. 실력과 운을 모두 갖추는 건 기적에 가까웠다. 운의 변덕 앞에 인간은 무력했다.

만약 운이 경요의 편이라면 지금 자신이 하는 모든 일들은 헛된 것이리라. 하지만 단사황태후는 호락호락 져 줄 생각이 없었다. 경요를 끝까지 몰아붙일 생각이었다.

'네가 그리 입바른 소리를 내게 해 댔으니 어디 한번 해 보거라. 황상의 지원 없이 홀로 그 환주 땅에서 실컷 뒹굴어 보렴. 식량도 약재도 도와 줄 사람도 없이 네가 어디까지 할 수 있을까? 말로는 천하를 구하는 것도 쉽다. 그 누군들 바른말을 하기 싫어서 하지 않는 줄 아느냐? 말하는 것과 행하는 것의 간격이 하늘과 땅만큼 벌어져 있음을 알기에 입을 다무는 것이다. 그런데, 그런데……'

이상하게도 그 계집애가 정말 그 일을 해내면 어쩌나 하는 생각이 멈추지 않았다. 그 계집애가 자기 힘으로 환주 문제를 해결하면 그때 자신은 어떻게 해야 할까? 절대 그럴 리 없다고 생각하면서도 이상하게 그 계집애라면 해낼지도 모른다는 생각이 떠올랐다.

'그러면 어쩔 수 없겠지. 그때는……'

단사황태후는 자기도 모르게 한숨을 내쉬었다. 궁에 있으나 없으나 그 계집애는 신경을 거슬렸다. 머리에서 떠나지 않았다. 정말 성가시고 얄미운 계집애였다.

"식량과 약재는요?"

"아직 조정의 논의가 끝나지 않았습니다."

예석황제가 협박에 가깝게 조정 신료들을 을러대고 있었으나 단사황태후의 입김 때문에 환주로 식량과 약재를 보내는 일은 지지부진한 논의만 계속되고 있었다. 그러는 사이 진 대학사의 애타는 상소가 매일 예석황제의 서안에 쌓였다.

한녹섬이 조심스럽게 부연했다.

"다들 환주가 곧 쑥대밭이 될 텐데 왜 식량과 약재를 보내야 하느냐고 생각하고 있습니다."

그럴 줄 알았다는 투로 단사황태후가 차갑게 미소 지었다. 예상대로였다. 곧 환주엔 피바람이 불 것이며 경요는 절대 그것을 막을 수 없다. 진 대학사도 무영도 뛰어난 인재였으나 그 둘로 전쟁을 할 순 없다. 연국 왕 제선은 뛰어난 장군이었고, 그의 수하들은 몸이 날랬다. 싸움으로는 승산이 없었다.

피바람이 불기 전에 그 계집애가 두 손을 들게 해야 한다. 그 계집애를 위해서가 아니었다. 뱃속에 있는 예석황제의 핏줄을 위해서였다.

'정안공주가 가엾긴 하지만 연국과의 화친을 위해서는 어쩔 수 없다. 지금 우리는 연과 싸워선 안 된다.'

"연국 왕 제선에게 정비가 있습니까?"

한녹섬은 단사황태후의 의중을 금세 이해했다. 제선은 서른 가까운 나이였으나 아직 정비를 두지 않았다. 정안공주는 여국이 아닌 연국으로 시집가게 될 것이다. 한녹섬은 그래도 둘 중 하나를 고르라면 연국 왕 제선보다는 여국의 태원세자가 낫다고 생각했다.

경요가 단에 있는 한 정안공주는 비교적 안전했다. 태원세자의 인물평도 좋은 편이었다. 과묵하고 흐트러짐이 없으며 결단이 빠르고 머리가 비상하다고 했다. 여국 조정 사람들에게 아비인 진수를 뛰어넘는 왕이 되리라고 기대받는 인물이었다.

단이 볼 때는 여국도 오랑캐의 나라였으나, 연국은 오랑캐가 아니라 야만인에 더 가까웠다. 염소 똥이나 태우고 날고기를 씹어 먹는 이들에게 무슨 인의예지와 문명이 있겠는가. 단국 사람들은 연국에 대해 막연한 두려움뿐 아니라 멸시와 혐오도 동시에 가지고 있었다.

곱게 자란 정안공주가 연국에 적응할 수 있을까? 얼마 전 정안공주가 예석황제를 만나 여국의 세자와 혼인하라는 명을 듣고 통곡했다는 소문이 궁 안에 파다했다. 단사황태후로부터 연국 왕 제선과 혼인하라는 명을 들으면 통곡이 아니라 혼절할지도 몰랐다.

"없는 것으로 압니다. 하오나 마마……."

"잘 알겠습니다."

단사황태후는 한녹섬의 말을 끊었다.

"정안공주는 절대로 여국에 시집가지 않습니다. 황상께 그리 전하십시오."

그걸로 대화는 끝이었다. 한녹섬은 단사황태후의 뜻을 황제에게 전하기 위해 존호궁을 나섰다.

단사황태후는 다시 생각에 잠겼다.

'선황의 피를 이은 공주라면 연국 왕 제선을 막을 수 있을지도…….'

아들과 경요의 뱃속에 있는 용종을 지키기 위해서는 반드시 그렇게 되어야 했다.

예석황제 준이 보낸 혼인을 청하는 국서는 국경에 도착하기도 전에 다시 단의 수도 민예의 황궁으로 되돌아왔다.

예석황제 준은 어머니의 반대에 놀라지 않았다. 신료들 앞이라 놀란 척했을 뿐이다. 어머니가 그리 나올 걸 예상하고 있었다. 심지어 어머니가 쓸 다음 수도 알고 있었다.

예부에 여국으로 국혼을 청하는 국서를 보내라고 명하기 전에 그는 비밀리에 여국 쪽에 서신을 보냈다. 그리고 오늘 그에 대한 답이 올 예정이었다. 예석황제는 해가 지기를 초조하게 기다렸다.

해가 지자 빈청에서 침전으로 물러난 예석황제는 자균이 단정한 필체로 매일 써서 보내는 보고서를 묵묵히 다시 읽었다. 그 보고서 속에 얼핏 드러나는 경요의 흔적을 꼼꼼하게 찾았다.

경요는 그에게 어떠한 소식도 보내지 않았다. 무정한 여자였다. 그립다는, 보고 싶다는 내용의 서신 한 장 보낸다면 한결 마음이 놓일 텐데. 지금 경요의 머릿속에는 오직 환주에 대한 생각밖에 없는 것 같았다. 준은 잠시 무정한 아내를 원망했다. 하나 무소식은 희소식이었다. 경요에게 무슨 일이 생기면 그 즉시 소식을 보내기로 자균이 굳게 약속했었다.

준은 불안한 마음을 애써 억눌렀다. 가장 믿는 두 사람이 경요의 곁을 지키고 있었다.

손님이 도착했다는 기별을 받고 예석황제 준은 차비를 데리고 태화전으로 향했다.

주인 없는 태화전에 은은하게 불이 밝혀져 있었다. 경요가 안규를 데리고 환주로 떠난 후 태화전은 민아와 정은 둘이서 지키고 있었다. 주인이 떠난 후 불을 때지 않은 터라 태화전에 들어서자 냉기가 몸을 파고들었다. 귀한 손님 대접이 소홀한 것 같았지만 이들이 단의 황궁에 온 것은 극비였기에 어머니나 다른 황궁 사람들이 눈치채게 할 수 없었다.

준이 태화전으로 들어서자 상인 복색의 두 남자가 몸을 일으켰다. 여국의 태원세자와 하석공주의 정혼자 석채였다. 둘 중 누가 태원세자인지는 금방 알아볼 수 있었다. 태원세자의 용모에서 경요와 닮은 곳을 찾을 수 있었다. 세자를 호위하기 위해 따라온 석채는 긴장으로 얼굴이 굳어 있었다.

석채가 먼저 허리를 굽혀 예를 표했고, 그다음으로 태원세자가 예를 표했다. 세 사람은 형식적인 것은 간략하게 넘기고 바로 본론으로 들어갔다.

"어려운 부탁인데 들어줘서 고맙군. 여기까지 오는 데 어려움은 없었는가?"

준이 물었다.

"보내 주신 통행 문서와 통행 패 덕에 조용히 민예로 들어올 수 있었습니다."

"서신으로 소식을 주고받기엔 상황이 너무 긴박해서 어쩔 수 없이 이곳으로 불렀네. 양해해 주게."

"여국의 운명과 여동생의 생사가 걸린 문제입니다."

"단의 운명과 황후의 생사가 걸린 문제이기도 하네."

예석황제는 타국의 세자가 자신과 같은 것을 생각하고 걱정하는 지금 상황이 기묘하게 느껴졌다. 이 황궁에는 없는 자기 편이 어찌 타국, 적국이라 생각한 나라에 있는 것일까?

"결국 황후께서 환주로 떠나신 겁니까?"

"자네 여동생을 무슨 수로 말릴 수 있겠나. 해야 한다고 여기면 그 누구의 말도 귀담아듣지 않는데."

석채와 태원세자도 익히 잘 아는 경요의 성격이었다. 언니 대신 그림자 신부로 온 것만 봐도 알 수 있었다. 세 사람은 자기도 모르게 각자 경요를 생각하며 동시에 한숨을 내쉬었다.

"여국 왕께서도 폐하의 생각에 동의하십니다. 두 나라가 공동전선을 구축해 연국과의 전쟁을 막을 수 있다면 폐하께서 제안하신 일에 동참하겠다고 하셨습니다."

선택하고 말고가 없었다. 단이 환주를 잃으면 순망치한의 처지에 빠지고, 연국이 단을 침략하면 여국 역시 순망치한의 처지에 빠지게 된다. 경요를 지키기 위해서는 환주를 지켜야 했다. 그림자 신부로 간 가여운 동생을 위해서라도 태원세자는 환주를 지키겠다고 결심했다. 그 아이를 위험한 지경에 빠뜨릴 순 없었다.

"서신에서 밝힌 대로 이번 일만 잘 해결되면 그림자 신부는 여후가 마지막이 될 것이오."

"황공하옵니다. 제 부친과 모친께서도 크게 기뻐하고 계십니다. 하오나 폐하, 정안공주와의 혼사는 물러 주십시오."

예석황제는 화친의 증거로 환주 문제가 해결되면 자신이 책임지고 정안공주를 보내겠다는 내용을 서신에 썼다.

"이유를 물어도 되겠나?"

"본 적도 없는 여인을 가엾게 만들고 싶지 않아서입니다. 핏줄을 타국에 인질로 보내는 아픔을 저와 제 부친은 누구보다 더 잘 압니다. 그림자 신부가 사라지는 마당에 또 다른 여인을 인질로 삼는 건 마땅치 않다고 생각하옵니다. 경요 역시 그림자 신부가 사라지길 바랐을 뿐, 그것이 다른 여인의 희생으로 이어진다면 그리되길 바라지 않을 것입니다. 그동안 쌓인 여인의 한으로도 충분합니다. 저는 앞으로는 다른 방식으로 화친을 맺어야 한다고 생각합니다. 시간이 걸리고 어렵더라도 서로를 이해하는 시간을 가지고 신뢰를 쌓아 가야겠지요."

참으로 사려 깊은 자였다. 경요가 있었다면 이와 똑같은 말을 했을 것이다. 이 정도 사내라면 타국의 세자이나 정안공주의 짝으로 부족함이 없을 것 같았다. 예쁘기만 할 뿐 철이 없는 정안공주에게는 되레 넘치는 짝이었다. 그래서 정안공주와의 혼사가 깨진 것이 준은 아쉬웠다.

"혹 정혼한 여인이 있는가?"

"아, 아닙니다. 따로 정한 여인이 있어 혼사를 거절하는 것은 아닙니다."

사촌 여동생 모린에게 호감을 느끼기도 했지만 그녀가 화경족 상단 사내를 선택한 후에야 그것이 연심이 아니었음을 깨달았다. 좋아하는 사내를 위해 모든 것을 버리고 떠날 수 있었던 모린이 대단하게 느껴졌다. 자신은 좋아하는 사람이 아니면 죽어도 혼인하지 않겠다고 말한 당찬 꼬맹이는 자기가 뱉은 말을 지켰다.

모란처럼 곱지만 사내가 감당하지 못할 만큼 드센 성격의 모린을 생각하자 그녀와 혼인한 서화라는 화경족 사내에게 동정심이 들기도 했다. 모르긴 해도 평생 모린의 손에 꽉 잡혀 살 것이다. 하나 모린 같은 여인에게 잡혀 사는 것은 어쩌면 행복한 일일지도 몰랐다. 태원세자는 자신만 아는 미소를 지었다.

시원하면서 맑게 빛나는 눈이 경요와 똑같아 준은 자기도 모르게 그 눈을 뚫어지게 바라보았다. 그녀를 닮은 눈을 보고 있으니 문득 그녀가 보고 싶었다. 모든 책무를 버려두고 환주로 달려가고 싶었다.

조금만 참으면 된다. 이제 곧 내가 군대를 이끌고 당신과 환주를 구하기 위해 갈 것이다. 예석황제는 주먹을 꾹 쥐었다. 제발 그때까지만.

"그럼 첫눈이 오기 전에 환주에서 만나기로 하지."

"예, 그리하겠습니다. 환주에서 뵙겠습니다."

두 사내는 신뢰가 담긴 시선을 교환했다. 준은 마음 맞는 사내와의 만남이 너무 짧은 듯하여 아쉬웠다. 태원세자의 마음도 그러했다.

지석사에 들르자고 청한 건 석채였다. 어서 빨리 여국으로 돌아가야 했지만 지석사는 가는 길목에 있었다. 크게 시간을 지체할 것 같지 않아 태원세자는 그러자고 허락했다.

"지석사 백불이 여인들에게 그리 영험하다고 소문이 났답니다. 하석이 백불의 영험이 담긴 부적을 갖고 싶다고 하던데 하나 사다 주고 싶습니다."

단으로 비밀리에 떠나는 석채에게 하석은 망설이다가 지석사의 부적을 부탁했다. 무리한 부탁을 하지 않는 하석이기에 석채는 하석이 그 부적에 무엇을 빌 건지 궁금했다.

망설이던 하석은 얼굴을 붉히며 말했다.

"오라버니와 혼인하면 빨리 아이를 보내 달라고 기도하려구요. 지석사 백불은 아이를 원하는 여인에게 자비를 베푼다고 합니다."

아이라는 말에 석채도 얼굴을 붉히고 말았다. 내년 봄, 오랫동안 가슴에 품어 왔던 하석이 그의 반려가 된다.

지석사는 여승들만 있는 절이어서 남자는 산문까지밖에 출입을 허락받지 못했다. 산문 근처에 있는 여승에게 부적을 부탁하려는데 절 안쪽에서 여승 하나가 헐레벌떡 뛰어왔다. 여승은 석채와 태원세자를 보고 지옥에서 부처님을 만난 듯한 얼굴을 했다.

"아이고, 부처님. 자비로우신 부처님께서 두 분을 보내셨군요. 어서 안으로 가십시다."

석채와 태원세자는 영문도 모르고 절 안으로 끌려 들어갔다. 여승이 두 사람을 데려간 곳은 경사가 급한 바위 근처였다.

"공주마마가 저리로 기어 올라가서 죽겠다고 야단입니다. 아아, 성질머리하고는……."

자기도 모르게 본심을 말한 여승은 아차 하고 입을 막았다.

태원세자는 그저 빙긋 웃고 말았다.

"이 절에는 여승밖에 없어서 저 바위에 올라갈 사람이 없답니다. 이 역시 인연이니 저분을 어서 모시고 내려와 주십시오."

햇빛이 눈이 부셔 태원세자는 눈 위를 손바닥으로 가리고 바위 위를 바라보았다. 노란색 옷을 입은 여인이 바위 위에 있었다. 바람이 부는지 여인의 치맛자락이 펄럭거렸다. 사내도 올라가기 힘든 저 바위 위에 어찌 올라간 걸까? 태원세자는 자기도 모르게 혀를 찼다. 석채는 얼마 전 축국을 하다 무릎을 다쳐 바위에 올라가는 건 무리였다.

바위 위에서 무언가 우수수 떨어졌다. 태원세자가 바닥에 떨어진 것을 주워 보니 머리카락이었다. 머리카락이 떨어지자 여승의 얼굴은 한층 더 하얗게 질렸다.

"자세한 사정은 내려와서 들으시고 일단은 올라가서 저분을 데리고 내려와 주세요. 귀한 공주님이 다치기라도 하면 저는 경을 칠 것입니다."

제멋대로인 말괄량이 공주가 아니라 새하얗게 질린 여승이 가여워 태원세자는 바위를 기어 올라가기 시작했다.

한참 후 땀범벅이 된 태원세자는 바위 꼭대기의 평평한 곳에 앉은 정안공주와 만났다. 공주는 통곡을 하면서 머리카락을 잡아 뭉텅뭉텅 가위로 자르고 있었다. 태원세자는 기가 막혔다.

"공주마마, 아래서 걱정이 대단합니다. 무엇 때문에 이러시는지는 모르겠지만 윗사람이 되어 아랫사람에게 채신머리없이 이러시면 안 됩니다."

"채신머리가 무슨 소용이 있느냐. 나는 절대 내려가지 않을 것이다."

"어찌 이리 막무가내이십니까. 내려가시지요."

"싫다. 죽어도 싫다."

공주의 몸이 위태위태하게 흔들렸다. 혹시 미끄러지기라도 하면 붙잡을 요량으로 태원세자는 정안공주 옆에 바짝 붙어 앉았다.

"무슨 연유로 이리 고집을 부리시는 것입니까?"

"여국의 세자 따위에게 시집가느니 차라리 머리를 깎고 여승이 될 것이야!"

정안공주는 바락바락 소리를 질러 댔다. 지금껏 떼를 써서 안 되는 일이 없었다. 그런데 이번만은 어머니 정빈도 황자인 오라버니도 고개를 저었다.

태원세자는 흥미롭다는 시선으로 정안공주를 바라보았다.

'여국의 세자? 설마 이 막무가내 아가씨가 나와 혼인할 뻔했던 정안공주인가?'

태원세자는 한숨을 쉬면서 품에서 수건을 꺼내 얼굴부터 닦아 줬다. 눈물과 콧물을 닦자 예쁜 얼굴이 드러났다. 울어서 눈이 퉁퉁 부었음에도 예쁜 얼굴이었다. 울지 않으면 더 예쁠 것 같았다.

'하아, 어찌 내 주변의 여자들은 이렇게 하나같이 막무가내에 고집쟁이인지. 게다가 성질은 어찌 이리도 난폭하단 말인

가. 하마터면 떼쟁이에게 장가들 뻔했구나.'

태원세자는 자기도 모르게 마음속으로 혀를 찼다. 그런 마음을 드러내지 않고 태원세자는 정안공주의 얼굴을 정성껏 닦은 뒤 상처투성이가 된 손도 닦아 주었다.

정안공주는 순순히 자기 얼굴과 손을 태원세자에게 맡겼다. 그 모습이 의외로 귀여워 태원세자는 웃지 않으려고 혀를 깨물었다.

"예쁜 머리칼을 이리도 무참히 잘라 버리셨습니까."

태원세자는 한숨을 쉬고는 정안공주의 손에 들려 있는 가위를 빼앗았다. 그러고는 처삼촌 벌초하듯 삐죽삐죽 잘라 놓은 머리카락을 가지런히 다듬었다.

단순한 정안공주는 낯선 사내가 자기 머리카락을 보며 예쁘다고 해 주자 기분이 좋아졌다.

"훨씬 보기 좋습니다, 공주마마."

태원세자가 미소를 짓자 정안공주도 따라 미소 지었다. 눈은 웃고 있었지만 눈에는 여전히 눈물이 그렁그렁 고여 있었다. 태원세자가 손수건으로 다시 정안공주의 눈물을 닦아 주었다.

"여국에 시집가고 싶지 않으십니까?"

"여국의 태원세자에 대한 소문을 들었다. 차가운 생선 대가리 같은 남자라고 하더라."

차가운 생선 대가리? 자기도 모르게 붙은 별명에 태원세자는 어이가 없어 그만 웃고 말았다. 도대체 자신의 어느 구석이 차가운 생선 대가리 같은 건지 이해할 수 없었다. 자랑은 아니지만 인물도 그만하면 봐 줄 만했고 성격도 원만한 편이었다. 말수가 적고 고지식한 면이 차갑게 느껴지는 걸까? 그래도 생선 대가리는 너무했다.

"차가운 생선 대가리라. 너무 지독한 별명이네요. 어쩌면 좋은 분일 수도 있지 않습니까."

"싫다. 나는 이미 좋아하는 분이 있다. 절대 그분 아닌 다른 사람에겐 시집가고 싶지 않아!"

모린 같은 사람이 또 있구나. 우습게도 나는 왜 이렇게 막무가내에 고집쟁이가 예뻐 보이는 건지. 아직 혼사를 거절했다는 이야기를 듣지 못한 거겠지.

"이제 아랫사람들 속은 그만 썩이고 내려가시지요. 분명 좋은 소식이 있을 겁니다. 이리 떼를 쓰시면 본인만 손해입니다. 어른스럽게 구셔야지요. 일국의 공주 아니십니까. 그리고 불도의 길은 타국으로 시집가는 길보다 더 외롭고 힘든 길이랍니다."

정안공주의 눈에 또다시 눈물이 고였다. 그녀가 울먹울먹하며 말했다.

"발목이 아프다."

그러니까 정안공주는 내려가지 않았던 게 아니라 내려가지 못했던 것이다. 하긴 험한 길을 걸어 본 적 없는 공주가 갑자기 바위를 기어 올라갔으니 탈이 날 만도 했다.

'가지가지 하는구나.'

나이 차이가 많이 나는 막내 여동생 뒤치다꺼리를 하는 기분이었다. 물론 그의 여동생 경요는 절대 그럴 필요가 없었다. 결국 태원세자는 정안공주를 업고 내려가야 했다. 아슬아슬한 절벽을 기다시피 해서 내려갈 때 정안공주는 무서워 죽겠다고 소리를 질렀다. 생각보다 정안공주가 무거워 태원세자는 투덜거렸다.

아래로 내려온 정안공주는 호들갑을 떠는 시비들에게 둘러싸였다. 제 갈 길 가려는 태원세자와 석채를 정안공주가 불러들였다.

정안공주는 아까 울고불고했던 것을 까맣게 잊은 듯 멀쩡한 얼굴로 태원세자에게 말했다.

"나는 은혜를 모르는 이가 아니다. 이름이 뭔가? 사례를 하고 싶다."

태원세자는 피식 웃었다. 그래도 공주는 공주라고 울지 않고 멀쩡한 얼굴로 있으니 나름대로 기품과 위엄이 있었다.

"저는 효라고 합니다."

효는 태원세자의 이름이었다.

"낯선 옷을 입고 있군. 단국 사람이 아닌가?"

"예, 장사 일로 여국에서 왔습니다. 민예에서 거래를 마치고 잠시 지석사에 들러 부적을 사려던 중이었습니다. 이곳의 백불이 영험하다고 해서요."

공주는 목에 건 벽옥 목걸이를 벗어 태원세자에게 건넸다.

"이걸로 부적을 사라."

"공주마마, 너무 과한 사례입니다."

"남은 것은 시주를 하든지."

끝까지 제멋대로인 정안공주는 몸을 돌려 그대로 가 버렸다.

시주함에 벽옥 목걸이를 넣으려던 태원은 마음을 바꿨다. 단국 땅을 기억하는 물건으로 지니고 있어도 나쁠 것 같지 않았다.

제선은 자강전에서 서예에 몰두해 있었다. 문보다 무 쪽에 치우쳤긴 하나, 제선은 조부인 혁요나 부친인 기숙에 비하면 학문과 시서화에도 재주가 많은 팔방미인이었다. 효라는 연국이 더 큰 나라로 발돋움하려면 군주가 무뿐만 아니라 문에도 익숙해야 함을 알 만큼 깨인 여인이었다.

사냥과 무예에 몰두하는 제선에게 효라는 늘 이렇게 말하며 그를 서안 앞에 앉혔다.

"나라를 세우는 것은 무武이나 나라를 지키는 것은 문文이다. 네 앞의 두 선왕들은 무만으로도 충분했으나 네가 다스릴 연은 무와 문 둘 다가 필요할 것이다."

효라는 그에게 창업이수성난創業易守成難을 가르쳤다. 제선은 사서를 읽으면서 나라를 지탱하는 것은 무가 아닌 문이라는 사실을 깨달았다. 그 이후 그는 학문에 더 몰두했다. 그가 세우고 싶어 하는 연은 아버지의 연과 달랐다. 그의 나라는 아버지의 연처럼 야만인의 나라가 아닌, 역사에 뚜렷한 문명의 족적을 남기는 나라가 될 것이다.

그는 경서와 사서를 두루 읽었지만 인륜이니 왕도니 군자니 하는 구름 잡는 이야기를 하는 경서보다는 다양한 인물들이 패권을 잡고 빼앗기고 하는 이야기가 담긴 사서에 더 매료되었다. 여러 창업 군주들의 이야기를 읽으면서 제선은 자신의 야심을 가다듬었다. 그는 자신의 지성과 체력에 깊은 자부심을 가진 자로 자신이 아비의 꿈이었던, 중원을 차지할 사람임을 믿어 의심치 않았다.

선왕의 피를 잇지 않았음에도 연국의 왕이 될 수 있었던 것은 그가 그런 운명을 타고난 아이였기 때문이다.

초원의 별을 보며 아이의 운명을 점쳐 주는 이가 그의 부모에게 절을 하며 말했다.

"이 아이는 중원의 패권을 쥘 운명을 타고났습니다."

그는 후에 그 예언에 대해 듣고 코웃음을 쳤다. 별 따위가 어찌 감히 그의 운명을 말할 수 있단 말인가. 운명 때문이 아니었다. 그가 원하기 때문에 중원을 차지할 것이다.

제선은 문文에 몰두하는 모습을 조모 효라와 책사 명희 앞에서 말고는 아무에게도 보여 주지 않았다. 연국은 무를 숭상하는 나라였기에 문에 몰두하는 이를 약하다 여겼기 때문이며, 어떻게 해서든 부친 기숙과 닮지 않은 모습을 끄집어내 그가 혁요와 기숙의 피를 잇지 않았다는 것을 상기시키고 싶어 하는 청랑족 씨족장들과 조정 신료들에게 책잡히고 싶지 않아서였다.

환주 문제로 고민하던 제선의 머리에 한 가지 생각이 떠올랐다. 제선은 종이 위에 글을 쓴 후 그것을 뚫어져라 바라보았다.

사인선사마射人先射馬[*]

명희가 들어왔다. 말을 걸려던 그는 제선의 사색을 방해하지 않으려고 가만히 곁에 서 있었다. 한참 후에 제선이 정성껏 쓴 글을 구겨서 바닥에 던졌다.

"두보杜甫군요. 그런데 왜 구겨 버리셨습니까?"

제선이 씩 웃었다.

"만약에 말이야, 말이 아니라 장수를 먼저 쏘면 어찌 될까?"

명희는 제선의 말이 잘 이해되지 않았다. 적을 쓰러뜨리려면 적이 의지하고 있는 것을 먼저 쓰러뜨려야 함은 병법의 기본이었다. 그런데 제선은 그 반대에 대해 묻고 있었다.

"장수가 없는 말을 어디에 쓰겠습니까? 말은 장수가 있기에 그 쓰임이 있는 것 아닙니까. 달리는 것은 말의 일이나, 그 말이 달릴 방향을 결정하는 건 장수의 일이니 말입니다."

"그렇지? 장수를 쏘면 말은 자연히 우리 것이 되겠지? 굳이 말을 쏘고, 또 장수를 쏠 이유가 어디 있겠는가. 우리가 원하는 것은 장수의 목숨이 아닌데 말이야."

명희는 그제야 제선의 말뜻을 이해했다. 그 역발상에 감탄했다.

---

[*] 장수를 쏘려면 우선 말을 쏘라.

장수는 그림자 신부, 말은 환주였다. 제선은 새 종이에 일필 휘지로 글을 써 내려갔다. 장수를 쏘기 위한 글이었다.

제선은 그림자 신부가 그의 도발에 어떻게 반응할지 궁금했다. 환주성에 있는 그림자 신부와 그의 싸움에서 과연 승자는 누가 될까? 갑자기 유쾌해진 제선은 크게 웃음을 터뜨렸다. 그림자 신부가 환주에 온 이후 처음으로 그가 우위에 선 것이다. 명희는 제선의 웃음을 말없이 바라보다가 그가 글을 쓴 종이를 들고 자리를 떴다. 해야 할 일이 많았다.

환주성 안에 기이한 격문이 돌고 있다는 소문이 무영의 귀에까지 들어왔다.

무영은 똥 씹은 얼굴로 가늘고 길게 접힌 종이가 묶여 있는 화살을 자균 앞에 놓았다. 흰 독수리의 깃털이 달려 있었다. 청랑족이 쓰는 화살이었다. 이것이 무엇이냐는 자균의 말에 아랑곳하지 않고 무영은 경요의 행방을 물었다. 오늘도 경요는 성 밖에 있는 화경족의 유숙지에 서화를 만나러 갔다.

무영은 딱딱하게 굳은 얼굴로 말했다.

"어서 마마를 모셔 와야 하네. 생각보다 사태가 심각해질 수 있어. 지금 우리 병력으로 환주 사람들을 다 감당할 수 없을 거야."

"환주 사람들? 환주 사람들이 마마께 위해라도 가한단 말인가?"

"이제 정말 폐하가 오시길 기다리지 말고 마마를 민예로 모셔 가야 할 때가 온 것 같네."

자균은 화살에 묶인 종이를 풀어서 폈다. 글을 다 읽은 자균의 얼굴이 창백해졌다. 이런 식으로 연국이 환주를 흔들 줄은 상상하지 못했다. 제선은 예상했던 것보다 더 지략이 뛰어났다. 그들이 무혈입성을 강렬히 바라는 것을 알았지만 이런 수를 쓸 줄이야.

단의 황후만 인질로 내어 주면 겨울 동안 환주를 치지 않겠다는 글이었다.

"연국의 짓인가?"

무영이 고개를 끄덕였다.

"이런 것이 성안에 얼마나 돌았나?"

"볼 때마다 수거하고 있으나 민예에서 데려온 병력으로는 턱도 없네. 야음을 틈타 수없이 뿌려지고 있거든."

무영이 자균 앞에 털썩 주저앉았다.

자균이 물었다.

"민심은 어떤가?"

"모르겠어. 감을 잡을 수가 없네."

무영은 크게 한숨을 쉬고 덧붙였다.

"이 격문의 악랄한 점이 뭔지 아나? 황후마마와 환주 사람들을 이간하는 것이네. 겨우 잡은 민심을 분열시키려 하고 있어. 마마가 성문을 나가든 나가지 않든 결국 제선은 이득을 볼 것이야. 누구나 자기 목숨이 제일 중요하니까. 단의 황후 하나를 던져 놓고 겨울 동안 평화를 유지할 수 있다면 분명 그리할

자가 나타날 걸세. 우리가 마마를 민예로 대피시킨다면 그들은 좋아하며 환주로 쳐들어오겠지. 그들은 마마를 원하는 게 아니야. 환주에 마마가 없길 원하는 것이네. 마마가 없다면 환주는 곧 무너질 테니까. 마마는 환주의 심장 아닌가. 장수 없이 어찌 전쟁을 치를 수 있겠나."

무영의 말대로였다. 환주와 황후 중에 선택해야 한다면 그들은 황후를 지켜야 했다. 경요의 생각은 그 반대겠지만.

"마마도 아시나?"

"아시겠지. 매일 환주 저자를 다니시는 분인데 눈에 안 띄었을 리 없지."

"마마께선 어찌 생각하고 계실까?"

"우리가 어찌 그분의 의중을 알 수 있겠나. 하지만 순순히 민예로 가진 않으실 걸세."

무영이 한숨을 쉬었다.

"어찌해야 좋겠나?"

자균이 물었다.

"일단은 상단의 유숙지에 가서 황후마마를 모셔 오게. 내 휘하의 수하들 중 뛰어난 자들을 호위로 붙여 주겠네. 내가 직접 가고 싶지만 성내 치안 때문에 밖에 나갈 수 없네. 미약하긴 하나 동요하는 자들이 눈에 띄고 있거든. 혹 앞뒤 분간 못하는 자들이 마마를 덮친다면 우린 씻을 수 없는 죄를 짓는 거네. 단뿐만 아니라 환주 사람들에게 말이야. 이번만큼은 황후마마가 아무리 고집을 부리셔도 민예로 모셔야겠네. 어쩔 도리가 없어."

자균도 무영의 말에 동의했다.

"지금 마마가 떠난다고 한들 누가 마마를 욕할 수 있겠는가. 이미 기대한 것 이상을 하셨네. 그 누가 와도 마마처럼 할 수는 없었어."

자균은 무영이 붙여 준 호위 병사와 함께 말을 타고 성문을 통과해 화경족 상단 유숙지에 도착했다. 유숙지의 화경족들은 다른 곳으로 이동하기 위해 천막을 해체하고 짐을 싸느라 부산했다. 사람들에게 지시를 하던 서화는 자균의 얼굴을 알아보고 반갑게 미소를 지으며 다가갔다.

"오랜만입니다. 그간 강녕하셨습니까?"

"잘 지냈네. 자네도 별일 없는가?"

"별일이야 많았지요."

"어디로 이동할 예정인가?"

"일단 병주로 돌아갈 예정입니다. 이번 상행은 경요공주님 때문에 온 것이니까요."

"황후마마는 어디 계시는가?"

"잠시 지인을 만나고 계십니다. 이야기가 끝나면 제 천막으로 온다고 하셨으니 우선 제 천막에서 기다리시지요. 차를 대접하겠습니다. 드릴 말씀도 있습니다."

서화는 손수 차를 우려서 자균에게 대접했다.

"할 이야기가 무엇인가?"

"제가 이런 말을 하는 게 건방지다고 생각하실 수 있지만,"

공주마마를 어찌하실 생각입니까? 단의 황궁에서 공주님을 어찌 생각하시기에 아직도 식량과 약재를 보내지 않는 걸까요?"

서화의 말투는 공손했으나 분명 책망이 섞여 있었다.

"제가 보기엔 앞으로도 보낼 생각이 없는 게 분명합니다."

서화의 말투엔 확신이 가득 차 있었다.

"마마께서 말씀하신 약재를 구하기 위해 큰 약재상과 다 연통을 했는데 단으로부터의 약재 주문은 없었다고 합니다. 아직 주문도 하지 않았다는 건 보낼 생각이 없다는 것으로 받아들여도 되지 않을까요. 공주님께서 지금은 잘 버티고 계시지만 밑 빠진 독에 물을 붓는 것과 같습니다. 앞으로 언제까지 버틸 수 있을까요?"

자균도 잘 알고 있었다.

"그리고 연국에서 보낸 격문에 대해 들었습니다. 그래서 드리는 말씀인데요."

"말해 보게."

"저희가 마마를 모시고 몰래 병주로 가면 어떻겠습니까?"

민예까진 먼 길이었고, 비밀리에 간다 해도 습격을 받을 위험이 있었다. 그러나 상단에 끼어 병주로 가면 경요와 뱃속의 용종을 모두 안전하게 지킬 수 있다.

"생각해 보십시오. 모레까지 기다리겠습니다."

밖에서 사람이 들어와 말했다.

"공주마마께서 밖에서 기다리십니다."

"알았네."

자균은 남은 차를 다 마시고 자리에서 일어났다.

천막에서 나온 자균은 경요를 찾기 위해 두리번거렸다. 그러다 자균은 마치 벼락이라도 맞은 것처럼 얼굴이 새하얗게 질리고 말았다. 사람들 틈에서 얼핏 주유와 비슷한 여인을 본 것같았다. 자균은 눈을 깜빡거렸다. 분명 주유였다.

"어쩐 일입니까? 성에 무슨 일이라도 생겼습니까?"

경요의 말에 자균은 겨우 정신을 차렸다. 하지만 자균의 눈은 계속해서 주유와 비슷한 여인이 있었던 곳을 필사적으로 더듬고 있었다.

'한낮에 환영을 본 걸까? 헛것을 보다니 내가 점점 미쳐 가는 것인가?'

"어디가 편찮으십니까?"

경요가 자균의 소매를 잡아끌었다. 그제야 그를 걱정스럽게 보는 경요의 얼굴이 보였다.

"얼굴색이 창백합니다. 꼭 귀신이라도 본 사람 같습니다."

"세상에 귀신이 어디 있습니까?"

자균은 자신이 본 것을 부정했다.

"마마를 모시러 왔습니다. 연국에서 보낸 격문은 보셨습니까?"

경요는 고개를 끄덕였다.

"그 일로 할 말이 있습니다."

해가 진 후 경요는 자균과 무영, 원표를 불렀다.

경요는 짧게 말했다.

"내일 해가 뜨면 연국으로 내가 직접 찾아가겠노라 서신을 보내세요. 시간 끌 것 없습니다. 그쪽에서 원하는 게 나라면 가야지, 어쩌겠습니까."

무영과 자균은 동시에 비명을 질렀다.

"마마!"

먼저 정신을 차린 건 자균이었다.

"안 될 말입니다. 어찌 호랑이 소굴에 들어가려 하십니까?"

그 물음에 대답하지 않고 경요가 말했다.

"진 대학사는 이곳에 남고 무영과 안규는 나와 함께 연국에 갑니다. 대학사, 내가 없는 동안 환주를 잘 부탁합니다. 무영 그대는 가기 전에 모든 것을 진 대학사에게 알려 주세요. 그리고 홍 의원은 대학사를 돕고 환주 사람들을 돌보도록 하게."

원표는 안심했다. 연국에 가느니 차라리 격무가 나았다.

"마마, 안 될 말입니다. 환주를 내주는 한이 있어도 마마를 연국에 보낼 수 없습니다."

"왜 그리 호들갑입니까. 지금껏 여자 하나로 3백 년 동안이나 평화를 누려 온 나라 사람답지 않습니다."

그 말에 자균은 말문이 막혔다. 도대체 이 일을 예석황제에게 어찌 알려야 할지 앞이 캄캄했다.

"폐하께는 제가 떠난 후에 알리세요. 화경족에서 사람을 데려갈 생각입니다. 그 사람을 통해 서신을 보내도록 하겠습니다."

"마마, 저들이 원하는 것은 환주에서 마마가 떠나는 것입니다. 마마가 안 계시면 환주가 금방 무너질 거라 생각하고 벌인 짓입니다."

경요가 크게 한숨을 쉬었다.

"나도 그 정도는 알고 있습니다. 하나 모든 일에는 앞면과 뒷면이 있습니다. 세상에 완벽한 계책은 없습니다. 연국 왕 제선은 비책이라 생각했을지 모르나 나 역시 생각 없이 연국으로 가는 것이 아닙니다. 또, 가서 확인할 것도 있습니다. 어차피 잘되었습니다. 불청객으로 가느니 초대를 받았을 때 당당하게 다녀오지요."

황후가 인질로 보내지는 사상 초유의 사태에 자균과 무영은 얼이 빠졌다.

자균이 물었다.

"무슨 생각을 하시는 겁니까?"

"피 흘리지 않고 환주를 구할 방법을 생각하고 있습니다."

자균과 무영은 서로 '역시'라는 눈빛을 교환했다.

'계속 그 생각을 하고 계셨던 건가? 하나 어찌 피 흘리지 않고 환주를 지킬 수 있겠는가.'

자균과 무영은 경요의 고집이 답답했다.

자균이 절충안을 내놓았다.

"마마, 민예로 가기가 그러시면 잠시 병주로 피신하십시오."

"연으로 갈 것입니다. 그런 줄 알고 채비하세요."

경요는 더 이상 이야기하지 않겠다는 얼굴로 자리에서 일어났다.

무영이 경요를 붙잡았다.

"마마, 가셔서는 안 됩니다. 마마는, 마마는⋯⋯, 단의 황후이십니다. 단과 환주에 그 누구보다 필요하신 분입니다. 마마 없이 어찌하라고 이리 가시려 합니까."

"그러니 연에서 날 지키세요. 나도 용종도."

경요의 마음은 이미 굳어 있었다. 자균은 한숨을 쉬었다.

'황상도 꺾지 못한 저분의 뜻을 우리가 어찌 꺾을 수 있겠는가.'

자균은 최대한 안전하게 경요를 보호할 방법을 생각했다.

자균이 굳은 얼굴로 말했다.

"그럼 홍 의원을 데려가십시오. 혹시 마마의 건강에 이상이 생기면 저희들은 죽는 걸로도 그 죗값을 다 갚을 수 없습니다. 그것만은 꼭 들어주셔야겠습니다."

"홍 의원을 데려가면 환주의 병자들은 어찌하란 말입니까?"

"제가 무슨 수든 내 보겠습니다. 홍 의원을 데려가지 않으시면 전 마마의 마차 앞에 드러누워서라도 연국행을 막을 것입니다."

내심 연국으로 가지 않아 안심했던 홍원표는 자균의 말에 화들짝 놀랐다.

'자기는 안 가면서 나는 왜 연국으로 보내려는 거야!'

원표는 입 밖으로 낼 수 없는 말을 마음속으로 외쳤다. 분명 탕제에 산조인을 많이 넣어 지각하게 한 복수를 이리 치사하게 하는 게 분명했다.

경요는 마지못해 고개를 끄덕였다.

시간은 더디게 흘러갔다. 단의 황후가 제 발로 연국에 인질로 간다는 소문은 삽시간에 파다하게 퍼졌다. 행궁을 바라보는 환주 백성들의 시선에 쉽게 지워지지 않을 존경이 아로새겨졌다.

자균은 침통한 표정으로 무영에게 인수인계를 받았다. 원표는 죽을상을 하고 약재를 챙겼다. 오직 침착한 것은 경요뿐인 듯했으나 경요의 마음도 미친 듯이 요동치고 있었다. 그녀는 팔찌를 만지작거리며 생각에 잠겼다. 자기도 모르게 손이 벌벌 떨렸다. 경요는 굳게 입을 다물고 떨림을 숨기기 위해 주먹을 꽉 쥐었다. 호랑이를 잡기 위해서는 호랑이 굴로 들어가야 한다. 자신 따윈 없었다. 지금껏 해낼 수 있다 여기고 한 일은 아무것도 없었다. 죽을힘을 다해, 오직 환주를 살리겠다는 염원으로 버텨 온 나날이었다. 경요는 어금니를 꽉 깨물었다.

"마마, 상단에서 마마를 찾아오셨습니다."

기다리던 손님이었다. 경요는 얼굴을 부드럽게 했다. 거울을 보진 않았지만 아마도 지금 그녀의 얼굴은 무척 험악해 보일 것이다. 그런 얼굴은 태교에도 좋지 않을 터. 경요는 한숨을 크게 내쉬고 얼굴에 가볍게 미소를 띠었다. 그리고 최대한 부드럽게 안규에게 말했다.

"들어오라 하게."

안규가 손님을 모셔 왔다. 손님은 얼굴을 가린 두건을 내렸다. 다소 긴장한 주유의 얼굴이 나타났다. 주유는 경요 앞에 무릎을 꿇었다.

"황후마마, 마음을 정했습니다. 연국에 동행하겠습니다. 마마께서 부탁하신 일을 하겠습니다."

주유의 목소리가 떨리고 있었다.

경요가 대답했다.

"고맙네. 절대로 그대의 생명을 위태롭게 하지 않을 걸세."

"마마께서 주신 목숨입니다. 그러니 기꺼이 마마를 위해 쓰겠습니다."

경요가 안규를 보고 명했다.

"무영을 데려오게."

24

연국으로 떠나는 날이 밝았다. 연국은 경요가 자청하여 인질로 가겠다는 말을 곧이 믿지 않았는지 올 테면 와 보라는 듯 아무도 보내지 않았다.

'하긴 무영도 자균도 믿지 못했는데 연국이 믿을 리가 없지.'

경요는 마음을 다잡았다. 자신은 환주의 신부. 여전히 쓸모도 많았고 몸값도 비쌌다.

'뱃속엔 단의 후계자까지 가지고 있으니 참으로 비싼 인질이지.'

경요는 자기도 모르게 피식 웃었다.

경요는 아랫배에 손을 가져다 댔다. 여전히 배는 편편했다. 외관상으로는 임신의 증후를 느낄 수 없지만 뱃속의 아기는 현기증과 입덧으로 자신의 존재를 분명히 알렸다. 입덧이 밀려오면 경요는 하던 일을 모두 미뤄 두고 침상에 누워서 아기와 대화를 나눴다. 입덧을 가라앉히는 가장 좋은 방법이었다. 뱃속 아기와 이야기를 나누면서 경요에겐 용종에 대한 끊을 수 없는 애정과 집착이 자라나고 있었다. 경요는 그렇게 여인에서 어머니로 변하는 중이었다. 그 과정을 준과 함께할 수 없음이 한없이 안타까웠다.

한숨도 자지 못한 경요를 주유와 안규가 안쓰러운 눈으로 바라보았다. 갑자기 경요가 입을 막고 헛구역질을 했다. 안규가 친정 엄마처럼 경요의 등을 부드럽게 쓸어 주는 동안 주유가 따스한 물에 환약을 풀어 왔다. 환약은 홍원표가 입덧을 다스려 준다며 지어 준 것이었다. 경요는 넘어가지 않았지만 억지로 주유가 가져온 물을 천천히 입안으로 흘려 넣었다.

어젯밤 한숨도 자지 못한 것은 연국으로 가는 일 때문이 아니었다. 준 때문이었다. 회임한 것도 숨기고, 자기에게 상의도 하지 않고 연국으로 간 것을 안다면 그 사람은 얼마나 상처받을까? 그래도 이야기는 했어야 했다는 후회가 경요를 잠식했다. 예전에 준은 진실을 이야기하지 않는 것은 거짓말은 아니지만 기만이라고 말한 적이 있었다.

혹시 그와 그녀 사이에 불신과 반목이 자라게 되는 게 아닐까 두려웠다. 뱃속 아이를 지키는 것보다 더 중요한 일이 뭐냐고 화를 내며 묻는다면 그녀는 뭐라 대답해야 할까? 당신과 나를 위한 일이었노라고 대답한들 그가 납득할까? 그녀는 여느 황후처럼 황궁에서 오직 황제만 바라보며 살 수는 없었다. 이런 모습이 그에게 어떻게 비칠까? 그녀의 마음이 아무 왜곡 없이 그에게 전해질 수 있을까? 왜곡 없이 전해진다 해도 그가 그것을 받아들일 수 있을까?

경요는 생각하고 또 생각했다.

'내가 과욕을 부리는 걸까? 나를 과신했던 걸까? 혹 내 마음에 우쭐하는 공명심은 없을까? 정말 한 줌의 사심도 없었을까?'

경요는 사람을 사랑하는 일이 항상 달콤하지 않음을 깨달았다. 사랑한다는 말 뒤에 가려진 소유욕과 질투, 조금만 어긋나도 복구할 수 없을 만큼 변질되고 부서지는 인간의 나약한 마음. 사랑은 모순적이었다. 경요를 한없이 강하게 만들면서도 또한 한없이 약하게 만들었다. 갓난쟁이 때도 거의 울지 않던 경요가 준을 마음에 담은 후 울 일이 많아졌다. 눈물이 흘러야만 우는 게 아니었다. 그를 보지 못할 때, 그에게 비밀을 가지게 될 때, 그의 뜻에 반하는 일을 할 때마다 피가 섞인 눈물이 흘렀다.

경요는 자신이 그의 한 사람뿐인 여인이 되겠다고 결심한 순간부터 의도하진 않았지만 준의 사랑을 시험하고 있음을 깨달았다. 그녀는 끊임없이 그를 흔들고 있었다. 과연 준은 그녀를 얼마만큼 믿을 수 있을까? 그리고 그녀는 준을 어디까지 믿어야 할까? 답은 없었다. 한평생 오직 그녀 한 사람만 은애하겠다는 준의 약속을 믿을 수밖에 없었고, 준은 단의 황후로 홀로 서겠다는 그녀를 지켜보겠다는 약속을 지켜야 했다. 그들의 여정에 쉬운 길은 없었다.

왜 하필 그녀는 이렇게 큰 책임을 진 자를 사랑하게 되었을까? 왜 재주도 없으면서 환주를 구하겠노라 큰소리를 쳤을까? 경요는 한숨을 내쉬었다. 분하지만 단사황태후의 말은 일부 맞았다. 산전수전 다 겪은 단사황태후에게 '당신 인생을 구원해 주겠소.'라고 큰소리를 친 건 몰라서 용감했던 것이다. 하나 이제 와 멈출 생각도 포기할 생각도 없었다.

경요는 환주와 환주 사람들에 대해 생각했다.

있는 힘을 다해, 여인으로의 본능도 억누르고 환주만을 위해 달렸다. 그녀의 진심을 과연 환주 사람들은 어떻게 받아들일까? 환주 사람들은 그녀를 어떻게 생각할까? 아주 조금은 그들 마음에 파고들 수 있었을까?

안규는 경요의 머리를 빗겨 주고 옷 입는 것을 도왔다. 오늘은 모처럼 황후의 소례복을 입는 터라 옷을 입는 데 시간을 많이 소비했다.

경요의 단장을 마치고 안규와 주유도 치장을 했다. 주유는 혹시라도 자균의 눈에 띌까 얼굴에 비단 너울을 둘렀다. 하지만 자균은 주유에게 조금도 눈길을 주지 않았다. 그의 머릿속은 경요의 연국행으로 가득 차 있었다. 안규에게 화경족 상단에서 경요의 시중을 들기 위해 온 여인이라는 소개를 받고 형식적으로 고개만 까딱했을 뿐, 비단 너울로 얼굴을 가린 여인에게는 시선도 맞추지 않았다. 이제 환주는 그의 책임이었다. 무거운 짐을 어깨에 진 중압감으로 얼굴이 파리해진 자균을 주유는 먼발치에서 안타까운 시선으로 더듬었다.

'참으로 오라버니에 대한 마음은 왜 이렇게 끊을 수가 없을까요?'

주유는 마음을 단단히 먹고 자균에게서 시선을 뗐지만 몇 초 후 그녀의 눈은 그녀의 마음을 배신했다. 자기도 모르게 그가 있는 곳을 찾기 위해 두리번거렸고, 시야에 그가 들어오면 뚫어져라 그를 바라보다 흠칫 놀라며 다시 시선을 돌렸다.

무영이 경요 일행에게 다가왔다.

"마차에 오르시지요."

경요는 무영에게 조용히 미소를 지어 줄 정도로 여유를 되찾았다. 겨울이라 태양빛이 서운할 만큼 미약하긴 했지만 경요는 아침이 좋았다. 붉은 해가 금빛으로 바뀌는 그 순간 지난밤 흘렸던 눈물이 모두 말라 버리고 새로운 희망이, 모든 것이 잘될 거라는 근거 없는 긍정이 샘솟았다. 경요는 가늘게 눈을 뜨고 잠시 태양을 바라보았다.

주유가 먼저 마차에 탔고 경요는 안규의 부축을 받으며 마차에 올랐다. 몇 번 입어 보았지만 소례복은 여전히 몸에 익숙하지 않았다. 이런 치렁치렁한 옷을 입고 춤을 추듯 걷는 주유가 경요의 눈에는 곡예사처럼 보였다.

자균이 마차 쪽으로 다가왔다.

"황후마마, 잘 다녀오십시오."

자균은 관복이 흙으로 더럽혀지는 것을 상관하지 않고 경요에게 큰절을 올렸다. 경의와 존경, 감사의 마음을 모두 담은 큰

절이었다. 경요는 자균의 큰절에 자기도 모르게 마음이 흔들렸다. 눈물이 차오를 것 같아 굳은 얼굴로 고개를 끄덕였다. 자균이 그녀를 여국의 공주가 아닌 단의 황후로 인정한 것이다.

자균은 공손히 마차 문을 닫았다. 무영의 말이 히히잉, 경쾌한 소리를 냈다. 하얀 콧김이 피어올랐다.

마차는 천천히 굴러갔다. 행궁 문 앞에서 잠시 멈추었던 마차는 이내 다시 굴러가기 시작했다. 그런데 무영의 말발굽 소리가 갑자기 멈추는가 싶더니 마차 역시 멈추었다.

"무슨 일이지요?"

안규가 고개를 갸웃거리며 마차 창문을 열고 발을 걷어 올렸다. 무영이 난처하다는 얼굴로 다가왔다.

"사람들이 앞을 가로막고 있어서 나갈 수가 없습니다."

사람들? 경요는 자리에서 일어나 마차 문을 열고 나갔다. 행궁 앞에 수없이 많은 사람들이 그녀를 기다리고 있었다. 황후의 금빛 소례복이 햇빛에 반짝이자 사람들은 무릎을 꿇었다. 경요는 그 광경이 이해가 되지 않아 잠시 멍하니 땅과 거의 평행이 된 그들의 등을, 그 등에 반사되는 겨울 햇살을 바라보고만 있었다. 마치 시간이 멈춘 것 같았다.

"가지 마십시오, 마마."

군중 어디에선가 작은 목소리로 누군가가 중얼거렸다.

"가지 마십시오, 마마."

소리는 돌림노래처럼 이어지며 점점 커졌다.

경요는 눈을 감았다. 자신이 이곳에 온 이유, 그것이 생각났다. 바로 이들에게 이 땅을 지킬 이유를 주기 위해서였다. 내가 그 이유가 될 수 있을까? 내가 연국에 감으로 이들을 각성시킬 수 있을까? 이들 마음에 구심이 될 수 있을까? 그것이 경요의 숙제였다.

경요가 사람들 앞으로 걸어갔다. 무영이 그 뒤를 그림자처럼 따랐다. 사람들은 무엄한 줄 알면서도 그들의 황후를 훔쳐보았다. 실제로 본 황후는 여인이라기보다는 소녀에 가까웠다. 저분이 짧은 시간에 그 많은 일을 해낸 그림자 신부란 말인가? 3백 년 만에 환주를 구하기 위해 돌아온 환주의 신부란 말인가?

누군가가 외쳤다.

"환주의 주인이 환주를 두고 어딜 가신단 말입니까!"

경요는 소리가 난 쪽을 바라보며 큰 소리로 말했다.

"이 땅의 주인은 내가 아닙니다. 이 땅을 사랑하고 보살펴 온 그대들입니다. 그러니 부디 이 땅을 끝까지 지켜 주십시오. 그대들 자신을 위해 이 땅을 끝까지 포기하지 마세요."

그 말을 끝으로 경요는 마차에 올랐다. 사람들은 눈물이 그렁그렁한 눈으로 환주의 신부가 천천히 성문을 빠져나가는 것을 바라보았다. 모두 한마음으로 환주의 신부가 다시 이곳으로 돌아오기를 물기 어린 눈으로 기원했다.

3백 년 만에 온 그들의 신부와 함께했던 시간은 너무나 짧았다. 그들은 이 순간을 영원히 잊지 않으리라 다짐했다. 시간이 흘러도 환주를 구하기 위해 왔던 신부와 그녀가 했던 일들은 이야기와 노래로 환주에 지호족이 살고 있는 한 영원히 이어질 것이다. 그들은 자신들이 미래에 전설로 남을 순간에 서 있다는 사실을 깨달았다.

주유는 겉옷을 벗고 경요가 벗어 둔 황후의 소례복을 입었다. 경요는 늘 입고 다녔던 화경족의 옷으로 갈아입고 편하게 등을 기댄 채 창밖을 바라보았다. 입덧에 시달리고 인질로 끌려가는 와중에도 경요는 낯선 곳에 간다는 흥분에 조금 들떠 있었다. 그녀의 몸에는 길에서 살아가는 방랑자의 피가 흐르고 있는 게 분명했다. 경요는 아주 천천히 공기의 색깔이 변해 가는 것을 느낄 수 있었다. 환주가 옅어지고 연의 기운이 짙어지고 있었다. 농사를 짓지 않는 자들의 땅으로 그들은 가까워지고 있었다.

경요는 주유를 똑바로 바라보며 말했다.

"이제부터는 그대가 황후입니다."

주유는 어찌할 바를 모르고 그저 '마마.' 하고 중얼거렸다.

"안규, 그대도 이분을 황후로 모셔야 하며 나를 아랫사람 대하듯 무심히 구셔야 합니다. 연국 왕 제선은 기민하고 영리한 자입니다. 조금이라도 어색하면 들통이 날 겁니다."

안규가 말했다.

"과연 그자가 우리 의도대로 속아 줄까요?"

"그자와 만난 적이 있습니다. 상단에서 우연히 마주쳤는데, 그자는 주유 낭자를 황후로 오해한 듯합니다. 우리가 굳이 그

오해를 바로잡아 줄 필요는 없지요. 언제 들킬지 모르지만 일단 그대로 밀고 나가 봅시다. 그러니 황후마마, 이제부턴 저를 시녀로 대하셔서 말을 낮추십시오."

"어찌 제가 감히……."

"마마, 상대를 속이려면 먼저 자신을 속여야 합니다. 자신이 진짜로 믿지 않으면 상대도 믿게 할 수 없습니다. 그러니 지금 이 순간부터 마마는 화경족 상단의 후계자였고, 여국의 공주였으며, 단국의 황후입니다."

하겠다고는 했지만 막상 가짜 황후 노릇을 해야 하는 상황이 닥치자 주유는 주춤했다. 하나 경요는 단사황태후의 안목을 믿었다. 그녀는 결코 가문과 용모만으로 황귀비를 뽑지 않았을 것이다. 황귀비 자리를 감당할 만한 그릇이라 여겼기에 간택한 것이다.

경요가 미소 지으며 말했다.

"그대보다 황후 대역을 더 잘할 이는 찾을 수 없을 겁니다. 황귀비로 간택되어 황궁에 있었으니 단의 황궁 사정도 잘 알고, 지금은 화경족 상단에 있으니 화경족에 대한 것도 알고 있지요. 궁의 예법이나 몸가짐에 대해서도 저보다 훨씬 잘 아십니다. 아마 제가 황후로 연국에 간다면 오히려 그들은 가짜를 보냈다고 의심할 겁니다."

그 말에 안규는 픽 웃고 말았다. 경요의 말대로 여전히 그녀는 궁의 예법에 서툴렀다. 태화전으로 온 이후 경요는 안규에게 예법과 궁중어를 배웠다. 나름대로 꽤 열심히 배워서 어느 정도 흉내는 낼 수 있었지만 아직 몸에 익지 않아 어색하고 어설펐다. 그에 비해 주유는 혜란공주 슬하에서 자라 자연스럽게 단의 황궁 예법을 몸에 익히고 있었다.

무영은 경요의 생각에 대찬성이었다. 경요가 무슨 생각으로 가짜 황후를 내세우는지는 알 수 없지만 여차하면 경요만 데리고 연국 왕궁을 탈출할 수 있을 거라는 생각에서였다. 황후의 시녀 따위에게 누가 눈길이나 주겠는가. 회임한 경요의 몸 상태가 좋지 않으면 바로 병주나 민예로 데려가야겠다고 마음먹었다.

무영은 황후 대역을 할 기품 있고 아름다운 여인을 데려온 경요의 수완을 신기하게 생각했다. 겉으로 볼 때는 경요보다 경요가 데려온 화경족 상단 여인이 백배는 더 황후다웠다. 눈을 내리깐 얼굴에 근엄한 기운이 감돌았다. 아름다웠으나 난잡한 색기가 없었다. 연꽃 같은 은은하고 청아한 아름다움이었다. 몸가짐도 궁중 여인들 못지않게 절도 있으면서도 부드러웠다. 무영은 그 여인이 황귀비였다는 사실은 꿈에도 몰랐다. 자균에게 경요의 계획을 이야기하자 그 역시 찬성했다. 최소한 황후를 사지에 인질로 보냈다는 죄책감이 조금은 덜어졌다.

"마마, 그럼 바로 시작할까요?"

"무엇을 말입니까?"

"마마, 말을 낮추십시오. 지금부터 황후로 행동하셔야 합니다."

"아, 알겠네."

주유는 필사적으로 황후로서 어떻게 행동해야 하는지 생각했다. 떠오르는 모습이 있었다. 상단에 있을 때 곁에서 모신 동비. 그분을 흉내 내어 보자. 그분의 손짓 하나에도 주변은 모두 고요해졌다. 곁에 있으면 자기도 모르게 혹시 머리는 흐트러지지 않았는지 옷은 구겨지지 않았는지 다시금 매무새를 매만졌다.

주유가 목소리를 가다듬었다. 황후인 경요에게 말을 낮추려니 여간 어색하지 않았다.

"희경 그대는 어찌 연국으로 가려는 건가?"

혹 연국 왕 제선이 그녀의 이름을 기억할지 몰랐다. 그래서 안규와 주유에게 그녀의 아명인 희경으로 부르게 했다.

"일단 제가 간다면 환주는 겨울 동안 무사할 테니까요. 그것이 가장 큰 목적입니다."

"난 연국이 그대를 이리 부를 거라는 것을 그대가 알고 있었다는 기분이 드네."

정말 그랬다. 안규도 경요가 무어라 대답할지 궁금했다. 경요 역시 주유에게 일러줄 필요가 있다고 생각했다. 이제 그녀는 자신이니까. 제선과 맞부딪쳐 한동안 싸워야 할 사람은 자신이 아니라 주유였다.

"제선의 입장에서 생각해 보았습니다. 그들은 환주의 무혈입성을 위해 계속 공들여 왔고, 올겨울 큰 희생 없이 환주를 차지하리라 예상했을 겁니다. 하나 환주가 빠르게 예전 모습을 회복하고 있고, 단과 여가 공조할 기색을 보이니 초조해졌겠지요. 그래서 그들이 오기 전에 환주를 무너뜨릴 비책을 생각해 낸 겁니다. 그림자 신부를 위협한 것이겠지요. 그들은 제가 오리라고는 전혀 예상하지 않았을 겁니다. 제가 민예로 돌아갈 것이라 생각했겠지요. 그들은 단이 환주를 위해 군대를 보내지 않으리라 확신했을 테고, 저만 없으면 그들의 예상대로 무혈입성이 가능하다 여겼을 겁니다."

주유는 자기도 모르게 경요를 마마라 부르며 말을 높였다.

"마마, 하나 굳이 가실 필요는 없지 않습니까. 마마가 가시면 오히려 폐하께서 운신할 폭이 더 좁아지는 것 아닐까요. 마마의 안전도 보장할 수 없고요."

"그래서 가는 겁니다. 제가 연에 있는 한 단과 여가 함부로 연국과 전쟁을 할 수는 없을 테니까요. 또한 연 역시 환주를 공격할 명분을 잃었으니 한동안 위태로운 평화가 지속되겠지요. 하나 오래가진 않을 겁니다. 연은 명분 따위에 그리 집착하는 나라가 아니니까요. 그리고 마마, 말을 낮추십시오."

"그럼 마마, 아니……, 그대는 처음부터 제 발로 연국에 갈 생각이었단 말인가?"

"저는 환주 사람들의 피를 원하지 않습니다. 어차피 나라와 나라 사이의 평화는 영구적일 수 없는 것. 제가 인질로 가서 잠시나마 평화를 가져올 수 있다면 충분히 해 볼 만한 일이라고 생각했습니다. 호기심도 있었습니다. 중원은 두 명의 패자覇者를 허락하지 않습니다. 한 명의 패자가 결정될 때까지 단과 연은 끝없는 싸움을 해야 할 운명입니다. 지금 이 전쟁은 그저 시작에 불과하지요. 그래서 연국의 심장에 들어갈 기회를 놓치고 싶지 않았습니다. 가서 샅샅이 보고 듣고 올 것입니다. 연국이 어떤 나라인지, 그 나라를 이끄는 제선이라는 왕은 어떤 사람인지 말입니다."

"연국에서 어찌할 생각인가?"

"솔직히 잘 모르겠습니다. 지금껏 비책이 있어 여기까지 온 것이 아니니까요. 환주에서처럼 있는 힘을 다해 부딪치는 수밖에 없겠지요."

주유는 경요의 생각에 기가 질렸다. 어찌 이분은 이렇게까지 하실 수 있단 말인가. 새삼 사람은 타고난 그릇이 다르다는 것을 뼈저리게 느꼈다.

경요는 단이 늙어 가고 있음을 알았다. 예석황제의 단은 청년기를 지나 중년기에 접어들었다. 그런 단이 비 온 뒤 대나무처럼 솟아나는 연국과 맞붙어야 했다.

냉정하고 객관적으로 두 나라를 바라본 경요는 언젠가는 중원을 연에게 내주어야 할지도 모른다고 생각했다.

성자필쇠盛者必衰.

제아무리 4백 년간 중원을 호령한 단이었다 해도 다음 지배자에게 중원을 내주어야 할 그날이 온다. 그러나 경요는 그날이 예석황제 준의 치세 때는 오지 않도록 있는 힘을 다해 연을 막을 생각이었다.

경요는 기를 불어넣어 주듯 주유의 손을 꼭 잡았다. 경요의 강한 악력에 주유는 손이 아팠다. 환주를 지키겠다는 경요의 강한 의지가 그녀에게 전해졌다.

"하나 폐하는, 폐하는 어쩌시려고요."

자기도 모르게 주유는 또 높임말을 썼다. 그 순간 강철 같던 경요의 표정이 일그러지는 것을 주유는 보았다. 하지만 자신이 경요의 가장 아픈 구석을 찔렀다는 사실은 미처 몰랐다. 경요는 억지로 미소를 지으며 주유의 손을 놓았다.

반신반의하던 제선은 미간을 찌푸렸다. 명희도 덩달아 얼굴을 구겼다.

"그러니까 지금 누가 성문에 와 있다고?"

"단의 황후 일행이 와 있습니다."

"진짜로 왔다는 것이냐?"

명희가 되물었다. 진짜로 왔다는 대답이 돌아왔다. 두 사람은 잠시 황당한 마음을 진정시키기 위해 입을 다물었다.

제선은 그림자 신부가 연국에 온 의도를 파헤치기 위해 생각에 잠겼다. 단의 황후를 인질로 보내면 겨울 동안 환주를 치지 않겠다고 했지만 그건 어디까지나 환주의 민심을 분열시키기 위해서였다. 이전에 단이 내린 자치권을 두고 피 터지게 싸웠던 그들이 황후를 인질로 보내는 문제로 다시 분열되어 싸우길 원했다. 황후가 환주에서 떠나길 바랐다. 그런데 일이 제선이 가장 원하지 않은 방향으로 흘러가고 있었다.

이 여자는 지략이 뛰어난 걸까, 아니면 일단 저질러 놓고 보는 경솔한 사람인 걸까?

제선은 그림자 신부가 어떤 사람인지 점점 더 모르겠다는 생각이 들었다. 황후를 인질로 보내는 예석황제가 어떤 군주인지도 알 수 없었다. 이 모든 게 그의 머리에서 나온 생각인 걸까?

우위에 섰다고 좋아한 것도 잠시, 환주 사태는 점점 더 복잡해지고 있었다. 어쨌거나 오라고 한 황후가 왔으니 거절할 명분이 없었다.

"궁까지 정중히 모셔라."

내관에게 그리 이르면서 그림자 신부가 쓸 전각을 치워 놓으라고 명했다. 갑자기 단의 황후를 맞이하게 된 연의 왕궁은 소란스러워졌다.

"잘 모르겠군."

제선이 중얼거렸다. 딱히 누구에게 한 말이 아니다. 제선은 자신의 생각을 정리하기 위해서 말을 입 밖으로 뱉을 때가 많았다.

"도대체 여길 왜 온 거지?"

오라고 보낸 초대장은 분명 아니었다.

"흰 코끼리인가? 계륵인가?"

제선은 입술을 깨물었다.

'설마 정말로 환주를 구하기 위해 온 건가? 겨울 동안 전쟁을 하지 않겠다는 말을 믿고? 하!'

그럴 수 있는 사람이 있으리라고 제선은 상상도 하지 못했다. 백성을 위해 자기 한 몸을 희생하는 이는 책에만 나오는 사람들 아닌가. 다른 꿍꿍이가 있을 거라는 생각을 지울 수가 없었다.

그의 마음은 기묘하게 요동치고 있었다. 만약 저 그림자 신부가 그런 마음으로 연국에 온 것이라면 어찌 대처해야 할지 막막했다.

곤혹스럽기는 명희도 마찬가지였다. 환주의 신부가 이곳에 온 이상 무혈입성은 물 건너간 것이다.

"대단한 여자군요."

"뭐가 말인가?"

"이제 환주 백성들은 죽기 살기로 싸우지 않겠습니까. 저 그림자 신부를 위해서 말입니다. 백성들에게 싸울 이유를 만들어 준 셈 아닙니까."

제선이 멈칫했다. 거기까진 생각이 미치지 못했다. 보란 듯이 제 발로 연국에 온 그림자 신부를 보며 그들은 무슨 생각을 했을까? 지호족은 농사를 짓는 민족임에도 호전적인 것으로 유명했다.

명희가 다시 입을 열었다.

"내년 겨울의 전쟁은 더욱 힘들 것입니다. 전하, 어쩌시렵니까?"

제선이 무언가 이야기하려는 순간 내관이 들어와 그들의 대화를 끊었다.

"단의 황후마마가 궁에 도착했습니다."

제선과 명희는 서로 시선을 교환했다. 그들은 같은 것을 생각하고 있었다.

"진짜 황후인지 어디 한번 확인해 보자."

제선이 일어나자 명희도 뒤를 따랐다.

"마마, 연국 궁입니다."

경요가 빙그레 웃으며 말했다.

주유는 자신은 이 상황에서 미소 같은 건 도저히 지을 수 없다고 생각했다. 자기도 모르게 치맛자락을 잡은 손에 힘이 들어갔다. 자꾸만 눈앞이 흐려지고 기절할 것 같은 기분이었다.

경요가 낮은 목소리로 말했다.

"가급적 묻는 말 외에는 말씀하지 마세요. 지금 답답한 쪽은 우리가 아니라 그들이니까요."

주유가 고개를 끄덕였다.

경요는 치맛자락에서 주유의 손을 떼 내고 자신의 두 손으로 꼭 잡은 후 입을 열었다.

"마마는 단의 황후이십니다. 그것을 절대 잊으시면 안 됩니다."

주유는 굳은 표정으로 고개를 끄덕였다. 그래도 마음이 가라앉질 않았다. 여전히 하얗게 질린 주유를 걱정스럽게 보던 경요는 주유의 곁으로 다가가 귀에다 대고 속삭였다.

"마마, 단의 황후는 이리 행동할 것이다 생각하고 행동하시지 말고, 스스로 단의 황후라 생각하고 자연스럽게 행동하세요. 자신을 황후라 믿으면 어떤 행동, 어떤 말을 해도 주변 사람들은 황후로 받아들이게 될 것입니다. 말과 행동은 마음에서 비롯되는 것이니까요."

경요의 말에 주유는 마음속으로 중얼거렸다. 나는 단의 황후다. 주유는 심호흡을 크게 했다. 마음이 조금 가라앉았다.

말에서 내린 무영이 문을 열었다. 먼저 경요가 마차에서 내렸고, 주유가 안규의 시중을 받으며 천천히 마차에서 내렸다. 뒤쪽 마차에 타고 있던 원표도 침통과 귀한 약재가 든 가죽 가방을 신줏단지라도 모시듯 꼭 껴안고 내렸다.

경요는 있는 힘껏 연의 공기를 들이마셨다. 파곤초원에서 불어오는 세찬 바람이 경요의 얼굴을 가린 너울을 벗겨 버렸다.

황후 일행을 마중 나온 연의 궁 사람들은 '엇!' 하는 외마디 비명을 지르고는 허공으로 떠오른 붉은 너울을 멍하니 바라보았다. 너울은 바람에 부드럽게 흔들리면서 생전 처음 보는 새처럼 허공을 날고 있었다.

경요는 너울을 잡기 위해 달려갔다. 바람이 경요에게 장난을 치고 싶은지 너울은 잡힐 듯 잡힐 듯 하면서 번번이 경요의 손에 닿기 직전에 다시 허공으로 올라가 버렸다. 경요가 슬슬 약이 오르려고 할 때 누군가가 가벼운 몸놀림으로 성큼 뛰어올라 너울을 붙잡았다. 경요는 고맙다는 말을 하려고 그의 얼굴을 보았다.

그 남자였다. 연국 왕 제선.

제선과 경요의 시선이 부딪쳤고, 경요는 있는 대로 얼굴을 찡그렸다.

그러거나 말거나 경요와 눈이 마주친 제선의 입가에는 작은 미소가 걸렸다 사라졌다. 황후가 왔다는 말에 혹시 그 아이도 오지 않았을까 아주 조금 기대했던 제선이었다. 그만큼 그 아이가 계속 생각이 났다. 그런데 아이는 당돌한 시선으로 그를 노려보고 있었다. 그가 왕이라는 걸 알면서도 여전히 뻣뻣하고 도도했다. '당신이 왕이라고? 그런데 뭐?' 하는 눈빛이었다. 그가 왕인 걸 알게 된 뒤 그 아이의 태도가 비굴하게 바뀌었다면 호감은 깨끗이 사라졌을 것이다.

양 갈래로 땋아 내린 머리가 귀여워서 자기도 모르게 잡아당기고 싶었다. 그러면 또 잔뜩 찡그리며 뭐라고 소리를 지르겠지. 제선은 자기 안에 이런 유치한 구석이 있는 줄 꿈에도 몰랐다. 유리종은 가지고 있을까? 뭐라고 말을 붙이고 싶었지만 경요는 제선의 손에서 너울을 거의 빼앗다시피 잡아 빼고는 안규 뒤에 숨어 버렸다. 제선은 경요에게 뭔가 말을 걸고 싶었지만 딱딱한 표정의 주유가 그를 빤히 보고 있다는 걸 깨달았다. 아무리 인질이라도 예를 지켜야 했다.

"오신다는 이야기를 듣고 많이 놀랐습니다."

"오라는 초대장을 그리 거하게 보내시고 놀라시다니요."

차분한 목소리였지만 제선은 그 말에 담긴 뼈를 분명히 느낄 수 있었다. 멀리서 보았던 그 여인이 틀림없었다. 진짜 황후가 인질로 온 것이다. 위에 군림하는 자 특유의 당당함과 도도함이 온몸에서 흘러넘쳤다.

제선은 황후를 천천히 훑어보았다. 이 여인이 바로 예석황제가 자기 일을 맡길 만큼 신뢰하는 여인이구나. 소문과 달리 참해 보이는 인상이었다. 주유는 제선의 시선을 피하지 않았다. 제선은 마주 보는 주유의 시선에 담긴 불쾌감을 읽어 냈다. 하긴 자신을 이리 빤히 보는 사람을 겪어 본 적이 없겠지. 제선은 눈에서 힘을 풀었다.

"먼 길 오시느라 피곤하시겠습니다. 전각 하나를 비워 두었으니 편히 쓰십시오."

제선은 주유에게 정중하게 말했다. 주유는 거만한 눈빛으로 제선을 쏘아보다가 시선을 돌렸다. 주유 일행은 안내하는 내인들의 뒤를 따라 걸어갔다.

제선의 시선이 주유에서 경요로 옮겨졌다. 여전히 씩씩해 보였다. 양 갈래 머리가 발걸음에 맞춰 경쾌하게 흔들렸다. 기분이 좋아진 제선은 자기도 모르게 콧노래를 흥얼거렸다. 명희는 영문을 몰라 당황했다.

제선은 단의 황후 일행을 위해 동호각을 비워 두었다.

주유는 전각에 들어서자마자 다리에 힘이 풀려 주저앉았다. 안규가 급하게 주유를 부축해 일으켜 세웠다. 주유는 여전히 제선의 강한 시선이 자신을 보고 있는 것 같았다. 그 남자의 시선이 몸에 달라붙어 떨어지지 않았다. 거짓말이라는 건 보통 정신력으로 할 수 있는 게 아니구나. 주유는 그렇게 생각했다.

내인 하나가 무엇인가를 내왔다. 사기잔에 담긴 액체를 보던 무영이 원표에게 말했다.

"자네가 먼저 기미를 해 보게."

원표는 투덜거리면서 사기잔을 입에 가져갔다. 별것 아니었다.

"오수유탕입니다. 멀미를 진정시키라는 뜻에서 보낸 것 같습니다."

"마마가 드셔도 되는 것인가?"

무영의 말에 경요가 날카롭게 노려보자 그는 움찔해서 입을 꾹 다물었다.

"괜찮습니다. 입덧에도 쓰는 탕제입니다."

원표가 말했다.

다들 느긋한 얼굴로 오수유탕을 마시고 있는데 좀 전에 탕제를 가져온 내인이 다시 들어왔다. 이번엔 과일이었다. 한눈에도 싱싱해 보이는 노란 과육이 네모나게 잘려서 은그릇에 놓여 있었다.

"하미과哈密瓜입니다. 오시느라 쌓인 피로를 푸시라는 뜻에서 전하께서 특별히 보내신 것입니다."

하미과? 내인이 나간 후 경요는 무엇에 홀린 듯 하미과를 하나 입에 넣었다. 과육은 녹는 듯 부드러웠고 입안엔 향긋하고 달콤한 과즙이 넘쳤다. 세상에 이렇게 맛있는 게 있다니. 경요는 자기도 모르게 그릇에 담긴 하미과를 다 먹어 버렸다. 나머지 사람들은 경요가 무언가에 홀린 사람처럼 허겁지겁 하미과를 먹는 모습을 바라만 보았다. 황궁을 떠난 이후 무언가를 이렇게 맛있게 먹는 경요를 보는 건 처음이었다. 경요는 다 먹은 후에도 아쉽다는 듯 입맛을 다셨다.

"마마, 이 과일이 입에 맞으십니까?"

안규가 기쁜 얼굴로 경요를 보며 물었다. 하미과에 정신이 팔린 경요는 안규가 자신을 마마라고 부른 것도 깨닫지 못하고 고개를 끄덕였다.

"한꺼번에 이리 많이 드셨는데 속은 괜찮으십니까? 토할 것 같지 않으세요?"

주유가 물었다. 아무렇지도 않았다. 속이 부대끼거나 미식거리는 기색은 없었다. 원표도 안도의 한숨을 내쉬었다. 그동안 아무것도 먹지 못했던 경요가 드디어 식욕이 생긴 것이다.

경요가 중얼거렸다.

"세상에 전부 나쁜 일은 없다더니……."

임신 이후 처음으로 속이 편안해진 경요는 느긋하게 미소를 지었다.

예석황제에게 보내는 장계를 쓰기 위해 자균은 무거운 마음으로 붓을 잡았다. 얼마 전 경요의 서신이 도착했다. 연국에 도착해 왕궁으로 들어갔다는 소식이었다. 경요는 자균에게 자신이 도착한 후에 예석황제에게 장계를 보내라고 단단히 다짐을 받아두었다.

바닥은 이미 썼다 구겨 버린 종이로 가득했다. 무어라 글을 시작해야 할지 알 수 없었다. 드디어 결심한 듯 자균은 붓에 먹물을 찍었다. 최대한 사실만 쓰리라.

자균의 장계를 받은 준은 자신의 눈을 믿을 수가 없었다. 경요가 연국에 인질로 갔다니. 이제 곧 여국과의 연합군을 이끌고 환주로 가 그녀를 만날 생각에 부풀어 있던 준은 세상이 끝장나 버린 기분이었다. 환주로 간 그림자 신부가 전쟁을 막기 위해 연에 인질로 갔다는 소문은 금세 황궁 담을 넘어 저자에까지 파다하게 퍼졌다.

존호궁의 단사황태후 역시 그 소식에 넋이 나가긴 마찬가지였다. 정말 그렇게까지 할 줄은 몰랐다. 환주를 구하기 위해 인질로 갔단 말인가?

'하, 그 계집앤 인질 생활이 체질에 맞나 보지?'

마음속으로 중얼거린 말은 뻬딱하고 냉소적이었으나 얼굴 표정은 무너져 있었다. 단사황태후의 귀에 경요가 일갈했던 말들이 메아리쳤다. 하나같이 아프기만 했던 말들이 오늘은 슬픔을 느끼게 했다.

'도대체 왜? 도대체 왜 이렇게까지 하는 거냐! 단은 너에게 타국일 뿐인데. 환주는 가 보지도 못한 땅인데. 도대체 그들이 뭐라고 이렇게까지 하는 것이냐!'

상섭이 빠른 걸음으로 다가와 예석황제가 도착했음을 알렸다.

가장 위급한 순간 생각나는 사람은 어머니밖에 없었다. 어머니라고 뭔가 뾰족한 수가 있을 리 없다는 것을 알면서도 준은 자기도 모르게 존호궁을 향해 걸었다.

단사황태후는 새파랗게 질린 아들의 얼굴을 바라보았다. 이렇게 당황하고 겁에 질린 아들은 처음 보았다. 인정하기 싫지만 단사황태후는 경요가 아들의 최대 약점임을 깨달았다.

"황후가 연국에 인질로 잡혔다고 합니다."

소식 빠른 단사황태후는 황제의 말을 정정했다.

"황상, 잡힌 게 아니지요. 제 발로 간 것 아닙니까."

준은 머릿속이 하얗게 빈 기분이었다. 경요는 도대체 무슨 생각으로 연국에 간 것일까? 조금만 더 기다리면 가겠노라고 자균을 통해 서신을 보냈었다. 그 시간을 버티지 못할 만큼 급박한 상황이 아니었다. 그런데 왜? 왜 연에 간 것이지? 나를 믿지 못한 것인가? 내가 환주와 자신을 구할 수 없다고 여긴 것인가?

단사황태후가 말했다.

"연국에 국혼을 청하는 국서를 보내세요."

"국혼이라니요?"

"황후를 데려와야 하지 않겠습니까. 정안공주를 연국 왕 제선에게 하가시킬 생각입니다."

"어마마마."

"여국의 세자보다 연국의 왕에게 보내야 합니다. 정안이 가엾긴 하지만 어쩔 수 없습니다."

"어마마마, 그렇게까지는……. 다른 방법이 있을 겁니다. 타국으로 하가를 시켜야 한다면 연국보다는 여국이 낫습니다."

"여국과 힘을 합쳐 연국과 전쟁이라도 하실 생각입니까? 그러다 황후가 다치면요?"

"황후는 강하고 현명하니 충분히 버틸 수 있을 겁니다."

단사황태후가 최후의 일격을 날렸다.

"황상, 황후는 회임하였습니다."

준은 어머니의 입에서 나온 말을 믿을 수 없었다. 지금 어머니가 한 말을 자신이 제대로 이해하고 있는지 의심스러웠다. 그러니까 지금 어마마마가 무어라 하신 거지? 누가 무엇을 해?

준은 멍한 표정으로 말했다.

"어마마마, 그 무슨 말씀을……. 회, 회임이라니요?"

준과 달리 단사황태후는 침착했다. 단사황태후는 그동안 아들에게 경요의 회임 사실을 숨긴 것이 마음에 걸렸었다. 이제라도 털어놓자, 그리 결심했다.

"있을 수 없는 일도 아닌데 왜 그리 놀라시는 겁니까? 남녀가 침상을 함께 쓰면 자연스럽게 생기는 게 아이 아닙니까."

"뭔가 잘못 아신 게……."

갑자기 준은 입을 다물었다.

경요가 환주로 떠나기 전 어마마마와 독대를 했었다. 그 이후 경요에 대한 어마마마의 태도가 미묘하게 달라졌다. 뜬금없이 환주로 떠나는 경요에게 의원을 붙이라 명했었다. 경요의 회임 때문이었단 말인가. 마음속에서 이상하다고 생각했던 일들의 이유를 이제야 깨달았다.

지근에서 경요를 보필하는 안규는 분명 경요의 회임을 알았을 것이다. 경요의 뒤를 그림자처럼 따라다니는 무영 역시 회임 사실을 모를 리 없었다. 무영이 알았다면 자균 역시 눈치챘을 것이다. 자신을 뺀 모두가 경요의 회임 사실을 알면서도 다들 입을 다물었다. 준은 머리끝까지 화가 났다.

그는 해명을 요구하는 눈빛으로 단사황태후를 노려보았다. 여과되지 않은 당황과 분노가 눈동자에 이글거렸다.

생전 처음 보는 아들의 거친 모습에 아랑곳하지 않고 단사황태후는 차분하게 이야기했다.

"환주로 가기 전에 날 찾아와서 내 눈앞에서 진맥을 받았습니다. 태맥이라 하였소. 한 달을 겨우 채웠다고, 의원이 그리 말했소."

회임한 몸으로 그 먼 길을 떠난 것인가? 그리고 연국으로 간 것인가? 그런데 어마마마에겐 고했으면서 왜 내겐 아무 말도 하지 않았지? 용종은? 뱃속의 용종은 무사한 걸까?

그 마음을 다 안다는 듯 단사황태후가 말했다.

"원표가 내게 소식을 보내고 있습니다. 입덧이 심해서 잘 먹지 못하는 것 빼고는 황후도 용종도 건강하다 합니다. 이제 두 달을 넘기고 석 달째로 접어들었겠군요."

석 달. 서서히 몸에 회임의 증거가 드러나는 시기에 접어들었다.

잠자리를 같이하면 아이가 생기는 게 당연한 것인데 거기까지 신경을 쓰지 못했다. 그의 불찰이었다. 어쨌거나 경요가 그의 아이를 가지고 있다. 심장이 쪼개질 듯 벅차오르는 감동과 고통을 동시에 느꼈다. 아이가 생겼다는 말을 경요로부터 들을 기회도, 입덧으로 고생하는 경요 옆에 있어 줄 기회도, 힘들어 하는 경요를 품에 안고 어루만져 줄 기회도, 점점 불러 오는 배에 손을 대고 아이의 발길질을 느낄 기회도, 아이가 사내애일까 계집애일까 궁금해하며 누굴 더 닮았을까 이야기를 나눌 기회도 사라져 버렸다. 아비로서의 모든 권리를 박탈당한 기분이었다. 그것이 못 견디게 화가 났다.

'지켜 주지도 못하게 해 놓고, 지켜보지도 못하게 하느냐.'

회임한 것을 알았다면 절대로 환주로 보내지 않았다. 경요가 아무리 화를 내도 태화전에 꽁꽁 가둬 두었을 것이다. 지켜 봐 준다는 약속은 깨끗이 잊어버렸을 것이다.

"도무지 속을 알 수 없는 아이입니다. 도대체 왜 그렇게까지 하는 것일까요?"

준은 그 이유 따윈 조금도 궁금하지 않았다. 그에게 지금 중요한 것은 경요가 회임 사실을 숨기고 홀몸도 아닌 몸으로 그 먼 환주까지 갔다는 것이며, 그의 어머니와 심복들이 모두 약속이라도 한 듯 그에게 경요의 회임 사실을 숨겼다는 것이다.

"어찌 어마마마까지 제게 숨기셨단 말입니까!"

준이 언성을 높였다. 아들이 그녀에게 언성을 높인 건 처음이었다.

"그리도 경요가 미우셨습니까? 용종을 잉태한 며느리를 사지로 내몰 만큼 황후를 이 황궁에서 제거하고 싶으셨습니까!"

단사황태후도 언성을 높였다.

"그 용종은 내 손자이기도 합니다! 황상, 어찌 그런 말을 하십니까."

"그럼 왜 입을 다무셨습니까. 알았다면 절대로 경요를 환주에 보내지 않았을 겁니다. 회임 초기에 조심해야 한다는 것을 어마마마께서 모르시진 않았을 것 아닙니까! 어마마마도 아이를 낳아 보셨으니 말입니다."

단사황태후와 예석황제의 시선이 부딪쳤다. 먼저 시선을 돌린 건 단사황태후였다.

허공을 바라보며 나직한 목소리로 단사황태후가 말했다.

"내가 입을 다문 건 황상을 위해서였습니다."

준의 얼굴이 처참하게 일그러졌다.

"그 아이가 죽길 바라셨습니까? 설마 저를 위해서 제 자식까지 죽이려는 겁니까? 오랑캐의 피가 섞인 황자는 제게 방해가 되니까요?"

단사황태후는 아들이 자신을 그런 짓까지 서슴없이 할 수 있는 사람으로 보고 있다는 것에 충격을 받았다. 무어라 변명하고 싶은 생각이 깨끗이 사라졌다.

"황상이 어미를 그리 봤다면 맞겠지요."

준은 자신의 말이 심했다는 것을 깨달았다. 거친 숨을 겨우 진정시키고 이성을 찾았다. 세상 사람들이 다 그의 어머니를 어둠이라 비난해도 그는 그럴 자격이 없었다. 그는 어두울 암暗 자 속에 있는 해 일日이었기에.

"왜 그러셨습니까?"

"내가 뭐라고 한들 곧이들리겠습니까? 그만 돌아가세요."

"제 말이 지나쳤습니다. 어마마마, 왜 경요를 환주로 보내신 겁니까? 왜 제게 회임 사실을 알리지 않으신 겁니까?"

"황상은 믿지 않으시겠지만 저는 그 아이를 말렸습니다. 용종을 다치게 하느니 어미가 황궁을 나갔을 겁니다."

단사황태후는 한숨을 내쉬었다.

"말려도 듣지 않았습니다. 그리고……."

단사황태후는 필사적으로 답을 찾았다. 왜? 왜 그 아이의 회임 사실을 아들에게 알리지 않았을까? 단사황태후는 그동안 외면했던 진실과 드디어 대면하고 말았다.

"……어디까지 할 수 있는지 보고 싶기도 했습니다. 도대체 무얼 믿고 그리도 자신만만하게 환주로 가는 건지 궁금했습니다."

단사황태후의 담담한 말에 물기가 스며들어 있음을 준은 깨달았다.

"어마마마, 황후가 환주로 떠나기 전에 무어라 했습니까? 도대체 무엇 때문에 제게 알리지도 않고 환주로 떠난다 하였습니까?"

준의 눈빛은 절실했다.

"황상을 은애하는 자신을 위해, 자신이 황상의 반려임을 인정받기 위해 간다고 했습니다."

결국 자신 때문이었다. 그가 단의 황제가 아니었다면 경요가 제 발로 환주와 연에 갈 일은 없었다.

　그때 단사황태후는 그에게 그렇게 물었었다. 경요 때문에 그가 많이 힘들어져도, 경요가 그 때문에 많이 힘들어져도 은애를 멈추지 않겠느냐고. 그때 그는 그런 게 부부의 연 아니겠냐고 대답했다. 그때는 당연히 그리할 수 있을 줄 알았다. 그러나 현실은 회임한 지어미를 전쟁터 한가운데로 내몰고 말았다.

　'지켜 줄 수 있을 줄 알았다. 지켜볼 수 있을 줄 알았다.'

　아들이 조용히 무너지고 있었다. 탯줄은 끊어졌지만 열 달 동안 그와 한 몸이었던 어미는 자식의 아픔을 자기 것처럼 느꼈다.

　"이 어미가 괜히 황상에게 연심을 금한 줄 압니까? 세상의 어느 어미가 자식이 힘든 것을 원하겠습니까? 그 자리가 그런 것입니다. 사랑하면 사랑할수록 상대를 더 아프게 할 수밖에 없는 자리입니다. 그 아이가 평범한 귀족 집안의 여식이나 곱게 자란 공주여서 사내의 사랑밖에 바라지 않을 아이라면 또 모르겠습니다. 그 아이는 황상이 주는 사랑만을 받으며 황궁에 묶여 있을 수 없는 아이입니다. 대부분의 여인들은 그것을 행복으로 생각하나 그 아이는 그리 생각하지 않으니까요. 그건 황상이 더 잘 알고 있지 않습니까. 그 아이는 황궁에 어울리지 않습니다. 그 아이가 단의 진정한 황후가 되려 하면 할수록 그 아이는 상처받을 수밖에 없습니다. 은애하는 이에게 그 모든 것을 감내하라고 말하실 겁니까? 인간은 그리 강한 존재가 아닙니다. 언제까지 버틸 수 있을까요?"

어쩐지 단사황태후의 목소리에서 연민이 느껴졌다.

"놔줄 수 있을 때 놔주세요. 연심으로 남을 수 있을 때가 좋은 것입니다. 그 연심이 변질되면 증오보다 더 독한 무엇이 되어 버린답니다. 이 어미를 보세요. 어미가 행복해 보입니까? 그 아이를 은애한다면, 그 아이를 보호하고 싶다면 이 황궁에서 내보내야 합니다. 그 아이가 낳은 아이는 어미가 보호하여 잘 키우겠습니다."

놔줄 수 없다. 처음부터 놔줄 수 없었다. 어떤 각오로 그가 그녀를 잡았는지, 그녀가 그 곁에 머무르기로 했는지 그 모든 일들이 생생하게 떠올랐다.

"싫습니다. 제 옆에 있는 게 지옥이라 하더라도 경요를 놓을 수 없습니다."

"황상."

"제가 구하러 갈 것입니다. 지켜보는 것은 이만하면 됐습니다."

그대는 그대의 방식으로, 나는 나의 방식으로. 예석황제 준은 그렇게 생각했다.

단호한 아들의 등을 보면서 단사황태후는 생각했다. 저 아이가 이제 진짜 사내가 되었구나.

"황후가 몸이라도 더럽히면 어찌할 것입니까?"

준은 경악한 얼굴로 뒤를 돌아 단사황태후를 바라보았다.

"어찌 그런 말씀을!"

"충분히 있을 수 있는 일입니다. 그게 약한 여인으로 태어난 죄지요."

단사황태후가 한숨을 내쉬었다. 준은 얼핏 어머니의 한숨에서 경요에 대한 걱정을 읽었다. 어머니가 설마 경요를 걱정하는 걸까?

준은 고개를 저었다. 경요가 아니라 용종을 걱정하는 것이리라.

그 자신도 냉궁에서 잉태되었기에 선황의 아들이 아닐지도 모른다는 소리를 지겹게 들었었다. 경요가 가진 아이 또한 끊임없이 그런 의심을 받게 될지 모른다. 그리고 정말 그런 일이 생긴다면……, 준은 경요에게 상처를 준 그 누구도 용서할 생각이 없었다.

"연국 왕이 그 아이를 억지로 범해 비로 삼아 버린다면 어찌하겠습니까? 그 야만인의 나라에선 충분히 그러고도 남을 일입니다. 그게 가장 쉽게 환주를 차지하는 방법 아닌가요? 지금껏 단이 그림자 신부를 취함으로 환주를 소유했듯이 말입니다. 인의예지를 따지지 않는 연국의 왕에게 거리낄 게 무에 있겠습니까?"

준은 어금니를 악물었다.

"그렇다면 황제의 모든 힘을 사용해 그자를, 연국을 가만두지 않을 겁니다. 연국 왕이 단의 황후를 함부로 대할 만큼 어리석은 자는 아니겠지요. 연이 아무리 융성하다 해도 중원은 단의 것이며, 단의 황제는 저입니다. 인의예지는 모를지언정 누가 더 강자인지는 알겠지요."

　그 말을 끝으로 예석황제는 존호궁을 나갔다.

　단사황태후는 내전 안쪽에 있는 불단으로 갔다. 그러고는
초에 불을 붙이고 염주를 굴리며 기도를 올리기 시작했다.

25

제선은 **황토로 만든** 토우(土宇:온실)에 서 있었다. 습기 찬 더운 공기가 금방 옷을 축축하게 만들었지만 그는 나갈 생각을 하지 않았다.

오늘은 만월의 밤. 제선은 이곳에서 달빛 맞는 것을 좋아했다. 천창天窓의 기름 바른 종이 아래로 서쪽으로 기운 만월이 은은히 그 빛을 드리우고 있었다. 새벽이 머지않았다.

평소에도 해가 뜨기 전에 기침하는 제선이었으나 오늘은 그보다 더 일찍 잠에서 깼다. 아니, 잠을 설쳤다는 것이 더 정확했다. 몇 번 얕은 잠이 들었으나 다시 깨어 침상에서 짜증스럽게 몸을 뒤척이다가 말을 타기 전 산책이라도 하자는 마음에 옷을 갈아입고 홀로 궁을 거닐었다. 그러다 자기도 모르게 토우가 있는 곳으로 발길을 옮겼다.

피는 이어지지 않았지만 살아 있는 동안 그의 아비 노릇을 충실히 했던 기숙이 지은 토우였다. 꽃을 좋아하는 어머니를 위해, 사계절 내내 은애하는 여인의 방을 꽃으로 꾸며 주고 싶다는 마음으로 토우를 만들었다.

꽃이라. 제선은 쓰게 웃었다. 청랑족에게 아름다움을 즐기는 것은 나약함을 드러내는 것과 같았다. 그런 여인을 왕후의 자리에 올렸으니……. 왕궁에 그녀의 편은 효라와 지아비 기숙뿐이었다.

아비 인생의 단 하나의 오점은 해서와 그의 아들인 자신이었다. 그녀는 여러모로 모자란 왕후였고 그녀 역시 그 사실을 뼈저리게 알았다. 그래서 그녀는 존재감을 지우려 애썼다. 스스로 그림자가 되려던 여인이었다.

어미가 그의 곁을 떠난 것은 그의 나이 겨우 다섯 살 때였다. 어머니 해서에 대한 기억은 그리 많지 않았다. 효라의 이야기와 내인들이 그가 듣는 걸 모르고 쏟아 낸 매운 이야기 속의 그녀는 왕후답지 않은 여인이었다. 그 자리가 요구하는 것 중 어느 것 하나도 만족시키지 못했다. 게다가 다른 사내의 씨앗까지 품어서 낳은 여인이었다.

제선은 사랑하는 여인의 미소 한 조각을 위해 너무 많은 애를 썼던 자신의 아버지가 이해가 되지 않았다. 도대체 연심이 무엇이길래 일국의 왕이 저렇게까지 했을까?

어릴 때는 어렸기에 이해할 수 없다 여겼지만 서른이 가까운 지금도 여전히 그에게 연심은 난해하고 골치 아팠다. 여인에게 욕정만을 품는 것이 사내에겐 행복한 일이라 여겼다. 그의 출생에 얽힌 세 남녀의 복잡한 관계 탓도 있었다.

어머니는 그리 아름다운 여인이 아니었다. 사람들은 해서에 대한 기숙의 총애를 이해하지 못했다. 어머니는 몸이 건강하지도, 강단이 있지도, 궁궐 살림을 야무지게 꾸려 가지도, 남편에게 자식을 많이 낳아 주지도 못했다. 그럼에도 아버지는 어머니를 사랑했다. 어머니는? 해서는 기숙을 사랑했던가? 제선은 그렇다고 확신할 수 없었다.

제선이 왕위에 오른 것은 그가 중원을 차지할 것이라는 예언 때문만은 아니었다. 그가 해서의 아들이었기 때문이다. 반쪽이나마 그의 몸에 해서의 피가 흐르고 있으며, 해서가 살아 있었다는 유일한 증거였기 때문이다.

몸 튼튼하고 아이를 많이 낳아 줄 수 있는 여인과 혼인하겠다는 제선의 희망은 어쩌면 어미 때문에 생긴 것인지도 몰랐다. 아니, 아비 때문이었다. 왕의 지위에 있었기에 어미가 세상을 떠난 후 아비는 차례차례 비빈들을 맞이했지만 그의 마음에 있는 빈자리는 죽는 날까지 채워지지 않았다. 그의 아비가 그림자처럼 달고 다녔던, 파곤초원에서 불어오는 겨울바람 같은 고독을 그도 느꼈다. 그럼에도 그는 불행하지 않노라고, 자신을 닮지 않은 아들을 어루만지며 이야기했었다.

타 씨족의 사내에게 납치당한 후, 거의 2년 만에 기숙의 곁으로 돌아온 해서는 배가 맹꽁이처럼 불룩했다. 어미는 얼마 되지 않아 몸을 풀었다. 지독한 난산이었다. 자신의 아이를 낳고 수많은 아이를 받은 효라도 혀를 내두를 만큼 제선은 힘들게 태어났다. 그리고 해서는 더 이상 아이를 낳을 수 없게 되었다. 그럼에도 왕이 된 기숙은 해서를 왕후로 책봉했고, 보란 듯이 제선을 원자로 삼았다. 해서는 기숙의 역린이었다. 해서에 대한 그의 마음은 은애라기보다는 광기에 가까웠다.

제선이 태어나고도 해서는 한참 동안 아무 말도 하지 않았다 했다. 그런 해서를 안타깝게 바라보며 제선을 안고 어르던 이는 기숙이었다.

할 말이 없어서가 아니었지. 할 말이 너무 많아서 입을 다문 게지.

긴긴 겨울밤, 효라는 바늘을 쥐고 천에 흰 독수리를 수놓으며 자기보다 먼저 세상을 떠난 며느리의 이야기를 제선에게 해주었다. 사람이든 동물이든 제 몫을 하지 못하는 것을 경멸하는 효라였으나 해서에 대해서는 늘 너그러웠다. 그것 역시 제선에겐 수수께끼였다.

그 이유를 깨달은 것은 스무 살 즈음이었다. 제선은 자신의 친부와 기숙, 해서 세 사람의 관계에 또 다른 이야기가 있음을 어렴풋이 눈치챘다.

아버지를 대신해 처음으로 참석한 청랑족 초원회의에서 그는 그의 친부와 마주쳤다. 놀랄 만큼 그와 닮은 사내였다. 매를 닮은 눈빛도, 커다란 코도, 떡 벌어진 어깨도, 곧게 뻗은 다리도 그와 똑같았다. 제선은 그 남자를 통해 자신의 20년 후 모습을 보았다. 피의 당김이 그런 것이었을까, 그자가 자신의 친부임은 누가 말하지 않아도 알았다. 그 남자의 눈빛은 지금껏 잊히질 않는다.

그는 남자의 이름을 기억하지 않으려 했다. 이름을 기억하는 순간, 그자가 그에게 의미 있는 존재가 될 것만 같았다. 아버지는 오직 기숙 한 분이다. 그는 오래전에 그리 정했다.

머리가 굵어진 후 한없이 흔들리는 그를 파곤초원으로 데리고 가서 기숙은 말했다.

"핏줄은 중요하지. 그건 여인의 몸에서 태어나는 모든 이가 짊어지는 숙명이다. 원하지 않아도 묶여 버린 쇠사슬 같은 것이지. 하나 인간은 스스로 원해서 인연이라는 쇠사슬에 제 몸을 묶기도 한다. 나는 내가 원해서 너와의 인연에 내 몸을 묶었다. 그러니 너는 내게 핏줄보다 더 소중한 인연이다. 핏줄은 내가 원해서 묶은 것이 아니나 넌 내가 선택했으니 말이다. 그러니 나와 피가 섞이지 않았다고 하여 나와의 인연까지 거부하지는 말거라."

"저를 아들로 여기시는 것은 이해할 수 있습니다. 하지만 다른 왕자들을 두고 어찌 제게 연을 맡기시려는 겁니까? 다들 왕통을 흐리는 것이라 수군거리고 있습니다."

"왕통이라."

기숙은 크게 웃었다.

"꽤 그럴듯한 말이구나. 왕통이라. 꼭 연이 단국이나 여국처럼 유서 깊은 나라가 된 것처럼 들리는구나. 연의 왕으로 나는 피를 이어받은 자보다 선왕과 나의 정신을 이어받을 후계자를 원한다. 왕가가 잇고 지켜야 할 것은 피가 아니라 뜻이다.”

그것은 바로 중원이었다.

“그래서 선택한 것이 바로 너다. 너 역시 그 뜻을 이을 자를 후계자로 선택해야 하는 책임이 있다.”

기숙의 담담한 그 말에 제선의 흔들림은 멈췄다. 그 후 아비의 뜻을 이을 세자가 되기 위해 노력했다. 다른 어떤 것에도 한눈팔지 않았다.

하지만 그 남자의 눈빛이, 자신을 이 세상에 태어나게 한 남자의 눈빛이 제선의 마음을 다시 흔들었다. 그는 눈빛으로 제선을 안아 주고 있었다. 무조건적이며 본능적인 애정이 제선에게로 철철 흐르고 있었다. 말로 설명하지 않아도 이해되는 그런 것이었다. 한 점의 의심도 허락하지 않는 당연함이 그 눈빛에 가득했다.

어머니는 겁간당한 것이 아니었다. 친부는 아들을 기숙에게 빼앗긴 것이었다. 그 남자는 처절하도록 제선의 얼굴에서 어머니의 흔적을 더듬고 있었다. 입술과 손이 떨렸고 눈에는 눈물이 고였던 것 같다. 하나 그자도 제선도 말 한마디 하지 않았다. 짧은 응시. 그것이 20년 만에 처음 본 친부와의 해후였다. 그것이 끝이었다. 그는 씨족장 모임에도 초원회의에도 다시는 나오지 않았다.

제선을 뚫어져라 바라보고 있는 그는 남편 있는 여인을 약탈해서 짐승처럼 범한 사내가 아니었다. 그는 애틋하게 해서를 사랑하고 있었다. 제선은 그 마음에 어머니도 응답했음을 직감했다. 그래서 더더욱 그의 시선을 외면할 수밖에 없었다.

제선은 자신을 보는 어미의 시선에 늘 죄책감이 섞여 있음을 성장한 후에야 알았다. 안아 주지도 어르지도 않았다. 효라가 제선을 자신의 천막에 데려간 후엔 잊어버릴 만하면 그를 찾아와 물끄러미 바라보다 아무 말 없이 궁으로 돌아갔다.

그런 마음이 당연하다 여겼다. 사랑하는 이의 아이 대신 자신을 겁간한 자의 아이밖에 낳지 못했으니까. 하지만 제선은 그 남자를 보는 순간 그 죄책감이 기숙에 대한 것이 아님을 깨닫고 말았다. 해서가 제선의 얼굴에서 찾았던 것은 바로 그자였다.

그 누구에게도 그들의 사연을 물을 수 없었다. 그들이 그 모든 일을 가슴에 묻었듯 제선도 그리했다. 그래서 아버지가 지은 토우는 더욱 애처로웠다. 해서가 죽은 후 기숙은 이곳에서 해서의 무덤에 놓을 꽃을 키웠다. 죽은 후에도 해서는 신성불가침이었다.

'나는 이곳에 무엇을 심을 것인가?'

그때 갑자기 토우의 문이 열렸다. 제선은 자기 눈이 본 것을 의심해 눈을 몇 번 깜빡였다.

경요가 토우 안으로 들어오려다 그를 보고 멈칫했다. 도망가야 하는지 아니면 제대로 예를 차려야 하는지 망설이는 것 같았다. 어느 쪽도 정하지 못하고 그 아이는 얼굴을 찌푸렸다. 이 상황이 짜증스러운 것 같았다. 그 아이는 도도하게 고개를 들고 제선을 노려보았다. 적반하장이었다.

제선은 웃고 말았다. 이 궁에서 자신을 보고 겁먹지 않는 건 저 아이뿐이었다. 어려서일까? 타고난 성정이 복종을 모르는 것일까? 제선은 경요가 비굴하지 않아 좋았다. 그것이 그의 모순이었다. 불복종을 절대 허용하지 않으면서도 그는 자신에게 굴복하지 않으려는 이에게 끌렸다.

"들어오라."

경요는 꿈쩍하지 않았다. 입덧이 저주스러웠다. 하미과를 잘 먹은 것까진 좋았는데 그것이 더 먹고 싶어 잠이 오지 않았다. 태어나서 뭔가가 먹고 싶어 눈물이 나는 건 처음이었다. 입덧으로 차라리 아무것도 못 먹던 때가 나았다.

원표에게 물어보니 여름 과일이라 했다. 그렇게 싱싱한 것을 보면 분명 왕궁 어딘가에 토우가 있으리라 짐작했다. 황후 체면에 서리를 하는 것이 부끄럽긴 했지만 뱃속 아기는 집요했다. 계속 아까 먹은 것을 내어 놓으라 야단이었다.

결국 식욕에 체면을 내팽개친 경요는 자고 있는 안규가 깰까 발소리를 죽이고 밖으로 나왔다. 토우를 찾은 건 좋았는데 가장 들키기 싫은 이에게 들키고 말았다. 그런 경요의 마음을 아는지 모르는지 제선은 끈질기게 경요를 부르고 있었다.

"이곳이 궁금해서 열어 본 것 아니냐. 내 허락할 테니 실컷 구경하거라."

식욕과 호기심이 경계심을 이겼다. 경요는 주춤거리다 토우 안으로 들어갔다. 싱그러운 풀냄새와 향긋한 과일 냄새가 축축한 공기에 섞여 있었다. 차가운 공기가 들어가자 창에 바른 기름 먹인 종이에 물방울이 맺혔다.

경요는 꽤 넓은 토우를 천천히 걸어 다니며 아까 먹은 과일과 비슷한 것을 찾으려고 두리번거렸다.

경요가 뭔가를 찾는다는 것을 눈치챈 제선이 물었다.

"무엇을 찾는 거냐?"

경요는 뻔뻔해지기로 했다.

"아까 전하께서 내리신 하미과를 찾고 있습니다. 마마께서 저도 먹어 보라고 주셨는데 정말 맛있더군요. 어찌 생긴 과일인지 궁금했습니다. 한 번도 본 적이 없는 것이라서요."

'호기심이 많은 아이구나.'

대답 대신 제선은 성큼성큼 걸어가 커다란 하미과를 하나 따 왔다. 제멋대로 자란 호박이나 늙은 오이같이 생긴 것이 제선의 손에 들려 있었다.

"앉아라."

제선은 바닥에 털썩 주저앉았다. 그러고는 지니고 다니는 단도로 하미과의 부드러운 속살을 먹기 좋은 크기로 잘라 경요에게 건넸다. 저주스러운 식욕을 탓하며 경요는 제선 앞에 앉아 그가 건네주는 하미과를 입안에 넣었다. 적국의 왕이 주는 건데도 하미과는 여전히 달콤했다.

제선은 묘한 기분이었다. 건방진 꼬맹이가 무슨 귀한 공주님이라도 되는 양 하미과를 잘라 바치는 자신이 우습게 느껴졌다. 아이는 그가 왕인 걸 알면서도 전혀 개의치 않는 얼굴로 하미과를 받아먹고 있었다. 그 묘한 기분이 기쁨이라는 것을 깨닫고 제선은 당황했다.

고요한 토우에 경요가 하미과를 먹는 소리만 별스럽게 크게 울렸다. 과즙으로 촉촉하게 젖은 아이의 붉은 입술이 색스럽게 느껴졌다. 제선은 당황스러운 마음을 흩어 버리려고 즐기지 않는 하미과를 입에 넣었다. 평소엔 싫었던 그 단맛이 상쾌하게 느껴졌다.

복잡한 심경의 제선과 달리 경요는 오직 하미과에만 집중했다. 목구멍까지 하미과가 찬 것 같았다. 그제야 하미과에 대한 갈증이 해소되었다. 거의 한 달 동안 아무것도 먹지 못한 게 거짓말이었던 것처럼 끝없이 하미과가 들어갔다.

"그리 맛있느냐?"

제선의 말에 경요는 고개를 끄덕거렸다.

제선은 그녀의 작고 붉은 혀가 단물로 촉촉하게 젖은 입술을 핥는 것을 바라보며 '저 입술에 입을 맞추면 달콤하겠지.' 하는 상상을 하고 말았다.

어디 여자가 없어서 인질로 잡고 있는 황후의 시녀를. 제선은 고개를 가로저었다. 하지만 그런 제선의 마음을 아는지 모르는지 경요는 계속 혀를 날름거리며 입술을 핥았다.

갑자기 제선의 눈이 장난스럽게 빛났다.

"먹었으면 값을 쥐야지."

분명히 당황할 줄 알았는데 여전히 그녀는 태연했다.

"얼마를 치르면 되겠습니까?"

제선은 경요를 좀 골려 주고 싶었다.

"하미과 값은 그렇다 치고 내가 너에게 하미과를 잘라 준 것은 어찌하겠느냐?"

"네?"

경요는 제선의 억지에 어이없다는 얼굴이었다.

"잘라 준 품값을 쳐 달라, 지금 그 말씀이십니까?"

"그래."

"허 참, 일국의 왕께서 참 쩨쩨하십니다."

"받을 건 받아야지, 거기서 왕이 왜 나오고 쩨쩨하다는 말이 왜 나오느냐? 게다가 넌 장사꾼 아니냐. 세상에 공짜가 어디 있느냐?"

점입가경이었다.

'설마 진짜 돈을 달라는 것인가? 그렇다면 주고 말지, 흥!'

"얼마면 됩니까?"

제선의 눈이 반짝거렸다. 지금 자신의 품값을 주겠다는 건가? 한마디도 지지 않고 따박따박 말대꾸를 하는 게 귀여웠다.

"내가 몸을 썼으니 너도 몸으로 갚아라."

그 말을 하고 제선은 경요를 번쩍 들어 올렸다.

"어, 어? 놓아주십시오!"

경요는 당황해서 소리를 질렀지만 제선은 아랑곳하지 않고 그녀가 깃털이라도 되는 양 가볍게 어깨에 짊어지고 마구간으로 가 내려놓았다. 경요는 제선이 그녀를 거칠게 마구간으로 데려온 것도 잊고 늘씬한 자태를 뽐내는 검은색 말에 시선을 빼앗겼다. 정말 잘생긴 말이었다.

'이것은 한혈마汗血馬가 아닌가.'

서책에서 본 그대로였다. 피를 흘리며 하루 낮에 천 리를 달린다는 전설 속의 말이 지금 그녀 앞에 있었다.

'대완국이 키우는 법을 철저히 비밀로 했기에 나라가 망한 후 맥이 끊겼다 들었는데, 이 말을 이자가 되살린 것인가? 연국이 강력한 무기를 손에 넣었구나.'

경요는 말을 쓰다듬었다. 말은 힐끗 경요를 본 다음 얌전히 제 몸을 맡겼다. 제선 외에는 그 누구의 손길도 거부하는 난폭한 녀석이었다.

말로 하는 전쟁에서 한혈마를 이길 방법은 없었다. 말은 빨리 달리면 오래 달리질 못하고 오래 달리면 빨리 달리질 못하는데, 한혈마는 이 두 가지를 겸비했다. 하루 종일 빠르게 달릴 수 있으며, 또 영리해서 주인의 뜻을 기민하게 파악했다.

경요의 손길에 기분이 좋은지 제선의 말은 코로 소리를 냈다. 말을 만지는 손길이 꽤 익숙했다.

"말을 돌본 적이 있느냐?"

"예, 상단 마구간 일을 도운 적이 있습니다."

제선은 경요의 손을 바라보았다. 거친 일을 한 손이었다. 여자아이 손답지 않게 손마디가 굵고 거칠었다. 여자아이에게 마구간 일을? 상단에게 말은 필수품이었고, 화경족은 일에 있어 남녀의 구분이 그리 엄격한 것 같지 않았다.

"말을 좋아하는 모양이구나."

경요는 고개를 끄덕였다.

"예민하고 영리한데다 길들이는 수고가 필요한 동물이라 좋습니다."

"길들이는 수고라……."

"복종을 모르고 자존심이 강한 점이 좋습니다."

기묘한 말을 내뱉는 여자아이였다. 제선은 경요가 하는 말에 점점 빠져들었다.

"복종을 모른다?"

"말을 타시니 아시지 않습니까. 채찍과 재갈로는 절대 말을 길들일 수 없습니다. 말은 제가 인정한 사람에게만 등을 허락하지요. 사람은 빈부귀천으로 차별하지만, 말은 그런 것에 전혀 관심도 없이 오직 사람 그 자체만 보는 현명한 동물입니다."

영특한 아이였다. 제선은 경요가 점점 더 마음에 들었다.

경요는 홀린 듯 말을 어루만졌다. 보면 볼수록 잘생긴 말이었다. 한혈마에 감탄하면서도 경요의 머리는 빠르게 돌아갔다. 이 한혈마를 얼마나 가지고 있을까? 전쟁에 대비해 훈련을 시키고 있는 걸까? 어떤 식으로 전장에서 활용할 생각일까? 역시 뛰어난 궁술을 바탕으로 하는 기마전일까? 자균과 무영은 이것에 대해 알고 있을까?

이 말로 이동한다면 단은 준비를 하기도 전에 당한다. 자기도 모르게 경요가 한숨을 쉬었다. 이제까지 한껏 들떠 있던 경요가 갑자기 기분이 울적해 보이자 제선은 신경이 쓰였다.

"왜 갑자기 슬픈 얼굴이냐?"

경요는 진심을 조금 털어놓고 말았다.

"이리도 아름다운 말인데 결국은 전장에서 죽겠지요."

말을 쓰다듬는 경요의 손길이 더 부드러워졌다.

"뛰어난 말로 태어난 운명이다."

경요는 울컥해서 자기도 모르게 제선의 말에 반박했다.

"아닙니다. 이리도 아름답고 훌륭한 말을 전쟁에 이용하는 인간이 만든 운명일 뿐이지요."

"너는 전쟁이 싫으냐?"

제선을 바라보는 경요의 눈빛이 단단해졌다. 자기도 모르게 제선은 움찔했다.

경요는 다시 말 쪽으로 시선을 돌리며 말했다.

"장사꾼 입장에선 전쟁은 큰 돈벌이가 되지만 그래도 싫습니다."

"왜? 장사꾼에겐 돈이 최고가 아니냐."

제선 이자에겐 권력이 최고겠지. 스스로 권력이라는 미친 말의 잔등에 몸을 던질 자였다.

'게다가 이자는 능력까지 겸비했으니 더 문제야. 피바람을 몰고 다닐 운명을 타고난 자다.'

경요는 대답하지 않고 한혈마만 쓰다듬었다.

경요가 갑자기 풀이 죽어 보여 제선은 신경이 쓰였다. 다시 기운 나게 할 뭐 좋은 것이 없을까 궁리하다 입을 열었다.

"이 말에 태워 주랴?"

불감청不敢請이언정 고소원固所願이었다.

"그래도 되겠습니까?"

경요의 눈이 반짝였다. 다시 쌩쌩한 모습으로 돌아온 경요를 보고 제선은 기분이 좋아졌다. 이 아이의 작은 표정 하나하나에 자신이 예민하게 반응하고 있다는 걸 제선은 몰랐다. 다만, 희경이라는 아이가 뿜는 밝고 강한 기운에 취하는 기분이었다.

제선은 말을 끌고 나왔다. 경요를 앞에 태우고 말고삐를 잡아당겼다. 평소보다 등이 무거웠지만 한혈마는 내색하지 않고 초원을 향해 빠르게 달렸다.

새벽별이 여전히 밝은 가운데 먼 바다의 파도처럼 일렁거리는 검은 산맥들 위로 붉은 띠가 생기기 시작했다. 순식간에 해가 떠올라 동쪽 하늘에서 화살처럼 붉은 햇살을 강하게 쏘아 댔다. 상상보다 훨씬 광활한, 바다 같은 초원의 풍경에 경요는 압도당했다. 보지 않고는 알 수 없는 신비함이 가득한 곳이었다.

말은 초원 구석구석 흩어져 있는 납작한 둥근 천막들과, 야트막한 언덕들과, 가늘게 흐르는 강을 지나쳐 갔다. 마치 태양 속으로 달려가는 것 같았다. 경요는 자기도 모르게 가슴이 두근거렸다. 눈앞에 펼쳐진 풍경과 자신을 안고 달리고 있는 이 남자의 강함에 압도되는 기분이었다.

'이런 풍경 속에서 자랐다면 거침없이 앞으로 달리는 것 말고는 아무 생각이 나지 않을 것 같아.'

주변이 밝아질 즈음 제선은 효라의 천막에 도착했다.

효라는 느닷없이 여자를 데리고 자신의 천막을 찾은 제선을 뜨악한 얼굴로 보았으나 아무 말 없이 차를 내주고 자리를 피했다.

경요는 효라가 내준 염소젖 차를 맛있게 먹었다. 찬바람이 칼날처럼 파고드는 초원을 한참 동안 달렸더니 뼛속까지 얼어붙은 것 같았다. 덜덜 떠는 경요를 제선은 천막 한가운데에 피워 놓은 화로 쪽으로 데려갔다. 경요는 화로 쪽으로 손을 내밀었다. 순간 팔에 찬 나비 팔찌가 부드럽게 손 쪽으로 흘러내렸다. 경요는 팔찌를 어루만지며 준을 떠올렸다.

'또 그 얼굴이다.'

환주 저자에서 그를 매혹했던 얼굴. 그때는 저 팔찌에 입을 맞췄었다. 저 팔찌를 선물한 이를 떠올리는 걸까? 누구일까? 제선은 그 남자에 대한 궁금증이 생겼다.

"네가 연모한다는 그 사람이 준 것이냐?"

경요의 얼굴에 마치 꽃이 피듯 미소가 어렸다.

"그렇습니다."

"그를 많이 연모하느냐?"

"깊이 은애합니다."

한 줌의 의심도 없는 고백이었다. 평화롭고 차분한 경요의 마음과 달리 제선의 마음은 무언가 초조하고 쫓기는 듯했다. 길들이기 어려운 저 아이를 손에 넣은 그 남자는 누구일까? 뭘하는 남자일까? 어떻게 저 아이를 길들인 걸까?

저 아이의 마음을 차지한 사내가 미치도록 궁금했다.

"상단 사람이냐? 이름은 무어라 하느냐?"

경요는 왜 제선이 자신이 연모하는 이의 이름이 궁금한 건지 이해되지 않았지만 자기도 모르게 대답했다.

"준."

"준……."

경요는 준이 자기 휘를 부르라 말했던 그때가, 손바닥에 자기 이름을 썼던 그의 손가락 감촉이 생생히 떠올랐다.

"밝을 준."

"밝을 준."

제선은 바보처럼 경요가 하는 말을 따라 했다.

차가웠던 몸이 차와 화로의 온기로 풀리자 경요는 꾸벅꾸벅 졸기 시작했다. 아이를 가지고 나서 시도 때도 없이 밀려오는 수마에 속수무책으로 당했다. 한번 졸음이 밀려오면 무슨 일이 있어도 자야 했다.

제선은 경요를 편하게 눕히고 양털로 짠 담요를 덮어 주었다. 그러고는 조용히 그 곁을 지켰다. 효라는 잠시 천막 안에 들어왔다가 심각한 제선의 얼굴을 보고 다시 나가 버렸다.

화로의 불길이 잦아들자 제선은 말린 염소 똥을 집어넣었다. 다시 불길이 기세 좋게 일어나 천막 안의 공기를 따뜻하게 데웠다.

짤랑. 고요한 천막 안에 작은 금속성 소리가 났다. 담요 밖으로 경요의 팔이 나와 있었다. 팔찌가 흔들리면서 난 소리였다. 제선은 그 팔찌가 무척 거슬렸다. 유치한 줄 알면서도 제선은 경요의 팔에서 그 팔찌를 뺐다. 어지간히 깊이 잠들었는지 경요는 팔찌가 빠지는 것도 모르고 있었다.

천막 천장 한가운데에 뚫어 놓은 둥근 구멍에서 햇빛이 수직으로 떨어졌다. 이제 편전으로 가야 할 시간이다. 명희가 목을 학처럼 빼놓고 그를 기다리고 있을 것이다. 제선은 평화롭게 자고 있는 경요의 얼굴을 물끄러미 보다가 담요를 목까지 덮어 주고 그녀의 머리카락을 쓰다듬었다. 그리고 조용히 밖으로 나왔다.

"그 계집애는 어쩌고 너 혼자 가느냐?"

"깊이 잠들어서 그냥 내버려뒀습니다. 깨고 나면 밥도 먹이고 일도 시키세요. 이따가 데리러 오겠습니다."

제선이 피식 웃으며 덧붙였다.

"하미과 한 개 값 정도로만 일을 시키시면 됩니다."

제선이 말을 타고 떠난 후 효라는 자신의 천막에서 자고 있는 여인이라기보다는 소녀에 가까운 경요를 다소 복잡한 얼굴로 바라보았다. 안색이 마음에 걸렸다. 처음 봤을 때부터 신경이 쓰여 중간에 다시 한 번 들어와 안색을 살폈다. 아무래도 그것 같았다.

아이를 많이 낳았던 효라였다. 이유는 모르지만, 임신을 한 여인의 얼굴에는 창백한 푸른빛이 돌았다. 빈혈 때문에 생기는 것과 달리 어딘지 부드러운 느낌의 파르스름한 빛이었다. 그런데 제선이 데리고 온 이 아이의 얼굴에 바로 그 푸른빛이 돌았다.

'아이를 가진 걸까? 설마 제선의 아이는 아닐 테고⋯⋯.'

입때껏 명희는 수없이 많은 여자들을 효라의 천막에 데리고 왔지만 제선이 여인을 데려온 것은 처음이었다. 그리고 이 아이를 보는 손자의 눈빛이 심상치 않았다.

'사내들은 제 마음을 깨닫는 데도 꽤 긴 시간이 걸리는 미련한 종자들이니.'

효라는 혀를 끌끌 찼다.

망설이던 효라는 화로에 손을 쬐어 따뜻하게 한 후 경요가 덮고 있는 담요 밑으로 손을 넣었다. 아랫배에 손을 대고 눈을 감았다. 둥글게 부풀어 있는 게 느껴졌다. 살짝 힘을 주어 눌러보자 단단함이 느껴졌다. 아기집이 자라고 있었다. 효라는 담요를 한 장 더 가져와서 경요의 몸에 덮어 주었다.

'피가 섞이지 않아도 키운 아비의 팔자를 닮는 걸까?'

효라는 경요의 얼굴을 바라보며 자기도 모르게 한숨을 쉬었다. 한동안 잊고 있었던 죽은 며느리 해서가 떠올랐다. 평생 효라는 해서에게 미안한 마음으로 살았었다. 그런데 해서의 아들이 어째서 다른 사내의 씨를 품은 여인에게 반한 것일까? 이 또한 운명의 장난일까? 효라는 무거운 얼굴로 자리에서 일어났다. 운명이 자신을 또 시험하는 것 같았다.

26

효라는 잠든 경요의 곁을 지켰다. 수를 놓으며 가끔씩 담요를 고쳐 덮어 주었다. 화로에 숯을 얼마나 많이 넣었는지 천막 안은 땀이 날 만큼 후끈했다. 아이를 가진 여인에게 냉기만큼 나쁜 것은 없다고 효라는 굳게 믿었다.

효라의 얼굴은 어두웠다. 나이를 먹는 건 이래서 안 좋다. 흐려지는 시력과 달리 사람에 대한 일과 세상에 대한 일은 너무도 선명하게 보였다. 열 길 물속은 볼 수 없어도 한 길 사람 속은 환히 볼 수 있는 게 연륜이었다.

제선은 이 아이에게 끌리고 있었다. 서른 살이 가까울 때까지 여인에게 관심이 없던 손자였다. 진흙탕 같은 부모들의 일을 보면 누군가를 마음에 두는 것에 대해 신중해질 수도 있을 테고, 혐오의 감정이 생길 수도 있겠다고 생각했다.

제선이 누군가를 마음에 담는다면 그것은 해서나 기숙만큼 지독한 연심이 되리라. 효라는 오래전부터 그렇게 생각했다. 마음이라는 것은 왜 그리 이상한 방향으로 흘러가는 걸까? 한숨이 나왔다.

연국의 왕으로 당당히 홀로 선 제선이었으나, 효라는 그 아이가 늘 추워 보인다는 생각을 지울 수가 없었다. 저 아이를 왕으로 만든 것이 과연 잘한 짓이었을까? 차라리 친부에게 보내서 초원을 자유롭게 누비게 하는 것이 더 낫지 않았을까? 그런 생각이 제선을 키우는 내내 효라의 머리에서 떠나지 않았다.

왕으로 키워야 했기에 효라는 제선에게 엄히 굴 수밖에 없었다. 생각해 보니 제선에게 왕이 되고 싶은지를 물어본 적이 없었다. 어쩌면 그 아이는 연국 궁에서 살아남기 위해선 왕이 되는 수밖에 없다고 생각했을지도 몰랐다.

그녀가 죽으면 저 아이 곁엔 누가 있어 줄까? 그래서 손자며느리만큼은 제대로 된 아이를 골라야 한다고 지금껏 유난을 떨었다. 그런 효라의 마음을 아는지 모르는지 제선은 왕후 간택에 대한 건 효라에게 일임하고 쓰다 달다 별다른 말이 없었다. 남자에게 있는 자연스러운 욕정은 자유롭게 푸는 것 같았으나 특별한 여인은 없었다.

지금은 효라가 버티고 있어 잠잠하지만, 그녀의 사후, 기숙의 피를 이은 아들들은 제선에게 어찌할 것인가? 기숙의 친아들은 다섯이었고, 그 어미는 각기 달랐다.

기숙은 피를 이은 자식들에게 특별한 애정을 보이지 않았다. 어미인 효라가 혀를 찰 만큼 그는 제 자식에게 무심하다 못해 야멸찬 아비였다. 그의 애정은 모두 해서와 제선의 몫이었다. 다른 자식들은 욕정과 필요가 만든 결과물이었을 뿐이다. 딸들은 동맹을 위해 타 씨족에 시집보냈고, 아들들은 정복을 위한 전쟁에 내보냈다. 혁요처럼 기숙에게 자식은 소유물이었고, 목적을 위해 사용하는 수단이었으며, 또한 소모품이었다. 대신할 아이는 얼마든지 만들 수 있었다.

기숙은 해서가 죽은 후 그에게 바쳐진 어떠한 여인도 마다하지 않았다. 그러나 그들 중 누구도 죽은 해서를 넘어설 수 없었다. 해서는 죽은 후 기숙의 마음에서 더욱 아름답고 완벽한 여인으로 재탄생했다.

기숙은 해서가 자신을 사랑하지 않았음을 깨끗이 잊었고, 제선이 그의 친아들이 아님도 깨끗이 잊었다. 망각으로 그는 행복해졌다. 그러나 잊은 것은 오직 그뿐이었다. 기숙의 비빈들과 아들들은 남편과 아버지의 냉대를 잊지 않았고, 제선도 자신의 이상한 처지를 잊지 않았다. 효라는 제선에게 여러모로 힘이 돼 줄 여인을 아내로 맞이하게 해 주고 싶었다.

그런 제선이 이상한 계집애 하나를 그녀의 천막에 데려온 것이다. 제선은 무의식중에 그녀에게 이 아이를 선보이려는 것이다. 저도 깨닫지 못한 마음이 하는 행동이었다.

효라는 한편으로는 기가 막혔고 다른 한편으로는 안도했다. 제선에게도 드디어 '누군가'가 생기는 것이니까. 하지만 그 '누군가'가 정말 뜻밖의 인물이었다.

해서는 부모를 잃고 효라의 천막에서 큰 아이였다. 어릴 때부터 유난히 몸이 약해 다들 시집도 못 가겠다고 여겼다. 일도 제대로 하지 못하는 여인을 누가 데려가겠는가. 기숙은 그런 해서를 늘 불쌍한 눈으로 보았다. 동정은 곧 연심이 되었다.

효라는 한숨을 내뱉었다. 그들의 인연을 꼬았던 건 효라였다. 사람의 인연은 그대로 내버려두어야 한다는 것을 너무 늦게 깨달았다.

효라는 혁요의 첫 부인으로 시집을 왔다. 혁요는 효라보다 여섯 살 아래였다. 그래서 남자라기보다는 챙겨 줘야 할 남동생으로 여겼고, 혁요 역시 배포가 크고 강단 있는 아내를 의지하고 존경했지만 사랑은 아니었다.

혁요는 야망이 큰 사내였고, 아내 효라는 그의 가장 믿을 만한 동지였다. 그녀는 안살림을 맡았고, 아이를 낳았고, 재산을 불렸다. 혁요는 효라에게 여인의 교태를 원한 적이 없었다. 그는 욕정을 다른 아내에게 풀었고, 효라는 거기에 불만을 가진 적이 없었다. 효라에게 결혼이란 그런 것이었다. 집안의 주인이 되어 살림을 하는 자기 같은 아내가 있으면, 남편에게 기쁨을 주는 탕수크(먼 곳에서 온 사치품을 부르는 청랑족의 말) 같은 아내도 있는 것이다.

효라는 연심을 받아 본 적도, 또 연심을 줘 본 적도 없어서 그것이 얼마나 질긴지 몰랐다. 갈라놓으려 하면 할수록 더 달라붙고 더 애절해지는 것이 연심임을 몰랐다. 알았더라면 해서와 기숙을 갈라놓지 않았을 텐데. 기숙이 그 아이를 원할 때 주었을 텐데. 그녀가 그렇게 매몰차게 반대하지 않았다면 해서도 기숙의 마음을 받아 주었을지 몰랐다.

하지만 아무리 생각해도 해서 그 아이는 세자빈에 어울리지 않았다. 그 아이에게 속 시원한 대답 한번 들은 적이 없었다. 시원시원한 성격의 효라는 그런 점이 마음에 들지 않았다. 한참 후에야 해서가 그녀의 강한 성격에 주눅이 든 것이었음을 깨달았다. 그녀가 태양처럼 밝은 사람이었다면 해서는 달빛 아래 핀 달맞이꽃 같은 이였다. 조용하다 하여 약한 것은 아니었다. 해서는 나름의 강인함이 있었다. 눈에 띄지 않았을 뿐이다.

해서를 취하고 싶다는 기숙에게 효라는 본궁을 맞은 뒤 후궁으로 데리고 살라고 말했다. 그것도 백번 양보해서 내린 결정이었다. 후궁으로도 한참 부족한 아이였다. 그러나 그때 아들은 스무 살이었다. 뭐든 가능하다고 믿는 어리석은 나이였다. 결국 기숙의 고집에 효라는 지고 말았다. 하나 이미 해서도 기숙도 큰 상처를 받은 후였다. 그렇게 힘들게 혼인을 한 것도 모자라 또 다른 시련이 해서를 덮쳤다.

여아가 적은 청랑족에서 남의 아내를 빼앗아 자기 아내로 취하는 것은 흔한 일이었다. 지금이라면 상상도 할 수 없었지만 그때 혁요의 연은 청랑족의 씨족들 중 조금 세력이 큰 씨족으로 취급받을 때였다. 청랑족의 관습상 아내를 빼앗긴 자는 아내가 납치한 자의 아이를 임신하기 전에만 몸값을 치르고 데려올 수 있었다. 기숙이 파곤초원을 이 잡듯 뒤져 2년 만에 찾은 해서는 만삭이었다. 그것만으로도 기절할 노릇인데 해서의 반응은 더욱 기가 막혔다. 몇 번이나 찾아갔지만 해서는 기숙을 만나 주지 않았다.

미쳐 가는 아들을 보다 못해 효라가 찾아갔을 때 해서가 말했다.

"저는 돌아가지 않습니다. 이곳에서 그 사람과 함께 아이를 낳아서 키울 겁니다."

그 아이가 당당하게 제 의견을 밝힌 건 그때가 처음이자 마지막이었다.

기숙은 해서를 빼앗긴 후 미쳐 가고 있었다. 미친 자식도 자식이었다. 해서가 오지 않았다면 기숙은 죽었을 것이다. 그걸 어미는 두고 볼 수 없었다. 제 자식을 죽일 수가 없어서 남의 자식 가슴을 찢어 놓았다. 그녀의 어디에 그런 잔인함이 숨어 있었던 걸까?

효라는 다시금 한숨을 쉬었다. 어미가 되는 것은 그 어떤 일보다 가치 있는 일이면서 괴로운 일이었다. 효라는 해서를 협박하면서 자기 인성의 밑바닥을 보았다.

효라는 해서에게 말했다. 네가 오지 않으면 네 뱃속의 아이뿐만 아니라 그 사내의 씨족 전체를 죽여 버릴 거라고. 자식을 잃은 어미가 무슨 짓을 못 할까. 해서가 오지 않아 기숙이 죽었다면 효라는 해서와 해서 뱃속의 아이를 제 손으로 죽였을 것이다.

결국 그녀는 그것밖에 되지 않는 인간이었고, 어미였다. 효라는 사내를 여인으로서 사랑해 본 적이 없기에 모성이 배 이상 강했다. 그때만 해도 효라는 기운이 창창했다. 아들의 인생은 아들의 것이니 그 손을 놓아 버려야 함을 몰랐다.

'깨닫자마자 황천길로 가는구나.'

자조적으로 웃었다.

그 엇갈림들을 생각하자 마음이 시큰거렸다. 기숙도 해서도 가여운 아이였다. 그 전쟁 같은 연심이 그들의 명을 갉아먹은 게 분명했다. 해서는 불행했다. 그럼 기숙은? 아들은 껍데기뿐인 여인을 곁에 두고도 행복했을까?

내버려둬야 했다. 해서는 해서의 삶을, 아들은 아들의 삶을 살게 해야 했다. 아들의 인연은 해서가 아니었다. 그것을 억지로 이었으니 탈이 날 수밖에 없었다. 제선 그 아이의 마음속엔 어떤 상처가 있을까? 아들과 연인을 빼앗긴 그 사내는? 그 사내는 해서가 배신한 줄 알고 있을 것이었다.

'업만 쌓고 가는구나.'

이름도 모르는 여자아이는 여전히 태평하게 자고 있었다. 낯선 곳에서도 전혀 경계심 없이 푹 잠에 빠져 있었다.

만약 제선이 이 아이에게 특별한 감정을 가지고 있다면 그녀는 어찌해야 할까? 효라는 잠시 생각에 잠겼다. 그녀가 지나치게 예민하게 받아들이는 것일지도 몰랐다. 제선은 혁요처럼 야망이 큰 사내였다. 아무것도 아닌 아이를 비나 후궁으로 맞이할 리 없었다.

'멍청한 건지, 아니면 간이 큰 건지 모르겠군. 배짱 하나는 마음에 드는구나. 하긴 지금 자는 잠이 꿀잠이지.'

배가 불러 아이를 가진 태가 나기 전까지 이상하게 잠이 쏟아졌다. 아마 배가 부른 후에는 어떻게 누워도 몸이 편하지 않으니 미리 꿀잠을 자 두는 것일지도 모른다고 효라는 생각했다. 아이를 낳은 여인으로 그때 자는 잠이 얼마나 달콤한지 아는 효라는 기척을 죽이고 계속 수놓기에 골몰했다.

청랑족 여인들의 손은 쉴 새가 없었다. 사내들이 전쟁과 사냥으로 천막을 떠나면 여인들이 가문을 지켰다. 아이를 낳아 키우고, 가축들을 기르고, 저장 음식을 만들고, 가끔 찾아오는 상단과 거래를 해서 식량을 구하고, 그러고도 남는 시간엔 수를 놓고, 담요와 융단을 짜고, 가죽으로 옷을 만들었다. 부지런히 사는 게 습관이 된 효라 역시 연국 왕실의 가장 웃어른이었으나 손에서 일을 놓지 않았다. 그녀는 변한 게 없었다. 그녀의 어머니, 할머니, 증조할머니가 살았듯이 살았다.

그녀는 아들 기숙이 지어 놓은 화려한 궁이 마음에 들지 않았다. 뭐라 표현할 수 없지만 효라는 그것이 불길했다. 수백 대에 걸쳐 이어 온 삶의 방식을 버리는 것. 그것은 스스로 뿌리를 베어 내는 것과 같았다. 그러나 그 역시 시대의 흐름이었다. 청랑족은 천막을 버렸고, 가축을 버렸고, 사냥도 버렸다. 발효된 염소젖 냄새가 역하다고 코를 잡는 청랑족이라니. 효라는 자기도 모르게 혀를 끌끌 찼다.

'결국 우리는 중원을 차지하는 대신 초원을 잃어버리게 되지 않을까? 하나 초원을 잃어버린 청랑족이 청랑족일 수 있을까?'

오래전부터 풀리지 않는 의문이었다.

"마마는 어딜 가신 거지? 혹 쪽지라도 남기신 건 아니고?"

주유가 한껏 목소리를 낮추고 안규와 무영에게 물었다. 안규가 죽을죄를 졌다는 얼굴로 말했다.

"침수 드실 때만 해도 곁에 계셨는데, 새벽에 잠이 깨어 보니 안 계셨습니다. 침상이 식은 것을 보니 나간 지 꽤 된 것 같은데 아직까지⋯⋯."

인질로 온 처지에 궁 이곳저곳을 찾으러 다닐 수도 없어서 주유와 무영은 그저 기다리는 수밖에 없었다. 해가 중천에 떴는데도 경요는 감감무소식이었다. 경요의 이상한 짓에 어지간히 단련이 된 안규였지만 새벽녘에 서늘한 경요의 침상을 확인한 순간 졸도할 것 같은 기분이었다.

"기다리는 수밖에요."

안규가 말했다.

무영이 안규와 원표에게 자리를 피해 달라는 눈짓을 했다. 두 사람은 주유에게 허리를 굽히고 침전 밖으로 나갔다.

무영은 애써 감정을 억누르며 말했다.

"무슨 일이 생긴 건 아닐 겁니다."

"그래야지."

의외로 담담한 얼굴이었다. 생각보다 담이 큰 여인이었다. 무영은 여인을 다루는 데는 정말 자신이 없었다. 주유라는 이 여인이 평정을 잃고 울고불고한다면 정말 자기가 먼저 미치고 말 것이라고 생각했다. 그러나 다소 긴장하긴 했지만 여인은 평정을 유지하고 있었다.

무영은 자기도 모르게 마음이 조금 놓였다.

"일단 알고 계셔야 할 것 같아서 말씀드립니다. 환주에서 진 대학사로부터 연통이 왔습니다. 폐하께서 움직이기 시작하셨습니다. 곧 연국과의 협상이 시작된답니다."

"협상이 될지 전쟁이 될지는 알 수 없지. 환주의 민심은 어떠한가?"

"다들 결사 항전의 자세라고 합니다. 여국 역시 움직이고 있습니다."

"연국 왕은 언제 온다고 하였는가?"

"아마 좀 있으면 마마를 뵈러 올 것입니다. 폐하의 움직임을 연국도 주시하고 있을 테니까요. 마마, 그자와 독대하실 수 있겠습니까? 하실 수 없다면 여독을 핑계로 다음날로 미루어 보겠습니다."

주유가 고개를 저으며 말했다.

"아니, 예정대로 만나겠다."

"무리하지 않으셔도 됩니다."

경요와 사전 논의 없이 제선을 만난다는 게 불안했다. 주유가 제선을 잘 속일 수 있을까? 주유는 그런 무영의 의심과 불안을 읽었다. 하긴 나 자신도 나를 믿을 수 없는데 이자의 눈엔 얼마나 어설프게 보일까. 하지만 주유는 마음을 단단히 먹었다.

경요가 해 준 말을 머리에 떠올렸다. 황후가 어떻게 할까 생각하지 말자. 나는 단의 황후다. 주유는 연자 팔찌를 만지작거리며 마음을 가라앉혔다.

주유는 호수처럼 고요한 눈으로 무영을 바라보며 입을 열었다.

"내가 진짜 황후였어도 그리 말했겠나?"

그러지 않았을 것이다. 제선의 의중을 되도록 빨리 파악하는 것이 무엇보다 중요했다. 그자가 원하는 게 전쟁인지 화친인지를 알아야 했다. 예석황제와 자균은 애타게 소식을 기다리고 있을 터였다. 무영은 고개를 가로저었다.

"내가 누군가?"

주유의 위엄에 무영이 자기도 모르게 고개를 숙였다.

"마마는 단국의 황후이십니다."

"단의 황후로 내가 해야 할 일이 무엇인지 말해 보게. 내가 연국 왕 제선에게서 무엇을 얻어 내야 하는가?"

"시간입니다."

"알겠네. 연국 왕을 맞을 치장을 해야 하니 안규를 들여보내게."

무영은 자리에서 일어나 침전을 나갔다. 기묘했다. 상단에서 일하는 여인이라 들었는데 어찌 저렇게 타고난 듯 기품과 위엄이 넘치는 걸까?

안규가 주유의 화장을 마치고 머리에 진주와 산호, 홍옥으로 장식한 비녀와 떨잠을 꽂았다. 거울에 주유의 겁에 질린 창백한 얼굴이 비쳤다. 이런 얼굴로 제선을 만날 수는 없었다. 거울 속의 자신은 그저 겁에 질린 여인에 불과했다. 주유는 눈을 감았다.

'나는 단의 황후다.'

경요의 당당한 얼굴이 마음속에 떠올랐다.

'그분을 황후답게 하는 것이 무엇이었나? 비단옷도, 보석도, 예법에 맞는 몸가짐도 아니었다. 그것은……'

사람을 사랑하는 것, 사람을 살리기 위해 애쓰는 것이었다. 그것 때문에 환주 백성들이 그녀가 떠나올 때 그렇게 붙잡은 것이다. 그 덕에 자신도 지금 살아 있는 것이다. 그것만 생각하자.

무영이 문 앞에서 연국 왕 제선이 왔음을 고했다.

몇 초 후 나직하지만 힘과 위엄이 느껴지는 주유의 목소리가 흘러나왔다.

"들어오시라 하라."

침전 문이 열리고 제선이 들어왔다. 주유가 천천히 몸을 일으켜 그를 맞이했다. 제선이 속을 알 수 없는 미소를 지으며 주유의 속마음을 꿰뚫어 보는 듯한 강한 눈으로 그녀를 바라보았다. 하나 주유는 떨지 않았다.

"황후께 문안드립니다."

"앉으시지요."

제선은 자기 앞에 선 여인이 단의 황후임을 조금도 의심하지 않았다.

경요는 자리에서 일어나 앉아 잠시 자기가 어디에 있는지를 생각했다. 토우에서 하미과를 먹고 제선과 말을 타고 이곳에 와서 염소젖으로 만든 차를 마셨었다. 그리고 기억이 없었다. 한참 멍해 있던 경요는 천막 천장 구멍에서 쏟아지는 햇빛을 보고 정신을 차렸다.

'큰일 났다.'

안규와 무영이 난리를 치고 있을 게 뻔했다. 그녀가 없기에 주유도 불안해하고 있을 것이다. 어찌 이런 정신 나간 짓을 했을까? 경요는 어이가 없었다. 무엇에 홀리지 않은 이상 이럴리가 없었다. 그런 경요의 시선에 효라가 들어왔다.

'이분은 누구지?'

경요는 고개를 갸웃거렸다. 자신을 빤히 보고 있는 효라 역시 그녀가 궁금했다.

"넌 뭐 하는 계집이냐?"

제선이 천막에 들어오기 전에 정중히 예를 표했던 것을 경요는 기억해 냈다. 그렇다면 아마도 왕실의 어른이리라.

"전 황후마마의 시중을 드는 사람입니다."

"단국의 황후? 인질로 왔다는 그림자 신부 말이냐?"

"예, 그러하옵니다."

설마 외국에서 온 계집인가? 점입가경이었다. 눈에 안 차는 아내감을 데려오는 건 피가 안 섞여도 닮은 부자였다.

"그럼 넌 단국 사람이냐?"

"원래는 화경족 상단에 있었습니다. 마마께서 단국에 오시면서 따라왔습니다."

상단에 있던 계집이라. 뭐, 그럼 일은 잘하겠군. 그러고 보니 인상은 야무져 보였다.

정신을 차린 여자아이는 덮고 있던 담요를 얌전하게 개어서 한구석에 두었다. 몸놀림이 가벼워 보였다. 마음에 들었다. 효라는 귀하게 자라 하나부터 열까지 시종들에게 몸을 맡기는 여자애들은 딱 질색이었다.

"그런데 어르신은 누구십니까? 이 천막의 주인이십니까?"

"그렇다. 내 이름은 효라다."

화경족도 과거에는 청랑족처럼 초원에서 가축을 키우며 살았다. 그래서 경요는 효라의 천막이 친근했다. 청랑족에서 천막의 주인은 여인으로, 설사 가문의 주인이라 해도 천막에서는 그 주인의 말을 따라야 했다. 경요는 천막의 주인에게 응당히 보여야 할 존경과 환대에 감사하는 예를 표했다.

"아버지 산과 어머니 강, 초원에 뜬 별들의 영광이 천막의 주인과 함께하길 빕니다. 베풀어 주신 환대에 감사드립니다. 효라, 그대 화로의 온기가 영원하길."

경요는 두 손을 공손히 모으고 바닥에 이마를 가져다 댔다.

'화경족이라더니 초원의 예법은 제대로 배웠군.'

눈빛이 야무지고 말소리도 또렷했다. 이 아이는 명희가 데려온 탕수크 같은 계집이 아니었다. 초원을 힘껏 달리는 야생마같이 강인하면서도 당돌한 영혼이 느껴졌다. 그것도 마음에 들었다.

"네 이름은 뭐냐?"

"희경이라 합니다."

"혼인은 했고?"

"아, 아뇨."

효라가 기가 차다는 듯이 웃었다.

경요는 효라가 왜 그녀를 매서운 눈으로 훑어보는지 이해할 수 없었다.

갑자기 천막 밖에서 말발굽 소리가 들렸다. 경요는 자기도 모르게 자리에서 일어나 천막 문을 열고 나갔다. 화가 머리끝까지 난 무영이 말에서 내리고 있었다. 경요는 무영이 혹시 말실수를 할까 조마조마했다.

입을 꽉 다물고 있던 무영은 경요 곁으로 다가와 작은 목소리로 이를 갈듯 말했다.

"왕궁에 가서 이야기합시다, 희경 아가씨."

무영이 경요를 말에 태우려 하는데 효라가 느릿느릿 천막에서 나왔다.

"잠깐 멈추게."

무영이 긴가민가하는 눈으로 효라를 보다가 황급히 무릎을 굽혔다. 경요는 당황해서 무영과 효라를 번갈아 바라보았다.

"왕대비마마이십니까?"

효라가 고개를 가볍게 끄덕이자 무영의 고개가 더 깊이 숙여졌다.

왕대비? 그럼 이 할머니가 제선의 조모인가? 무영이 황급히 경요의 옷자락을 잡아당겨 무릎을 꿇게 했다.

효라가 느긋한 목소리로 말했다.

"예는 됐다. 그런 번잡한 게 싫어서 밖에서 살고 있느니. 그런데 무슨 일인가?"

"이 아이를 데리러 왔습니다, 마마."

효라가 힐끗 경요를 바라보았다.

"이 아인 여기서 할 일이 있네. 하미과 한 개 값만큼 일을 시키라 했거든."

"예? 하미과 값이요?"

무영이 영문을 몰라 어리둥절한 얼굴로 경요를 바라보았다. 경요는 애매한 미소를 지으며 살며시 고개를 끄덕였다. 몸으로 갚으라는 게 이 뜻이었구나.

"그러니 돌아가게. 궁에서 이 아일 데리러 오기로 했네."

효라는 경요를 끌고 염소들이 모여 있는 우리로 걸어갔다. 효라가 우리 문을 열자 염소들이 초원으로 힘차게 뛰어갔다.

"말을 탈 수 있느냐?"

"탈 줄 압니다."

효라는 성질이 순한 암말을 경요에게 주고 자신도 말을 탔다.

"그럼 염소들을 몰러 가자꾸나."

효라는 경요와 함께 말을 타고 염소들에게 물을 먹이기 위해 초원으로 몰고 나갔다. 효라가 입으로 날카로운 휘파람을 불자 염소들이 귀를 쫑긋거리며 초원으로 뛰어나갔다. 경요도 기세 좋게 초원을 달렸다. 저 멀리 은빛으로 반짝이는 강이 보였다.

염소들이 한가롭게 물을 마시는 것을 보며 경요는 말에서 내렸다. 화경족도 불과 백여 년 전만 해도 이렇게 가축들에 의지하는 삶을 살았다. 그러나 지금은 초원이 아닌 길을 선택해 상인으로 살고 있다.

경요는 초원의 건조한 바람에 온몸을 맡겼다. 저 멀리 사막에서 불어오는 모래 바람이었다. 효라는 초원에 녹아들 것 같은 경요를 바라보았다. 이 아이에겐 지금까지 부렸던 심술이 통하지 않을 것 같았다. 말을 타는 모양새를 보니 궂은일에는 어지간히 이골이 난 아이였다.

'내가 하도 궂은 일만 시켜서 그런 일을 잘하는 아일 데려온 걸까? 날 골리려고?'

효라는 경요에게 물었다.

"이곳이 마음에 드느냐?"

경요는 미소 지으며 대답했다.

"예, 이상하게 마음이 편합니다. 화경족의 뿌리도 초원이라 들었습니다. 제게 피를 준 이들이 기억하고 있는 고향에 온 것 같은 기분입니다. 연의 궁은 왠지 이상했는데, 여기에 오니 제가 청랑족이 사는 곳에 왔다는 실감이 납니다."

"무엇이 이상했느냐?"

"단의 궁 못지않게 으리으리하게 꾸며 놓았지만 남의 옷을 빌려 입은 느낌이었습니다. 그 속에선 청랑족이 지금껏 살아온 세월이 느껴지지 않았습니다."

"세월?"

"음, 뭐라 설명해야 할지 잘 모르겠는데……, 장소도 살아가는 사람과 함께 나이 먹어 가지 않습니까. 그런 자연스러움이 없었습니다. 궁의 모습은 단의 궁을 흉내 낸 것이고, 궁을 꾸민 물건들과 장식들도 단이나 민, 여국에서 사 온 것들이더군요. 청랑족의 궁에 청랑족의 모습이 없는 게 이상했습니다."

뿌리가 사라지고 있음을 느끼다니 예민한 아이였다.

"하나 그것은 연이 아직 젊은 나라이기에 그런 거겠지요."

조만간 연은 선택의 기로에 설 것이다. 이전의 전통을 유지하느냐, 아니면 전혀 새로운 전통을 만드느냐. 어느 쪽도 쉽지 않을 것이라고 경요는 생각했다.

효라가 물었다.

"넌 그것에 대해 어찌 생각하느냐?"

"네?"

효라의 뜻밖의 질문에 경요는 조금 당황했다. 그녀의 생각을 물을 거라고는 상상도 하지 못했다. 질문하는 효라의 눈빛은 진지했다.

"청랑족이 청랑족의 모습을 잃어 가고 있는 것을 어찌 생각하느냐?"

"상단에서 허드렛일이나 하는 제게 어찌 그런 어려운 것을 물으십니까."

"지혜라는 것은 세 살짜리 아이의 말에도 담겨 있기 마련이다."

"제 지혜는 정말로 보잘것없지만……, 상단의 단주 어르신께서 이런 말씀을 하신 적이 있습니다. 아무리 싱싱해 보여도 뿌리가 없는 것에선 열매를 얻을 수 없다고요."

"뿌리가 없는 것에서는 열매를 얻을 수 없다?"

"하나 돌아가려 하지 않겠지요."

뭐? 효라는 누가 돌아가려 하지 않는 거냐고 경요의 말에 반문하려 했지만 경요는 말을 타고 무리에서 벗어나려는 염소를 향해 달려갔다. 효라는 날렵하게 말을 타는 경요의 모습을 바라보았다. 말을 다루는 솜씨가 사내 못지않았다.

효라는 눈을 감았다. 자신이 초원에서 산 마지막 청랑족이 될 것인가? 그것이 연의 운명인가?

'영리한 아이구나. 아니, 영리한 것 이상이다.'

이 아이는 바타르(강한 영혼을 가진 사람을 뜻하는 청랑족의 말)의 눈빛을 가지고 있었다. 정복되지 않는, 용기 있는 자의 눈빛이었다. 어째서 청랑족도 아닌, 이국에서 온 보잘것없는 계집애가 이런 눈빛을 가지고 있는 걸까?

어쩌면 제선이 사람 보는 눈이 있는지도 몰랐다. 제선 역시 강한 영혼이었기에 이 아이가 가진 내면의 강인함에 반응한 것이 아니었을까?

홀로 효라의 천막 앞에 남은 무영은 당황했다. 그래도 경요가 무사한 것을 보았으니 어느 정도 마음이 놓였다.

경요가 왕대비가 있는 초원의 천막에 있다는 소식을 전해 듣고 얼마나 놀랐는지 몰랐다. 혹 황후를 바꿔치기한 것을 들킨 게 아닐까, 눈치를 챈 제선이 경요를 다른 곳으로 끌고 간 게 아닐까, 별의별 생각이 무영과 안규, 주유의 머릿속을 오락가락했다. 하나 소식을 알리러 온 내관은 자세한 사정은 모르는 것 같았다.

소식을 듣자마자 무영은 효라의 천막이 있는 곳으로 말을 달렸다.

'너무 조심성이 없으시다. 이곳이 어디라고 그리 함부로 돌아다니신단 말인가. 게다가 제선과 자꾸 부딪쳐서 좋을 일이 없는데, 왜 하필 제선과 함께 궁 밖으로 나간 것일까?

이해가 되지 않았다. 얼핏 아는 사이라는 이야기는 경요에게 들었다.

'재주도 좋으시지.'

무영은 길게 한숨을 쉬었다.

이 사실이 예석황제에게 알려지면 자신은 목이 열두 개라도 부족했다.

단국 왕궁에서도 월담에 노루 사냥까지 한 분인데, 연국 왕궁에서 가만히 있길 바랐던 자신이 바보였다. 하나 용종까지 가진 지금은 좀 더 조심해야 했다. 이젠 무슨 일이 있어도 경요 뒤를 따라 다녀야겠다고 무영은 결심했다.

'제아무리 영민하다고 해도 황후마마는 겨우 스무 살 아니신가. 대단한 일들을 아무렇지 않은 얼굴로 해내어 가끔 그분이 어리다는 것을 잊고 있었다.'

초원으로 나간 경요가 돌아오기를 기다리고 있는데 제선이 말을 타고 천막에 나타났다. 무영을 본 제선은 얼굴을 찌푸리며 말에서 내렸다.

"여긴 무슨 일인가?"

"시종 아이를 데리러 왔습니다."

"희경 그 아이를 말인가?"

제선은 친근하게 경요의 아명을 불렀다. 그 친근한 태도에 무영은 울컥했다. 모른다고 해도 황후마마의 아명을 부르는 것이 용서가 안 됐다. 황제 폐하도 부르지 못한 이름인데.

"내가 데리러 왔으니 너는 그만 가 보아라. 네 임무는 황후를 지키는 것 아니냐. 난 그 아이에게 할 이야기도 있고……."

'황후마마를 데리러 와? 제선 이자가 직접? 왜?'

"전하께서 어찌 일개 시녀에 불과한 그 아이를 데려간다 하십니까. 제가 왕궁으로 데려가 알아듣도록 따끔히 야단을 치겠습니다. 그만 노여움을 푸시지요."

무영이 뜻을 굽히지 않자 제선이 날카로운 눈빛으로 그를 노려보았다.

"넌 이름이 뭐냐?"

"사무영이라 하옵니다."

"사무영……."

제선은 그 아이를 데리러 왔다는 사내를 보고 자기도 모르게 신경이 날카로워졌다.

이름이 무영이니, 이 사내는 그 아이가 연모한다는 그자가 아니다. 자기도 모르게 무영을 경계했던 제선은 그런 자신이 우스웠다. 도대체 그 아이가 뭐길래.

"어찌 전하께 그런 하찮은 일을 맡길 수 있겠습니까. 제가 데리고 가겠습니다. 그 아이가 무례를 저질렀다면 제가 황후마마를 대신해 사죄드리겠습니다. 상단에서 자란 아이라 궁의 예법엔 익숙하지 못합니다. 부디 자비를 베풀어 주십시오."

때마침 효라와 경요가 염소들을 몰고 천막으로 돌아왔다. 경요는 효라를 도와 염소들을 우리에 집어넣었다.

경요는 최대한 공손한 목소리로 제선에게 말했다.

"하미과에 대한 값은 분명히 치렀습니다, 전하. 그럼 전 궁으로 돌아가겠습니다."

경요는 제선에게 예를 차리고 무영 쪽으로 걸어갔다. 무영은 여전히 화가 풀리지 않은 것 같았다.

경요는 무영에게만 들릴 만한 작은 목소리로 말했다.

"제선이 탄 말을 잘 살펴보세요."

그 말에 무영이 멈칫했다. 그때였다. 제선이 성큼성큼 걸어와 경요의 팔을 홱 잡아끌었다. 그러고는 경요가 뭐라 말하기도 전에 자기가 타고 온 말에 경요를 태웠다.

"따라오면 죽이겠다."

거친 한마디를 남긴 제선은 그대로 초원으로 달려가 버렸다. 본능적으로 무영은 제선을 자극하지 않는 것이 좋겠다고 생각했다. 무영은 경요와 제선의 뒷모습을 가만히 바라보았다. 효라 역시 제선이 달려간 곳을 차갑게 응시했다.

그 와중에도 무영은 제선의 말을 날카로운 눈으로 노려보았다. 경요가 아무 이유 없이 말을 보라고 하진 않았을 것이다. 그 이유를 파악하기 위해 무영은 생각에 잠겼다.

해가 질 때까지 제선은 계속 달리기만 했다. 달리는 말 위에서 반항해 봤자 별 소용이 없다는 것을 아는 경요는 가만히 그가 하는 대로 내버려뒀다.

초원의 밤은 하늘에서 내리 펼쳐지는 게 아니라 땅에서 피어올랐다. 경요는 어둠이 점점 허공으로 차올라 하늘의 검은 빛깔과 닮아 가는 것을 바라보았다. 어둠이 인간이 사는 땅의 모든 흔적을 지워 버렸다. 하늘과 땅이 맞닿아 한 덩어리가 된 것 같았다. 계속 달려가다 보면 하늘에 떠 있는 별이 손에 닿을 것 같았다.

말이 거칠게 숨을 몰아쉬며 달리는 소리 말고는 아무 소리도 들리지 않았다. 이 세상에 그녀와 제선, 말 이렇게 세 존재만 살아 있는 것 같았다.

경요의 마음에 이상한 울림이 전달되었다. 그 울림은 말소리로 바뀌었다.

'이 남자는 고독하다.'

맞닿은 몸을 통해 제선의 감정이 그녀에게 스며드는 것 같았다. 준에게서 느꼈던 고독과는 달랐다. 이 남자의 고독은 더 차갑고 딱딱했다. 자신도 타인도 베어 버리는, 잘 벼린 칼날 같은 고독이었다.

한참을 달린 후에야 그는 말을 멈췄다. 먼저 말에서 내린 후 경요도 내려 줬다.

제선은 궁으로 돌아갈 생각이 없어 보였다. 그는 구덩이를 파고 마른 풀과 나뭇가지들을 주워 와 불을 피웠다. 그것으로는 화력이 시원치 않아 경요는 주변을 돌아다니며 말라 있는 말똥을 주워 와 불구덩이 근처에 쌓아 두었다. 제선은 불길이 약해질 때마다 마른 말똥을 하나씩 집어넣었다. 마른 말똥이 타면서 피어나는 연기가 어쩐지 아늑하고 포근한 기분을 느끼게 했다.

두 사람은 아무 말도 하지 않고 계속 불만 바라보았다. 결국 경요가 먼저 입을 열었다.

"이제 궁으로 돌아가야 하지 않을까요?"

제선이 고개를 들어 경요를 바라보았다.

"궁금하지 않느냐?"

경요는 '뭐가요?'라는 눈으로 제선을 바라보았다.

"내가 왜 이러는지."

경요가 냉랭하게 대꾸했다.

"안 궁금합니다. 천한 아랫것이 윗사람의 변덕을 어찌 알겠습니까. 바람이 부는 방향이 어디 정해져 있습니까? 그저 내키는 대로 부는 거겠지요."

"기분이 나빴다."

경요는 도무지 제선을 이해할 수 없었다. 뭐가 기분 나빴던 거지?

"그자의 몸에 네가 닿는다고 생각하자 기분이 나빴다."

경요는 어이가 없어 얼굴이 굳었다.

"그자가 내 눈앞에서 널 데려간다고 생각하자 화가 났다."

제선이 경요에게 가까이 다가왔다. 억센 손으로 경요의 턱을 잡아 자기를 똑바로 보게 했다. 경요는 마치 자신을 잡아먹을 듯 바라보는 그 시선에 움찔했다. 마치 먹잇감을 노리는 이리 같았다.

"왜 그것이 기분 나빴던 걸까? 다른 사내가 네 곁에 있는 게. 너는 그게 무슨 뜻인 것 같으냐?"

경요는 아무 대답도 할 수 없었다. 떠오르는 답은 있었으나 죽어도 그 말을 자기 입으로 할 수는 없었다.

"이상도 하지. 이렇게 보잘것없는 아이인데."

제선이 경요의 턱에서 손을 뗐다. 경요는 그의 손이 닿았던 턱을 손으로 닦았다. 이자가 자기 몸에 손대는 게 싫었다.

제선은 경요가 자신을 있는 힘껏 밀어내는 것을, 그녀의 마음속에서 강렬하게 피어오르는 혐오의 감정을 날것 그대로 느꼈다.

제선은 기묘한 미소를 지었다. 그렇게 미소 짓게 한 감정이 무엇인지 경요는 알 수 없었다.

그가 혼잣말처럼 중얼거렸다.

"그래, 이런 기분이었구나."

그가 연심을 끝내 이해할 수 없다고 말하자 아비는 그리 말했다.

그것은 그 어떤 감정과 조금도 닮지 않았으며, 또한 너무나 강렬한 느낌이어서 절대 착각할 수 없다고 했다. 처음 본 순간 알 수도 있고 한참 후에야 깨달을 수도 있지만 느끼는 순간 그것이 연심임을 알게 된다고 했다. 이것이 연심일까 아닐까를 고민하는 것은 연심이 아니라고 했다. 비 개인 초원 위에 펼쳐지는 파란 하늘처럼 한 점의 의심도 없이 맑게 깨닫게 된다고 했다.

"모든 걸 다 내어 주고 싶은 그런 마음이다."

아비의 설명에도 제선은 연심이라는 것이 여전히 수수께끼 같았다. 타인이 자신보다 더 중요하게 되는 그런 이상한 일이 어떻게 생길 수 있을까? 철저하게 계산적이며 이성적인 그의 아비가 유일하게 제어할 수 없는 것이 해서에 대한 연심이었다.

"그 사람이 네 앞에 나타나야 비로소 느낄 수 있는 것이다."

"아바마마는 어떠셨습니까?"

"그 사람이 내게 여인으로서 의미를 가지게 되는 순간 심장을 창으로 찌르는 것 같았다."

"연심은 아픈 것입니까?"

"아프면서도 황홀했다. 그게 어떤 기분인지는 너도 알게 된다. 그 사람이 네게 나타나면."

"욕정과는 다른 것입니까?"

"욕정은 네가 여인을 원하는 것이지만, 연심은……, 여인이 널 원하길 바라는 마음이다."

제선은 드디어 그 기분을 느꼈다. 자기 눈앞에 있는 이 여자아이가 바로 자신에게 그런 기분을 느끼게 했다. 그리고 그 기분은 오직 그만 느끼는 것이었다.

그는 난생처음 무력감을 느꼈다. 그는 타인에게 기대하는 것이 그리 많지 않았다. 그가 원하는 일을 해낼 능력과 복종, 그것이면 충분했다. 그러나 이 아이에겐 자신이 무엇을 바라는지 스스로도 아리송했다. 그녀가 내게 어찌해 주길 바라는 것인가? 제선은 서서히 자신의 마음을 깨닫고 경악했다.

'네가 내 마음과 같아질 수만 있다면 나는 네 앞에 엎드릴 수도 있다.'

의심과 경계에 차 그를 바라보는 경요의 시선이 창처럼 그의 심장을 뚫었다.

또다시 제선은 미소 지었다. 아프면서도 황홀했다. 그 아이의 시선에 그에 대한 아무런 애정이 없음에도, 그를 보고 있다는 그 하나만으로도 고통스럽도록 황홀했다.

"이제 그만 궁으로 돌아가고 싶습니다."

경요가 또박또박 말했다.

"그것을 원하느냐?"

"원합니다."

경요는 춥고 배도 고팠다. 게다가 아랫배가 뭉치는 느낌이라 걱정이 되었다.

제선은 경요의 얼굴을 바라보았다. 자꾸만 만지고 싶은 충동을 억지로 참고 있었다.

"그래, 네가 원한다면 가야지."

제선은 불을 껐다. 그리고 경요를 말에 태우고 궁으로 달려갔다.

27

산처럼 쌓여 있는 장계와 상소 더미를 한편에 밀어 둔 채, 예석황제 준은 서안을 마주하고 글을 써 내려가고 있었다. 지금껏 예석황제의 일 순위는 늘 정사 우선이었다. 쌓여 있는 일거리를 미룬다는 것은 상상도 못 했다. 차비는 준이 황제가 된 후 단 한 번도 보지 못했던 희한한 광경에 내심 놀랐다.

황후의 회임 사실을 알고 며칠간은 정말 눈에서 번개라도 칠 듯 분노했었다. 애꿎은 희생양은 신료들이었다. 그들은 작은 실수에도 미칠 듯이 화를 내며 벼락을 내리는 예석황제 때문에 살얼음판을 걷는 기분이었다.

하나 그는 경요에게 화를 낼 수 없다. 그 영리한 사람은 이미 환주로 가기 전에 빠져나갈 구멍을 만들어 놓았으니까. 몹시 화가 날 잘못을 하더라도 한 번은 없던 일로 해 달라고 말했었다. 회임을 숨긴 것 때문에 그런 말을 했으리라.

하지만 그는 아무런 의논 없이 제멋대로 연국에 인질로 간 것에 대해서는 제대로 따져 물을 생각이었다. 그건 너무 지나쳤다. 용종까지 품은 여인으로서 경솔한 행동이었다.

분노가 가라앉자 온 마음이 뱃속에 있는 아이에게로 갔다. 준은 아이의 태명을 짓고 있었다. 황제의 비빈과 황태자의 비빈이 용종을 잉태하면 태명을 지어 종묘에 고해야 했다. 환주로 떠나기 전 준은 조용히 그 일을 끝낼 생각이었다. 지금 해놓지 않으면 나중에 황궁으로 돌아온 경요와 태어날 아이가 불필요한 추문에 시달릴 수 있다. 단사황태후가 그에게 경요의 회임을 알린 것은 바로 그 때문이었다. 그 역시 씨에 대한 의심을 열 살 즈음까지 받지 않았던가.

'참, 아비란 아이가 태어날 때까지 할 일이 거의 없구나.'

경요가 곁에 없어 그는 더욱 할 일이 없는 아비였다. 그러니 꼭 좋은 태명을 지어 주어야겠다고 결심했다.

마땅한 것이 떠올라 종이에 글씨를 쓰고 나면 그것보다 더 좋은 것이 떠올랐다. 덕분에 좋은 글자들은 모조리 다 써 보고 있었다. 윤潤, 은恩, 요窈, 효曉, 빈斌, 영盈……. 어느 글자에도 아비가 바라는 마음을 다 담을 수 없었다.

얼마나 자랐을까? 준은 경요 뱃속의 아이가 얼마나 자랐을까 가늠해 보았다. 이제 석 달이니 어른 주먹보다 조금 더 크겠구나.

준은 주먹을 가볍게 쥐어 보았다. 앞으론 점점 더 빠르게 사람의 형체를 갖추어 가겠지. 그리고 경요의 배도 점점 더 불러 오겠지.

준은 못 견디게 경요의 배를 만져 보고 싶었다. 약간 부푼 것 외에는 임신의 징조를 알 수 없다고 했지만 그렇게라도 그 아이의 존재를 느껴 보고 싶었다.

태동은 언제 시작될까? 어떤 느낌일까? 눈으로만 알 수 있 던 아이의 존재가 몸을 움직여 그 진동을 느낄 수 있을 때면 경 요를 이 궁으로 데려올 수 있을까?

다시금 한숨이 나왔다. 그 아이에게 아비로서 해 줄 수 있는 건 태명을 지어 주는 것과 환주 문제를 해결하는 것뿐이었다.

아이가 생기는 것이 이렇게 기쁜 일인지 몰랐다. 경요가 그 에게 몸과 마음을 모두 허락했을 때와는 또 다른 기쁨이었다.

그가 황자였을 때 여인이 회임을 한다는 것은 그의 경쟁자 가 태어난다는 것 말고는 아무 의미가 없었다. 후궁의 회임 소 식이 전해지면 어머니 단사황태후의 미간에 감출 수 없는 주름 이 생겼다.

비빈들의 회임 소식을 들으면 어머니는 그를 똑바로 바라보 며 말했었다.

"설령 황자가 태어나도 다음 황제는 너다. 내가 그리 만들 것이다."

그것은 그에게 하는 말이 아니었다. 어머니 스스로에게 하 는 다짐이었다.

왜 어머니는 그리 간절하게 그를 황제로 만들려고 했을

까? 한 번도 궁금하지 않았던 것들이 경요의 회임 이후 궁금해졌다.

생각에 잠겨 태명을 짓고 있는 준을 보자 차비는 자기도 모르게 울컥 눈물이 나올 것 같았다. 황제의 얼굴은 온화하고 평화로워 보였다. 진정으로 행복해 보였다. 저 자리에서 저리 편안한 얼굴을 한 건 처음이었다. 인정하고 싶지 않지만 그것은 황후 때문이었다.

그렇지만 여전히 소식 한 장 보내지 않는 황후가 미웠다. 황후는 예석황제가 그녀를 얼마나 그리워하는지 모르는 걸까?

"많이 기쁘십니까?"

"당연한 일 아니냐."

준은 망설이다 물었다.

"아바마마는 어떠하셨느냐?"

차비는 망설이다 솔직하게 대답했다.

"그리 기뻐하지 않으셨습니다."

뜻밖이었다. 효성황제가 아비답지 못한 건 익히 알고 있었지만 자식이 생긴 것을 기뻐하지도 않았을 줄은 몰랐다. 왜 그랬는지 궁금해졌다.

준의 궁금한 마음을 다 알고 있다는 듯 차비가 실패에서 실을 풀듯 오랫동안 마음속에 품어 왔던 이야기를 하기 시작했다. 언젠가 준이 그 모든 이야기를 받아들일 만큼 장성하면 꼭 해 드려야겠다고 결심했었다. 황제가 아비가 된 지금이 바로 그때라고 차비는 생각했다. 그리 아름다운 진실은 아니었으나,

아들은 알 권리가 있는 진실이었다.

"황실에서 태어난다는 것이 어떤 것인지를 잘 알고 계셨으니까요. 선황께오서는 평생 그 자리를 저주하다시피 싫어하셨습니다. 황위에 오르기 위해 너무 많은 것을 빼앗기셨으니까요."

처음 듣는 아비의 과거 이야기였다. 그저 방탕한 아비라고만 생각했었다.

"무엇을 빼앗기셨느냐?"

차비가 가볍게 한숨을 쉬었다.

"선황께서 희상황태후의 양자이신 건 아시지요?"

준이 고개를 끄덕였다. 선황은 어려서 어머니를 잃고 아들을 낳지 못한 황귀비에게 양자로 들어가 황위를 이었다. 쉬쉬하였으나 선황의 친모가 자진했다는 소문이 돌았었다.

"독살이었습니다."

준은 숨이 멎을 만큼 놀랐다.

독살? 누가 감히 황자를 낳은 황제의 빈을 독살했단 말인가! 그런데 왜 아바마마는 친모를 독살한 자를 처벌하지 않으신 거지? 황자를 낳은 비빈에게 해를 가하는 것은 황제 시해에 버금가는 중죄 아닌가. 아바마마께서 건드릴 수 없는 상대였던 것인가? 그럼 설마, 희상황태후께서?

"선선황께서 덮으셔서 이제 그 일을 아는 이는 저뿐입니다. 잦은 유산으로 아이를 갖지 못한 희상황태후께서는 다음 황제로 만들 황자가 필요했습니다. 선선황께서 그 소망을 들어주셔서 아이를 친모로부터 빼앗았지만 그걸로 만족하지 못했습니다. 친모가 살아 있는 한 선황께서 즉위하신 후 친모에게 권력을 빼앗길 수 있다고 여겼기 때문입니다."

"그래서 독살했다?"

"황궁에선 드문 일도 아니지 않습니까."

예석황제는 차비의 말에 쓰게 웃었다. 그 역시 수없이 많은 독살의 위기를 넘겼었다. 또한 그에게 독을 보낸 이 역시 무사하지 않았다.

친모가 사망했을 때 아버지는 열 살이었다. 어미의 이상한 죽음에 의문을 안 가질 리 없었다. 황태자 시절 유난히 영특하다는 소리를 많이 들었던 선황이었다. 그래서 그가 황제가 된 후 방탕과 나태에 빠진 이유를 이해하지 못하는 사람들이 많았다.

"아바마마는 그 사실을 언제 아셨느냐?"

"황위에 오르자마자 비밀리에 친모의 사인에 대해 철저하게 재조사하게 했습니다. 선황폐하는……, 스스로를 살모사라 여기셨습니다. 어미를 죽이고 황제가 되었다는 생각에 그리 여기셨지요. 양모가 친모를 죽인 줄 알면서도 황제가 되기 위해 황태후마마 가문에 빌붙을 수밖에 없는 자신을 끔찍하게 혐오하셨습니다. 황궁에서는 황제가 되지 않고는 살아남을 수 없었으니까요."

준은 묘하게 아버지와 동질감을 느꼈다. 그도 이 황궁에서 어미와 함께 살아남는 데 황제가 되는 것 말고 다른 길이 있으리라고 생각해 본 적이 없었다.

"어떤 분이셨나, 아바마마의 친모는?"

"한미한 가문 출신이셨고, 입궁 후에도 선선황폐하께 고임을 받지 못하셨습니다. 딱 한 번 승은을 받으셨는데 그때 용종을 가지셨지요. 이 넓은 황궁에서 오직 황자 한 사람만을 의지하고 사신 분이었습니다."

그런데 그 황자가 눈에 띄게 영특하고 잘생겼다. 선선황을 쏙 빼닮은 황자였다. 자신이 선선황을 닮지 않았다면, 영특하지 않았다면 어미는 살 수 있었을지도 모른다는 생각. 그것이 평생 효성황제를 괴롭혔다.

"그래서인지 선황께선 자책도 많이 하셨습니다. 항상 '내가 죄가 많아 황제의 아들로 태어났다.' 그리 말씀하셨습니다."

차비의 말에는 회한과 한숨이 섞여 있었다.

차비는 선황 효성황제를 동정하고 있었으나 준의 마음은 오히려 차가워졌다. 아비는 피해자이면서 자신과 어머니, 다른 비빈들과 그 소생들에겐 선선황 못지않은 가해자였다. 그는 황제로도 무능했지만 한 가정의 가장으로도 무능했다. 그는 아무 것도 하지 않았다. 그는 방관이 가장 큰 죄라는 걸 몰랐다.

'나도 그리될 수 있었다. 어마마마와 경요가 아니었다면.'

어머니 단사황태후의 말이 맞았다. 효성황제는 황제뿐만 아니라 아비로도 모자란 인간이었다. 자신의 불행에 빠져 아무것도 보지 못했다. 자신을 진정으로 사랑한 여인도, 그녀가 낳은 자신을 꼭 닮은 아들의 성장도 말이다.

'사람은 태어나서 한 번, 자식을 낳음으로 두 번 인생을 사는 구나. 경요의 아이가 태어남으로 나는 또 한 번 인생을 살 기회를 얻은 것이다. 내가 겪은 고난과 마음의 상처는 그 아이를 지키고 사랑함으로써 극복할 수 있겠지.'

어리석은 아비는 그 기회를 잃어버렸지만 준은 절대 그러지 않을 거였다. 그 아이가 홀로 설 때까지 필사의 힘으로 경요와 아이를 보호할 생각이었다. 경요를 위해서, 태어날 아이를 위해서 더 강해지고 싶었다. 자신은 정말 어려운 여인을 사랑하게 되었다고 준은 생각했다.

경요는 너무 영민하고 강해서 함정에 빠졌다. 그도 똑같은 실수를 했었다.

'경요야, 네가 그랬지. 지켜봐 주는 것은 상대를 믿어야 가능한 일이라고. 그런데 너는 하나만 알고 둘은 모르는구나. 상대를 의지하는 것 또한 믿어야 가능한 일이다. 왜 너 혼자 모든 짐을 다 지려고 하느냐. 왜 내게 조금도 의지하지 않으려는 거냐. 네가 내게 많은 것을 가르쳐 주었듯, 나도 네게 가르쳐 주고 싶구나. 치자는 홀로 서는 것이 아니라 수많은 사람에게 기대어 서야 하는 존재임을 말이다. 내가 너에게 기댔듯, 너 역시 내게 기댈 수 있어야 한다. 그러지 않으면 이 외롭고 힘든 길을 어찌 버텨 낼 수 있겠느냐.'

그래서 그는 환주로 갈 생각이었다. 경요가 자신에게 기댈 수 있도록, 자신을 믿을 수 있도록 환주를 구할 생각이었다.

"태원세자는 언제쯤 도착하느냐?"

"아직 민예에 도착하지 않으신 것 같습니다. 해 지기 전에는 당도하시겠지요."

여러 태명들이 쓰인 종이를 물끄러미 보고 있던 준이 붓을 놓았다.

준이 자리에서 일어나자 차비가 물었다.

"어디로 납실 것인지요?"

"태후전으로 가자."

존호궁으로 가면서 예석황제는 경요가 짧은 시간 지냈던 태화전을 스쳐 지나갔다. 사람의 온기라곤 전혀 없는 태화전은 화려한 궁궐 전각들 속에서 홀로 낡아 가는 것 같았다. 준은 잠시 걸음을 멈추고 태화전을 바라보았다.

몇 달 후면 저곳에서 아이가 태어날 것이다. 무슨 일이 있어도 내 그리하겠다.

준은 그리움과 의지가 뒤섞인 강한 눈빛으로 태화전을 바라보다가 어머니가 있는 존호궁으로 발길을 돌렸다. 하늘은 무거운 듯 내려앉았고 바람은 유난히 차가웠다. 폐부를 찌르는 겨울바람에 눅눅한 습기가 섞여 있었다. 공기 중의 습기가 칼날이 되어 맨살에 따갑게 꽂혔다. 첫눈을 품은 회색 구름이 성큼성큼 민예로 날아오고 있었다. 준은 고개를 들어 회색 구름을 바라보았다. 마치 환주에서 밀려온 구름 같았다.

존호궁의 단사황태후는 태명을 쓴 종이를 담을 상자를 고르고 있었다. 비밀리에 진행되는 일이라 따로 장인에게 명해 상자를 만들지 못했기에 자신이 가진 상자 중에서 가장 좋은 것을 고르고 있었다. 처음으로 손자를 위해 뭔가를 해 준다는 생각에 자기도 모르게 얼굴에 홍조가 떠오를 만큼 기뻤다.

모자가 대면하자 어색한 공기가 흘렀다. 경요의 회임 사실을 말한 후 얼굴을 맞댄 건 처음이었다. 20여 년을 모자로 살았지만 서로의 속마음을 토해 낸 것도 처음이었고, 어미와 아들의 서로 다른 마음이 부딪친 것도 처음이었다. 그렇지만 단사황태후와 예석황제는 묘한 후련함을 느꼈다.

준은 늘 자기 속마음을 다 털어놓으면, 그렇게 어머니에게 대들면 어머니가 자신을 버릴 것이라고 두려워했었다. 그래서 속마음은 어디까지나 속에만 꼭꼭 숨겨 두었었다. 그런데 자신의 거친 말에 어머니는 그저 파랗게 질려 떨었다. 순간 준은 깨달았다. 이제 더 이상 태산같이 커 보였던 어머니가 아니라는 걸. 그의 어미도 늙어 가는 여인이라는 걸. 왜 그가 자란 만큼 어미가 늙어 가고 있음을 깨닫지 못했을까?

첫 마디를 어찌 꺼내야 할지 몰라 망설이는 준을 보다가 단사황태후가 입을 열었다.

"태명은 정하셨습니까?"

"아직 정하지 못했습니다. 생각보다 더 어렵습니다."

그는 태명인 준畯이 아명이 되었고, 또한 정식 이름이 되었다. 드문 경우였다. 어머니인 단사황태후가 그리 고집을 부렸다고 후에 차비로부터 들었다.

"어렵지요. 태명이 아이의 운명을 좌지우지할지도 모른다고 생각하면 어렵다 못해 두렵기까지 하지요."

준의 태명을 지을 때를 떠올리며 단사황태후는 조용히 미소 지었다. 밝고 빛난다는 뜻이 있는 글자들을 모조리 떠올려서 지은 이름이었다. 그 이름을 지으면서 무슨 일이 있어도 이 아이는 밝은 빛 속에서만 서 있게 하리라고 그녀는 결심했었다.

준이 그녀에게 뜻밖의 질문을 던졌다.

"왜 절 황제로 만드는 데 어머니의 모든 것을 바치셨습니까?"

그의 어머니는 아들을 황제로 만들고도 아들의 권력에 손을 대지 않았다. 그저 어둠의 역할을 묵묵히 하고 있을 뿐이었다. 갑자기 단사황태후의 표정이 흐려졌다. 단사황태후는 침착함을 잃고 손목에 찬 염주를 빼서 두 손으로 잡고 굴리기 시작했다.

"왜 갑자기 그런 것을 물으십니까?"

"오랫동안 저는 제가 황제가 되지 못하면 어마마마께 버림받는다고 생각했습니다. 그래서 죽을힘을 다해 공부를 하고 무예를 익히고 아바마마의 눈에 들기 위해 노력했습니다. 그런데 지금 와 돌이켜 보니 제가 황제가 되어 어마마마가 얻은 것은 황태후라는 지위 말고는 아무것도 없었습니다. 어마마마는 아무것도 바라지 않으셨습니다. 그런데 왜 절 황제로 만드신 겁니까?"

"그것이 내가 황상을 사랑하는 유일한 방법이었습니다."

단사황태후는 있는 용기를 죄다 쥐어짜 아들을 바라보며 말했다.

"그 방법 말고 황상과 나와 단을 살릴 수 있는 길을 몰랐습니다."

원망하십니까? 황제가 되고 싶지 않았습니까?

단사황태후는 그 물음을 억지로 집어삼켰다.

준은 처음으로 단사황태후에게 사랑한다는 말을 들었다는 것을 깨달았다. 오랫동안, 정말 오랫동안 그는 그 말이 듣고 싶었다. 그저 자신이 어머니의 아들이기에 사랑받는다는 확신을 가지고 싶었다.

"나는 여러모로 부족한 어미였습니다."

애틋한 통증이 준의 심장을 뚫었다. 그는 처음으로 어미가 가여워졌다. 어머니가 자신을 사랑하지 않을지도 모른다는 생각에 그가 두려워했던 것만큼 어미 역시 그가 자신을 외면할까 봐 두려워했음을 깨닫고 말았다.

단사황태후는 이렇게 피를 토하듯 자신이 부족한 어미임을 고백하는 순간이 올 날을 기다리고 있었다. 그런 단사황태후의 모습을 보면서 준은 부모 됨의 어려움을 깨달았다. 어느 부모도, 설령 천하를 호령하는 황제라 하더라도 자식 앞에서는 부족한 아비일 수밖에 없다는 천륜의 무거움이 느껴졌다.

준이 천천히 입을 열었다. 자신의 부족함을 고백하는 어미에 대한 그의 진심을 담은 대답이었다.

"제가 제일 좋아하는 글자가 무엇인지 아십니까? 바로 어두울 암暗 자입니다. 처음 그 글자를 배울 때 이상했습니다. 왜 어둡다는 뜻의 글자에 세상에서 가장 밝은 해 일日이 붙어 있는 걸까 하고요."

어째서냐고 묻는 듯 단사황태후가 얼굴을 살짝 찌푸렸다.

"저는 그 글자가 저와 어머니 같았습니다. 어두울 암晤에 있는 해 일日이 저 같았습니다. 어둠에서 태어난 빛이라 그리 여겼습니다. 그런데 지금은 생각이 달라졌습니다."

어머니의 어둠이 부담스러웠다. 어머니가 그에게 한 모든 것이 언젠가 갚아야 할 빚이라 여겼다. 하나 경요를 만나고, 자신의 아이가 생긴 지금은 그 생각이 바뀌었다. 어머니가 어떤 마음으로 어둠이 되었는지 그는 이해할 수 있었다. 어둠이 되어서라도 지키고 싶은 그 절절한 마음을 알았다.

"어둠은 빛을 기다리기에, 새벽이 와 어둠을 몰아낼 해를 기다리기에 해 일이 붙었다고 생각합니다. 어마마마, 저는 어마마마의 어둠 뒤에 숨는 빛이 되고 싶지 않습니다. 어마마마를 밝힐 수 있는 그런 빛이 되고 싶습니다. 또한 제가 그리할 수 있는 건 이 황궁에서 어마마마가 저를 지켜 주셨기 때문입니다. 제가 아바마마와 다를 수 있었던 건 모두 어마마마의 덕입니다. 그러니 이제 저를 지켜 주지 않으셔도 됩니다."

단사황태후는 예석황제가 무엇을 말하고 싶은지 깨달았다.

"환주 문제에서 손을 떼라는 것입니까?"

"그렇습니다. 그 문제를 제 방식대로 해결하게 해 주십시오."

아들은 그녀를 설득하려 하고 있었다.

"정안공주를 연국에 시집보내는 것은 비겁한 방법이 아닙니다."

"어마마마, 연은 중원을 노리고 있습니다. 정안공주를 보낸
다 하여 그 야심을 접진 않을 겁니다. 그래서 저는 정공법으로
연에게서 단을 지키고 싶습니다."

"그것이 여와 화경족 상단과 힘을 합치는 것입니까? 왜 그
리 어려운 길을 가시려 합니까!"

단사황태후는 한숨을 내쉬었다.

"나라 간의 약속이 얼마나 허망한 것인지를 저도 압니다. 그
렇지만 저는 그 어려운 길을 가고 싶습니다."

단호하게 말하는 아들의 모습을 단사황태후는 넋이 나간 듯
멍하니 바라보았다.

저 아이가 이제 진짜 황제가 되려 하는구나.

"저는 황제가 되고 싶지 않았습니다. 제가 그 큰 책임을 감
당할 만한 그릇이라 여겨지지 않았습니다. 저는 단의 신민을
책임지기엔 재주도 국량도 부족한 인물이니까요. 하나 이제는
제 의지로 단의 황제의 길을 가고 싶습니다. 어마마마가 지켜
보고, 경요가 지켜봐 준다면요."

드디어 아들이 홀로 빛의 치세를 시작하고 있었다. 가장 바
라던 순간이었다. 하지만 아들은 너무 이상적이었다. 아들에게
밝고 순수한 이상이 통하지 않는 세상을 물려준 건 바로 그녀
자신과 못난 지아비이건만. 그러니 단사황태후는 그 책임을 져
야 했다. 설사 아들의 미움을 받더라도 말이다.

"정안공주를 여의 태원세자에게 보내세요."

"어마마마, 그것은 이미 거절당했다고 말씀드리지 않았습니까."

"내가 환주 문제와 단의 정사에서 물러나는 조건입니다. 그것만큼은 뜻을 관철시켜야겠습니다."

정안공주가 가엾긴 했지만 여국과의 동맹을 공고히 하기 위해선 최소한의 조건이 필요했다. 노련한 단사황태후는 인간의 선의가 그리 오래 지속되지 않음을 알았다. 경요가 단의 황통에 여국의 피를 섞었으니, 여의 왕통에 단의 피를 섞을 필요가 있었다.

모든 오명은 자신의 몫이다. 정안공주의 원망도 홀로 짊어지고 갈 생각이었다. 단사황태후는 절대로 그것만큼은 양보할 생각이 없었다.

"알겠습니다. 그리하겠습니다."

준은 결국 항복했다.

"그럼 그런 줄 알겠습니다."

준은 어머니 앞에 있는 상자를 물끄러미 바라보다 입을 열었다.

"한 가지 청이 있습니다."

"말씀하세요."

"아이의 태명을 지어 주시겠습니까? 어마마마께서 지어 주신 태명 덕에 제가 지금껏 잘 해내 오지 않았습니까. 어마마마께서 태명을 지어 주시면 경요 뱃속의 아이도 무사히 태어날 것 같습니다."

단사황태후는 아들을 한참 동안 바라보았다. 아들은 진심이었다.

생각에 잠겨 있던 단사황태후가 붓을 쥐었다. 머릿속에 떠오르는 이름이 있었다. 부드러운 필체로 글씨를 썼다. 옆에서 보고 있던 준이 글자의 뜻을 되새겼다.

"마음에 드십니까?"

준이 고개를 끄덕였다.

"여아에게도, 남아에게도 잘 어울리는 이름입니다. 뜻이 참 좋습니다."

준은 차비에게 급히 옥새를 가져오라 명했다.

차비가 옥새를 가져오자 준은 단사황태후가 쓴 종이에 옥새를 찍고 회임을 경하하는 시를 썼다. 그리고 단사황태후가 미리 준비해 둔 봉투에 그 종이를 넣고 옥새를 찍어 봉했다. 봉투는 비단으로 싸서 봉했으며, 다시 황금색 보자기로 감싸 상자에 넣었다. 상자는 자물쇠로 굳게 잠갔다. 그리고 그 열쇠는 단의 신전이 있는 아홉 성으로 보내질 것이다.

차비가 들어와 신관장이 입궁해 존호궁에 도달했음을 알렸다.

신관장 삭공이 예석황제와 단사황태후에게 예를 표했다.

"하늘의 기운을 읽는 신성한 그대를 이리 급하게 황궁으로 청해 미안하네. 일이 급하게 돌아가 그리되었네."

"황공하옵나이다."

"황후가 회임을 하였네."

삭공의 눈이 다탁 위에 놓인 나무 상자로 향했다.

"태명을 담은 상자이네. 황후의 회임을 하늘과 종묘에 고하는 의식을 비밀리에 준비하게."

삭공의 허리가 더 굽어졌다.

"그대도 사정은 들었을 걸세. 지금 황후는 연국에 인질로 가 있는 위태로운 처지일세. 회임한 사실이 알려진다면 더 위험해질 수 있네."

"무슨 말씀인지 잘 알겠습니다. 조용히 준비하도록 하겠습니다."

삭공은 태명이 든 상자를 들고 밖으로 나갔다.

단사황태후의 입에서 나지막한 한숨이 나왔다.

"이걸로 황상께서 환주로 가기 전에 해야 할 일은 다 하신 셈이군요."

"아직 태원세자와의 일이 남았습니다."

"어떤 인물입니까, 여의 태원세자는?"

"여동생과 많이 닮았습니다. 생김도 생각도 말입니다."

"여동생이 망아지이니 오라비는 망둥이겠군요."

농담인지 진담인지 알 수 없는 단사황태후의 말에 준은 웃어야 할지 엄숙한 얼굴을 해야 할지 망설였다.

"경요가 여전히 싫으십니까?"

아들의 뜻밖의 질문에 단사황태후는 얼굴을 찌푸렸다.

"싫습니다."

하지만 그 싫다는 말에서는 정작 싫다는 기운이 느껴지지 않아 준은 자기도 모르게 미소 짓고 말았다.

언제 어마마마가 이리 경요에게 마음을 여신 걸까?

"어디가 그리 싫으십니까? 황후가 단으로 돌아오면 제가 고치도록 명하겠습니다."

이번에는 단사황태후가 웃었다.

"황상, 내가 이런 말을 하는 건 정말 자존심이 상하나……."

"예, 어마마마."

"……고쳐 사는 것은 바라지도 않습니다. 그저 잡혀 사시지나 마십시오."

그건 단사황태후의 진심이었다.

준이 갑자기 단사황태후의 손을 잡았다. 황태후는 처음엔 움찔했다. 제 피와 살로 키우고, 제 속에서 열 달을 품은 아들의 몸이 낯설게 느껴졌다. 단단한 아들의 손에서 힘과 의지가 느껴졌다. 젊음의 싱그러운 활기가 아들의 손에서 그녀의 몸으로 흘러들어 왔다.

'내가 너를 키웠고, 너는 또 나를 키우는구나.'

"저는 아바마마와 같은 황제가, 지아비가, 아비가 되지 않을 것입니다. 그 이유가 무엇인지 아십니까? 바로 어마마마 때문입니다. 어마마마께서 절 죽을힘을 다해 지켜 주셨기 때문에 전 제 안의 빛을 잃지 않을 수 있었습니다. 아바마마는 주변에 그런 분이 없었기 때문에 평생 어둠 속에서 계셨을 겁니다."

"아들은 결국 아버지를 이해하게 된다 하더이다. 황상도 이

제 그럴 나이가 되었군요."

"이해는 하지만 용서를 하고 싶진 않습니다. 제아무리 친모 되시는 분을 그리 잃었다고 해도요."

"자진하신 그분 말입니까?"

"차비에게 자세한 사정을 들었습니다. 자진이 아니라 독살이었다 하옵니다. 친모를 그리 잃고 아바마마의 마음은 부서져 버렸던 것 같습니다."

친모가 독살을 당해? 단사황태후도 처음 듣는 얘기였다.

준은 담담한 목소리로 차비에게 들은 이야기를 전했다. 그 순간 단사황태후는 자신이 평생 닿을 수 없었던 그 사내의 마음 깊숙한 곳에 숨겨진 어둠이 무엇이었는지를 깨달았다. 그가 평생 극복할 수 없었던 상처. 그것은 어미를 잃고, 어미를 죽인 자의 손으로 황위에 올랐다는 것이었다. 어미의 피가 묻은 그 손을 그는 잡았다. 그러면서 그는 어미를 죽인 공범이 되었다. 황제가 되고도 어미를 위한 복수는 없었다. 황제가 된 후에도 여전히 희상황태후의 힘이 필요했기 때문이었다. 그렇게 그는 침묵했고 방관했다.

아무것도 믿지 않는 공허한 눈빛으로 세상을 보며, 어떤 일에도 진지하지 않았던 사내. 그에게 삶은 환희幻戲였다.

얼마다 짙고 깊고 차가운 어둠이었을까? 아무도 그 어둠에서 그를 구할 수 없었으리라.

그는 자신을 은애한다는 여인조차 믿지 못했다. 그래서 계속 나를 시험했던 것일까? 이래도 내가 그를 사랑할 것인지를 시험하기 위해 끊임없이 나를 사지로, 절벽으로 몰았던 것일까? 그렇게 나를 고통스럽게 하면서 당신은 무엇을 얻었지?

어리석은 사람.

단사황태후는 예석황제가 존호궁을 나간 것도 모르고 있었다.

냉궁에서 그를 거부했을 때 왜 그가 미쳐 버렸는지 이제야 이해가 되었다. 그는 그녀를 사랑하고 있었던 것이다. 비틀린 방식이었지만 그녀만을 원했던 것이다. 그래서 자신을 떠나려는 여인을 그렇게 붙잡았던 것이다.

자기도 모르게 그날 밤의 치욕과 고통이 떠올라 단사황태후는 손이 부들부들 떨렸다. 그때 그녀의 귀에 대고 그가 속삭였던 말들. 그녀를 사랑한다는 말이 진실이었음을 깨달았다. 하나 그녀는 결코 용서하지 않을 생각이었다.

그래서였나? 내 거짓 미소를 알면서도 평생을 속아 준 것이? 그렇게라도 날 옆에 두기 위해서? 날 빈 껍데기로 만든 후에야, 내가 당신을 더 이상 사랑하지 않은 후에야 안심한 것인가?

단사황태후는 그가 죽기 직전에 하려 했던 말이 못 견디게 궁금했다.

'무엇이 두려웠던 겁니까? 내게 사랑받는 게 두려웠던 겁니까, 아니면 나를 사랑하게 된 것이 두려웠던 겁니까? 당신은 평생 사랑을 두려워했던 겁니까? 그럴 자격이 없는 사람이라고 생각했습니까?'

이제 그 대답을 해 줄 이는 이곳에 없다.

정말로 가여운 사람. 다시는 당신 때문에 울 일이 없을 줄 알았는데…….

단사황태후는 뺨을 타고 흘러내려 손등에 떨어지는 눈물을 멍하니 바라보았다.

단국의 황궁에는 두 번째였다. 미리 연통이 닿았는지 궐문 앞에서 내관들이 그들을 기다리고 있었다. 태원세자와 석채는 굳은 얼굴로 내관들의 뒤를 따라 태화전으로 향했다.

예석황제 준은 먼저 와서 기다리고 있었다.

"외조부께서는 화경방에 도착하셨습니다. 잠시 후 오실 예정입니다."

준은 태원세자에게 화경족 상단의 단주 위보형을 민예로 오게 해 달라고 부탁했었다. 준이 하려는 일은 태원세자도 충분히 예상할 수 있었다. 준은 보급을 끊을 생각이었다.

"쉽지 않을 겁니다. 황후의 외조부라고 편히 생각하시다간 큰코다치실 겁니다."

"그런 인정에 얽매이지 않는 분이라는 것은 충분히 알고 있다네."

"황후마마는 어찌하고 계십니까?"

"건강하게 잘 있다고 소식이 왔다."

"어딜 가나 건강하게는 있겠죠. 하지만 걱정이 됩니다. 황후마마의 성격을 제가 아는데, 적지라고 해서 가만히 인질로 잡혀 있을 리 없잖습니까. 혹 연의 궁궐을 쑤시고 다니다가 어려운 입장에 처하는 건 아닌지 걱정됩니다."

준은 쓰게 웃었다. 아마 그러려고 주유를 대역으로 내세웠을 것이다.

"싸우실 생각입니까?"

그렇게 물었지만 위보형을 부른 것으로 봐선 화친 쪽으로 가닥을 잡았음을 태원세자는 예상하고 있었다.

"싸우고 싶지만 황후가 인질로 잡혀 있으니 어쩌겠나. 환주 사람들의 피를 흘리지 않는 것, 그것이 경요의 소망이네. 긴 전쟁이 될 걸세. 단에게나 여에게나."

태원세자는 그 말의 속뜻을 읽었다. 동맹이 길어질 것을 암시하는 것이었다.

"그래서 말인데, 단의 황실에선 여전히 정안공주와의 혼사를 원하고 있네."

"단의 황실이라 표현하신 것은, 폐하의 뜻은 아니라는 말씀이십니까?"

"나는 다른 의미에서 그대와 정안공주를 맺어 주고 싶어."

"다른 의미라면?"

"그대가 정안의 좋은 짝이 되어 줄 것 같아서."

태원세자는 살짝 한숨을 쉬었다.

"폐하께서 솔직히 속내를 밝히시니 저도 빙빙 돌리지 않고 말씀드리겠습니다. 저는 정안공주와의 혼사를 원하지 않습니다."

"이유를 물어도 되겠나?"

"우연히 정안공주를 뵌 적이 있습니다. 한 번 보고 사람됨을 판단한다는 것이 조심스럽지만, 정안공주는 여의 세자빈 역할을, 나아가 정비 임무를 제대로 해낼 인물이라고 생각하지 않습니다."

단호한 사내였다. 지금 오라버니인 자신 앞에서 정안공주가 모자라 취하지 않겠다는 말을 하는 것 아닌가. 단정한 표정 하나 바꾸지 않고 태원세자는 계속 말을 이어 갔다.

"그분은 아직 어리시더군요. 일국을 책임져야 하는 무거운 자리가 그분에겐 형벌로 느껴지실 것입니다. 왕궁에서 제 모친이신 동비를 겪어야 할 일도 쉽지 않을 뿐더러, 왕비의 자리에 올랐을 때 감당해야 할 일도 다른 정비보다 곱절은 많을 것입니다."

밝고 천진하며 막무가내로 떼를 쓰는 아이 같았던 정안공주의 모습이 떠올랐다. 사랑스러운 분이었다. 하나 백번 양보해도 왕의 고뇌를 나눠 가져야 하는 정비감은 아니었다.

"구구절절 맞는 말이라 내 뭐라 할 말이 없군."

"부디 무례를 용서해 주십시오."

"아닐세."

잠시 생각에 잠겨 있던 예석황제가 입을 열었다.

"그런데 말이야, 사람은 변한다네."

"예?"

"정안공주의 나이 이제 겨우 열다섯일세. 어떤 지아비를 만나 어떤 가르침을 받느냐에 따라 충분히 일국을 책임지는 세자빈이자 정비로 자랄 수 있는 아이야."

태원세자가 반박했다.

"황후마마는 단의 황후로 살 각오를 하셨습니다. 그분께 그런 각오가 있으시겠습니까?"

온실 속 꽃처럼 곱게 큰 사람이라 살얼음판 같은 궁 생활을 견딜 수 있을 것 같지 않았다. 그리고 궁 생활을 하면서 그 여인이 가진 천진한 사랑스러움이 스러진다면 그 또한 마음 아플 것이다. 아무것도 의심하지 않는 그 크고 맑은 눈이라니.

"모든 여인이 경요나 자네 모친인 동비 같진 않아. 하나 정안공주는 타고난 품성도 훌륭한 아이라네. 다소 철이 없긴 하지만 순수하고 솔직한 아이일세. 나는 그 아이와 자네가 퍽 잘 어울린다고 생각했네. 자네의 진중한 발걸음을 가볍게 해 줄 아이라고. 우연히 그 아이를 보았다 했지?"

"예, 지석사를 지나다가 우연히 뵙고 이야기까지 나누었습니다."

"어땠나? 조금도 호감이 없었나?"

"남녀 간의 끌림을 말씀하시는 겁니까?"

"정안 정도면 꽤 예쁘지 않은가. 자네도 사내이니 여인의 미색에 무감하진 않겠지."

"폐하께서 하실 말씀은 아닌 것 같습니다."

태원세자는 자기도 모르게 대범하게 농을 던졌다.

예석황제는 파안대소했다. 그의 솔직한 웃음에 태원세자는 예석황제가 자신을 제후국의 세자가 아닌 한 사람의 남자로, 더 나아가 벗으로 대하고 있음을 깨달았다.

"한 가지 여쭈어도 되겠습니까?"

"하게."

"황후마마가 그 자리에 어울리지 않는 분이었어도 그리 은애하셨을까요?"

어려운 질문이었다. 준은 생각에 잠겼다. 답은 한 가지밖에 없었다.

"그 사람에게 빠진 건 내 의지로 어쩔 수 없는 것이었네. 도도한 강물에 휩쓸리는 것처럼 그 사람에게 빠져 버렸어. 만약 경요가 황후에 어울리지 않는 사람이었어도 나는 그 사람을 은애했을 걸세."

예석황제는 경요를 은애했기에 황후로 맞이했다고 답했다.

"경요의 비범함을 존경하면서도 경요가 평범한 여인이었으면 좋겠다고 생각할 때가 있네. 지아비가 주는 사랑에 만족하고, 그 사랑을 받는 것만으로도 행복한 여인이면 좋겠다는 생각을. 그래, 정안 같은 아이였어도 좋았을 거라고 생각한다네. 그릇이 큰 여인을 은애하는 건 힘든 일일세."

그건 태원세자도 잘 알고 있었다. 그의 모친 동비가 그런 여인이었다. 그는 아비 진수보다 동비가 더 어려웠다.

"정안은 자네가 주는 애정을 받고 강하게 자라날 걸세. 그 아이는 경요처럼 환주로 뛰어가거나, 적국에 제 발로 인질로 가는 일은 절대 하지 않을 걸세. 내가 보증하지."

예석황제는 또 웃었다. 태원세자도 따라서 웃고 말았다.

예석황제의 설득에 태원세자의 마음이 흔들렸다.

"정안공주께서 각오가 서신다면 혼담을 받아들이지요."

"각오라면?"

"공주께서 진심으로 여국에 시집오길 바라신다면 그때는 저도 거절하지 않겠습니다. 그것이 제가 공주께 바라는 유일한 것입니다."

태원세자는 굳은 눈빛으로 예석황제를 바라보았다.

"알겠네."

그때 석채가 위보형이 도착했다는 소식을 알리러 들어왔다. 태원이 석채와 함께 밖으로 나간 후 위보형이 내전으로 들어왔다. 경요의 외할아버지이자 동비의 아버지, 화경족 상단을 이끄는 단주인 위보형이 어떤 사람일지 준은 궁금했다.

지금 그의 눈앞에 선 이는 호랑이의 눈빛과 용의 기상을 뿜어내는 거대한 산맥 같은 사내였다. 무공을 자랑하는 상처로 가득한 백전노장 앞에 선 하룻강아지의 기분이었다. 한마디 말도 하지 않았지만 눈빛만으로도 누가 강자인지를 뼈저리게 느끼게 하는 자였다. 황제 앞에서도 그의 허리는 조금도 굽혀지지 않았다. 의례적인 인사만 있었을 뿐이다.

'이자가 경요를 키워 낸 위보형인가?'

쉽지 않은 상대일 거라 생각했지만 예상보다 더 대단한 인물이 그 앞에 서 있었다. 준은 건강이 좋지 않은 위보형을 위해

의자를 내어 주었다. 위보형은 감사의 예를 표한 후 의자에 앉았다.

"단의 황궁을 떠날 수 없는 몸이어서 먼 길을 오시라 한 점 먼저 사과드립니다."

"어찌 천자를 오라 가라 할 수 있겠습니까. 이 늙은이를 단국 황궁까지 부른 이유를 말씀하시지요. 무슨 일이십니까?"

준은 에두르지 않고 바로 용건을 이야기했다. 마음이 급했다.

"단을 도와주십시오. 물론 공짜는 아닙니다. 아내가 장사꾼이다 보니 저도 많이 배웠습니다. 어르신을 이 판으로 이끌어내려면 무언가 대단히 구미가 당기는 조건을 걸어야 한다는 것을 압니다. 그래서 저는 어르신께서 절대 거절할 수 없는 제안을 할 것입니다."

위보형의 얼굴은 여전히 권태롭고 가소롭다는 표정이었다. 경요가 아는 것은 모두 그가 가르친 것이다.

상대방의 애를 태우는 느릿느릿한 말투로 위보형은 예석황제 준의 말을 따라 했다.

"거절할 수 없는 제안이라……. 어디 들어나 보지요."

준의 굳은 얼굴에 처음으로 작은 미소가 나타났다 사라졌다. 승리를 예감하는 미소였다.

"경요를 상단으로 돌려보내 드리겠습니다."

"흠!"

위보형은 자기도 모르게 큰 소리를 냈다.

"원하신다면 경요가 상단 일을 하도록 하겠습니다."

"흐흠!"

위보형은 평정을 잃고 또다시 큰 소리를 냈다. 하나 그것은 기분 좋은 당황이었다. 그가 가장 원하는 것, 그것은 바로 경요에게 상단을 물려주는 것이었다. 경요는 딸 유정보다 훨씬 더 뛰어난 단주가 될 아이였다. 자신은 이제 머지않았다는 것을 알았다. 그래서 상단의 미래를 생각하면 밤에 잠이 오지 않았다. 눈에 차지 않는 후계자에게 상단을 물려주느니 차라리 상단을 접는 게 성질에 맞는 위보형이었다.

"병든 늙은이를 놀리시는 겁니까? 농이 지나치십니다. 황후에게 겨우 상단 일을 시키겠다니요."

"경요는 겨우 일국의 황후 노릇만 하기엔 그릇이 크지요."

'겨우'라는 말에 위보형은 처음으로 미소를 지었다. 그는 외손녀사위가 아주 마음에 들었다.

외딸 유정을 여국에 빼앗기고 통곡했다. 딸의 그릇은 겨우 사내의 오른팔 노릇을 하기엔 너무나 컸다. 어째서 상단을 버리고 그림자 노릇을 하려는 건지 딸을 이해할 수 없었다. 그리고 경요 역시 언니를 위해 단의 황궁으로 가 버렸다. 자신이 심혈을 기울여 키운 두 후계자가 모두 약속이라도 한 듯 그를 떠났다. 그런데 이 사내는 그에게 경요를 돌려주겠다고 말하고 있었다. 그 약속이 지켜진다면 화경족 상단은 경요라는 새로운 심장을 달게 된다.

예석황제 준의 공세는 거기서 멈추지 않았다.

"지금 경요는 회임 중입니다."

회임? 그 아이가 아이를 가졌다는 말인가?

위보형의 눈이 놀람과 기쁨으로 크게 떠졌다. 위보형은 어리게만 보았던 경요가 이제 여인에서 어머니가 된다는 사실에 가슴이 빠개질 듯 뿌듯했다. 무사히 태어난다면 첫 외증손자가 태어나는 것이다. 그렇게 그의 피가 다음 세대로 이어지고 있었다.

"예전 여의 동비께서 시집갈 때 경요를 상단 후계자로 보내는 것이 조건이었다고 들었습니다. 경요가 단의 황후로 시집오면서 본의 아니게 상단의 후계자를 빼앗았습니다. 경요가 무사히 연국에서 빠져나오면 상단 일을 하도록 하겠습니다. 경요가 다음 후계자를 키워 낼 때까지 말입니다."

"다음 후계자?"

위보형의 가슴이 두근거렸다.

"경요가 낳은 아이가 딸이라면 경요가 그랬듯 상단 후계자로 키우겠습니다. 만약 그 아이가 아들이라면 두 번째 아이를 드리지요. 화경족의 상단은 여국뿐만 아니라 단의 보호까지 얻게 되는 것입니다."

위보형은 단의 예석황제가 제안한 거래에 응했다. 칠십 평생 처음으로 상대의 수에 말리는 거래를 한 것이다. 하나 그 거래는 그가 했던 어떤 거래보다 만족스러웠다.

예석황제가 손을 내밀었다. 움찔하던 위보형은 그 손을 맞잡았다. 문약해 보이는 인상과 달리 황제의 손은 단단하고 힘이 넘쳤다. 검으로 단련된 몸이었다.

예석황제 준은 그를 상인 나부랭이로 보지 않고 자신과 동등하게 거래를 한 협력자로 인정했다. 토가 나올 정도로 한심한 왕들을 많이 봐 온 위보형은 자신을 동등한 거래의 상대로 인정한 준의 태도에 깊은 인상을 받았다.

'한심한 자일수록 사람의 가치를 우습게 여기고 무례한 법이지. 단은 좋은 치자를 가졌구나.'

위보형이 가장 중요하게 생각하는 것은 재물이나 이익이 아니었다. 사람이었다. 그가 경요에게 가장 남기고 싶은 것도 바로 그것이었다.

기울고 있다고만 여긴 단이었다. 위보형은 예석황제를 만나고 그 생각을 바꿨다.

'단은 생각보다 더 오래 버틸 것이다.'

드물게 황궁 안에 말발굽 소리가 울렸다. 파발마였다. 여의 태원세자가 보낸 밀서를 받은 병사가 가장 급한 파발마라는 표시인 붉은 깃발을 휘날리며 황궁을 가로질렀다.

예석황제 준은 갑옷을 입은 채 편전에 홀로 서 있었다. 역시 내관복이 아닌 군복을 입은 차비가 준이 기다리던 밀서를 가져와 바쳤다.

준은 굳은 얼굴로 봉해진 밀서를 펼쳤다. 여의 태원세자가 군사들을 이끌고 환주로 가고 있다는 소식이었다. 준은 굳은 얼굴로 편전 밖으로 걸어 나왔다. 하늘에서 소리 없이 눈이 내리고 있었다. 올해 첫눈이었다.

준은 작은 목소리로 중얼거렸다.

"환주로 간다. 제발 그때까지 무사히 버텨 다오. 네 뜻대로 환주 사람들의 피는 단 한 방울도 흘리지 않고 환주를 지키겠다."

28

결국 무영이 졌다.

"가시지요."

무영의 말에 경요가 침상에서 벌떡 일어났다. 원표가 올린 탕제보다 무영의 말 한마디에 경요는 기운을 냈다. 경요가 꾀병을 부린 게 아닌가 의심할 정도였다.

"팔찌만 찾고 오는 겁니다."

힘차게 고개를 끄덕이는 경요를 보며 무영은 한숨을 내쉬었다.

효라의 천막에서 돌아온 다음 날 아침에 일어나 옷을 입다가 경요는 팔찌가 없다는 것을 깨달았다. 허전한 기분에 무의식적으로 팔목을 만졌는데 팔찌가 없었다. 심장이 입 밖으로 튀어나올 것 같았다. 하지만 저지른 일이 있어 차마 자기 입으로 찾으러 가겠다는 소리는 하지 못했다. 전날 너무 피곤해서 침소로 돌아오자마자 씻지도 않은 채 옷만 벗고 잠이 들었다는 게 그녀가 아는 전부였다.

안규와 주유가 알아볼 정도로 경요는 며칠째 평정을 잃었다. 그녀는 고작 팔찌 하나로 사색이 될 사람이 아니었다. 의미가 있는 물건이라는 뜻이었다.

짚이는 데가 있는 무영이 물었다.

"폐하께서 주신 것입니까?"

경요가 고개를 끄덕였다.

"폐하가 내게 주신 것은 이제 그것밖에 없습니다."

억지로 울음을 참느라 목소리가 떨렸다. 무영은 처음으로 경요가 딱 제 나이로 보였다. 제 발로 연국에 인질로 올 때도 떨긴 했지만 눈물을 보이진 않았다. 그런데 지금 경요의 얼굴은 툭 건드리면 왈칵 눈물을 쏟을 것 같았다. 그런 경요를 보며 무영은 생각했다.

그래도 저분이 황상을 은애하고 있긴 했구나. 소식 한 장 보내지 않아 무심한 분인 줄 알았더니.

"정말 가도 되겠습니까?"

"마마를 위해서가 아닙니다. 복중 아기씨를 위해서입니다. 마마가 기운을 차리셔야 복중 아기씨도 기운을 차리실 것 아닙니까."

그제야 경요의 얼굴에 웃음이 떠올랐다. 일주일 만에 보는 미소였다.

효라의 천막까지는 걸어가기로 했다. 말을 타고 가겠다고 하면 무영이 사색이 될 게 뻔했다. 무영과 다른 사람들에게 너무 걱정을 끼쳐서 미안했다.

궁을 빠져나와 천천히 초원으로 걸어가면서 경요는 뱃속 아기에게도 미안하다고 조용히 사과했다.

다행히 배가 뭉치는 듯한 느낌은 그다음 날 아침에 일어나자 깨끗이 사라졌다. 그래도 걱정이 되어 기침하자마자 원표를 불렀다. 원표에게만 살짝 증상을 말했는데, 아침 식사를 시작하기도 전에 이미 무영과 안규, 주유까지 소식을 알아 버렸다. 정말 입이 싼 남자였다.

드물게 안규가 큰 소리를 냈다. 충분히 그럴 만했다. 온화한 주유까지 경요에게 싫은 소리를 했다. 꼼짝없이 침상에 누워 매끼니 안규가 가져오는 식사와 원표가 올리는 탕제만 먹고 있어야 했다. 안규와 함께 쓰는 방 밖으로는 절대로 나가지 못하게 했다.

무영도 계속 화를 내고 있었다. 그 기세가 사나워 경요는 팔찌의 팔 자도 꺼낼 수 없었다. 하지만 오늘 아침 무영이 뜻밖의 배려를 베풀어 경요는 기분이 아주 좋았다.

'잠을 자면서 떨어뜨린 게 분명해.'

입덧 때문에 살이 빠지면서 팔찌가 헐거워졌었다.

무영이 입을 열었다.

"그래도 마마가 폐하를 은애하시긴 은애하시나 봅니다."

다소 삐딱한 말투였다.

"아니라면 내가 왜 이 연국 땅에 제 발로 왔겠습니까."

지당한 말이었다. 환주와 단국을 위해서가 아니라면 황후가 지금 이곳에 있을 이유가 없었다. 그것은 어디까지나 황후로서였다. 무영은 오직 의무만 생각하는 황후 경요에게 고마웠지만 한편으론 안쓰럽기도 했다.

"마마, 제가 한 말씀 드려도 될까요?"

갑자기 격식을 차리는 무영을 경요는 어색한 눈으로 바라보았다.

"하지 말라면 안 할 겁니까?"

무영은 피식 웃었다. 하긴 윗사람 눈치라곤 보지 않는 입 때문에 실력에 비해 형편없이 출세가 느린 그가 못 할 말이 있겠는가.

"제가 마마께 남녀상열지사와 부부의 도에 대해 이야기한다는 것이 낯 뜨겁기 그지없지만 말씀드리겠습니다."

경요가 짐짓 농담을 하듯 그의 말에 맞장구를 쳤다.

"하긴 그렇지요. 그대는 아직 혼인도 하지 않았으니까요."

"마마는 환주를 구하는 것이 폐하에 대한 은애라고 생각하실지 모르지만 폐하의 생각은 다르시지 않을까요? 그……, 뭐라고 해야 할까. 폐하는 단의 황제가 아닌 한 사내로 은애받고 싶으신 건지도 모른다는 말입니다. 마마의 어깨에 너무 힘이 들어가 보여서 드리는 말씀입니다."

직언을 잘 삼키는 경요였기에 무영은 안심하고 마음속 이야기를 다 털어놓았다.

"본말을 전도하지 마시란 말입니다. 그리 애쓰지 않으셔도 마마는, 음, 음……, 꽤 훌륭한 황후이시니까요."

당사자 앞이라 낯간지러운 찬사를 쏟아 부을 수 없어 무영이 겨우 찾아낸 말이 '꽤 훌륭한'이었다. 경요는 그 말에 그만 풋 웃음을 터뜨렸다. 무영에게 무언가 좋은 소리를 들어 본 건 이번이 처음인 것 같았다. 그러고 보면 무영은 칭찬보다는 비아냥거림이 더 성정에 맞았다.

"본말 전도라니요?"

"폐하를 은애하기에 단을 위해 힘쓰시는 것 아닙니까. 그러니 폐하도 좀 돌아보시라는 말입니다. 폐하는 마마 이전에 누구도 없으셨습니다. 그런 분이 마음을 허락하셨다는 것은, 그것도 황궁에서 대대로 금해 온 그림자 신부를 진짜 황후로 맞이하신 것은 그만큼 은애의 마음이 깊다는 뜻입니다. 황후 노릇을 잘할 사람이라서 마마를 선택하신 것이 아닙니다. 그분의 마음을 마마 말고 누가 헤아릴 수 있겠습니까? 마마가 곁을 떠나신 지 두 달이 넘었습니다. 어째서 다정한 소식 한 장 듣지 못하는 그분의 심정은 생각하지 않으십니까. 게다가……."

무영의 시선이 경요의 아랫배로 향했다.

"……그분은 아직 용종의 존재조차 모르고 계시지 않습니까."

경요는 억지로 밝은 표정을 지으며 농담조로 이야기했다.

"날벼락이 떨어지겠지요. 그 벼락은 나 혼자 맞을 테니 걱정하지 마세요."

"단의 백성으로, 녹을 먹는 신하로 마마께 깊이 감사드리고 있습니다. 마마가 아니었으면 결코 여기까지 올 수 없었을 것입니다. 하나 마마와 폐하는 부부가 아니십니까. 혼인도 하지 않은 제가 이런 말을 한들 설득력이 없겠지만, 부부란 오직 그 한 사람만을 위해야 하는 것이라고 생각합니다."

무영의 거리낌 없는 말에 경요는 자기가 그동안 외면했던 것들을 하나둘씩 떠올렸다. 그랬다. 그녀는 준의 오직 하나뿐인 반려였다.

무영의 말이 맞았다. 준에게 어울리는 배우로 모두에게 인정받고 싶었다. 그래서 그 사람을 외롭게 하고 말았다. 아이가 아비의 목소리도 제대로 듣지 못하게 했다.

소식을 보내지 않은 건 약한 모습을 보이고 싶지 않아서였다. 붓을 쥐고 흰 종이를 바라보면 한심하게도 눈물부터 나왔다. 약한 소리를 한들 준이 해 줄 수 있는 건 돌아오라는 말밖에 없을 터였다. 그래서 경요는 붓을 꺾고 입술을 깨물었다. 약한 모습을 보이면 준이 그녀를 황후 자격이 없는 이로 여길 것 같았다. 똑똑한 소리를 해도 말뿐이지, 여인의 몸으로 국사는 무리라 여길 것 같았다.

하지만 우는소리라도 써서 보냈어야 했다. 이 세상에 경요가 자신을 꾸밈없이 전부 보일 수 있는 건 준 한 사람뿐이었고, 준 역시 마찬가지였다. 그에게는 일부러 멋있게 보일 필요도, 강하게 보일 필요도 없었다.

있는 그대로의 알몸을 내보일 수 있는 유일한 이에게 왜 그랬을까? 경요는 조용히 스스로를 책망했다.

'제가 당신에게 단 한 사람의 여인으로 삼아 달라고 했으면서, 정작 그 말뜻을 제가 몰랐습니다. 기대지 않는 저에게 얼마나 화가 나셨을까요?'

준은 그녀를 지켜봐 주었고 그녀를 의지했다. 그렇게 준은 그녀를 믿었다. 그것을 이제야 깨달았다. 부끄러웠다. 그녀는 안규와 자균, 무영, 원표, 주유를 믿었다. 그래서 그들에게 의지했다. 하지만 준에게는 그러지 못했다.

"살다 보니 총각에게 부부의 도를 듣는군요."

무영은 무안함에 흠흠, 괜히 헛기침을 하면서 딴 데를 봤다.

경요가 조용히 말했다.

"고맙습니다."

경요의 말에 무영은 더 무안했다. 흠흠, 헛기침 소리가 더 커졌다.

효라는 천막에 없었다. 염소 떼를 몰고 강으로 물을 먹이러 나간 것 같았다. 천막 주인의 허락 없이 안으로 들어갈 수 없어 무영과 경요는 하릴없이 천막 주변을 거닐며 효라를 기다렸다.

"마마, 지난번에 제선이 탄 말을 보라고 하셨지요?"

"그 말을 어찌 보았습니까?"

"예사롭지 않았습니다. 얼핏 보았지만 말의 생김새가 훌륭한데다 달려가는 모양새도 힘차 보였습니다. 군마로 그 이상의 말을 찾긴 어려울 성싶습니다. 어디서 그런 좋은 말을 구한 것일까요?"

"한혈마입니다."

"한혈마라면 전설에나 나오는 말 아닙니까. 그 말을 연이 손에 넣은 겁니까?"

경요는 무인인 무영의 생각이 궁금했다.

"역시 기마전일까요?"

연의 무사들은 특기가 말을 타고도 정확하게 목표물을 향해 활을 쏘는 것이었다. 말을 타고 사냥을 하면서 자연스럽게 길러진 능력이었다.

"얼핏 봐도 속도가 예사롭지 않았습니다. 그 말을 타고 활을 쏘며 달려온다고 생각하니 소름이 끼칩니다. 초원에 사는 자들과 절대 싸우지 말라고 옛사람들이 말한 것은 사냥으로 단련된 그들의 뛰어난 궁술 때문이었습니다. 거기에 속도가 더해진다면……, 순식간에 전장을 아수라장으로 만들고 정신을 차리기도 전에 퇴로를 막겠지요."

머릿속에 전투의 풍경이 선명하게 그려졌다.

"어쩌면 지금까지의 병법으로는 막을 수 없을지도 모르겠습니다."

무영은 소름이 끼쳤다. 중원을 노리고 있다는 제선의 야심은 그저 말뿐인 야심이 아니었다. 인질을 자청한 경요 때문에 연에 오게 되었으나, 한편으론 연의 실상을 눈에 담을 수 있어서 다행이라고 무영은 생각했다. 연은 단이 생각하는 것 이상으로 강했다. 그도 눈으로 보지 않았다면 믿지 못했을 것이다.

'혹시 이분은 그 모든 것을 예상하고 인질로 온 것일까?'

무영의 말을 듣고 잠시 생각에 잠겼던 경요가 고개를 갸웃거리며 중얼거렸다.

"그게 전부일까요? 단지 기마전으로 단과 맞서려고 할까요?"

경요의 혼잣말에 무영이 민감하게 반응했다.

"나무, 돌, 물, 쇠, 불……. 불."

경요는 전쟁에 사용되는 무기 다섯 종류를 말하고 있었다.

그런데 불?

"화공을 말씀하시는 겁니까?"

"단을 보호하는 것은 성입니다. 뛰어난 말과 궁술이 있다 해도 그것은 넓은 장소에서 서로 맞부딪쳐야만 합니다. 제선 그 똑똑한 사내가 수성전과 공성전에 대비하지 않았을 리 없습니다. 게다가 그들은 초원의 사람들. 풍각(風角:바람과 기후를 읽는 것)의 귀재들입니다. 화공을 준비하지 않을 리 없어요. 하나 어떤 화공일까요?"

명색이 무장인 무영은 경요의 생각을 좇아갈 수 없어 난감했다.

이분은 도대체 어디까지 보시는 걸까? 자신의 단견으로는 상상도 할 수 없는 멀고 먼 곳을 보고 계신 게 분명했다.

경요가 물었다.

"제선의 책사인 명희가 어디 출신이라고 했지요?"

"해선 출신이라고 들었습니다."

"해선, 해선이라면……."

화공과 해선. 경요의 머릿속에 그 두 가지가 합쳐지면서 하나의 답이 나왔다.

"해선이 무엇으로 유명한지 아십니까?"

무영이 생각을 더듬었다.

"매년 여름 바닷가에서 벌어지는 연화(煙火:불꽃놀이)로 유명한 곳입니다만."

"그래요, 연화로 유명하지요."

"그런데요?"

"아직도 모르겠습니까?"

"마마, 모르겠습니다. 연화와 화공이 무슨 관련이 있다는 겁니까?"

무영은 전혀 감을 잡지 못했다. 여흥거리인 연화와 화공이 무슨 관련이 있는 걸까?

경요는 무영에게 연화의 원리를 설명했다.

"연화는 화약을 뭉친 뒤 그 위에 할물割物이라는 것을 얹어 하늘로 쏘아 올리는 것입니다. 할물이 불꽃의 고운 빛깔과 연기를 나게 하지요. 그런데 그 화약이 돌이나 창, 화살을 쏘아 올리면 어찌 되겠습니까? 투석기의 몇 배 되는 힘으로 성벽을 공격할 수 있는 겁니다."

"마마, 그런 일이 가능할 리가……. 화약에 대해서는 저도 알고 있습니다. 화약에 그런 힘이 있을 리가 없잖습니까. 게다가 화약에 쓰는 염초라는 것은 연화장인들의 비전秘傳이라 전수자 빼고는 알 수 없는 것입니다. 그들 말고는 구할 수도 없는 염초를 연이 어찌 손에 넣었을까요?"

"원리는 같은 겁니다. 그것을 연화로 쓰느냐 무기로 쓰느냐에 달린 문제지요. 나는 제선이 해선 출신의 명희를 책사로 삼은 것을 우연이라고 생각하지 않습니다. 그는 분명 화약으로 성을 부술 생각입니다. 묵자도 어느 책에선가 그 비슷한 이야기를 하지 않았습니까. 땅을 파고 기름을 붓고 불을 질러 성을 무너뜨리는 방법을 어딘가에서 기술했는데……."

무영은 기억을 더듬었다.

"토폭파土爆破를 말씀하시는 겁니까? 비혈편備穴篇에 기술된 부분입니다. 화약을 혈성(穴城:성벽을 무너뜨림)에 쓸 수 있을까요? 그만한 힘을 가진 화약을 그들이 만들 수 있을까요?"

"비밀리에 염초라는 것을 찾아보세요. 분명 왕궁 근처에서 만들고 있을 겁니다. 제선이 직접 그 성능을 점검하고 있을 테니 말입니다. 염초는 냄새가 독한 물질로 만드는 데 시간이 오래 걸리기 때문에 치웠다고 해도 그 흔적을 쉽게 지우긴 힘들 겁니다."

경요는 무영에게 자신이 알고 있는 염초에 대해서 모든 것을 다 설명했다. 무영의 얼굴이 점점 굳어졌다.

"내가 예전에 해선 지방에 갔을 때 사람들이 미치광이 취급하던 연화장인에게 들었던 말이 있습니다. 그때는 한 귀로 듣고 한 귀로 흘렸는데."

"무어라 말했습니까?"

"화약이 쇠와 돌을 만난다면 전쟁의 신이 될 거라고 했습니다."

경요가 혼잣말로 중얼거렸다.

"가장 위험한 물건이 가장 위험한 사람의 손에 들어갔군요. 하나 너무 걱정하지 마세요."

무영은 쓰게 웃었다. 이런 상황에서도 걱정하지 말라니, 이분의 담은 얼마나 큰 걸까? 정말 여인의 몸으로 태어난 게 아깝다고 생각했다.

"어찌 걱정하지 말라는 겁니까?"

경요가 웃으며 말했다.

"저들이 어찌 나올지 알았다면 어찌 막을지 그 방법 역시 생각해 낼 수 있으니까요."

"만약 마마의 생각대로라면 어찌 되는 것입니까?"

"아주 힘든 전쟁이 되겠지요. 범에게 날개가 달린 격이니까요. 어쩌면 중원의 주인이 바뀔 수도 있습니다."

"어찌 그런 말씀을."

그러나 그런 패배의 가능성에 대한 말을 하면서도 경요의 눈빛은 곧고 맑았다.

"하나 단은 쉽게 무너지지 않을 겁니다. 힘의 균형이 연 쪽으로 넘어가 중원이 연의 차지가 된다 해도 그리 오래 버티지 못할 겁니다. 그들은 농사짓는 사람들이 아닙니다. 땅에 뿌리 내리고, 집을 짓고, 농토를 가꾸며 사는 것을 절대 이해할 수 없을 겁니다. 땅에 대한 집착을 끝내 배우지 못할 겁니다. 그건 동물의 본성을 바꾸는 것만큼 힘든 일이지요. 청랑족들의 피에 사냥과 이동에 대한 본능이 숨어 있는 것처럼 단의 백성들의 피 속엔 땅에 대한 집착이 숨어 있습니다. 그들은 무언가를 키우지 못합니다. 풀들이 자라는 곳을 따라 초원을 이동하며 살지 그 풀을 키울 생각은 하지 못하는 사람들이니까요. 연의 군대는 중원에 폭풍처럼 불어닥치겠지요. 하나 한 계절 이상 부는 폭풍도 없으니……, 전투에서 지더라도 전쟁에서는 이기면 되는 겁니다."

"어찌 청랑족이라도 된 듯 그런 것을 아시는 겁니까?"

"나 역시 정착하지 못하는 이들의, 농사짓지 않는 이들의 후손이니까요. 땅에 대한 집착을 이해하지 못했으니까요."

화경족 역시 초원을 벗어나 다른 살 길을 찾았다. 화경족의 선택은 청랑족과 달리 나라가 아닌 길이었다.

갑자기 인기척이 들려 경요와 무영은 뒤를 돌아봤다. 바위처럼 딱딱하게 굳은 효라가 그들 뒤에 서 있었다. 경요와 무영을 노려보는 눈이 독수리처럼 매서웠다. 어디서부터 이야기를 듣고 있었던 걸까? 경요는 쿵쿵거리는 심장을 애써 가라앉혔다.

효라가 차가운 목소리로 나지막이 물었다.

"넌 도대체 정체가 뭐냐?"

단의 예석황제와 여의 태원세자가 이끄는 군대가 환주로 옮직이고 있다는 소식이 연의 궁에 도착했다. 제선과 명희는 예상했던 것보다 훨씬 빨리 단과 여가 움직인 것에 조금 놀랐다. 설령 황후가 인질로 잡혀 있다 해도 환주는 그냥 내버려두리라 생각했던 것이다. 그림자 신부를 위해 이렇게까지 할 줄은 몰랐다.

예석황제의 빠른 움직임으로 이제 제선은 선택을 해야 했다. 화친이냐, 전쟁이냐? 이 보 전진을 위한 일 보 후퇴냐, 아니면 그대로 전진이냐? 갈 것이냐, 오게 할 것이냐?

책사인 명희는 제선만 바라보고 있었다. 판단은 제선의 몫이었고, 제선의 선택을 가장 빠르고 효율적이게 하는 것이 그의 몫이었다.

전쟁을 생각하는 제선의 모습에서 파란 불꽃이 튀는 것 같았다. 그 불꽃에 그의 심장도 빠르게 뛰었다. 명희는 그런 긴장감이 좋았다. 곧 제선과 그가 만든 군대가 단의 심장을 향해 달려갈 것이다.

연은 떠오르는 태양이다. 명희는 예감이나 예언 같은 것은 믿지 않았다. 그는 제선을 믿었다. 제선의 힘과 지략, 영토와 권력에 대한 탐욕이 그의 마음에 들었다.

제선을 만나기 전 그가 거쳤던 주군들은 모두 피도 눈물도 없다며 그를 비난했다. 원하는 것을 가장 빠르고 편하게 얻게 해 주는 그에게 왜 그런 비난을 했을까? 명희는 그들의 위선이 이해가 되지 않았다. 인간이 뭐 그리 대단한 존재라고. 설마 자신들이 진짜 천명을 받아 군주가 되었다고 생각한 걸까? 명희는 그 착각이 역겨웠다.

제선은 그런 위선도 착각도 없었다. 그는 힘과 자신의 운을 믿었다. 제선의 강한 확신이 명희를 끌어들였다.

명희는 크게 기대하지 않고 제선을 만났었다.

부름받지 않으면 제 뜻을 펼 수 없는 게 책사의 가련한 운명이었다. 그는 평생 자기 꿈을 펼치지 못할 거라고 체념하고 있던 터였다. 그러나 제선을 만난 순간, 한마디 말도 나누지 않았음에도 알았다. 그가 그토록 애타게 찾았던 주군이 바로 제선이었음을.

선택당하는 입장임에도 명희는 당돌하게 제선에게 물었다.

"자공이 공자에게 정치에 대해 묻자, 식량과 군대와 백성들의 신뢰가 필요하다고 대답했습니다. 왕께서는 그중 어느 것이 가장 중요하다 여기십니까?"

그의 무례한 태도에도 제선의 표정은 전혀 바뀌지 않았다. 논어를 인용한 그에게 제선 역시 논어를 인용해 대답했다.

"나라에는 큰일이 두 가지가 있는데, 하나는 제사이며 다른 하나는 병사[軍事]이지."

"공자는 세 가지 중 어느 것 하나를 버려야 할 때 가장 먼저 군대, 그다음에 식량을 버려야 한다고 했습니다. 즉, 가장 중요한 것은 백성들의 믿음이라 여겼습니다."

제선이 씩 웃었다. 명희의 의도를 깨달은 것이다. 망설이지 않고 제선이 대답했다. 이번엔 손자의 말을 인용했다.

"나라의 생사존망이 병사[軍事]에 달려 있기 때문이니 병兵은 나라의 대사라 하였지."

부절이 합치되듯 뜻이 합쳐지는 순간이었다.

명희는 기꺼이 제선의 수레가 되어 단이 차지하고 있는 중원까지 그를 위해 달려갈 생각이었다.

중원을 차지하기 위한 전쟁은 1년 뒤로 미뤄졌다. 명희는 제선이 화친을 준비하고 있음을 직감했다. 환주만의 싸움을 준비했지 단국, 여국과의 전면전을 준비하진 않았다. 게다가 예석황제는 영리하게도 화경족까지 움직였다.

그러나 제선은 흡족한 얼굴로 웃고 있었다.

'처음으로 그대와 나의 칼날이 부딪쳤군. 하늘은 두 명의 영웅을 내지 않는다고 했고, 중원은 두 명의 패자霸者를 허락하지 않는다고 했지. 과연 그대일까 나일까?'

한 번도 본 적 없었지만 제선은 예석황제가 붕우처럼 친근했다. 예석황제는 아마 이런 기분을 평생 느껴 보지 못했을 것이다. 그것은 바로 갈망이었다. 언제나 그의 등만 보고 좇았다. 그가 황태자일 때 제선은 이미 연의 왕이었다. 그러나 제선은 자신이 맞붙어 싸울 상대가 효성황제가 아닌 황태자임을 알고 있었다. 이젠 그가 뒤를 돌아볼 차례다.

온몸의 피가 끓어올랐다. 모든 것을 가진 자와 그것을 빼앗으려는 자. 예석황제를 좇는 제선의 시선은 흡사 연인을 보는 듯 뜨거웠다. 이제 겨우 그와 동등한 곳까지 올라왔다. 먼 길이었다. 하지만 서두를 필요는 없었다. 제선은 자신의 대에 그 위업이 다 이루어지지 못할 수도 있다고 여겼다. 그리 생각하면

한 해 뒤로 미루는 것은 별일도 아니었다. 환주를 거점 삼아 단을 공략하려던 계획이 바뀌었을 뿐이다. 환주는 제선이 볼 때 단의 수많은 구멍 중 하나였다. 그 구멍이 막히면 다른 구멍을 찾으면 된다.

"어쨌든 대단한 여자군."

"무슨 말씀이십니까?"

"그림자 신부 말이야. 어찌 되었든 이번 겨울 동안 환주를 지켜 내지 않았는가. 화살 하나 쏘지 않고서 말이야."

"이번 겨울 동안만입니다."

"그래. 그게 목적이었겠지. 이번 겨울 동안 환주를 지키는 것."

"과연 이 모든 걸 예상하고 인질로 왔을까요? 그저 우연이었을 확률이 더 높습니다."

명희는 고개를 저었다. 여인이 아무리 뛰어난들 병법에까지 능할 리 없다고 생각했다. 설사 효라 같은 여장부라 할지라도 말이다. 병법은 사내의 일이었다.

"모든 일은 결과로 얘기해야 한다고 자네가 말하지 않았나? 변수가 많은 전쟁터에선 우연과 운 역시 실력이지."

명희는 제선의 지적에 움찔했다.

"하나 이번 겨울 동안만입니다. 다음 겨울에는 인질도 소용없을 테니까요."

그 말에 제선도 동의했다.

"이 기쁜 소식을 어서 황후마마께 전하러 가지."

제선은 비틀린 미소를 지으며 말했다. 명희도 싸늘하게 웃었다.

단의 황후를 만나러 가면서 제선은 무의식중에 왼손 엄지손가락 아랫부분을 쓰다듬었다. 거기에는 자세히 보아야 알 수 있는 희미한 흉터가 있었다. 이리가 물어서 생긴 흉터였다.

열두어 살쯤이었나? 사냥을 나가 활로 어미 이리를 잡은 적이 있었다. 어미 이리는 제선을 피해 필사적으로 달렸다. 잡은 후에야 이리가 그를 보고 도망간 것이 아니라 새끼를 지키기 위해 제 몸을 미끼로 내던졌다는 것을 알았다.

이리의 은신처는 아늑했다. 마른 풀이 깔린 은신처에 겁에 질린 새끼 이리 한 마리가 몸을 웅크리고 있었다. 어미를 잃고 몸을 떨고 있는 그 새끼 이리의 모습에 자신의 모습이 겹쳐졌다. 그의 손길에 진저리 치는 새끼 이리를 억지로 품에 안았다. 새끼 이리는 하악하악 소리를 내며 제선을 거부했지만 그 몸은 따스하고 포근했다. 그 느낌이 무척 좋았다. 다른 존재의 체온이 그리 따스하다는 것을 제선은 처음 알았다. 그는 누군가의 품 안에 제대로 안겨 본 적 없이 자란 아이였다.

"걱정 마. 내가 네 어미 대신 키워 줄게."

새끼 이리를 소중하게 품에 안고 온 제선을 보고 효라는 혀를 찼다. 제선의 두 손등은 온통 할퀴고 물린 자국투성이였다.

"도로 던져두고 오너라."

"그럼 죽을 텐데요."

"그게 녀석의 운명이다."

제선은 차가운 효라의 말에 반발심이 생겼다. 운명이라는 말이 싫었다. 자신이 기숙의 아들로 태어나지 못해 효라의 천막에서 자라는 것도 운명이었다. 빌어먹을 운명.

새끼 이리를 꼭 껴안고 아무 말도 하지 않는 손자를 물끄러미 바라보던 효라는 길게 한숨을 쉬었다. 서너 살 때부터 이 아이의 고집을 꺾어 본 적이 없었다. 이리는 절대 인간의 손에 길들여지지 않는다는 걸, 인간이 주는 정을 이해하지 못한다는 걸 제선에게 어떻게 설명해야 할지 효라는 막막했다.

"정 주지 마라. 스스로 사냥할 수 있을 때까지만이다."

효라는 짤막하게 말했다. 허락이었다.

제선은 애지중지 새끼 이리를 키웠다. 이름도 지어 줬지만 새끼 이리는 제선이 부르는 이름에 반응하지 않았다. 그래서 몇 번 부르다 잊어버렸다.

분했지만 효라의 말이 맞았다. 그 새끼 이리는 제선에게 마음을 열지 않았다. 먹이를 줘도 의심에 가득 찬 눈으로 빼앗듯 제선의 손에서 먹이를 채 갔다. 제선의 손길도 싫어했다. 만질 때마다 분노와 짜증으로 털이 바르르 떨렸다. 녀석은 제선이 보는 것도 싫어해 늘 몸을 한껏 웅크렸다. 새끼 이리가 말을 할 수 있었다면 그에게 이렇게 말했을 것이다. 너 싫어! 나 만지지 말고 저리 가!

어떻게 해도 이리는 제선에게 마음을 열지 않았다. 녀석에게 제선은 영원히 가까워질 수 없는 존재였고 가까워지고 싶지 않은 존재였다.

스스로 사냥할 만큼 컸을 때 녀석은 먹이를 주는 제선의 손을 꽉 물었다. 그 눈에 담긴 분노가 제선을 당황하게 했다. 도대체 왜? 난 너에게 잘해 주려고 애쓰는데, 왜 넌 날 밀어내기만 하지? 왜 조금도 날 믿으려고 하지 않지?

"제가 어미를 죽인 걸 알아서 그러는 걸까요?"

제선은 효라에게 물었다. 그의 몸 어딘가에 어미의 피 냄새가 묻어 있어서 그리 싫어하는 걸까?

효라가 말했다.

"원래 길들일 수 없는 것이니 그만 놓아주어라. 이리가 있어야 할 곳으로 보내 줘야지."

"초원에 내보내면 죽고 말 거예요."

"금방 무리를 찾아내 함께 사냥을 하며 살 게다."

"새끼 때 제가 데려와 키웠는데 어떻게 무리를 찾아요? 사냥은 어떻게 하고요?"

"무리를 찾아 사냥을 하는 건 이리의 본능이다. 이리는 자기들끼리만 정을 나눈단다. 절대 인간을 좋아해 주지 않아. 그렇게 타고난 것을 어찌하겠느냐."

하지만 제선은 이리를 초원에 놓아줄 수 없었다. 그의 마음을 전혀 알아주지 않았지만 그 이리가 제선의 유일한 친구였다. 얼마 후부터 이리는 먹이를 줘도 먹지 않았다. 두 눈에 아무것도 담지 않고 조용히 시들어 가고 있었다.

그러던 어느 날 제선은 폭발하고 말았다. 이러다 죽을 것 같아서 억지로 주둥이를 열어 날고기를 집어넣었지만 계속해서 뱉어 냈다. 이리의 눈빛이 자신을 비웃는 것 같았다. 자기도 모르게 제선은 이리의 목을 졸랐다. 그의 마음을 몰라주는 이리가 너무 미웠다. 미워서 머리가 어떻게 돼 버린 것 같았다. 죽이고 싶을 만큼, 산산조각 내 버리고 싶을 만큼 이리가 미웠다. 애정이 증오가 되는 것은 순식간의 일이었다. 조금만 더 조르면 숨통이 끊어질 바로 그때 정신을 차리고 손을 뗐다.

그의 거친 행동에도 이리는 놀라지 않았다. 눈이 기묘하게 반짝일 뿐이었다. 이리는 제선의 패배감을 느끼고 있었다. 넌 결코 날 꺾을 수 없어. 길들일 수 없어. 설사 나를 죽여도. 그리 말하는 듯한 눈빛이었다.

제선은 부끄러움도 잊고 이리 앞에서 큰 소리로 울음을 터뜨렸다. 어찌해도 안 되는 것이 있음을 그날 배웠다. 그가 울음을 터뜨리는 순간 이리의 눈빛이 또 기묘하게 반짝였다. 아주 약간이었지만 그 눈빛이 부드러워진 듯했다.

제선은 그날 이리를 놓아줬다. 비쩍 마른 몸이라 제대로 걷지도 못할 줄 알았던 녀석은 초원의 싱그러운 바람을 맞자 귀를 쫑긋 세우고 코를 킁킁거렸다. 그러고는 한곳을 향해 달려가기 시작했다. 제선의 눈에는 보이지 않았지만 동족의 흔적을 찾은 것 같았다. 그렇게 이리는 뒤도 돌아보지 않고 제선을 떠나 초원에 삼켜졌다.

'오랫동안 잊고 있던 기억이었는데.'

제선은 깨달았다. 희경의 눈빛이 바로 그 이리의 눈빛과 같았다. 절대로 그에게 길들여지지 않겠다는 눈빛이었다.

'어째서 난 나를 밀어내는 것에 끌리는 걸까?'

아득한 기분이었다. 황후를 단으로 돌려보내면 그 아이도 궁을 떠나게 된다. 그 아이를 이 궁에 두고 싶지만 방법이 없었다. 차라리 그 아이가 황후라면 잡아 둘 수 있을 텐데. 핑계는 여럿이었다. 인질로도, 또한 환주를 차지하는 가장 쉬운 방법으로도. 하지만 그 아이는 신분이 너무 하찮아서 이 궁에 둘 수도, 그의 곁에 있을 수도 없었다.

제선은 다시 손의 흉터를 만지작거렸다. 가슴의 가장 여린 부분이 아릿했다.

안규는 차분히 앉아 무언가를 읽고 있는 주유를 바라보았다. 진 대학사가 보낸 연통이었다. 주유의 얼굴에 홍조가 가득했다. 기쁜 소식인 것 같았다. 경요는 '급急'이라고 쓰인 연통의 경우 가장 먼저 본 사람이 읽으라고 미리 명해 두었었다.

"마마, 무슨 소식입니까?"

"폐하와 여의 태원세자가 환주로 움직인다는군."

주유의 눈이 반짝였다.

"이곳에 있을 날도 얼마 남지 않은 듯하네."

경요가 말했었다. 폐하와 여가 움직이면 이번 겨울의 전쟁은 피할 수 있다고.

안규도 가슴을 쓸어내렸다. 정말 반가운 소리였다. 용종을 가진 경요 때문에 안규는 늘 조마조마했다.

"마마, 정말이십니까?"

안규는 자기도 모르게 긴장이 풀려 눈물이 차올랐다.

"이리 빨리 움직이실 줄은 몰랐는데요."

"폐하께서 회임 사실을 아셨다는군."

주유의 얼굴이 흐려졌다. 안규의 얼굴도 같이 어두워졌다.

원표가 헐레벌떡 뛰어왔다.

"연국 왕이 마마를 뵙기를 청합니다. 어찌할까요?"

주유가 안규를 돌아보았다.

"빠르기도 해라. 그쪽에도 소식이 갔나 보군."

"마마, 맞이하시겠습니까?"

"그러지. 들어오라 하게."

매일같이 찾아오는 제선과 이야기를 나누다 보니, 주유는 이제 떨지 않고 그를 맞이할 수 있게 되었다. 예전의 그녀였다면 상상도 못 할 일이었다. 주유는 자기가 의외로 담이 큰 사람이었을지도 모른다고 생각했다. 아니면 자신이 변했거나.

제선이 성큼성큼 동호각 내전 안으로 들어왔다. 큰 몸집에도 그의 움직임은 가벼웠다. 항상 그랬지만 이번 역시 발소리가 거의 나지 않아 주유는 흠칫 놀랐다. 사냥감의 목덜미를 노리고 다가오는 맹수 같아서 본능적인 두려움이 주유를 덮쳤다.

번잡스러운 것을 싫어하는 성품을 그대로 드러내며 그는 모든 예를 가볍게 고개를 까딱거리는 것으로 대신했다.

주유는 숨을 한번 크게 들이쉬었다가 내쉬었다. 익숙해졌다고는 하나 이 남자가 내전으로 들어오는 순간만큼은 가슴이 떨렸다.

'어쩐지 이자가 오면 공기가 바뀌는 것 같아.'

제선은 자기도 모르게 내전 안을 두리번거렸다. 역시 그 아이는 보이지 않았다. 그날 이후로 내전에는 얼씬도 하지 않는 것 같았다. 그 아이가 보고 싶어 매일같이 동호각에 들르건만. 안부를 묻고 싶지만 그건 너무 이상한 일이었다. 일국의 왕이 인질의 시중을 드는 자의 안부를 묻는다니. 하지만 그 아이가 많이 보고 싶었다. 혹 그 아이를 달라고 하면 주지 않을까 하는 헛된 희망을 품었다가 말았다.

좋아하는 것을 드러내는 건 약점을 드러내는 것과 같다. 기숙을 보고 제선은 절대 그런 약점은 만들지 않겠노라 결심했었다.

"마마의 얼굴을 보니 이미 소식을 들으신 듯합니다."

주유는 아무 말도 하지 않았다. 말을 적게 하면 적게 할수록 정체를 숨기기 쉬웠다. 어차피 제선은 자기 할 말만 쏟아 내고 다른 이의 말에는 귀를 기울이지 않는 인간이었다.

"단의 황제폐하가 마마를 지극히 은애하시는 모양입니다. 이리도 빨리 병사들을 이끌고 환주로 오시다니 말입니다. 게다가 단국뿐입니까, 여국도, 화경족도 모두 마마를 위해 움직이고 있습니다. 마마는 중원에서 가장 귀한 여인이시군요."

"오늘따라 사설이 기십니다. 하고 싶은 말씀이 무엇입니까?"

"기다리던 소식이 왔다는 말씀을 하러 왔습니다. 곧 화친을 위한 사신이 오겠지요."

연국 생활이 끝났다는 생각에 주유는 눈에 띄게 안도했다. 제선은 그런 주유의 모습을 빤히 바라보았다.

동호각에서 나온 제선은 소매에서 팔찌를 꺼내 손가락에 걸고 빙빙 돌리며 생각에 잠겼다. 무언가 석연치 않았다.

'뭐가 걸리는 거지?'

인질로 온 자가 고국으로 돌아가는 것이니 안도하고 기뻐하는 건 당연했다. 그런데 어딘가 거슬린다는 느낌을 지울 수가 없었다.

'뭔가 이상해.'

함께 싸워 보면 그 사람을 그릴 수 있다. 그런데 그가 그린 환주의 그림자 신부와 실제로 접한 황후는 미묘하게 분위기가 달랐다. 단의 황후는 강단 있고 곧은 여인이며 위엄이 넘쳤다. 자신의 백성을 위해 목숨까지 바치겠다는 결의가 느껴졌다. 하지만 뭔가가 달랐다. 지금까지 무시했던 작은 위화감들이 오늘 안도하는 황후의 얼굴에서 한꺼번에 되살아났다.

'제 발로 연에 온 여자다.'

제선은 잠시 팔찌 돌리는 것을 멈췄다.

저 여자는 왜 연에 온 것일까? 단지 인질 노릇을 하기 위해서? 하긴 여기 있는 동안 정말 조용히 인질 노릇만 했다. 환주의 민심을 단 한 달 만에 휘어잡은 여자가 조용히 인질 노릇을 하러 왔다? 이해가 되지 않았다. 과연 무슨 일을 저지를까 기대했는데 너무 고요했다. 게다가 조금 전 여자의 얼굴엔 이제 이 모든 고생이 끝났다는 안도뿐이었다. 정말 그 정도밖에 되지 않는 여자였나? 환주에서의 일은 명희의 말대로 우연이었나?

팔찌가 빙글빙글 돌아가며 맑은 소리를 냈다. 여인의 팔찌라 그의 팔목에는 들어가지 않았다. 제선은 팔찌를 소매 속에 넣어 두고 생각날 때마다 가끔씩 만지작거렸다.

"무언가 걸리는 것이라도 있으십니까? 동호각에서 나오신 후로 계속 무언가를 생각하시는 듯합니다."

"이상해. 자네는 이상하지 않은가?"

"무엇이 말입니까?"

"단의 황후. 뭔가 걸리는 게 없는가? 연에 와서 너무 조용한 것도 마음에 걸려."

명희도 생각에 잠겼다.

"그거야 단의 황제가 그녀를 구해 주는 것으로 미리 의논이 돼 있어서 그런 것이 아닐까요?"

제선은 고개를 저었다. 그것은 우연의 일치였다.

"하긴 황귀비를 독살까지 했다 하여 어떤 여잔가 궁금했는데, 용모는 마치 난꽃처럼 은은해 여자는 역시 요물이구나 했습니다. 소문과는 많이 다릅니다."

"소문과 다르다."

제선은 그림자 신부에 대한 소문을 찬찬히 떠올렸다. 팔찌를 돌리는 속도가 더욱 빨라졌다.

명희는 조금 전부터 제선의 손에서 반짝거리는 팔찌가 어쩐지 신경이 쓰였다. 그 팔찌를 만지고 있을 때 제선의 얼굴에 떠오른 표정이 낯설었다. 그 얼굴은 그가 아는 강한 군주의 얼굴이 아니었다. 상처받은 것 같은 얼굴이었다.

"전하, 잠시 제가 그것을 보아도 되겠습니까?"

제선은 무심히 팔찌를 명희에게 넘겼다. 명희는 팔찌를 손바닥에 놓고 요리조리 뜯어보았다.

"퍽 정교하게 만든 물건이군요. 값을 꽤 주었을 물건인데, 어디서 나셨습니까?"

"정교해?"

여인의 물건을 가까이서 본 적 없고 장신구에도 큰 관심이 없는 제선은 나비 팔찌가 어느 정도의 물건인지 몰랐다.

"수수하지만 솜씨 좋은 장인이 재주를 다해 세공한 물건입니다. 이렇게 단순하면서 아취가 있긴 힘들지요. 이 주홍 산호만 해도 무척 귀한 것입니다. 같은 무게의 금보다 더 값이 나가니까요. 산호를 이렇게 은은하게 빛나게 하는 것은 까다로운 일이라 들었습니다. 금을 이렇게 사슬 모양으로 세공하는 기술을 가진 장인 역시 드물지요. 어디서 구하셨습니까?"

"이 정도 물건이라면 어느 정도 되는 장인이 만든 거냐?"

"재료부터가 구하기 힘든 것입니다. 적어도 왕실과 거래를 하는 장인 정도는 되어야 만들 수 있을 겁니다."

화경족 상단 아이가 가질 물건이 아니었다. 그렇다면 이걸 그 아이에게 준 이는 누구일까? 이 물건을 가지고 있는 그 아이는 누구일까?

제선의 얼굴이 싸늘하게 굳었다.

"예석황제의 이름이 뭐였지?"

예상하지 못한 질문에 명희는 당황했다. 황제의 이름은 쓸 일도 부를 일도 없기에 즉시 대답이 나오지 않았다. 겨우 기억 속에서 예석황제의 휘를 떠올렸다.

"준……."

말을 맺기도 전에 제선이 말끝을 가로챘다.

"밝을 준."

"아, 예. 맞습니다. 밝을 준, 그 글자를 쓰지요. 그런데 그건 왜 물으시는 겁니까?"

제선이 갑자기 웃음을 터뜨렸다.

"준, 밝을 준."

제선이 갑자기 뒤로 돌아 빠르게 걸어갔다. 명희는 당황해서 그 뒤를 쫓아갔다.

나간 지 얼마 되지 않아 제선과 명희가 다시 동호각으로 돌아오자 주유와 안규는 놀랐다. 주유는 자리에서 일어나 제선을 맞이했다.

제선은 주유를 똑바로 바라보며 물었다.

"황후마마는 어디 계신가? 그리고 자네는 누구인가?"

주유는 자신의 심장이 쿵하고 떨어지는 소리가 들린 것 같았다. 제선의 질문에 너무 놀란 주유는 바로 대답하지 못하고 두 손을 꼭 쥐었다.

'들통 난 건가? 어디서?'

주유는 자신은 들키더라도 경요만큼은 보호하겠다고 마음을 단단히 먹었다. 설사 자신이 들켜도 의심의 시선이 경요에게 가진 않을 것이다. 제선은 황후가 오지 않았다고 여길 것이다.

"무슨 말씀이십니까?"

담담한 목소리였다. 하긴 보통 담력으로 황후 흉내를 낼 수 있는 게 아니지.

제선이 차갑게 미소 지었다.

"예석황제의 이름을 말해 보라."

주유가 당황했다. 황제의 휘라니 쓰지도 부르지도 못하는 이름이었다.

"어찌 감히 황제의 휘를 함부로 입에 올리라 하십니까. 제가 인질의 몸이나 도가 지나치십니다."

제선이 웃었다.

주유는 강한 눈빛으로 제선을 노려보았다. 과연 그가 단의 황후라고 속았을 만큼 기품과 위엄이 넘쳤다. 하나 그뿐이었다. 이 여인은 그림자 신부일 수 없다.

그때 무영과 경요가 내전으로 들어왔다. 경요는 얄미울 만큼 침착한 얼굴이었다.

그 순간 예민한 제선은 자기 앞의 황후로 생각했던 여인의 얼굴에 미세한 균열이 생기는 것을 느꼈다. 희경이라는 아이가 들어오는 순간 공기의 색이 바뀌었다.

주유는 자기도 모르게 안도의 한숨을 작게 내쉬었다. 경요의 얼굴을 보니 마음이 놓였다. 그 얼굴에 떠오른 찰나의 안심을 제선은 읽었다. 방에 있는 모든 이의 마음이 어디로 향하고 있는지 제선은 깨달았다. 그들의 마음은 희경이라는 아이를 중심에 두고 돌고 있었다. 그 순간 제선은 확신했다. 그 앞의 황후가 가짜라는 걸. 단의 진짜 황후는, 그림자 신부는, 환주 문제로 그를 사사건건 막아섰던 그 여인은 바로 희경이라는 아이였다.

제선은 주유를 바라보던 시선을 희경에게로 돌렸다. 바로 그 느낌이었다. 이 아이에게서 느꼈던 기묘한 분위기. 그런데 지금은 아무것도 숨기지 않고 제 발톱을 그대로 드러내고 있었다.

'그래, 바로 너다. 이제 내 눈의 비늘이 떨어졌다. 겉모습에 속은 내가 바보였다. 황궁을 떠나 환주로 오고, 풍병으로 신음하는 환주 백성을 구휼하고, 환주와 너를 이간하려는 내 작전에 맞불을 놓은 사람. 그런 재기로 단의 예석황제를 사로잡았겠지. 가짜 황후 역할을 했던 여인은 아름답다. 누가 봐도 황후라 여겼을 것이다. 하나 그런 평범하게 아름다운 여인 때문에, 누가 봐도 황후 같은 여인 때문에 예석황제가 모험을 할 리 없다!'

제선은 희경이 했던 말을 떠올렸다. 상단에서 심부름하는 아이라고는 믿을 수 없을 만큼 명민한 아이였다. 희경, 아니,

242

경요를 보면서 느꼈던 작은 위화감들이 눈덩이처럼 뭉쳐져 그 앞에 나타났다.

그 누구도 완벽하게 자신의 본모습을 숨기진 못한다. 그런 데 그 본모습을 보지 못한 건 그였다. 황후는 이러해야 한다는 고정관념에 묶여 있었다. 그러나 환주의 신부는 그 모든 고정관념을 깬 자가 아닌가.

제선은 자기도 모르게 큰 소리로 웃었다. 뒤통수를 맞았음에도 한없이 유쾌했다. 이 아이가 상단의 심부름꾼이 아니라 예석황제의 황후이며 환주의 주인이라는 사실이 못 견디게 유쾌했다.

'위보형이 어떤 자인 줄 알았거늘, 후계자를 저리 곱게만 키우지 않았음을 어찌 깨닫지 못했을까. 그자는 맹수다. 맹수는 제 새끼를 벼랑에 떨어뜨려 기어 올라오게 하지. 밑바닥부터 철저하게 상단 일을 가르쳤을 것이다.'

또다시 눈앞에서 놓친 것들이 떠올랐다. 바로 손이었다. 거래를 위해 병주에 가 동비를 만났을 때 고운 얼굴과 대조적으로 그 손이 거칠었다. 그런데 저 아이의 손도 그랬다. 상단을 이끌고 사막과 바다를 건넌 사람의 손이 어찌 바늘보다 무거운 건 들어 본 적 없는 여염집 규수의 손과 같을 수 있단 말인가.

"그렇지요. 황제의 휘는 그 배우인 황후라도 감히 입에 올릴 수 없는 것이지요. 그런데 어찌 황후의 시녀 나부랭이가 감히 황제의 휘를 입에 올린단 말입니까!"

제선은 천천히 말했다.

"준, 밝을 준. 그리 말했지. 네가 연모하는 분의 이름이라고."

아주 잠깐이었지만 경요의 시선이 흔들렸다.

"아, 이런 무례를. 부디 용서하십시오."

제선은 과장된 동작으로 무릎을 굽혔다.

"황후마마, 연국 왕 제선의 인사를 받으시지요. 홍복을 누리소서."

경요는 제선의 기세에도 조금도 기죽지 않았다. 말간 얼굴로 제선의 인사를 받고는 일어나라고 손짓했다.

제선이 속으로 중얼거렸다.

'그래, 이래야 재미있지.'

"황후께 긴히 드릴 말씀이 있으니 모두 나가게."

제선의 말에 다들 뿌리라도 내린 듯 꼼짝하지 않았다. 경요가 무영에게 눈짓을 했다. 그제야 겨우 느린 발걸음을 옮겨 다들 내전 밖으로 나갔다.

"역시 황후마마이십니다. 들킨 것에도 전혀 놀라지 않는군요."

이미 효라에게 들켰다는 걸 제선은 모르는 것 같았다. 사실 경요는 놀랄 기력도 없었다. 그래서 그저 그를 빤히 바라볼 뿐이었다.

"저는 황후마마보다 희경이 더 좋았습니다. 마마가 희경일 때는 조잘조잘 말을 많이 하지 않았습니까. 그런데 지금은 어째서 아무 말씀도 하지 않는 겁니까."

경요가 드디어 입을 열었다.

"들킨 자가 무슨 말을 하겠습니까."

경요는 어깨를 으쓱했다. 별 상관없다는 듯한 태도에 제선은 갑자기 눈앞의 여자를 흔들어 보고 싶었다.

"아리따운 여인을 앞세워 절 유혹하려 했습니까?"

경요는 여전히 표정 없는 얼굴로 그를 바라보았다.

"가짜 황후로 제 눈을 미혹한 후 간자 노릇이라도 하려 했습니까? 단을 위한 마마의 충심에 제 가슴이 다 떨릴 지경입니다. 일국의 황후가 간자 노릇까지 자처하다니요. 예석황제는 정말 대단한 배우를 얻으셨군요."

경요는 여전히 말이 없었다. 제선이 경요 앞으로 성큼 다가왔다.

"그런데 이를 어쩌지요? 제가 황후마마께 반하였으니 말입니다."

제선이 거칠게 경요의 팔목을 잡았다. 손목이 으스러지는 것 같았지만 경요는 아픈 기색을 조금도 드러내지 않고 그를 빤히 바라보았다.

"이제 어찌할까요? 저는 마마가 너무나 탐이 납니다. 제가 마마를 가지고 싶다 말한다면 어찌하실 겁니까?"

그제야 경요의 얼굴에 무언가 감정이라고 할 만한 게 드러났다. 그녀의 눈빛은 예전 그 눈빛과 꼭 닮아 있었다. 먹이를 주는 그의 손을 꽉 물었던 그 새끼 이리의 눈빛과.

"환주가 아니라, 중원이 아니라 마마를 얻기 위해 전쟁을 한다면 어찌하시겠습니까? 마마를 얻기 위해 환주를 쑥대밭으로 만들고, 단의 백성들의 피를 강처럼 흐르게 하겠다면 어찌하시겠습니까?"

희미하게 떨리는 경요의 입술을 본 제선은 만족스럽게 웃었다. 난공불락의 요새 같던 이 여인의 약한 부분을 드디어 찾아 냈다.

"그 무슨 말도 안 되는 소리를. 어찌 일국의 왕이……."

제선의 얼굴이 차가워졌다.

"그대의 남편은 늘 말이 되는 소리만 했나 보군. 여인의 마음을 갈대라고 하던가? 하나 사내의 마음도 그 못지않지. 내 기꺼이 갈대가 되어 볼 셈이야. 그대가 바람이 되어 나를 흔들어 보라. 내가 얼마만큼 흔들릴지 궁금하지 않은가?"

경요는 두려웠다. 제선은 진심을 토해 내고 있었다. 그의 모든 세포가 경요를 원한다고 아우성치고 있었다. 경요는 그 강렬함에 질식할 것 같았다.

제선이 또다시 성큼 경요 앞으로 다가왔다. 그는 거침없이 손을 뻗어 경요의 뺨을 어루만졌다. 마치 제 것을 만지는 듯했다. 경요가 거칠게 그 손을 쳐 냈다.

"그래야지. 그렇게 나를 밀어내야지. 그래야 재미가 있지. 사내는 너무 쉽게 손에 들어오는 것에는 마음이 동하지 않는다고. 그대가 그랬었지. 길들이는 수고가 있어 좋다고."

경요는 제선이 쏟아 내는 말을 믿을 수 없었다.

"무엇을 원하는 겁니까!"

"그대를 원한다."

"나 때문에 전쟁을 하겠다는 겁니까!"

"그대를 가질 수 있는 방법은 그것밖에 없지 않나. 단의 예석황제와 싸워 이기는 수밖에."

그 말을 끝으로 제선은 동호각을 나갔다.

홀로 동호각에 서 있던 경요는 아무것도 생각할 수 없었다. 머리가 하얗게 비는 것 같았다. 그녀가 결코 생각하지 못했던, 절대 일어나지 않을 거라 믿었던 일이 일어났다. 저 맹수 같은 남자의 연심이라니!

'어찌 이런 말도 안 되는 일이. 도대체 언제부터?'

그녀에게 기묘하게 굴긴 했었다. 하지만 경요는 그가 내뱉은 말들을 그저 변덕이나 장난이라고 생각했다. 일국의 왕이 인질의 시녀, 그것도 상단의 허드렛일을 하는 이에게 진지할 리 없다고 여겼다.

경요는 마음을 가라앉히기 위해 심호흡을 했다.

'나를 원한다? 바람이 되어 자신을 흔들어 달라?'

경요의 입매가 한일자로 굳어졌다. 갑자기 아랫배가 당기는 느낌이 들었다.

"밖에 아무도 없느냐?"

황급히 달려온 안규와 원표는 배에 손을 대고 얼굴을 찡그리는 경요를 보며 어쩔 줄 몰라 했다. 바로 뒤를 따라온 주유가 그나마 침착했다.

"어서 마마를 침상에 눕히세요."

안규가 경요를 부축해 침상에 눕혔다. 원표가 법석을 떨며 환약을 올렸다. 경요는 환약을 물과 함께 삼켰다.

경요는 눈을 감았다. 한바탕 칼싸움이라도 한 듯 온몸에서 기운이 빠졌다. 경요는 곧 깊은 잠에 빠져들었다.

29

몇 시간째 죽은 듯이 잠을 자는 경요의 모습을 안규와 주유, 원표 세 사람이 숨을 죽이고 지켜보았다.

주유는 조용히 한숨을 쉬었다. 자기가 모자라 연국 왕 제선에게 정체를 들킨 것 같아 죽고 싶은 마음이었다. 들키지 않았다면 무사히 연국을 빠져나가 이분을 폐하의 품으로 돌려보낼 수 있었다.

'도대체 어디서 눈치를 챈 거지?'

오늘은 정말 특별할 것도 없는 짧은 만남이었다. 도대체 내 어떤 모습이 그자에게 황후가 아니라는 생각을 하게 했던 것일까? 주유는 생각하고 또 생각했다.

무영이 발걸음 소리를 죽이고 동호각 내전으로 들어왔다. 그리고 자균이 보낸 연통을 읽었다.

'폐하가 곧 환주에 도착하신다.'

혼자 폐하의 벼락을 맞아야 하는 자균에게 동정이 일었다.

제선이 동호각을 빠져나간 후 갑자기 병사들이 몰려왔다. 무영과 주유는 태연했으나 안규와 원표는 겁을 집어먹었다. 주유는 불안해하는 안규와 원표를 다독이며 경요의 곁을 지켰다.

경요는 그런 소동에도 아랑곳하지 않고 깊은 잠에 빠져 있었다. 뱃속 아기씨를 위해서라도 경요는 충분히 휴식을 취해야 했다.

주유는 자신의 마음이 너무나도 평온해 이상한 기분이었다. 한 번 죽음의 고비를 넘겨서일까, 지금의 사태가 조금도 두렵지 않았다. 아무리 제선이 겁을 준들 죽음보다 더 두려울까? 또한 경요가 곁에 있었다. 어쩐지 경요는 이런 복잡한 상황에서도 무언가 묘안을 짜내 줄 것 같았다. 그녀를 단의 황궁에서 구해 준 것처럼.

무영의 인영을 발견한 주유는 경요를 원표와 안규에게 맡기고 방 한가운데 있는 다탁으로 걸어갔다. 바깥에서 추위에 떨었을 무영에게 더운 차 한 잔을 대접하기 위해서였다.

"바깥은 어떻습니까?"

"생각보다 고요합니다."

"연국 왕이 왜 병사들을 보낸 것일까요? 저희를 겁박하기 위해서일까요? 위해를 가할 생각일까요?"

"반대입니다.

"예?"

"저들은 우리를 지키기 위해 온 것입니다. 전쟁을 하든 화친을 하든 황후마마는 정말 소중한 인질이니까요. 털끝 하나도 다쳐선 안 될 일이죠. 연의 모든 이들이 제선에게 동조하는 것은 아닙니다. 그도 적이 많지요. 황후마마에게 위해를 가해 제선을 흔들고자 하는 이가 분명 생겨날 것입니다."

납득할 만한 이야기였다. 주유는 무영의 설명에 고개를 끄덕이며 물이 담긴 주전자를 화로 위에 얹었다.

무영은 청랑족 씨족장들이 왕궁으로 몰려오고 있다는 이야기는 주유에게 하지 않았다. 화친을 위해 씨족장을 불렀을 리 없다. 청랑족은 중요한 결정을 내려야 할 때 씨족장들이 모여 초원회의를 한다고 했다.

'전쟁을 하려는 것인가?'

주유는 뜨거운 물에 서서히 향과 맛이 우러나는 녹색 찻잎을 보자 마음이 가라앉으며 생각도 명료해졌다. 아까 연국 왕 제선이 폭풍처럼 몰아닥치고 경요가 하얗게 질려 쓰러질 때는 전혀 생각해 내지 못한 의문이 떠올랐다.

"그런데 왜 우리를 이곳에 잡아 두려는 거지?"

입 밖으로 내려 한 건 아니었다.

"예?"

무영이 자신에게 한 말인 줄 알고 되물었다.

주유가 당황하며 얼버무렸다.

"아닙니다. 마음속으로 한 말이 입 밖으로 튀어나온 것뿐입니다. 신경 쓰지 마십시오."

"자기도 모르게 입 밖으로 튀어나올 정도면 가벼운 일이 아니지 않습니까. 무엇이 마음에 걸리시나요? 말씀해 주세요."

무영의 말에 주유는 자신의 의문을 털어놓았다.

"그자가 오늘 저를 찾아올 때는 화친으로 생각을 굳힌 듯하였습니다. 그런데 왜 갑자기 마음을 바꿔 마마를 잡아 두려고 하는 걸까요? 마마께 과연 뭐라고 했길래 저리 쓰러질 만큼 충격을 받으신 걸까요?"

제선은 항상 냉정하고 침착했다. 감정에 휘둘려 경솔하게 구는 자가 아니었다.

무영 역시 이상했다. 효라에게 들킨 후에도 겉으로는 태연했던 경요였다. 단사황태후에게 대들던 당찬 경요의 모습을 무영은 두 눈으로 똑똑히 목격했다. 경요와 독대를 마치고 동호각을 나가는 제선의 얼굴은 적의 치명적인 약점을 잡은 듯했다. 제선이 잡은 황후마마의 약점은 과연 무엇일까? 무영은 생각하고 또 생각했다.

"지금껏 연국 왕 제선은 전쟁을 염두에 두지 않은 것 같았습니다. 그런 그가 왜 갑자기 자신의 뜻을 스스로 흔들고 있는 것일까요? 저는 전쟁도 정사도 알지 못합니다만, 제선의 행동이 이치에 맞지 않아 마음에 걸립니다."

무영은 주유의 차분한 말을 끊지 않고 계속 듣고 있었다. 무인인 무영은 비릿한 피 냄새를 풍기며 다가오는 전운을 감지했다.

주유가 얼굴을 찌푸렸다. 아까부터 어디선가 시큼하고 역한 냄새가 풍겨 왔다.

"아, 죄송합니다. 냄새가 고약하지요?"

주유의 찡그린 얼굴에 무영이 화들짝 놀라 다탁에서 일어났다. 자신은 계속 냄새를 맡고 있어서 익숙해진 것을 깜빡했다.

"마마께서 찾아보라 부탁하신 물건이라, 냄새가 고약한 줄 알면서도 내전에 가지고 왔습니다. 참기 힘들 만큼 역하면 제가 잠깐 나가 있겠습니다."

"아, 아닙니다. 무엇인지 물어도 되는 것입니까?"

무영이 막 대답하려는데 침상 쪽이 갑자기 부산스러워졌다. 안규가 휘장을 걷고 주유와 무영에게 다가왔다.

주유가 물었다.

"깨어나셨습니까?"

안규는 고개를 끄덕이며 무영에게 경요가 찾는다고 말을 전했다. 그리고 경요의 명에 따라 주유, 원표를 밖으로 데리고 나갔다.

"몸은 어떠십니까?"

경요의 얼굴은 생각보다 멀쩡했다.

"푹 자고 일어났더니 괜찮습니다. 염초는 찾았습니까?"

"예."

무영은 천으로 몇 겹이나 싼 가루를 품에서 꺼내 경요에게 보여 주었다.

"찾는다고 찾았는데 이것이 맞는지는 모르겠습니다."

"나도 실제로 본 적은 없습니다. 염초의 순도에 따라 화약의 폭발력이 달라진다고 들었습니다. 여기서 실험할 수는 없으니 단국에 갈 때까지 잘 보관해 두세요."

"예, 마마. 그리하겠습니다."

"그대를 부른 건 부탁할 일이 있어서입니다."

"말씀하시옵소서."

"오늘부터 내전에서 머무르세요."

경요의 말을 이해하지 못한 무영이 반문했다.

"내전에서라니요?"

"안규와 주유, 홍 의원까지 모두 이 내전에서 머물 겁니다. 사태가 어찌 돌아갈지 알 수 없으니 다 함께 모여 있는 것이 낫지 않겠습니까."

'암살에 대비하시려는 건가? 마마의 안전을 지키는 것은 아무리 조심해도 지나치지 않다.'

경요의 굳은 얼굴을 보며 무영은 고개를 끄덕였다.

"그리하겠습니다."

경요는 숨을 크게 들이쉬었다가 내쉬었다. 무영은 대체 무슨 말을 하려고 저리 뜸을 들이나 궁금하다는 표정으로 그녀를 바라보았다.

"그리고……, 연왕이 혹 나를 범하려고 하거든……."

주먹을 불끈 쥔 경요는 차마 말을 다 끝맺지 못했다. 상상만으로도 구토가 치밀어 올랐다.

경요의 말에 무영은 자기도 모르게 얼굴이 확 굳었다. 수많은 생각이 오락가락했다. 제선이 설마 그런 비겁한 협박을 황후에게 한 걸까? 지금 당장 그를 찾아가 심장에 칼을 꽂고 싶은 심정이었다. 경요가 충격을 받은 것도 당연했다.

꼭 모아 쥔 주먹에 힘을 실으며 경요는 단호한 목소리로 말했다.

"……뒷일 따윈 생각지 말고 그자를 베세요."

자비라고는 찾아볼 수 없는 차가운 목소리였다.

무영은 무거운 목소리로 또렷하게 대답했다.

"그리하겠습니다."

다시금 경요의 얼굴이 고요해졌다.

무영의 얼굴이 너무 심각하고 또한 참담해 보여 경요는 애써 가벼운 어조로 말했다.

"내게 화가 많이 났더군요. 오만하리만큼 자신감이 넘치는 사내입니다. 눈앞에서 속았다는 생각에 피가 끓겠지요. 아무리 냉철한 사내라도 혈기를 부릴 때가 있습니다. 조심해서 나쁠 것 없지 않습니까."

경요의 말에 무영은 애써 노기를 가라앉혔다. 마마의 털끝 하나도 건드리지 못하게 할 생각이었다.

그 말을 끝으로 경요는 무영에게 침상 곁을 떠나 달라고 부탁했다. 좀 더 쉬고 싶었다. 정신은 말똥말똥한데 몸은 물에 젖은 솜처럼 무거웠다.

심복에게도 준에게도 털어놓을 수 없다. 제선이 자신을 언기 위해서라면 전쟁도 불사하겠다는 말을 했다고 할 순 없었다. 자신도 이해하지 못한 그의 연심을 그들이 이해할 리 없었다. 그러나 경요는 그의 마음이 진심이라는 것을 알았다. 그래서 더 어려웠다. 제선이 그녀를 원한다고 말할 땐 그가 가슴을 갈라 심장을 보여 주는 것 같았다.

경요는 그 고백에 얼이 빠졌다. 준의 부드럽고 따스했던 고백과는 정반대였다. 제선은 사냥감의 목을 물어 숨통을 끊어 놓을 기세로 경요에게 고백했다.

제선이 그저 연왕이고, 그녀가 그저 단의 황후였다면 좋았을 텐데. 그럼 모든 것이 명료했을 텐데. 연과 단 사이에는 새로운 화친 조약이 맺어질 테고, 황후인 그녀는 환주로 돌아가면 된다.

다음 해에는 어찌 될지 알 수 없지만 올 겨울 풍병으로 초토화된 환주에서 더 이상 피를 흘리고 싶지 않다는 그녀의 뜻을 준은 이해해 주었다.

'외조부님은 어찌 움직인 걸까?'

화경족까지 움직였다는 소식에 경요는 놀랐다. 외조부인 위보형은 여간해선 전쟁에서 어느 편도 들지 않았다. 힘을 가진 중립. 그것이 상단을 이끄는 위보형의 철학이었다. 위보형은 정치에 휘둘리는 걸 싫어했고 눈앞의 이익에도 흔들리지 않았다. 그런 위보형이 단의 편에 섰다.

경요는 다시 침상에 누워 잠을 청하려 했지만 잠이 오지 않았다. 심장 한구석이 이상하게 욱신거리고 저릿저릿했다.

'어째서 그런 눈으로 날 가지고 싶다고 말했을까?'

경요는 심장에 손을 가져갔다. 제선의 연심이 그녀의 마음을 아프게 하고 있었다. 그녀의 마음은 이미 준의 것이었다. 절대 그의 마음에 보답할 수 없다. 하지만 그렇게 아프고 슬픈 표정으로 자신의 마음을 내보이니 어찌할 바를 몰랐다. 제선은 자신이 그녀를 원한다는 데에 한 점 의심도 없다. 도대체 무엇을 보고 그리 확신하는 걸까? 연심이라는 것이 이렇게 일방적으로 생겨나기도 하는 걸까?

'바람이 되어 흔들어 달라? 무슨 뜻인가? 도대체 어떻게 흔들리겠다는 것인가? 정말 군대를 이끌고 환주로 가겠다는 뜻인가? 전쟁을 하겠다는 것인가? 그런 어리석은 짓을 나 때문에 하겠다고?'

경요는 몸을 뒤척이다가 입술을 깨물었다. 그럴 리 없다고 조용히 속삭였으나 그녀의 말을 그녀의 마음이 믿지 않았다. 제선은 한번 뱉은 말을 다시 삼키는 사람이 아니다. 어떤 식으로든 그녀를 얻기 위해 움직일 것이다. 게다가 경요는 자신의 약점을 제선에게 들켰다. 환주의 피를 흘리고 싶어 하지 않는, 전쟁을 막고 싶어 하는 그녀의 열망을 제선은 어떻게 이용할까? 또 그녀는 어떻게 대항해야 할까? 경요의 머릿속이 복잡했다.

'준, 너무나도 보고 싶어요. 당신 품에 안겨 있고 싶어요.'

경요의 전쟁은 이제 하나 더 늘어났다. 단과 연의 전쟁 말고도, 제선 그자의 연심과 전쟁을 벌여야 했다. 참으로 모를 것이

사람의 마음이라고 생각했다. 경요는 힘을 내기 위해 아랫배에
손을 가져갔다.

효라는 초원회의가 있기 전 제선을 자신의 천막으로 불렀다.

제선은 효라가 자신보다 먼저 경요가 단의 진짜 황후임을
알아냈다는 사실에 놀랐다.

"어찌 아셨습니까?"

"우연히 그 아이가 하는 말을 들었다. 상단의 허드렛일을 하
다 황후의 시중을 드는 아이가 할 수 있는 생각이 아니었다."

"무슨 말을 했습니까?"

효라는 쓰게 웃으며 대답했다.

"중원이 설령 연으로 넘어가도 오래 버티지 못할 거라고 하
더구나. 전투에서 지더라도 전쟁에서 이기면 된다고 했다."

'전투에서 지더라도 전쟁에서 이기면 된다?'

맹랑한 아이였다. 제선은 더욱 경요가 탐이 났다. 마음에 든
아이가 명민하기까지 했다. 경요는 효라가 제선의 짝으로 늘
원했던 그런 보석 같은 여인이었다.

효라는 염소들을 풀어 주고 천막으로 돌아왔다가 무영과 경
요의 모습을 발견했다. 두 사람은 이야기에 정신이 빠져 효라
가 가까이 다가온 줄도 몰랐다. 경요는 담담하게 단과 연의 전
쟁에 대해 이야기하고 있었다. 병법과 전투와 전쟁을 막힘없이
이야기했다. 그 아이의 말에 담긴 무게와 위엄은 타고난 것이
었다.

몇 마디 말밖에 훔쳐 듣지 못했지만 효라는 경요가 바로 환주의 신부임을 깨달았다. 예석황제가 왜 그녀를 총애하는지도 알았다. 군주로서의 역량은 예석황제나 제선이나 큰 차이가 없다고 효라는 생각했다. 그렇지만 예석황제 곁에 이런 국량을 가진 황후가 있다면 제선 쪽이 확실히 불리했다.

'그렇다면 뱃속의 아이는 용종이라는 것인가?'

효라는 기가 막혔다. 아이를 가진 몸으로 환주까지 온 것도 모자라 적국인 연에 인질로 왔다? 도대체 무엇 때문에 그렇게 하는 거지? 어미가 제 자식을 지키는 것보다 더 중요한 일이 있단 말인가? 인질로 단에 온 그림자 신부라서? 단은 자신의 적국인데도?

'그림자 신부 주제에 진짜 황후 노릇이라도 하려는 건가?'

명민할 뿐만 아니라 백성을 품을 수 있는 가슴까지 가진 황후라. 효라는 그 어느 때보다 단이라는 나라가 무서워졌다. 별일이 없다면 황후가 키운 황태자가 황위에 오를 것이며, 예석황제 사후 그녀는 태후가 되어 새 황제를 든든히 보좌할 것이다. 예석황제가 전쟁 때문에 민예를 떠났을 때는 훌륭하게 내치를 감당할 것이다.

또 효라는 경요가 불러온 변화가 두렵고 놀라웠다. 환주의 민심이 바뀌었고, 단의 황실이 뒤집어졌다. 또 무엇을 바꿀 것인가?

효라는 제선을 바라보았다. 손자의 마음이 손바닥을 보듯 보였다.

"안 된다."

효라가 단칼에 거절하자 제선은 잠시 멍한 표정을 지었다. 이렇게 강력하게 반대하리라곤 예상하지 못했다.

"할마마마."

"안 된다."

"원합니다."

그 말에 효라는 멈칫했다.

"어째서 제가 원하는 것은 단 한 번도 가질 수 없단 말입니까."

제선의 목소리는 나직했으나 절절함과 아픔이 느껴졌다.

"그것이 순리가 아니기 때문이다."

효라는 망설이다가 말했다.

"게다가 그 아이는 회임 중이다."

제선의 두 눈이 커다래졌다.

"황제의 용종을 가진 아이다. 어찌 네 것이 될 수 있겠느냐."

효라는 포기하라는 말은 차마 할 수 없었다. 접히지 않는 마음임을 알았기 때문이다.

"어리석은 일을 두 번 저지를 순 없는 노릇 아니냐."

제선은 효라의 말에 반발했다.

"제가 친손자였어도 이러셨을까요?"

이번에는 효라의 두 눈이 커졌다. 제선이 그녀의 가장 아픈 구석을 찔렀다. 제선이 친손자였어도 그녀가 이리 이성적으로 행동할 수 있었을까? 생각하고 또 생각했다. 자기 마음에 가장 엄격하고 날카로운 잣대를 들이댔다.

제선은 한 번도 그녀의 친손자가 아니었던 적이 없었다. 그녀의 천막에 들어온 아이는 모두 그녀의 자식들이었다. 그것이 초원의 엄격한 관습이었다. 제선은 효라에게 손자가 아니라 아들이었다. 그것도 가장 아픈 손가락이었다.

"네가 친손자이기에 이러는 것이다. 아들에게 한 잘못을 손자에게 되풀이할 수 없으니까. 그 아이가 아들이라면 단의 적법한 황태자다."

효라의 말에 제선이 멈칫했다. 제선의 머릿속에 한 사내가 떠올랐다. 애절한 눈으로 자신을 바라보던 그 사내. 하나 제선은 그 사내의 모습을 애써 흩어 버렸다.

제선은 기묘하게 낮은 목소리로 말했다.

"아바마마가 피 한 방울 섞이지 않은 제게 연을 물려주셨는데, 제가 피 한 방울 섞이지 않은 아이에게 중원을 물려주는 게 무엇이 이상하겠습니까."

효라는 눈을 질끈 감았다. 왜 인간은 과거에서 아무것도 배우지 못하는 것일까? 왜 실수에서 아무런 교훈을 찾지 못하는 것일까?

"왜 그 아이를 원하느냐? 그 아이가 단의 황후라서? 환주의 주인이라서? 예석황제의 것이어서 원하는 것이냐?"

효라는 그것 때문이 아니라는 것을 알았다. 경요가 아무것도 아니었을 때 제선은 그 아이를 그녀의 천막에 데려왔다. 효라는 이해할 수 없는 기묘한 힘이 제선의 마음을 그 아이에게 묶었다는 걸 알 수 있었다.

"솔직히 아니라고는 못 하겠습니다."

그 아이가 황후라는 사실을 깨닫고 제선은 기뻤다. 그가 취할 수 없는 별 볼일 없는 상단 허드렛일을 하는 미천한 아이가 아니라 단의 황후여서, 환주의 주인이어서 다행이라고 생각했다. 동시에 예석황제에 대한 분노가 치밀어 올랐다.

어째서 너는 다 가지고 태어났느냐? 적법한 황자로 태어난 너는 강한 어머니 덕에 황태자가 됐고, 그림자 신부로 환주를 얻었다. 또 경요의 마음도 너의 것이다. 그런데 난 적어도 하나는 내가 가져도 되지 않느냐고 누군가에게 항변하고 싶구나.

그 아이가 좋았다. 그 아이가 무엇이어서 좋아한 게 아니었다. 처음 그의 시선에 그 아이가 다가왔던 순간부터 연심의 씨앗은 뿌려졌다. 총명하고 태양처럼 밝은 그 아이에게 어찌 끌리지 않을 수 있을까.

제선은 잠시 후 덧붙여 말했다.

"순리라고 하셨습니까? 도대체 순리가 무엇입니까? 어째서 순리는 항상 저를 힘들게 한단 말입니까. 제가 피 섞이지 않은 아비 밑에서 자란 게 운명이라 하셨습니다. 그럼 저의 순리는 처음부터 어긋난 것입니다."

"그래서 어찌할 생각이냐?"

"끝까지 가 볼 생각입니다. 그것이 순리든 아니든 저는 끝까지 가 볼 것입니다."

"만약 어미가 살아 있다면 네게 무어라 했을 것 같으냐?"

제선은 신음 소리가 터져 나올 것 같아 이를 악물었다.

"아마 할마마마가 제 아바마마를 위해 하신 것처럼 하지 않으셨을까요?"

제선이 그녀의 원죄를 지적하자 효라는 더 이상 아무 말도 할 수 없었다. 그 말을 토해 내고 제선은 후회했다.

"그래, 결국은 네가 선택해야 하는 거겠지."

효라는 제선을 설득하는 것을 포기했다.

파곤초원에 흩어져 사는 청랑족의 씨족장들이 모두 모였다. 제선이 소집한 초원회의였다. 효라는 회의에 불참함으로 불편한 심기를 제선과 씨족장들에게 전했다. 청랑족들에게 중요한 일이 있을 때마다 열리는 초원회의에 파곤의 어머니라 불리는 효라가 참석하지 않아 다들 어딘지 꺼림칙한 얼굴들이었다.

그들에게 어머니는 가장 강력한 힘과 주술을 가진 마법사였다. 어머니의 젖으로 자란 그들은 어머니의 침과 눈물이 전장에서의 화살과 창, 칼을 피하게 해 준다고 믿었다. 어머니가 싫어할 일을 하지 말라는 것은 청랑족의 오래된 가르침이었다. 어머니가 싫어할 일을 하면 어머니가 눈물을 흘리게 되고, 그 눈물이 화로의 불길을 꺼뜨려 그 씨족이 무너지게 된다고 믿었다.

궁 안에 마련된 커다란 둥근 천막 안에 씨족장들과 씨족장을 대신해서 온 대리인들이 둥글게 둘러앉았다. 환주 공격에 대한 의견을 모으기 위해서였다. 이미 제선의 병사 중 일부는 한혈마를 타고 환주 가까이에서 야전을 준비하고 있었다.

청랑족 씨족장들은 돌아가면서 그들이 그 문제에 대해 생각하는 것을 남김없이 털어놓을 신성한 권리가 있었다. 연국의 왕이자 청랑족의 우두머리인 제선은 그들 모두의 이야기를 경청한 후 가장 현명한 결정을 내릴 의무가 있었다.

첫날은 흥청망청한 술자리가 이어졌다. 사람이 헤엄칠 수 있을 만큼 커다란 무쇠솥에 음식을 끓여 나눠 먹으며 환담을 나눴다.

씨족장들이 차례로 제선에게 다가와 덕담을 읊으며 술 한 잔씩을 올렸다. 제선은 술을 받아 단숨에 마시고 천막 바닥에 술을 담았던 질그릇을 세차게 집어던졌다. 질그릇 깨지는 소리가 클수록 웃음소리도 커졌다.

초원회의에서 처음 보는 얼굴이 그에게 술잔을 올렸다. 스물이 안 되어 보이는, 겨우 성인식을 치른 소년이었다. 소년이 입은 씨족장의 예복은 터무니없이 무거워 보였다.

"해랑 씨족의 훈이라 합니다."

그 사내의 씨족이었다. 초원회의엔 늘 동생을 보냈었는데.

제선은 감정을 누르고 물었다.

"초원회의에서 처음 보는 얼굴이군."

"예, 그렇습니다. 지난 가을, 아버님이 급작스럽게 돌아가셔서 제가 씨족을 책임지게 되었습니다."

그의 배다른 동생이었다. 어미를 닮았는지 그 사내의 모습은 찾아볼 수 없었다.

자신과 그의 아비 사이에 얽힌 사연을 아는지 모르는지 훈이라는 소년은 그를 바라보고 있었다. 제선은 소년이 준 술을 단숨에 마시고 그릇을 깼다. 소년은 자기 자리로 돌아갔다. 납덩이를 얹은 듯 마음이 무거웠다.

갑자기 취기가 올라왔다. 눈앞이 흔들리고 속이 메스꺼웠다. 그의 취기를 눈치챈 자는 아무도 없었다. 곁에 있는 명희도 몰랐다.

제선은 조용히 천막을 나왔다. 다들 술을 마시느라 정신없고, 그중 반은 엉망으로 취해 있어 그가 일어나는 것을 만류하는 자도 없었다.

파곤초원에서 불어오는 싸늘한 바람을 맞아도 술기운은 깨지 않았다. 그는 술에 취한 것이 아니라 슬픔과 자신의 우습지도 않은 운명에 취했다.

그자가 죽었다는 사실이 왜 이리 그의 마음을 세차게 흔드는 것인지, 왜 그가 나쁜 짓을 한 것 같다는 죄책감을 떨쳐 버릴 수 없는 건지 이해할 수 없었다.

'나의 아버지는 기숙 한 분이다.'

스스로를 다잡기 위해 마음속으로 중얼거렸지만 조금도 기분이 나아지지 않았다. 친아들에게도 그리하지 못했을 것이다. 그런 기숙을 두고 친아비를 떠올리는 것은 잘못인 것 같았다. 아비로서 해 준 것이 없는 자였는데, 왜? 아니었다. 아비가 될 기회를 빼앗긴 자였다.

그는 내게 어떤 아비가 되어 주었을까? 나는 그의 어떤 점을 닮았을까?

제선은 자신이 울고 있다는 것을 깨달았다.

'하아.'

뭔가를 했어야 했는데. 하다못해 그에게 어머니의 유품이라도 전해 줄 것을. 자신을 사내로 잘 키워 준 것에 대해 말했어도 좋았을 텐데. 자신이 버림받은 게 아니라 빼앗겼다는 사실을 알고 있다고 전해 줄걸. 아비와 아들의 인연으로 살지 못한 것이 운명이었다면 가끔 만나 술잔을 나눌 그런 사이라도 될 것. 그가 무슨 마음으로 그 앞에 나타나지 않았는지를 한 번은 헤아려 볼 것을.

제선은 아이처럼 손등으로 눈물을 닦았다. 연의 왕궁이 못 견디게 답답했다. 이 궁의 정당한 주인이 되기 위해 죽도록 노력했지만 오늘만큼은 이곳이 그에게 감옥이자 족쇄였다.

문득 그 아이가 미치도록 보고 싶었다. 취기와 분노, 슬픔으로 엉망이 되었으나 제선의 발걸음은 흔들림이 없었다. 그는 성큼성큼 동호각으로 걸어갔다. 아무런 제지도 받지 않고 내전 안으로 들어갔다. 그 아이가 자고 있다고 생각한 침상의 휘장을 걷으려는 순간 날카로운 쇠붙이가 그의 목에 닿았다.

"그만 물러가시지요, 전하."

경요의 침상 곁에서 얕은 잠을 자던 무영은 낯선 인기척에 잠에서 깬 뒤 곁에 둔 검을 가만히 집어 들었다. 소리 없이 내전에 들어온 검은 인영은 거침없는 발걸음으로 경요가 자고 있는 침상으로 향하고 있었다. 무영은 소리 내지 않고 칼집에서 칼을 뽑아 들었다.

무영의 칼이 목에 닿았음에도 제선은 상관하지 않고 경요의 침상을 가린 휘장을 걷었다. 무영이 위협을 가할 생각으로 칼날을 지그시 눌렀다. 살이 베이는 감촉을 느꼈음에도 제선은 눈 하나 깜짝하지 않았다. 칼에 베인 상처에서 붉은 선혈이 흘러내렸다.

당황한 무영은 제선의 목에서 칼을 뗐다. 그는 그저 자고 있는 경요를 멍하니 바라보고 있었다. 그 눈빛이 뭐라 형용할 수 없을 만큼 애틋하면서도 슬펐다. 무영은 경요가 왜 자신을 침상 곁에서 자게 했는지 깨달았다.

'마마에게 연심을 가지고 있었던 건가?'

무영은 다시 마음을 다잡고 입을 열었다.

"하실 말씀이 있으면 날이 밝은 후에 찾아오시지요. 지금 마마는 주무시고 계십니다."

무영의 말이 들리지 않는지 제선은 묵묵히 경요를 바라보고만 있었다.

제선이 몰고 온 차디찬 바깥 공기가 경요의 잠을 깨웠다. 경요는 침상에서 일어나 자기 앞에 펼쳐진 기묘한 광경을 바라보고 있었다. 꿈을 꾸는 걸까? 무영이 칼을 빼 들고 있었고, 제선의 목에선 붉은 피가 흐르고 있었다. 그는 지독한 술 냄새를 풍기며 그녀를 응시했다.

경요가 눈을 깜빡거리며 물었다.

"무, 무슨 일입니까?"

목소리가 떨렸다.

"네가 보고 싶어서 왔다."

제선은 연인 사이에서나 할 법한 달콤한 소리를 내뱉었다. 그는 웃는 건지 우는 건지 알 수 없는 표정을 지었다. 무영은 어이가 없었다. 정말 왕만 아니면 눈알이 튀어나올 정도로 뒤통수를 쳐 주고 싶었다. 안규와 주유도 잠에서 깨어나 침의 차림으로 경요의 침상에 달려왔다. 다들 어떻게 입을 떼야 할지 몰라 경요와 제선을 번갈아 바라보기만 했다.

"하아."

경요가 긴 한숨을 내쉰 뒤 안규에게 명했다.

"일단 내전에 불을 밝히고, 홍 의원은? 홍 의원은 자고 있는가?"

"아, 제가 다녀오겠습니다."

주유가 몸을 잽싸게 움직여 홍원표를 깨우러 갔다. 그는 내전의 소동에도 아랑곳없이 깊은 잠에 빠져 있었다. 겉옷을 대충 걸친 원표가 짜증스러운 얼굴로 하품을 하며 다가왔다가 길들여진 맹수처럼 얌전히 다탁 앞에 앉아 있는 제선을 보고 기함할 정도로 놀랐다.

"일단은 치료부터."

경요가 짧게 말했다.

원표가 제선의 상처를 치료하는 동안 여자들은 옷을 갈아입었다.

치료가 끝난 제선이 말했다.

"잠시 산책을 하지 않겠느냐?"

평소의 제선답지 않은 터무니없이 정중한 요청이었다. 경요는 한숨을 크게 내쉬었다.

"이 밤중에 어디로 산책을 한단 말입니까?"

제선이 배시시 미소 지었다. 웃는 이유를 알 수 없어 경요는 혼란스러웠다. 제선은 경요가 자신의 말에 대답을 해 줘서 미소를 지은 것인데, 경요는 그런 사실은 꿈에도 몰랐다.

"음, 어디가 좋을까? 이 궁만 아니면 어디든 좋다."

갈수록 태산이었다. 술 취한 자에게 무엇을 바라랴.

경요가 나직이 말했다.

"시간이 많이 늦었습니다. 정 산책을 하고 싶다면 내일 하시지요."

"내일? 아니, 지금 해야 된다. 함께 산책하지 않겠다면 여기서 나가지 않겠다."

결국 경요는 두꺼운 겉옷을 껴입고 무영과 동행한다는 조건으로 제선과 산책을 나섰다.

제선의 발길이 토우 앞에서 멈췄다.

"잠시 들어가자."

왜 이곳에? 의아하다는 눈으로 경요가 그를 바라보았다.

"이곳은 따스하니까. 얼굴이 파랗게 질렸구나."

제선은 두 뺨을 만져 주고 싶다는 눈으로 경요를 바라보았다. 만지고 싶지만 그녀가 매섭게 쳐 낼 것이 두려웠다. 오늘은 그가 마음을 준 사람에게 내침을 당한다면 미쳐 버릴 것 같았다. 제선은 동호각에서 무영의 검에 목이 베일 때 술이 깼지만 취기를 빙자해 마음껏 행동하고 있었다.

경요는 제선을 따라 토우 안으로 들어갔다. 무영이 따라 들어가려고 하자 제선이 몸으로 그를 막았다.

"그대가 생각하는 그런 일 따위는 없을 테니 밖에서 기다려라."

취기라고는 조금도 느껴지지 않는 목소리였다. 무영은 하는 수 없이 토우 문 앞에 바짝 붙어 서서 기다렸다. 조금이라도 이상한 기척이 느껴지면 바로 쳐들어갈 생각이었다.

제선은 토우 바닥에 자신의 겉옷을 깔고 경요에게 손짓했다. 경요는 그가 깔아 준 옷 위에 순순히 앉았다.

"무슨 일이십니까?"

경요가 물었다.

"아비가 죽었다."

순간 경요는 멈칫했다. 기숙이 죽은 건 한참 전의 일이었다. 그렇다면 설마 친부를 말하는 것인가?

"마음은 미칠 것 같은데 가슴에 네 얼굴 하나만 떠오르더구나. 참으로 이상한 일이지."

제선이 몇 번 망설이다가 경요의 손을 잡았다. 부서지기 쉬운 물건이라도 쥐듯 조심스러운 손길이었다. 경요는 그 손을 빼려고 했지만 제선이 너무 지치고 슬퍼 보여 그냥 내버려두었다.

"이리 슬플 줄 몰랐다. 이리 회한이 남을 줄 몰랐다."

제선이 중얼거렸다.

"그러니 나를 좀 불쌍히 여겨 다오."

제선은 경요의 어깨에 자신의 얼굴을 묻었다. 경요는 얼음이 된 것처럼 가만히 있었다. 제선의 뜨거운 눈물이 그녀의 어깨를 적시고 있었다. 그는 몸을 떨면서 울었다.

얼마 후 경요는 홀로 토우 밖으로 나왔다. 자고 있는 제선의 몸에 그가 그녀를 위해 바닥에 깔아 주었던 겉옷을 덮어 주었다. 무영은 복잡한 얼굴로 경요를 바라보고 있었다.

"그만 동호각으로 돌아가죠."

"예, 마마."

환주에 도착한 예석황제를 맞으러 가는 자균의 마음은 발걸음만큼이나 무거웠다. 그분의 얼굴을 어찌 봐야 할까? 한숨이 쏟아졌다. 예상대로 황제는 분노로 차갑게 굳어 있었다. 차비만 두고 주변 사람을 물린 준은 아무 말 없이 자균을 노려보았다.

차라리 뭐라 말을 하시면 좀 나을 텐데, 아무 말 없이 그저 그를 노려보기만 하는 황제 앞에서 자균은 황제의 깊은 실망감을 느꼈다. 엎드려서 그저 땀만 뻘뻘 흘리고 있는 자균을 차비가 구해 주었다.

"폐하, 물어야 할 일도 결정해야 할 일도 많사옵니다."

그 말에 준은 겨우 자균에게 일어날 것을 허락했다.

자균이 자리에서 일어나자 서릿발 같은 말들이 준의 입에서 쏟아졌다.

"자네가 어찌 내게 이럴 수 있는가. 나는 자네를 신하가 아니라 벗이라 여겼네. 우리 사이에 신의란 게 있었던가? 어찌 나를 이리도 기망한단 말인가."

"입이 열 개라도 할 말이 없습니다. 하나 폐하, 신이 할 말이 없는 것은 폐하의 벗으로서 없는 것입니다. 폐하의 신하로서 전 해야 할 일을 했을 뿐입니다."

준은 자균의 말에 어안이 벙벙했다.

자균이 차분히 말을 이었다.

"환주 일에 폐하는 황후마마께 전권을 주셨습니다. 저는 폐하의 신하이면서 또한 마마의 신하이기도 합니다. 환주에 있을 때는 황후마마의 명령에 따를 수밖에 없는 것이 신하의 도리이며 또한 단의 엄격한 율입니다. 저는 그분이 단을 위해 하시는 일을 신하로서 충실히 따랐을 뿐입니다."

"그래도 용종에 대한 일은 사직과 관련된 중차대한 일이 아니냐."

자균은 심호흡을 하며 마음을 가라앉혔다. 이렇게 분노한 예석황제는 난생처음이었다. 언성을 높이지 않아 더 두려웠다.

"황후마마께서 말씀하셨습니다. 환주를 구하는 것이 대사라면 용종은 작은 일이고, 대를 위해 소를 희생하는 것이 황후 된 자의 도리라고요."

자균은 얼굴을 들어 예석황제 준을 똑바로 바라보며 말했다.

"저는 어떤 벌도 두렵지 않습니다. 환주에서 황후마마를 지키지 못한 죄를 어찌 씻을 수 있겠습니까. 부디 마마께서 연에 가신 뜻을 헤아려 주십시오.”

“나가거라!”

준은 소리를 질렀다.

자균은 뒷걸음질로 물러 나왔다.

한밤중이 되어서야 예석황제는 자균을 다시 불렀다. 겨우 화를 진정시킨 것 같았다. 차비도 물러가게 하고 오랜만에 준과 자균은 단둘이 술상을 마주했다.

자균은 황제의 침전 다탁 위에 놓인 술병을 보고 잠시 당황했다. 주량이 꽤 센 준이었으나 주색에 빠진 선황 때문에 술을 멀리했다. 늘 맑은 정신으로 있고 싶다고 하여 특별한 날이 아니면 술을 마시지 않았다. 그런 준이 술상을 준비한 의미를 자균은 헤아렸다.

‘정말 마음이 많이 아프시구나.’

“경요는, 황후는 건강한가?”

“입덧 때문에 고생을 하셨습니다. 연국으로 떠나실 때까지 거의 식사를 못 하셨습니다. 꿀물이나 우유, 홍 의원이 올린 탕제로 버티셨습니다.”

준이 술잔 두 개에 술을 따랐다.

“마시지.”

자균은 두 손으로 공손히 술잔을 바치고 단숨에 술을 마셨다. 준 역시 단숨에 술잔을 비웠다. 또다시 준은 잔을 채웠다.

“아까 자네에게 화낸 것 미안하네. 물론 이것은 친우로 하는 사과야. 황제로 하는 것이 아니라.”

자균은 조그맣게 미소 지었다. 황상의 기분이 풀려서 다행이었다.

"내 말도 듣지 않는 사람인데 자네 말을 듣겠는가. 자네도 무영도 그 낮도깨비 같은 사람과 함께 일하느라 고생이 많았어."

"아닙니다. 그런 고집이라면 얼마든지 휘둘러 드릴 수 있습니다. 폐하는 정말 좋은 반려를 맞이하셨습니다."

두 사람은 다시 잔을 비웠다. 이번엔 자균이 잔을 채웠다.

"나에게 황후는 더할 나위 없이 좋은 반려라네. 하나 황후에게 나도 그럴까?"

"그 무슨 말씀이십니까. 황후마마가 황상을 얼마나 은애하는지 신들은 곁에서 지켜보았습니다."

"그래, 그게 문제지. 은애, 연심, 사랑."

예석황제는 쓸쓸하고 씁쓸하게 웃었다.

"그 사람은 내게 모든 것을 주었어. 그렇지만 난 그 사람에게 마음 말고는 줄 게 없네. 단의 모든 것이 내 것이라도 그 사람에게 줄 게 없다네. 보잘것없는 이 몸뚱이도 경요에게 줄 수 없어. 참 가련한 인생이지 않나. 세상 어떤 지아비가 아이를 품은 지어미를 전쟁터에 밀어 넣는단 말인가."

술맛이 썼다. 게다가 취하지도 않았다.

"모르시지 않으셨습니까. 자책하지 마십시오."

"마음이 아프네. 사내가 여인을 사랑하는 게 어쩜 이리도 이기적일 수 있을까? 어마마마가 내게 황후를 은애한다면 놓아줘야 한다고 하셨네."

"폐하, 그건……."

"하지만 그럴 수 없네. 난 그 사람을 결코 놓을 수가 없어. 그 사람이 어마마마처럼 독가시를 품은 여인이 되더라도 놓아 버릴 수 없네. 연심을 몰랐다면 좋았을 거라고 생각하네. 연심이 이리도 지독하고 끔찍하다는 걸 알았다면 말이야."

"어찌 그런 슬픈 말씀을 하십니까?"

자균은 주유를 생각했다. 자신의 연심도 이기적이었다.

"나는 황후 때문에 아팠네. 그렇지만 황후도 나 때문에 아프겠지. 내게서 한 걸음 한 걸음 멀어질 때마다 그 사람의 마음은 나보다 더 불안하고 힘들었을 거야. 나에 대한 자신의 마음은 흔들림이 없겠지만, 자신에 대한 내 마음을 믿으려면 우리는 좀 더 많은 시간을 함께 보내야 하니까. 은애하는 이가 없을 때에는 스스로를 믿기만 하면 불안도 흔들림도 없었네. 그렇지만 나는 그 사람을 은애하게 됐네. 그 사람의 마음은 바다가 되었고, 나는 그 바다에 뜬 나뭇잎 배가 되었다네. 그 사람 역시 그렇겠지. 나는 황제. 원치 않아도 내 삶엔 항상 태풍이 불고 있네. 언제나 나는 경요에게 더 많이 참고 견디라고 해야 해. 내가 단의 황제 자리에 있는 한. 나는 늘 그녀에게서 편안함과 행복을 얻지만 그녀는 어떨까? 경요도 내 옆이 편안할까? 내 곁에서 행복할까?"

황제는 스스로 잔을 채워 술잔을 비웠다. 입술에 묻은 술은 소매로 닦았다.

자균은 고개를 숙였다.

"사람을 사랑하는 건 참 힘든 일이야. 그렇게 생각하지 않는가?"

예석황제는 자균에게 동의를 구했다.

"그렇습니다."

"한 사람을 사랑하는 일이 어찌 일국을 다스리는 일보다 더 어려울 수 있을까?"

"많이 보고 싶으십니까?"

예석황제는 고개를 끄덕였다. 눈에 물기가 어려 있었다.

"그래서 나는 강해질 걸세. 누구에게도 지지 않을 거야. 그 누구도 단을 쉽게 넘보지 못하게 할 걸세. 황후를 사지로 밀어 넣지 않으려면 그 방법밖에 없으니까."

예석황제의 눈빛이 단단해졌다. 아아, 이분은 또 이렇게 한 단계 더 성장하셨구나.

"자균 그대는 단의 미래에 대해 어떻게 생각하는가?"

망설이다가 자균이 어렵게 입을 열었다.

"폐하는 가을의 군주이십니다."

그의 마음을 그대로 읽는 듯한 자균이었다. 자균의 한마디에 민예에서 그를 사무치게 괴롭혔던 고독이 조금 가셨다. 누가 뭐래도 자균은 그의 지음이었다. 그들은 같은 것을 보고, 또 같을 것을 느끼고 있었다.

"그래, 단은 늙어 가고 있지. 그리고 앞으로 연은 파죽지세로 단을 공격할 것이다."

자균은 고개를 떨구었다. 무영이 비밀리에 보낸 서신을 준도 이미 읽은 후였다.

"무영이 그리 썼더구나. 기존의 병법으로는 연을 막을 수 없을지도 모른다고. 그래서 나는 생각했다. 과연 곧 시작될 이 전쟁의 승리는 무엇으로 얻을 수 있는 것일까를."

황제는 손가락에 술을 찍어 상에 글자를 썼다.

연連 합合

"이것이 내 답이다. 제선 그자가 힘으로 중원을 빼앗으려 한다면 나는 주변국들의 힘을 합치고 연대하는 것으로 그를 막을 것이다. 그가 모든 것을 뚫을 수 있는 창으로 단과 다른 나라들을 위협한다면 나는 어떤 창도 막을 수 있는 방패를 준비할 생각이다."

제선의 창은 강한 군대와 빠른 말, 그리고 화약이라는 알 수 없는 무기. 그것을 막을 예석황제의 방패는 무엇일까? 자균은 답을 기다렸다.

"가장 강한 방패는 사람이다."

"사람이요?"

뜻밖의 대답이었다.

"사람의 마음은 나약하지만 소중한 것을 지키기 위해 하나로 모인다면 그 어떤 무기보다 강력하다. 한혈마와 화약이 성과 땅을 정복할 수는 있어도 사람의 마음은 정복할 수 없다. 수백 년간 살아온 터전을 지키겠다는 자들의 의지가 어찌 오직 탐욕으로 중원을 노리는 자들보다 약할 수 있겠느냐. 나는 거기에 단과 중원의 운명을 걸어 보려고 한다.”

“폐하, 사람 사이의 신의도 쉽게 깨지는 상황입니다. 나라와 상단이 맺은 연합이 얼마나 오래갈까요?”

“우리에겐 그 결합을 공고히 할 연결고리가 있지 않느냐.”

“황후마마 말씀입니까?”

“그렇다. 황후가 낳은 아이는 여와 단과 화경족의 아이다.”

자균은 경요가 정말 단을 구하기 위해 온 것 같다는 생각마저 들었다. 그 어떤 것보다 질긴 피의 인연을 여와 단, 화경족이 맺게 된 것이다. 이는 단의 백성들에겐 축복이었다.

갑옷 차림의 태원세자와 화경족 상단을 대표하여 서화가 찾아왔다. 태원세자의 얼굴이 심상치 않았다.

“연 쪽의 움직임은 어떤가?”

예석황제가 물었다.

태원세자는 서화와 시선을 교환한 후 대답했다.

“환주 쪽으로 연의 병사들이 대거 이동하고 있습니다.”

예석황제와 자균이 시선을 교환했다.

전령이 급하게 안으로 뛰어 들어왔다. 무영이 보낸 비밀 서신이었다. 읽고 있는 준의 표정이 심각해서 나머지 사람들도 덩달아 긴장이 되었다.

예석황제가 무거운 얼굴로 입을 열었다.

“병사들에게 싸울 준비를 하라고 하게.”

얻고자 하는 제선과 지키고자 하는 예석황제의 첫 전쟁이

막 시작되었다.

궁 밖은 급박하게 돌아가고 있었지만 경요가 있는 동호각은 기이하리만큼 고요했다.

경요는 연의 내인에게 수실을 부탁해, 수틀에 비단을 걸고 한가롭게 수를 놓았다. 무영이 수를 놓고 있는 경요 곁을 번견처럼 지켰다.

"마마."

"무슨 일입니까?"

태연한 목소리로 경요가 되물었다.

"어찌하실 생각입니까?"

연국 병사들이 속속 환주로 향하고 있었다. 자균에게서는 다급한 서신이 매일 날아왔다. 당장 충돌이 일어나도 이상하지 않은 상황이었다. 그 사정을 알면서도 경요는 계속 생각에 잠겨 있었고, 찾아오는 연국 왕도 만나 주지 않았다.

경요는 수틀에서 눈을 떼지 않고 대답했다.

"제선이 우리를 순순히 돌려보내 주지 않을 테니 보내 줄 수 있는 또 다른 자를 찾아야겠지요."

"그 사람이 누구입니까?"

경요가 바늘을 천에 꽂고 무영을 바라보았다.

"왕실의 가장 큰어른. 제선을 제어할 수 있는 유일한 사람을 찾아갈 생각입니다."

"왕대비마마를 말씀하시는 겁니까?"

경요가 고개를 끄덕였다.

"왕대비마마가 저희를 환주로 보내 줄까요?"

"보내 주게 만들어야지요."

경요는 바늘을 놓았다. 결심이 섰다.

"왕대비마마의 천막으로 가겠습니다. 준비를 해 주세요."

효라는 경요의 느닷없는 방문에도 크게 동요하지 않았다. 경요를 기다리기라도 한 것 같았다. 따라온 무영을 힐끗 본 효라는 무영의 몫까지 세 잔의 염소젖 차를 내왔다.

"무엇 때문에 온 건지는 알겠으니 거두절미하고 용건만 이야기하거라. 나이가 들어서 번잡한 건 못 참으니."

퉁명스러운 효라의 말에도 경요는 싱긋 웃었다. 어쩐지 효라와는 말이 잘 통할 것 같았다.

"어찌 천막을 찾은 손에게 이리 박절하게 대하십니까? 제가 알기로 차를 다 마실 때까지 본론을 이야기하지 않는 게 초원의 예라 배웠습니다. 그런데 어찌 차를 한 모금도 넘기기 전에 이야기를 재촉하십니까?"

넉살이 좋았다. 효라는 이런 아이라면 해서처럼 시들지 않고 제선 곁에 머물 수 있을지도 모르겠다는 생각을 했다. 효라의 시선이 경요의 아랫배로 향했다.

"뱃속 아기는 건강하냐?"

경요는 깜짝 놀랐다.

"난 아이를 열둘이나 낳았다. 그리고 수없이 많은 아이를 받앉지."

그 말로 충분했다.

효라는 혀를 끌끌 찼다.

"어미가 되어 잘하는 짓이다."

경요는 염소젖으로 끓인 따뜻한 차를 다 마시고 입을 열었다.

"어미이기 이전에 단의 황후입니다."

"그래, 단의 황후가 무슨 일로 날 찾아왔느냐?"

"절 환주로 보내 주십시오."

"넌 네 발로 온 인질 아니냐. 인질을 보내는 것은 내가 아니라 왕의 일이다. 어찌 내게 와서 부탁하느냐?"

"연국 왕께서 절 보내지 않겠다고 하였습니다."

경요는 무영에게 잠시 나가 있으라고 명했다. 무영은 불만스러웠으나 경요가 단호한 얼굴을 하자 느릿느릿 효라의 천막 밖으로 나갔다.

단둘만 남자 경요는 입을 열었다.

"연국 왕이 제게 그리 말했습니다. 바람이 되어 자신을 흔들어 달라고요. 그것이 무슨 뜻일까 며칠 동안 곰곰이 생각했습니다. 제가 바람이 된다면 무슨 일이 생길까요?"

효라는 묵묵히 경요를 바라보았다.

"피가 흐를 겁니다. 황상께서는 절대 저를 포기하지 않으십니다. 그 이유는 마마도 아실 겁니다. 연과 단은 부딪쳐야 할 운명임을 압니다. 하나 지금은 아닙니다. 지금의 전쟁은 양측 모두에 무익한 피를 흐르게 할 뿐입니다. 그러니 부디 연국 왕실의 큰어른으로 그 희생을 막아 주십시오.”

경요는 모두에게 이익이 되는 거래를 제안했다.

“아까 제가 황후로 이곳에 왔다고 말씀드렸지요. 이젠 아이를 품고 있는 어미로 부탁드리겠습니다. 부디 저를 환주로 보내 주십시오. 그럼 예석황제는 제가 막겠습니다. 연국 왕은 마마가 막아 주십시오.”

“어찌 내게 그런 부탁을 하느냐?”

“그건……, 마마께서도 아이를 낳고 키우신 여인이기 때문입니다. 제 호위를 맡은 무영이라는 자가 그런 말을 한 적이 있습니다. 사람을 죽이는 건 사내의 일이고 사람을 낳는 건 여인의 일이라고요. 생명을 품고 그것을 낳아 키운 자가 어찌 그 생명이 가치 없는 일에 스러지길 바라겠습니까. 마마도 분명 제가 느끼는 참담한 기분을 느끼실 수 있을 겁니다.”

경요는 쐐기를 박았다.

“연국 왕께서는 저에 대한 연심 때문에 저를 얻기 위해 그리 한다 하셨습니다. 이는 치자로서 절대 해서는 안 되는 행동입니다. 타국의 왕실 일에 이러쿵저러쿵하는 것은 무엄하기 그지없는 일이나, 한 나라의 치자가 어찌 그리 하찮은 이유로 거병한단 말입니까.”

“네 백성도 아닌데 무슨 걱정이냐. 너는 여국의 여인이 아니냐.”

“단국 사람이든 연국 사람이든, 또 여국 사람이든 화경족의 사람이든 모두 어느 어미의 자식들입니다. 그렇다면 모두 다 귀한 생명 아닙니까."

효라는 무표정했다.

"단과 연의 충돌은 피할 수 없다. 그것이 올해 시작되었다 한들 무엇이 이상하겠느냐?"

"연이 아직 단과 싸울 준비가 되지 않았다는 것은 마마가 더 잘 알고 계실 겁니다."

"넌 정말 이상한 계집이다. 도대체 넌 무엇을 위해 이곳에 왔느냐?"

"환주를, 단을 구하기 위해 왔습니다."

효라는 기묘한 미소를 지었다.

"그런데 연국 병사들의 목숨까지 걱정하느냐?"

"구하는 김에 연국 병사들까지 구하면 안 됩니까?"

경요의 말에 효라는 자기도 모르게 웃음을 터뜨렸다. 참 이기기 힘든 아이였다. 이 아이를 휘어잡지 못한 단사황태후의 모습이 눈에 선했다. 단사황태후가 불여우라면 그림자 신부는 구미호가 분명했다. 하나 이런 구미호라면 손자며느리로 삼고 싶다고 효라는 생각했다.

효라는 밤늦게 입궁했다. 아들 기숙이 왕위에 있을 때도 신년 하례 때를 빼고는 왕궁을 찾지 않고 홀로 자신의 천막에서 지냈던 효라였다.

효라의 발걸음은 거침없이 동호각으로 향했다. 동호각을 둘러싸고 있는 병사들이 효라를 보고 모두 무릎을 꿇고 허리를 굽혔다. 효라는 그들에게 시선 한 번 주지 않고 동호각 안으로 들어갔다.

안규와 주유는 나이 든 여인의 느닷없는 방문에 허둥거렸다.

"황후는 내전에 있느냐?"

자신이 누군지도 밝히지 않고 효라는 거침없이 내전으로 들어갔다.

안규가 급한 발걸음으로 효라보다 한발 앞서 내전에 들어가 경요를 불러왔다.

"여기엔 어쩐 일이십니까?"

효라가 입을 열었다.

"환주로 가라. 뒷일은 내가 책임지겠다."

효라는 생각했다. 한 나라 왕실의 가장 큰어른으로 어리석은 일을 하는 건지도 모른다고.

이런 아이가 단의 황후라면 단이 가진 중원을 연의 것으로 하려는 제선의 뜻은 크게 위협받을 것이다. 이 명민한 아이를 차라리 제선의 짝으로 둔다면 제선에게도 연에도 분명 도움이 될 것이라 생각하지 않은 것도 아니다. 그러나 마음의 짐이었던 해서의 일을 만회하고자 운명이 그녀에게 두 번째 기회를 주는 것일지도 몰랐다. 일흔의 삶이 그녀에게 준 교훈은 여럿이었다. 아닌 것에 매달리면 매달릴수록 삶은 황폐해진다는 것이 그중 하나였다.

"단을 위해서가 아니다. 오직 연을 위해서다."

기숙 그 아이는 행복하지 않았다. 해서도 행복하지 않았다. 제선 역시 행복하지 않았다. 누군가가 이 사슬을 끊어야 했다.

경요는 깊이 고개 숙여 감사를 표시했다.

"내가 너를 이리 순순히 보내는 건 이번뿐이다. 네 말대로 연에도 분명 이익이 되는 일이기에 널 환주로 보내는 것이다. 행여나 이런 요행이 두 번 있을 거라고는 생각하지 마라."

30

초원회의가 열리는 천막의 입구를 가려 놓은 휘장이 열렸다. 효라가 당당한 걸음걸이로 천막 안으로 들어왔다. 사내들은 모두 움찔거리면서 자리에서 일어났다. 회의에 오지 않겠다던 효라가 왔다는 것은 무언가 큰일이 생겼음을 뜻했다. 다들 불안한 눈빛을 교환했다.

명희는 효라를 바라보며 생각에 잠겼다.

'판을 키우러 온 것일까, 아니면 엎으러 온 것일까?'

지금껏 효라는 제선을 전적으로 지지했다. 기숙의 인정과 효라의 지지. 그것이 제선의 왕권을 공고히 한 두 개의 다리였다. 환주 공격과 중원 공략에도 지금껏 효라는 항상 찬성의 뜻을 공개적으로 밝혔다. 중원을 향한 갈망은 혁요가 다음 세대에 물려준 것이었다.

명희는 효라가 늘 어려웠다. 마찬가지로 효라는 명희가 탐탁지 않았다. 제선이 그를 선택했기에 받아들였을 뿐이다. 명희는 효라가 그의 어떤 점을 혐오하는지도 알았다.

효라는 말이 많지 않았다. 자신의 의중을 눈빛과 숨소리, 몸짓으로 전달했다. 혁요와 기숙이 밖에서 싸우는 동안 연의 내치를 담당한 것은 효라였다. 효라는 연의 역사에 기록되지 않은 여왕이었다. 그런데 왜 가장 중요한 순간에 이런 불협화음을 내는 것일까? 명희는 효라의 마음결을 헤아리기 힘들었다.

빈말로도 효라의 얼굴은 호의적이라 하기 어려웠다. 다른 이들이 보면 평소와 똑같은, 단호함과 위엄이 넘치는 얼굴이라 여겼겠지만 제선과 명희는 무표정한 얼굴 뒤에 숨겨진 노기를 읽었다. 제선은 그 이유를 알고 있었다.

'그 소식이 벌써 할마마마의 천막까지 도달했단 말인가?'

세상사에 무심한 듯, 정사에 관심 없는 듯 자신의 천막에서 뒷방 늙은이처럼 은거하는 효라였지만 누구보다 날카로운 시선으로 왕궁에서 벌어지는 일들을 주시하고 있었다. 왕궁 내에는 그녀의 눈과 귀와 팔다리 역할을 하는 이들이 있었다. 효라는 천막에 있으면서도 궁의 사정을 제선보다 더 잘 알았다.

제선과 효라의 시선이 부딪쳤다. 눈빛 하나로 두 사람은 많은 이야기를 나누었다.

'제가 말씀드리지 않았습니까. 전 끝까지 가 볼 생각입니다.'

'자식이 어리석은 길로 가면 부모는 그 길에 가로누워서라도 자식을 막는다. 내게 친손자라도 그리했겠느냐고 물었느냐?

이것이 내 대답이다. 나는 있는 힘을 다해 널 막을 것이다. 너는 연의 국왕이기 이전에 내 천막에서 내가 짠 염소젖을 먹고 자란 내 자식이기 때문이다.'

명희는 제선과 효라 사이에 오가는 날카로운 눈빛에 움찔했다. 제선과 효라가 이렇게 반목하는 공기를 만들어 내는 건 난생처음이었다. 명희는 효라가 마음을 먹으면 제선이 가진 왕의 권력을 한순간에 날려 버릴 수 있음을 알고 있었다. 그러나 이 둘의 끈끈한 연결을 한 번도 의심해 본 적 없었다.

효라는 자신에게 집중된 수많은 시선에도 표정 하나 흐트러뜨리지 않고 제선이 앉아 있는 상석을 향해 걸어갔다. 당연하게 제선은 상석을 효라에게 양보했다. 효라는 굳은 얼굴로 제선이 양보한 상석에 앉았다. 효라가 자리에 앉자 씨족장들은 모두 무릎을 꿇고 이마를 바닥에 댔다. 최대한의 경의를 표현한 것이다.

효라는 위엄에 찬 눈으로 청랑족 씨족장들을 둘러보았다.

"모두 그만 고개를 들라."

그 말에 씨족장들은 천천히 고개를 들어 효라를 바라보며 모두 한목소리로 외쳤다.

"파곤의 어머니 효라께 인사드립니다. 효라, 그대 화로의 온기가 영원하길."

"그대들을 낳은 어머니에게도 축복을."

의례적인 인사말이 끝나자 효라가 바로 본론으로 들어갔다.

효라는 제선을 똑바로 노려보며 말했다.

"초원회의가 끝나지도 않았는데 어찌 환주로 병사들이 움직이고 있느냐?"

날카로운 일갈에 제선이 움찔했다. 이미 병사들이 환주로 가고 있다는 소식에 씨족장들이 웅성거렸다. 나날이 커지는 왕권에 반비례하듯 초원회의는 요식행위가 되어 가고 있었고, 씨족장들도 제선도 그 사실을 알았다. 그러나 그것을 지적한 것이 효라라는 것이 문제였다.

"연의 국조인 혁요도, 네 아비인 기숙도 존중한 초원회의의 권위를 네가 무시하느냐? 네가 무엇이라고 감히 선왕들이 금과옥조로 지켜 온 관습을 깨는 것이냐."

천막 안에는 효라와 제선밖에 없는 듯 고요했다.

"단의 황후에게 화친을 청했다."

통보였다.

"황후를 환주로 보내거라. 이번 겨울에 전쟁은 없다."

군사를 돌리라는 명령이었다.

국사에 거의 의견을 내지 않는 효라였기에 그 말에 담긴 무게가 남달랐다. 누가 효라의 뜻을 거스를 수 있겠는가? 씨족장들은 제선의 눈치를 보았다.

효라의 말은 서릿발 같았다. 흰 눈썹 아래에 있는 가늘게 찢어진 두 눈에서 번개가 치는 듯했다. 그 어떤 이의도 용납하지 않겠다는 사나운 기백이 철철 흘러넘쳤다. 평생 초원에서 사냥을 하고 전쟁터에서 창칼을 휘둘러 온 사내들이었지만 저도 모르게 오금이 저렸다. 저런 눈빛에도 지지 않고 고개를 돌리지 않는 제선이 대단해 보였다.

청랑족들에게 파곤의 어머니인 효라의 말은 곧 법이었다. 효라는 물러서는 때를 놓친 이의 말로가 얼마나 추한지 알았다. 제선이 왕위에 오른 뒤로 정사에는 간섭하지 않았지만 이번 일은 달랐다. 제선은 왕이 아니었다. 연심에 흔들리는 한심한 사내였다.

"제 뜻은 다릅니다."

명희의 얼굴에서 핏기가 가셨다. 명희뿐만이 아니었다. 다른 씨족장들도 순간 숨을 멈췄다.

"공성攻城과 야전野戰을 시작하라고 탁륜에게 명을 내렸습니다."

이미 전쟁을 시작했다는 말이었다.

"황후는 환주로 가지 않습니다. 아니, 갈 수 없습니다."

효라가 감정을 담지 않은 목소리로 말했다.

"다들 천막에서 나가라."

모두 긴장하고 있던 터라 몸이 움직이지 않았다. 사내들의 굼뜬 움직임에 효라가 천둥같이 소리를 질렀다.

"나가라!"

천막 안에는 효라와 제선만이 남았다.

철썩!

효라의 손이 제선의 오른뺨을 매섭게 쳤다. 제선은 가만히 있었다. 효라는 그것으로도 화가 풀리지 않았는지 제선의 뺨을 한 대 더 쳤다. 막일로 단련된 효라의 손은 쇳덩이처럼 단단했다. 제선의 뺨은 금세 붉게 부풀어 올랐고 터진 입술에서 피가 흘러내렸다.

"어리석은 것."

효라는 탄식했다.

"넌 널 친자식보다 더 아끼고 사랑한 네 아비를 욕보였다. 정말 너한테 실망이구나. 도대체 왕의 자리가 무엇이라고 생각하느냐? 내 너를 잘못 키웠다. 기숙이 너를 잘못 가르쳤다."

"저는 꼭 이길 겁니다."

"아니, 넌 이기지 못한다. 군대를 지휘하는 왕이 냉정과 평정을 잃었는데 어찌 승리할 수 있겠느냐."

"연의 군대는 무적입니다."

"네 아비가 무어라 가르쳤느냐? 군사를 지휘하는 자는 어떤 자라 하였느냐?"

효라는 매서운 눈으로 대답을 재촉했다.

"백성의 생명과 국가의 안위를 책임지는 자라 하였습니다."

"이번 너의 군명 어느 곳에 그것이 있느냐!"

효라의 목소리는 호랑이가 포효하는 것 같았다.

거기에 지지 않고 제선도 목소리를 높였다.

"그렇게 하고서라도 가지고 싶습니다! 예석황제를 이기면 그 아이는 제 것이 될 겁니다."

"어리석은 놈. 삼군三軍**의 장수는 빼앗을 수 있으나 필부의

** 전군(全軍). 즉 군 전체를 이르는 말.

뜻은 빼앗을 수 없다고 했다. 네 어머니가 어떤 마음으로 네 아비 곁에 머물렀는지 아느냐!"

그 말을 끝으로 효라는 천막 밖으로 나갔다.

제선은 뜻을 굽힐 생각이 없었다.

예석황제 준은 망루에서 환주성 밖에 유숙하고 있는 연국 군의 진영을 살펴보고 있었다. 성 밖에 펼쳐진 넓은 들판 저 멀리에 연국 군의 천막이 보였다. 생각보다 많은 병력이 몰려와 예석황제는 놀랐다.

'진심으로 전쟁을 할 생각인가?'

예석황제는 제선의 도발이 잘 이해되지 않았다. 단과 여, 화경족 전체와 대등하게 싸울 만큼 연의 힘이 크다고 생각하지 않았다.

그 화약이라는 것을 이용할 생각일까? 예석황제는 고개를 갸웃거렸다.

화약이란 게 도대체 얼마나 큰 힘을 가진 무기이길래 제선이 이리 자신만만하게 단과 여, 그리고 화경족에게 선언하듯 전쟁을 시작하는 걸까? 그만큼 준비가 되어 있다는 뜻일까?

한 번도 신경 쓰지 않았던 연이라는 나라의 군주인 제선이 그의 뒤를 바싹 쫓고 있음을 느꼈다. 예석황제는 전쟁에 임하는 장수의 시선으로 날카롭게 연의 진영을 살펴보았다.

민예에서 그를 따라온 사조원이 발걸음 소리를 크게 내며 망루로 올라왔다. 그는 특이하게도 체모가 검붉은 빛이라 적모

장군이라 불렸다. 쌍칼을 휘두르며 단숨에 적진 깊숙이 파고들어 적장의 목을 베는 무공으로 젊은 시절 명성을 휘날렸다.

북쪽 강역의 여러 부족들에게 사조원의 붉은 수염과 머리카락은 꼭 피를 뒤집어쓴 것처럼 보였다. 전쟁터에서의 그의 존재는 사신死神과 다름없었다.

단의 북쪽 강역을 지키던 그가 이번 연국과의 전쟁을 위해 달려왔다. 그를 부른 것은 이번 겨울 전쟁에서 연을 꼭 꺾어 두겠다는 예석황제의 강한 의지를 보이기 위함이었다.

선황 시절, 사조원은 입바른 소리로 효성황제의 눈 밖에 나 관직 삭탈보다도 못한 것으로 여겨지는 북쪽 강역의 수비를 맡으라는 명을 받았다. 다들 죽으러 가는 길이라고 여겼으나 사조원은 묵묵히 30년 넘게 북쪽 강역을 지켰다. 효성황제의 태평성대는 그의 덕이었다. 그의 진가를 알아본 건 단사황태후였다.

호랑이처럼 부리부리하고 번쩍이는 눈을 아들 사무영이 그대로 닮았다. 생김새만 닮은 것이 아니었다. 윗사람 비위를 못 맞추는 성품도, 약자에게 한없이 관대한 기질도, 주군을 변견처럼 지키는 충성심도, 바른말을 유난히 밉살스럽게 하는 말버릇도 판박이였다.

"성 밖 백성들은 모두 성안으로 피신하였느냐?"

"예, 좀 전에 성문을 걸어 잠갔습니다."

"첫 충돌은 어떻게 끝났느냐?"

성으로 피신하는 이들을 위해 보낸 병사들과 연의 병사들간에 작은 충돌이 있었다고 했다.

"다행히 부상자는 없습니다."

"그래, 앞으로 한 달은 꼼짝도 하지 않고 성안에 머물 것이다. 태원세자에게 그리 전하라."

"역시 수성전으로 가시는 겁니까?"

"그게 정석이니까. 하나 전쟁에 정석이 무슨 소용이겠나. 나는 이 전쟁을 절대 길게 끌지 않을 걸세. 한 달. 그래 한 달이야."

연은 야전에 뛰어난 대신 공성엔 아직 취약했다. 반대로 단은 야전엔 취약한 대신 수성에는 막강한 힘을 발휘했다.

하늘을 나는 매처럼 연의 진영을 살피는 예석황제를 보면서 사조원이 입을 열었다.

"피가 끓지 않으십니까?"

준은 씩 미소 지으며 고개를 끄덕였다. 사조원은 예석황제의 숨은 무인 기질을 잘 알고 있는 몇 안 되는 인물이었다.

"전쟁을 하다 보면 인간은 본래 선하다는 성인의 말씀과 달리 피를 보고 싶어 하는 포악한 본성이 숨어 있는 것 같습니다. 무엇으로 포장해도 전쟁의 본질은 살육이지 않습니까. 사내들은 참 죄가 많습니다. 피를 보는 일에 이리도 가슴이 두근거린다니 말입니다."

예석황제는 허리에 찬 칼을 꽉 쥐었다. 칼이 마치 신체의 일부처럼 느껴졌다.

"그나저나 생각보다 많은 병력입니다. 연이 언제 저리 큰 군대를 키웠을까요?"

북쪽 오랑캐만이 나라 밖의 우환이라 여겼던 노장군의 미간이 찌푸려졌다.

"폐하의 치세는 어째 쉬운 일이 없습니다."

노장군의 푸념에 담긴 진심이 느껴져 예석황제는 쓰게 웃었다.

"황후마마는 어찌하고 계시려나요. 곧 전투가 벌어질 텐데 괜찮으실까요?"

"그대의 아들 무영이 잘 지키고 있네. 황후 주변에 있는 이들이 모두 믿음직한 자들이니 크게 걱정하지 않아."

"폐하, 그런데 왜 한 달 안에 전쟁을 끝내시려는 겁니까?"

수성은 석 달 이상을 끄는 게 보통이었다. 그런데 황제는 한 달 만에 전쟁을 끝내겠다고 했다.

"저들이 오판한 것이 있네. 공성전엔 최소한 수성하는 병력의 세 배가 필요하지. 저들은 단과 여의 병력만을 세었을 뿐, 환주 백성들의 수는 세지 않았어. 성 밖으로 나가 맞붙어 싸워도 우리가 우위에 설 수 있는 형세지."

"그런데 왜 쉽게 끝내질 않으시는 겁니까?"

"사람을 죽여서 빨리 끝내는 전쟁은 무능한 지휘자가 선택할 법한 길이지. 우리가 싸우고 있는 땅이 어딘가?"

"예? 단의 땅입니다."

왜 이런 당연한 것을 묻는 걸까? 노장군은 고개를 갸웃거렸다.

"그래, 단의 땅이지. 우리는 적지에서 싸우는 게 아니네. 그러니 우리 땅에 최소한의 피해가 가도록 전략을 짜야 하지 않겠나."

"아!"

사조원은 자기도 모르게 탄성을 질렀다.

"연을 치사하게 괴롭혀 볼 생각일세."

"하긴 폐하께서는 바둑에서도 치사한 수를 많이 쓰셨지요."

예석황제에게 바둑을 가르치기도 했던 조원이 농담을 건넸다. 고작 여섯 살짜리 아이였지만 행마가 예사롭지 않았다. 바둑을 두면서도 바둑의 규칙과 승패에 얽매이지 않는 기묘한 대국이었다. 여섯 살밖에 안 된 어린 황자가 바둑을 통해 무언가를 계속 실험하고 있었다. 여섯 살짜리 아이가 이기는 것이 아닌 어떻게 이기는 가에 관심을 보이는 건 정말 특이한 일이었다.

사 대장군은 인간의 그릇은 타고나는 것이라 여겼다. 여섯 살 아이의 행마에서 그는 자신의 주군을 정했다. 효성황제를 위해 북쪽 변방을 지킨 게 아니었다. 그 아들을 위해서였다.

황제는 수성전으로 가는 척하면서 기습을 통해 저들을 함정에 빠뜨릴 생각이었다. 백전노장인 그는 자기도 모르게 젊은 황제의 지략에 탄복하고 말았다.

"저들은 군량을 조달하지 못할 걸세. 한 달. 한 달이면 저들은 후퇴가 아닌 싸움을 하려 할 걸세."

연국은 외부에서 군량을 보급받아야 했다. 그런데 화경족은 그들에게 군량을 팔지 않겠다고 선언했다. 시간이 길어지면 길어질수록 그들이 불리했다. 예석황제는 그들 인내심의 한계를 한 달로 보았다.

"그 화약이라는 것 말입니다."

"찾아보았는가?"

"간자와 병사를 보내 좀 더 알아봐야겠지만 이번 전쟁에선 쓰지 않을 것 같습니다."

"그래? 그렇다면 다행이군."

"제가 보기엔 오랜 시간 준비했다기보다는 급하게 전쟁을 시작하고 있는 것 같습니다. 저들은 분명 우리를 성 밖으로 끌어내 단기전으로 가려 할 것입니다."

"저쪽의 장수는 누구인가? 제선이 직접 지휘하고 있는가?"

"다행히도 아닙니다."

왕과 장수의 거리는 가까울수록 좋고, 왕이 전쟁의 장수면 더 좋다고 군서軍書는 가르쳤다. 제선과 자신이 평생 싸워야 함을 깨달은 준은 이번 전쟁에서 그와 직접 얼굴을 맞대고 싸울 기회를 잃은 것이 아쉬웠다. 사조원이 알았다면 아마 펄쩍 뛰었을 것이다.

"탁륜이라는 장수가 지휘하고 있답니다."

"어떤 장수냐?"

"간자가 수집한 정보로 보면 공성전에 대비해서 선택한 장수 같습니다. 실제 전투에서 싸운 경험은 그리 많지 않지만 묵가 쪽의 병법을 이어받은 책사 출신이라 하더이다."

"제선은 왜 출정하지 않았느냐?"

"왕궁을 비울 수가 없으니까요. 간자들의 말에 따르면 왕대비 효라와 갈등 중이랍니다. 아시다시피 제선은 선왕의 친자가 아니지요. 그런 자가 연의 왕 노릇을 하는 것은 실력도 실력이지만 왕실 최고의 어른인 왕대비의 지지 덕분입니다."

"왕대비와 갈등하는 이유가 뭔가?"

"왕대비는 이번 출병을 마뜩찮게 생각한답니다. 상황이 그렇기에 제선이 왕궁을 비운 사이 효라가 그를 내치고 기숙의 친아들 중 하나를 왕위에 앉힐 수도 있습니다."

"어리석군. 나라 안도 장악하지 못한 자가 전쟁을 일으킨 것인가?"

"저 역시 동감입니다만 그렇다고 얕잡아 보시면 큰일 납니다. 탁륜도 꽤 쓸 만한 장수이니까요. 수하들도 전투 경험이 풍부합니다. 솔직히 연은 가장 맞붙기 싫은 나라입니다."

사조원은 잠시 말을 쉬었다가 화제를 돌려 이야기를 꺼냈다.

"제가 한 가지 쓸데없는 질문을 드려도 되겠습니까?"

"무엇인가?"

"도대체 황후마마는 어떤 분이십니까?"

경요가 어떤 사람인지 과연 말로 다 설명할 수 있을까?

"폐하께서 황귀비를 마다하시고 그림자 신부를 선택하셨다고 했을 때 솔직히 폐하가 미치셨다고 생각했습니다."

황제에게 미쳤다는 말을 하고도 조원은 거리낌 없이 껄껄 웃었다. 예석황제는 그의 거침없고 투박한 말이 좋았다.

"틀린 말이 아니네. 나는 그 사람에게 미쳤으니까."

"황후께서 환주로 가시고, 다시 연으로 가셨다는 말을 듣고는 솔직히 황후마마도 미치셨구나 생각했습니다."

사조원은 웃음을 그치고 진지한 눈빛으로 말했다.

"좋은 분을 반려로 맞이하셨습니다. 폐하의 복이 곧 단의 복입니다."

평생을 전쟁터에서 살아온 조원의 눈에 존경심이 어렸다. 죽음 앞에서 높은 자들이 얼마나 비굴하게 구는지를 수없이 봐 왔던 그였다. 그런데 적국에 인질로 온 황후가 그 소임을 다하는 모습에 그는 새롭게 단과 예석황제에 대한 충심을 다졌다.

"황후는 자신의 책임을 결코 외면할 줄 모르네. 그래서 가끔은⋯⋯."

예석황제는 뒷말을 그대로 삼켜 버렸다. 지금은 오직 나라를 지키는 황제로, 지어미와 자식을 지키는 사내로 싸워야 할 때였다. 약한 소리는 경요를 품에 안고 실컷 쏟으면 된다고 여겼다.

문득 예석황제는 이제 사람들이 자연스럽게 경요를 황후로 칭한다는 생각이 들었다. 어마마마도, 차비도, 자균도, 무영도 모두 경요를 진짜 황후로 여기고 있었다. 그녀 힘으로 단의 황후로 인정받기 시작했다. 그러나 앞으로 갈 길이 더 멀었다. 그렇기에 이번 겨울 전쟁에서 꼭 승리를 거두고 싶었다. 회임한 몸으로 환주에 갔으며, 환주에서 다시 연에 인질로 간 경요의 희생과 노력에 지아비가 아닌 황제로 정당한 보상을 하고 싶었다.

절대 질 수 없었다. 아니, 절대 져서는 안 됐다. 그러나 조바심이 들진 않았다. 그 어느 때보다 준의 정신은 맑았고 무섭게 집중하고 있었다. 모든 감각이 지극히 예민해져 바늘 떨어지는 소리마저 들릴 것 같은 상태였다.

예석황제의 입매가 굳었다. 차가운 바람에 단의 군기가 휘날렸다. 차분하면서도 기묘하게 흥분이 되었다. 조용히 피가 끓고 있었다.

동호각의 공기는 무겁게 가라앉았다. 경요가 무영의 보고에 침통한 표정으로 입을 열었다.

"그래, 전투가 있었다고요?"

무영이 말했다.

"마마, 걱정하지 마십시오. 이번 전투는 우리 쪽에서도 뜻밖의 공격이나 연국 쪽에서도 준비하지 않은 전투입니다. 수성에 있어서는 아직 단을 따라올 나라가 중원에는 없습니다. 게다가 연국은 공성에는 서툽니다. 경험이 별로 없으니까요. 충분히 승산이 있는 전투입니다. 폐하께서 꼭 환주를 지켜 낼 것입니다."

"그래야지요."

경요의 표정이 일그러졌다. 딱 한 걸음만 더 가면 되는데 번번이 제선이 그녀의 앞길을 막았다. 지난번엔 화친 직전에 자신의 정체를 들켰다. 이번엔 힘들게 효라를 설득해 겨우 또다시 화친을 끌어냈는데 제선 이자가 선수를 쳤다.

"길게 끌면 끌수록 우리 쪽에 유리한 전투이오나, 폐하께오선 마마의 안위를 생각해 가급적 빨리 끝내실 듯합니다. 마마, 조금만 더 버티십시오."

"내가 무슨 고생을 한다고 그러십니까. 제멋대로인 나 때문에 그대들의 수고가 많습니다."

주유와 안규는 황공하다는 얼굴이었다. 경요는 한숨을 내쉬었다.

그때 동호각 문이 소란스럽게 열렸다. 내전에 있던 사람들 모두 그 소리를 낸 자를 보았다. 연국 왕 제선이었다. 제선은 경요와 시선을 부딪치고 움찔했다. 예전에는 그를 혐오했지만 지금은 경멸하고 있었다.

"황후와 단둘이 이야기를 나누고 싶다. 자리를 피해 주게."

경요의 허락이 떨어지지 않았다. 경요는 여전히 싸늘한 눈빛으로 제선을 바라보았다.

"단의 황후에게 할 말이 있어 찾아왔으니 자리를 피하라 명해 주십시오."

뜬금없는 정중한 높임말에도 경요의 시선은 여전히 움직이지 않았다.

"단의 황후에게 하실 말이라면 이들 앞에서 하십시오."

"환주에서 전투가 벌어지고 있다는 것은 알겠지."

경요의 입술이 바르르 떨렸다.

"그들을 구하고 싶지 않은가?"

"알고 싶지 않습니다. 적국의 왕이 하는 말에 귀 기울일 만큼 어리석지 않습니다. 이미 전투는 시작되었으니 어떤 이야기도 무익합니다."

제선이 건조하게 웃었다.

"적국의 왕으로 온 것이 아니다."

제선이 성큼 경요 앞으로 다가섬과 동시에 무영의 손이 재빠르게 검을 잡았다.

"너를 연모하는 사내로 온 것이다."

대범한 제선의 고백에 내전에 있던 모든 이의 숨이 한순간에 멈췄다.

경요의 얼굴은 그녀의 의지와 상관없이 붉게 달아올랐다. 꿈꾸는 듯한 눈으로 그녀를 바라보는 제선이 두려웠다. 인질로 온 적국의 황후에게 연심을 고백하는 왕과는 도대체 어찌 싸워야 할까? 아득하기만 했다.

경요는 며칠 전 자신의 어깨에 얼굴을 파묻고 울다 잠이 든 제선에 대해 가졌던 동정심마저도 있는 힘껏 짓밟아 버렸다. 그런 경요의 마음과 상관없이 제선의 마음은 못된 망아지처럼 고삐가 풀려 제멋대로 날뛰고 있었다. 제선은 자기도 모르게 마음속으로 중얼거렸다. 제발 내게 상냥하게 대해 다오. 너의 연정까진 바라지 않는다. 그저 나를 바라만 봐 다오.

경요는 무영을 바라보았다.

"연국 왕께서 긴히 하실 말씀이 있으시다니 잠시 자리를 피해 주세요."

경요는 유난히 딱딱하게 제선을 연국 왕이라고 칭했다. 그건 어디까지나 그는 연국의 왕, 그녀는 단국의 황후임을 잊지 않기 위해서였다.

정신 바짝 차리지 않으면 제선의 폭풍 같은 연심에 휩쓸려 버릴 것 같았다. 경멸하고 혐오하면서도 경요는 광기에 가까운 그의 사랑에 자기도 모르게 마음 한구석이 흔들렸다.

무영과 안규, 주유, 원표가 빠져나가고 내전엔 경요와 제선 단둘만이 남았다. 무영은 무뚝뚝한 얼굴로 문 바로 앞에 서 있었다. 허튼수작을 부리는 즉시 안으로 들어가 제선을 벨 생각이었다.

제선은 경요에게 한 걸음 더 가까이 다가가 그녀의 얼굴 쪽으로 천천히 고개를 숙였다. 경요는 그가 입을 맞추려는 줄 알고 질겁해서 뒤로 물러섰다. 제선은 두 팔로 경요의 어깨를 잡고 입술을 귀에 댔다.

"내가 그대에게 얼마나 미쳐 있는지 보여 주지."

경요는 제선의 두 팔을 뿌리치고 한 걸음 뒤로 물러났다. 제선이 다시 한 걸음 성큼 경요에게 다가갔다. 경요는 다시 뒷걸음질을 했고 또다시 제선은 경요에게 다가갔다. 얼마 후, 경요의 등이 벽에 닿았다. 더 이상 달아날 곳이 없는 경요는 제선을 노려보았다.

두 사람의 호흡이 서로의 얼굴에 닿을 만큼 가까워졌다. 제선과 경요는 온몸이 심장이 된 듯 두근거렸다.

"말해. 멈추라고."

경요는 제선의 말을 이해하지 못해 살짝 미간을 찌푸렸다. 뭘 멈추라는 거지?

"멈추라고. 네가 그리 말하면 군대를 돌리겠다."

경요는 경악했다. 지금 이자가 내 말 한마디에 군명을 내리겠다는 건가?

제선은 경요의 손을 잡았다. 경요는 너무 놀라 그 손을 뺄 생각조차 하지 못했다.

"말해. 멈추라고."

잘못 들은 것이 아니었다.

'이건 또 무슨 수작이지? 내가 멈추라면 멈추겠다니, 전쟁이 무슨 장난이야?'

경요는 겨우 정신을 차리고 차갑게 물었다.

"대가가 뭔가요?"

"대가?"

제선은 천진하게 고개를 갸우뚱했다.

"그대는 환주 백성들을 구하기 위해 내게 온 것 아닌가? 말 한마디로 환주를 잿더미에서 구할 수 있는데 왜 망설이지?"

경요는 한 말을 반복했다.

"대가가 뭔가요? 도대체 뭘 바라고 이런 짓을 하는 겁니까?"

"이성적이고 백성을 사랑하는 성군인 그대의 남편은 절대 하지 않을 일이지. 하지만 난 해. 그대가 원한다면. 대가? 그런 건 필요 없어. 난 지금 그대와 거래를 하자는 게 아니니까."

여전히 경요는 이해할 수 없었다.

제선이 낮은 목소리로 속삭였다.

"말하기 싫다면 고개를 끄덕여도 돼. 멈추길 원하나?"

너무나 유혹적인 말이었다. 이 남자는 미쳤다. 기묘하게 반짝이는 눈으로 제선은 경요를 바라보았다.

"도대체 왜 이러십니까?"

"동물들도 암컷에게 구애를 할 때 먹잇감을 가져다 바치지. 사람이라고 뭐가 다르겠어. 너의 환심을 사겠다는 거다. 네가 바라는 것을 이뤄 주겠다는데 왜 대답을 하지 않는 거지?"

경요는 못이라도 박듯 단호하게 말했다.

"원하지 않습니다."

제선은 예전 새끼 이리에게 물린 자국이 갑자기 욱신거렸다. 그때의 아픔이 생생하게 떠올랐다. 자기도 모르게 경요의 목을 조를까 봐 제선은 한 걸음 뒤로 물러났다.

"아무 대가 없이 군사를 돌리겠다는데 왜 거절하는 거지?"

"이런 한심한 왕이 지휘하는 군대 따위에게 단이 질 것 같습니까?"

경요는 진심으로 그리 생각했다.

자신과 예석황제를 비교하는 경요의 말에 제선의 마음은 차갑게 가라앉았다.

"한심해?"

"사내로도 한심하고 왕으로는 더 한심합니다."

경요의 말이 창이 되어 그의 심장을 꿰뚫었다.

"그럼 누가 더 강한지 보여 주지. 환주를 차지하고 너도 차지할 것이다."

"하! 과연 그럴까요? 내 온몸을 갈가리 찢는다 해도, 당신은 단 한순간도 내 마음을 갖지 못해!"

경요의 기세에 제선은 움찔했다.

그 눈빛. 날 죽여도 넌 날 갖지 못해…….

죽는 게 차라리 나을 만큼 내가 싫다는 거냐?

"아니, 난 널 가질 것이다. 너도, 환주도, 중원도, 그리고 네 뱃속의 아이까지 말이야."

제선은 동호각을 나갔다. 경요는 입술을 깨물고 제선이 나간 문을 있는 힘껏 노려봤다. 지아비 준이 저런 한심한 남자한테 질 리 없다. 그 어느 때보다도 경요는 준을 굳게 믿고 있었다.

연의 장수 탁륜은 초조한 눈으로 저 멀리 보이는 환주성을 바라보았다. 저 성벽이 나날이 높아지고 있다는 착각마저 들었다. 벌써 한 달. 연에서는 계속 전공을 재촉하고 있었다.

성 가까이에 다가가지도 못한 한 달이었다.

꽤 많은 군병들이 환주에 머물고, 또한 환주 사람들도 다 성 안에 있다고 하는데 그들을 어찌 먹여 살리고 있는 걸까? 벌써 바닥을 드러낸 군량 때문에 탁륜은 적의 식량 사정이 미치도록 궁금했지만 성안 사정을 알 방도가 없었다. 예석황제는 장기전을 생각하고 온 게 분명했다.

연으로서는 화경족 상단이 저들 편에 선 것이 치명적이었다. 상단이 화경족 상단만 있는 건 아니지만 위보형이 단의 편에 섰다는 것이 다른 큰 상단 단주들에게 적지 않은 영향을 미쳤다. 위보형이 어떤 사람인가? 하나뿐인 딸을 여의 왕비로 보냈지만 한 번도 여의 편에 선 적이 없는 이였다. 그런 위보형이 단의 편에 섰다는 것은 단에게 승기가 있다는 뜻이었다.

다른 상단의 단주들은 위보형의 감을 절대적으로 신뢰했다. 위보형에 비하면 연의 제선은 애송이에 불과했다. 그래서 상단들은 식량을 팔라는 연의 요청을 줄줄이 거절했다.

산발적으로 야전이 벌어졌다. 야전에서 맞부딪치는 단과 여의 병사들 얼굴엔 보기 좋게 살이 올라 있었고 기름기가 흐르고 있었다. 군병들의 움직임에는 여유가 있었다. 식량 사정이 그렇게 나쁘지 않다는 뜻이었다.

예석황제는 성만 지켜 내도 이기는 입장이지만, 탁륜은 약관의 피가 끓는 예석황제가 지루한 수성전으로 나오리라곤 예상하지 않았다. 화려한 전공에 눈이 멀 나이가 아닌가. 그 예상을 예석황제는 보기 좋게 배반했다. 겨우 스물이라는 것을 믿지 못할 만큼 예석황제의 전술은 노련했다.

탁륜은 전공을 올려야 한다는 압박감과 기다림에 지쳐 기강이 흐트러지는 병사들 때문에 초조해졌다. 성 근처로 몰려가 싸움을 걸면, 여의 태원세자와 단의 사조원 대장군이 이끄는 정예 병사들이 이리 떼를 쫓는 사냥개처럼 그들을 물리쳤다. 사조원의 명성이야 익히 알고 있었지만 여의 태원세자도 만만치 않았다. 한 달 동안 탁륜과 그의 군사들은 환주성의 성벽도 만져 보지 못했다. 탁륜은 환주성 밖에 또 다른 성이 세워진 것 같은 착각마저 들었다.

연의 왕궁으로부터의 군령은 자꾸만 늦어졌고, 초원의 추위에 익숙한 연의 병사들도 참기 힘든 맹추위가 몰려왔다. 설상가상으로 이유를 알 수 없는 열병까지 돌아 병사들의 사기가 땅에 떨어졌다. 탁륜은 자기도 모르게 무력감에 젖어 들었고, 아래 병사들에게도 전염되었다.

예석황제는 약이라도 올리듯 기습적으로 진지를 습격해 식량을 빼앗아 갔고, 연으로부터 오는 식량과 약재를 약탈해 가기도 했다. 또 밤이면 진지 근처에서 꽹과리와 북을 있는 힘껏 쳐서 잠을 방해했다. 탁륜을 비롯한 군사들의 신경은 날카로워질 대로 날카로워졌다. 물방울이 바위를 패이게 하듯 예석황제의 작은 작전들은 연의 강한 군대에 조금씩 균열을 일으켰다. 사조원 대장군의 표현을 빌리면 치사하게 연군을 괴롭혔다.

전면전으로 맞붙는 건 차라리 나았다. 그러나 그렇게 덤비려 하면 성문을 굳게 잠그고 비 오듯 화살을 쏘아 댔다.

탁륜은 차라리 돌아가는 게 낫다고 생각했다. 하지만 제선의 뜻은 강경했다. 탁륜은 지금 진지가 돌아가는 꼴을 직접 보여 주고 싶다고 생각했다. 버티는 것도 점점 힘들어졌다. 슬슬 한계가 오고 있었다. 연의 병사들은 저도 모르게 전의를 잃어가고 있었다.

예석황제는 사냥감을 노리는 맹수처럼 바로 그때를 기다리고 있었고, 바로 지금이 저들을 습격할 때였다.

예석황제는 성의 수비를 대장군 사조원에게 맡겨 두고 여의 태원세자와 그의 무장인 석채와 함께 군사들을 이끌고 어둠을 틈타 성을 빠져나갔다. 예석황제가 선봉에 나섰고 후미는 태원세자가 맡았다.

중원을 다투게 될 두 나라 단과 연의 첫 전쟁은 의외로 싱겁게 결판이 났다. 해가 뜨기도 전에 전투는 단의 대승으로 끝났다. 한밤중에 깊이 잠들어 있던 연군이 칼도 제대로 휘두르지 못하고 예석황제와 태원세자의 군대에게 당한 것이다.

한 번도 진 적 없는 제선으로선 뼈아픈 패배였다. 후대의 사가들은 그들의 첫 전쟁에 대해 지리地利와 천시天時, 인화人和가 모두 예석황제에게 있었다고 기록했다.

승전보는 자균이 보낸 연통이 아닌 연의 궁 분위기로 알았다. 문약하다는 그간의 오명을 단숨에 씻은 예석황제의 번개 같은 기습 공격으로 연은 군사의 절반을 잃었고 절반은 포로가 되었다.

제선을 대신해 군대를 이끌었던 탁륜은 적장의 운명이 그러하듯 환주의 백성들이 보는 앞에서 효수당했다. 살아 있는 적장에 대한 예의는 없으나 죽은 적장에게는 얼마든지 아량을 베풀 수 있는 것이 승자의 자리였다. 예석황제는 그 시신을 정중히 염을 해 관에 넣어 연에 보내라고 명했다.

경요는 굳은 얼굴로 준이 보낸 서신을 읽고 있었다. 황제의 직인이 찍힌 공식 문서였다.

"마마, 무엇에 대한 것입니까?"

서신을 덮은 후 경요는 한참 동안 아무 말도 하지 않고 골똘히 생각에 잠겨 있었다. 무영의 질문에도 경요는 아무 대답을 하지 않았다. 서신을 한쪽에 밀어 두고 수틀을 몸 쪽으로 당겨 놓다 만 수를 놓았다. 그러면서 혼잣말처럼 중얼거렸다.

"보은은 두 배, 복수는 열 배라고 했던가?"

마음을 굳힌 경요는 안규에게 외출 준비를 하도록 명했다. 이제 꽤 배가 불러 왔다. 안규는 그 모습이 안쓰러웠다. 경요는 배를 보호하기 위해 복대로 배를 감싸고 두꺼운 겉옷을 입어 불러 온 배를 감추었다.

단과의 첫 전투에서 패배한 연국 궁은 기괴한 침묵에 휩싸여 있었다. 지금껏 승승장구했던 제선의 첫 패배. 그것도 주력 부대의 절반을 잃은 뼈아픈 패배였다.

제선이 실책을 저지르기만 기다렸던 이들은 힘 빠진 이리의 목줄을 노리는 젊은 이리들처럼 그의 주변을 맴돌며 효라의 한마디만을 기다렸다.

제선이 왕좌에 어울리지 않는다는 한마디만 나온다면 기숙의 친아들들은 꿈에 그리던 왕위에 오를 자격을 얻을 수 있었다. 그러나 효라는 천막에 은거한 채로 침묵을 지키고 있으며, 피가 섞인 친손자들의 방문도 모두 거부했다.

패배에도 효라의 얼굴은 담담했다. 승패병가상사勝敗兵家常事라. 우습게도 효라는 예전 경요가 그녀의 천막 앞에서 했던 말을 곱씹고 있었다. 전투에 져도 전쟁에서 이기면 된다. 수없이 할 전투들 중 겨우 첫 번째 전투였을 뿐이다. 예석황제도 제선도 제 진짜 역량을 발휘한 것이 아니었다.

평생 전장에 나가 싸운 지아비와 아들들을 떠올렸다. 이긴 적보다 진 적이 많았으며, 그중 처참하게 패퇴한 것도 여러 번이었다. 제선에게 필요한 건 패배의 경험이었다. 한 번쯤은 꺾여 볼 필요가 있었다.

이번 승리가 예석황제에게 달콤하지만은 않은 것처럼 제선에게도 쓰지만은 않을 것이다. 패배로 인해 제선은 각성할 것이며 많은 것을 배울 것이다. 효라의 지아비 혁요가 누누이 말하지 않았는가. 이기는 것보다 지는 것에서 더 많은 것을 배운다고.

효라는 지아비 생각을 하며 자기도 모르게 미소 지었다. 결코 꺾이지 않는 이. 그는 바타르를 지닌 영웅이었다. 영웅의 심장은 기숙을 지나 피 섞이지 않은 손자 제선의 가슴에서 뛰고 있었다. 중요한 것은 피가 아니라 뜻이다. 효라는 혁요가 한 말을 곱씹었다.

효라는 경요를 무뚝뚝하게 맞이했다. 그녀는 초원의 예법대로 경요에게 차를 내밀었다.

효라는 자기 앞에 앉아 염소젖 차를 맛있게 마시는 경요를 바라보았다. 손녀뻘의 적국 황후에게 친근한 기분이 들었다. 나이와 상관없이 말이 통하는 벗을 마주한 기분이었다. 하지만 그런 마음과 달리 말은 뾰족하게 나왔다.

"승리를 자랑하러 왔느냐? 그럴 거면 나보다 제선을 찾아가는 것이 더 나았을 텐데?"

효라는 혼잣말로 '그래야 그놈도 정신이 번쩍 들 텐데.'라고 중얼거렸다.

경요는 씩 웃으며 다 마신 찻잔을 바닥에 내려놓았다. 그리고 바로 본론으로 들어갔다.

"단의 예석황제께서 이번에 포로가 된 연국 병사들의 생살여탈권을 제게 주셨습니다."

효라는 놀라서 크게 눈을 떴다. 전쟁에서 잡힌 포로들은 이유 불문하고 죽여 없애는 게 전쟁의 오랜 관습이었다. 크게 자비를 베풀어야 노예로 만들어 외딴 섬에서 소금을 굽게 하거나 황무지에 보내 땅을 개간하게 하는 정도였다.

"저는 살리고 싶습니다."

효라는 자기도 모르게 입을 벌렸다.

"그게 무슨 의미인 줄 알고 하는 말이냐?"

"예, 적에게 소금을 보내는 것이지요. 그들은 다시 무기를 손에 쥐고 단을 공격할 테니까요."

"그런데 왜 그런 일을 하는 것이냐? 넌 단의 황후가 아니더냐."

"초원에서는 초원의 법을 따르려 합니다. 보은은 두 배, 복수는 열 배라고 하지 않습니까."

효라는 할 말을 잃었다.

"저를 환주로 보내려고 하신 왕대비마마의 호의에 보답하는

것입니다. 포로들을 저와 교환하도록 황상께 연통을 보내려고
합니다. 제가 환주에 무사히 도착한 후 연으로 보내도록 하겠
습니다."

"정말, 정말 그리할 생각이냐? 대가는?"

"아까 말씀드리지 않았습니까. 저와 포로들을 교환하는 조
건입니다."

효라는 포로가 된 군인들을 어떻게든 살리고 싶었다. 그러
기 위해서 어떤 대가를 치러야 할까 천막에 앉아 고민하고 있
었다.

다른 이들은 모두 왕 자리만 바라보고 있을 때 효라는 포로
로 잡힌 연의 아들들 생각에 밤잠을 이루지 못했다. 달리 그녀
를 파곤의 어머니라 부르는 게 아니었다. 그들은 모두 효라의
아들들이기도 했다.

"왕대비마마가 제 입장이었어도 그리하셨을 것 같습니다."

"왜? 왜 그리 생각하느냐?"

"왜냐면……, 마마는 파곤의 어머니이시니까요. 자식이 죽
길 바라는 어머니는 없습니다. 어머니의 눈에서 눈물을 흘리게
하지 마라. 오래된 초원의 법 아닙니까. 저 역시 어미입니다.
아이를 뱃속에 품고 있으면서 수많은 다른 어미의 자식들을 죽
이라 명할 수 없습니다."

효라의 눈빛에 경이와 존경이 떠올랐다.

"참, 제가 생각해도 손해 보는 장사를 하고 있네요."

효라는 풋 웃었다. 보석 같은 아이였다. 사람의 생명을 소중

히 여기는, 사람을 사람 그 자체로 사랑하는 황후를 가진 단은 복이 많다.

"그래, 그게 어머니의 운명이지. 모든 것을 다 내어 주는 것."

"마마를 보면 그것이 그리 나빠 보이지 않습니다."

경요의 솔직한 칭찬에 효라는 심장이 찌릿했다. 참 큰 아이였다.

효라는 갑자기 자리에서 일어나 경요에게 큰절을 올렸다. 당황한 경요가 효라를 만류하다가 맞절을 했다. 경요가 고개를 살짝 들었으나 효라는 여전히 이마를 바닥에 대고 있었다.

"왕대비마마, 왜 이러십니까?"

여전히 이마를 바닥에 대고 효라가 말했다.

"단의 황후마마께 연의 왕대비 효라가 감사를 드리오. 베풀어 주신 호의와 자비를 연은 결코 잊지 않을 것이외다."

화친을 위한 날짜가 잡힌 날 경요는 환주로 떠날 마차에 올랐다. 강역과 조공에 대한 내용을 새롭게 정할 화친조약은 환주성에서 맺어질 예정이었다. 먼저 경요가 연을 떠나고, 뒤이어 제선도 환주로 이동할 예정이었다. 환주에서 예석황제에게 신하의 예를 올리고 화친조약을 맺은 후 포로들과 함께 연으로 돌아가는 일정이었다.

연의 왕궁을 나선 경요의 마차가 효라의 천막에 도착했다. 염소젖을 발효시키기 위해 부지런히 젓고 있던 효라는 마차에서 내리는 경요를 보고 얼굴에 튄 염소젖을 닦으며 그녀에게

다가갔다.

"하직 인사를 드리러 왔습니다."

"사내들이 저지른 뒤치다꺼리를 하자면 너도 나도 퍽 바쁘겠구나."

효라의 말에 경요는 미소를 지었다. 한편으로 만났다면 얼마나 좋았을까. 참으로 크고 깊은 마음을 가진 여인이었다. 어머니란 이런 사람을 두고 하는 말이리라.

본능적인 모성을 타고난 여인. 사내 하나를 가슴에 품는 대신 초원에서 태어나는 모든 아이들을 품고 있는, 산맥 같고 강줄기 같은 여인이었다. 이런 여인이기에 핏줄도 아닌 제선을 제 자식으로 품고 길러 냈을 것이다. 제선 역시 그녀의 올곧은 애정 덕에 흔들리지 않고 일국을 책임지는 강한 왕으로 자랄 수 있었을 것이다.

자신이 단사황태후와 효라 중 선택을 해야 한다면 경요는 효라 같은 어머니가 되리라 결심했다. 단사황태후의 모성은 제 자식, 제 핏줄에 한한 것이었다. 효라의 모성은 그렇지 않았다. 효라는 제 새끼를 살리기 위해선 남의 새끼도 살아야 한다는 것을 아는 여인이었다. 그런 여인이 아니었다면 경요는 환주로 돌아가지 못했을 것이다. 또한 더 많은 피가 흐른 후에야 이번 겨울의 전쟁이 끝났을 것이다.

"부디 건강한 아이를 낳거라."

효라가 경요의 손을 꼭 잡고 말했다. 아이를 품은 여인만이 가질 수 있는 공감이 둘 사이에 흘렀다. 경요는 효라의 축복이 진심으로 고마웠다. 그녀 주변의 모든 이들은 뱃속의 아이를 용종으로, 단의 후계자로 생각하고 귀히 여겼지만 효라는 그러지 않았다. 효라는 그저 한 여인이 가진 아이로 여겼을 뿐이었다. 경요는 그런 평범한 축복을 받고 싶었다. 아이는 그저 생겨난 것만으로도 충분히 축복받아야 하는 존재였다.

이별의 순간이 코앞으로 다가왔다. 무영이 소리 없이 재촉했고, 마차에 묶인 말이 어서 달리고 싶다는 듯 길게 소리를 냈다.

효라가 경요에게 다가와 초원의 인사를 했다. 자신의 오른쪽 뺨을 경요의 오른쪽 뺨에 댔다. 주름진 뺨은 따스했다. 왼쪽 뺨은 다음에 만날 때 대는 것이 초원의 인사였다. 한번 헤어지면 이 넓은 초원 어디에서 만날지 모르는 이들이기에 그들은 이별 인사에 다음에 꼭 다시 만나자는 소망을 담았다. 효라의 몸에선 시큼한 염소젖 냄새가 났다. 모든 것을 품고 키워 낸 어머니의 냄새라고 경요는 생각했다. 효라의 오른쪽 뺨이 아쉬움을 남기며 떨어지자 경요는 한 걸음 뒤로 물러서 인사를 했다.

"파곤의 어머니 효라, 그대 화로의 온기가 영원하길."

효라가 미소를 지으며 그 인사에 화답했다.

"단의 황후 경요, 그대 화로의 온기도 영원하길."

적이었으나 어미였기에 웃으며 헤어질 수 있는 두 사람이었다.

경요를 태운 마차는 천천히 환주를 향해 달려갔다. 경요는 다시 보지 못할 초원의 풍경을 눈에 담았다. 그때 마차 뒤쪽을 호위하던 무영이 옆으로 달려왔다. 경요는 마차를 세우라고 명했다. 무영은 못마땅한 표정이었다.

"무슨 일인가요?"

"연국 왕이 따라오고 있습니다."

"그자가 왜요?"

자기도 모르게 경요의 목소리가 뾰족해졌다. 설마 이번에도 자신의 환주행을 막을 건가?

"황후마마와 단둘이 마지막으로 이야기를 나누고 싶다는 군요."

마지막이라는 말에 경요의 마음이 흔들렸다.

그녀는 잠시 생각에 잠겼다.

"어찌하시겠습니까?"

무영은 모든 결정을 경요에게 맡겼다.

경요는 조그맣게 한숨을 내쉬었다.

"말을 빌려 주세요. 연국 왕은 어디에 있습니까?"

무영은 제선이 있는 방향을 손가락으로 가리켰다.

경요는 한참을 달린 후에야 겨우 제선의 모습을 발견할 수 있었다. 제선은 자신의 애마를 쓰다듬고 있었다. 그는 호위 무사 하나 데려오지 않았다. 덫은 아닌 것 같았다. 경요는 경계를 풀고 말에서 내렸다.

마지막으로 만나 주는 것. 그것이 경요가 제선에게 베풀 수 있는 유일한 호의였다.

제선이 뒤를 돌아 경요를 바라보았다. 제선의 시선은 차분했다.

"정식으로 감사를 표해야 할 것 같아서 싫어하는 줄 알면서도 불렀다. 포로로 잡힌 이들을 살육하지 않고 연으로 보내 주기로 한 것, 연국 왕으로 너에게 큰 빚을 졌다."

"왕대비마마가 제게 베푸신 호의에 답한 것뿐입니다. 제게 빚을 진 게 아니라 단에 빚을 진 것입니다."

"아니, 그 정도로 보답할 호의는 아니었다. 전쟁에서 자비라니, 넌 멍청한 건지 현명한 건지 알 수가 없구나."

"글쎄요. 전 현명했다고 생각합니다. 적어도 연국 왕을 조금 변하게 했으니까요. 연국 사람들도 조금 변하겠지요."

경요에 대한 연심에 경이와 존경이 더해졌다. 또 경요의 뜻을 따라 준 예석황제도 대단한 이 같았다. 자신이라면 절대 그러지 않았을 것이다. 그는 참 대단한 여인을 사랑하고 있었다. 그리고 자신 역시.

제선은 경요의 모습에 눈이 부셨지만 시선을 돌리지 않았다. 어쩌면 생의 마지막으로 그녀의 모습을 눈에 담는 것일지도 몰랐다.

"세상을 너무 만만히 보는구나."

경요는 살짝 미소를 지었다.

"어린 사람의 특권 아니겠습니까."

제선은 자신을 보는 경요의 눈빛에 더 이상 경계도, 경멸도, 혐오도 없다는 것을 깨달았다. 초원의 하늘처럼 맑은 눈으로 자신을 똑바로 바라보고 있었다. 환주 저자에서 보고 마음을 빼앗겼던 그 소녀의 눈빛이었다. 자신에겐 없는 곧고 강함에 끌렸었다.

"언젠가 단의 병사들이 똑같은 상황에 처했을 때를 위한 일이기도 합니다."

전쟁과 전쟁 사이의 짧은 평화라는 것을 경요도 제선도 알고 있었다. 이자는 절대 중원을 차지할 꿈을 포기하지 않을 것이다.

"무엇 때문에 그리하느냐?"

"그들이 사람이기 때문입니다."

"사람이기 때문이라……. 사람이 그럴 가치가 있느냐?"

"그럴 가치가 있어 그리하는 게 아닙니다. 왕대비마마께오서 그대를 사랑하신 것에 어떤 이유가 있었습니까?"

그 말에 제선의 눈빛이 촉촉해졌다.

패배가 쓰라렸지만 제선은 자신에 대한 효라의 사랑과 지지가 얼마나 굳건한지를 깨달았다. 그것만으로도 패배는 가치가 있었다. 이제 더 이상 부모들의 일로 흔들리지 않을 것이다.

"사람을 사랑한다는 것은 그러한 것 같습니다. 아무 이유도 없지요. 내가 저를 가치 있게 여기겠다는 생각으로 가치는 생겨나는 겁니다. 벌거벗고 태어나 이 땅에서 고작 백 년밖에 살지 못하는 사람에게 무슨 큰 가치와 의미가 있을까, 어차피 죽고 말 텐데. 이렇게 회의할 수도 있겠죠. 그런데 그럼에도 사람은 사람을 사랑하며 살지 않습니까. 사랑하는 사람을 위해 약해지기도 하고, 어리석어지기도 하고, 또한 현명해지기도 하고, 강해지기도 하면서 말입니다."

경요는 마음속으로 '그대처럼, 그리고 나처럼'이라는 말을 덧붙였다.

"앞으로 그리 흔들릴 일은 없을 것이다."

경요의 눈빛이 아주 조금 부드러워졌다. 그제야 제선이 일국의 왕처럼 보였다.

"그대는 여인으로도 왕후로도 정말 탐이 나."

제선은 솔직하게 말했다.

"단은 지고 있는 해다. 하나 연은 떠오르는 태양이지. 언젠가 연은 중원을 지배하게 된다. 그대는 떠오르는 해에 더 어울리는 사람이야. 단처럼 늙어 가고 있는, 빛나는 옛 영광만을 붙잡고 사는 머리 굳은 이들이 그대 같은 여인을 품을 수 있을까?"

제선이 무슨 말을 하려는지 경요는 알았다.

경요는 대답했다.

"석양도 아름답습니다."

경요는 마음속으로 덧붙였다. 준과 함께 보는 석양이라면.

예상했던 거절이었다.

경요는 준과 함께 석양을 보기로 마음먹었다. 그 석양을 가장 아름답게 불태우리라. 천천히 어둠이 내리게 하리라. 그게 그녀가 선택한 운명이었다.

제선이 웃었다. 그의 웃음은 늘 슬퍼 보였다. 울 수 없기에 웃는 사람 같았다.

제선은 위엄 있는 목소리로 말했다.

"그대에 대한 경의와 은애의 증표로, 수많은 연국 병사들의 목숨을 구한 감사의 표시로 그대의 땅인 환주는 내가 연국의 왕인 이상, 아니, 연국이 이 땅에 존재하는 한 침범당하지 않을 것이다. 그것이 그대의 소망이니까. 그대의 소망을 이루어 주는 것이 내 소망이니까."

그 말을 끝으로 제선은 이후 수십 년에 걸쳐 수많은 민족의 땅을 함께 정복할 그의 말에 올라탔다.

경요는 석양 속으로 빨려 들어가듯 달려가는 그의 모습을 바라보았다. 제선이 조그맣게 보이자 경요는 말에 올라탔다.

제선은 말을 달리다 갑자기 재갈을 거칠게 잡아당겼다. 있는 힘껏 달리던 말은 주인의 변덕에 순순히 순종했다. 제선은 말에서 내렸다. 망설이다가 고삐를 잡은 채로 뒤를 돌아보았다. 경요가 탄 갈색 말이 초원을 힘차게 달리고 있었다. 그때 그가 놓아준 새끼 이리처럼 자기 무리를 찾아 달려가고 있었다. 그를 혼자 남겨 두고.

제선은 어쩐지 심장 한구석이 빠개질 듯 아팠다. 그렇게 다들 그를 두고 간다.

이리가 그의 품을 떠나 초원으로 달려갔을 때 그는 이리의 모습이 거의 보이지 않을 때까지 그 자리를 떠나지 못했다. 무엇에 홀린 듯 계속 이리가 달려간 방향을 멍하니 바라보았다. 마음이 아프면서도 이상한 기쁨이 흘러넘쳤다.

무리를 찾아 날쌔게 달리는 그 새끼 이리는 아름다웠다. 그와 함께 있을 때와 달리 진정으로 살아 있었다. 이 세상에 당연히 그리해야 할 일이 있다면, 바로 새끼 이리가 저렇게 자유롭게 초원을 달리는 것이었다. 놓아줌으로 새끼 이리가 그를 처음으로 받아들여 줬음을 느꼈다.

한 번도 그의 것이 아니었던 존재가 그렇게 또다시 그의 손을 떠나고 있었다. 아름답게 빛을 내며. 그의 곁에서는 결코 낼 수 없었던 생생한 빛을.

갑자기 마음이 무너지는 것 같아 제선은 자기도 모르게 허공으로 손을 내밀었다. 잡지 못하는 것을 알면서도 무지개를 잡기 위해 달려가는 아이처럼 제선은 손을 내밀어 보았다. 손에 잡히는 것은 먼지 섞인 초원의 공기뿐이었다.

'다시 너 같은, 나의 모든 것을 잊게 하는 여인은 만날 수 없을 것이다. 그러나 나는 아버지와 다르다. 아버지의 슬픔에는 죄책감이 섞여 있었으나 나는 그대를 잃은 아픔 말고는 슬퍼할 것이 없다. 아비의 마음에 부는 바람은 차가웠으나 내 가슴에 부는 바람은 초원의 파란 하늘처럼 서늘할 것이다. 네가 떠난 빈자리에 그 맑은 바람이 머물며 매시간 너의 부재를 느끼게 하겠지. 내가 지난 생에 진 업이란 게 있다면……, 나는 이번 생에 너를 내 것으로 하지 못하는 것으로, 평생 그리워하며 살아야 하는 것으로 다 갚았다고 생각한다. 윤회라는 게 있다면 우린 또다시 만나게 될 것이다. 내가 그대를 간절히 원하니까. 이 간절함은 내가 만들어 낸 것이 아니다. 어찌 사람의 마음이 이런 간절함을 만들어 낼 수 있겠는가. 그러니 우린 다시 만날 것이다. 이번 생에 묶은 인연을 다시 풀기 위해서. 부디 그때는 네가 나를 돌아봐 주기를. 나를 은애해 주기를.'

그의 간절한 마음이 전해졌는지 갑자기 경요가 타고 있던 말이 멈췄다. 경요가 뒤를 돌아봤다. 너무 멀어 그녀의 표정을 볼 수는 없었지만 분명 하얀 얼굴이 그를 향하고 있었다.

경요가 그를 돌아봐 준 건 처음이었다. 무슨 생각으로 뒤돌아본 것일까?

몇 초간 그들은 서로를 응시했다.

경요의 허리가 천천히 굽혀졌다. 제선은 경요의 허리가 펴지자 허리를 숙였다.

그녀는 무슨 표정을 짓고 있었을까? 제선은 다시 그녀에게 달려가지 않기 위해 입술을 꽉 깨물었다.

경요는 다시 말을 돌려 달려갔다. 말의 경쾌한 발걸음에 맞춰 그녀의 검은 머리카락이 춤이라도 추듯 바람에 흩날리고 있었다. 경요는 초원의 일부분처럼 보였다.

아름다웠다. 저 여인을 억지로 취하지 않아서 다행이었다. 그의 곁에 두었다면 저 여인의 아름다운 광채는 사라져 버렸을 것이다. 그의 어머니 해서가 그러했듯이.

'붙잡아 두는 것만이 연심이 아니다. 이렇게 그대가 타고난 그릇대로 훨훨 날 수 있도록 날려 보내는 것 또한 연심이다. 그대는 한 남자 곁에 머물기엔 너무도 큰 여인이니까. 그대의 날개를 꺾지 않아 다행이다.'

그것이 제선과 경요의 마지막이었다.

훗날의 사가史家들은 왜 연국 왕 제선이 환주를 침범하지 말라는 유훈을 자손들에게 내렸는지 궁금해했다.

경요의 소망대로 환주는 정복되지 않는 땅이라는 별칭으로 불리며 오랫동안 번영을 누렸다.

31

풍경은 자기도 모르는 사이에 바뀌어 있었다.

파곤초원에서 불어오던 바람이 따라오기를 멈췄다. 환주가 가까워질수록 경요의 마음은 무거워졌고 얼굴은 점점 어두워졌다. 같은 마차에 타고 있는 안규와 주유가 눈치를 챌 만큼 경요의 안색은 좋지 않았다.

몇 번 망설이다가 안규가 경요에게 말을 걸었다.

"마마, 어디 불편하신가요? 마차를 세우고 홍 의원에게 진맥을 하라 할까요?"

"······불편하다."

경요가 속삭이듯 중얼거려 앞부분을 제대로 듣지 못한 안규가 반문했다.

"예? 마마, 어디가 불편하시다고요?"

"마음이 불편하다고 했다."

경요는 훅, 한숨을 길게 내쉬었다.

이유가 무엇인지 알고 있기에 안규는 더 묻지 않았다.

'준, 당신 마음을 어떻게 풀어 주어야 할까요?'

조용히 환주로 돌아가고 싶다는 경요의 뜻에 따라 황후 일행은 아무 장식 없는 평범한 마차를 타고 환주성 안으로 들어왔다.

경요는 자기도 모르게 주먹을 꼭 쥐었다. 심장이 미친 듯이 두근거렸다. 그가 자신을 어떤 눈으로 볼까? 아무리 생각해도 답이 생각나지 않았다. 화를 낼까? 그래도 웃어 줄까? 아니면…….

마차는 천천히 행궁으로 들어갔다. 주유는 비단 너울로 얼굴을 가리고 제일 먼저 마차에서 내렸다. 황제 일행이 그들을 기다리고 있었다.

경요가 마차에서 내리자 황제가 성큼성큼 계단을 내려왔다. 경요는 차마 준의 눈을 보지 못했다. 경요는 무릎을 꿇고 고개를 숙였다.

황제는 한참 동안 그녀를 내려다보다가 짧게 말했다.

"몸이 무거울 텐데, 일어나게."

경요는 안규의 부축을 받고 일어나 준의 얼굴을 바라보았다. 아무 표정도 읽히지 않았다. 경요 또한 아무 표정도 짓지 않으려고 죽을힘을 다해 애를 썼다. 찡그릴 수도 웃을 수도 없었다. 데면데면한 부부처럼 그들은 서로를 바라보았다.

"환주에서 수고가 많았습니다."

느닷없는 높임말에 경요는 당황스러웠다. 존중이 아닌 거리감만을 주는 어법이었다. 정중을 가장한 냉정이었고, 준이 가장 싫어한 기만이기도 했다. 마음이 담기지 않은 공허한 말이었다.

지은 죄가 워낙 큰지라 준이 어찌 대하든 경요는 묵묵히 다 받아 내리라 마음먹었다. 그렇지만 서운함은 어쩔 수 없었다. 경요는 이제껏 그의 품에 안길 날만을 기다렸다. 준은 아니었던 걸까?

'살을 섞고 제 아이를 가진 지어미에게 어찌 이렇게 말씀하시는 겁니까?'

경요는 눈물이 차오를 것 같아 입술을 살짝 깨물었다.

'노여움 때문이십니까? 책망이십니까? 겨우 그사이에 마음이 식어 버린 것입니까? 저를 은애한 것을 후회하십니까?'

온갖 부정적인 생각이 경요의 마음을 어지럽혔다.

모든 눈이 황후인 경요와 황제인 준을 주목하고 있었다. 준의 마음이 어떻든, 또 그녀의 마음이 어떻든 그들은 완벽한 황제와 황후의 겉모습을 보여야 했다.

준은 경요 일행을 둘러보다가 홍원표에게서 시선을 멈췄다.

"네가 황후를 돌본 의원이냐?"

원표는 갑자기 황제에게 지목당하자 당황해서 땅바닥에 엎드렸다.

"예, 그러하옵니다. 홍원표라 하옵니다."

"수고가 많다. 황후와 용종의 상태는 어떠한가?"

"황후마마도 용종도 건강하십니다."

"알았다. 다른 이들도 모두 수고 많았다. 민예로 돌아가면 합당한 상을 내리겠다."

안규는 예석황제의 냉담한 태도에 충격을 받았다. 보는 눈이 있어 다정한 말을 건네지 못하는 것은 이해가 되어도 눈빛이 너무나 찼다. 무서운 생각이 머릿속을 스쳐 지나갔다.

'혹 황후마마의 정절을 의심하시는 건가? 설마 용종이 자기 씨가 아니라고 의심하시는 건가?'

무영 역시 울컥하는 기분이었다. 차라리 큰 소리로 너희들이 황후를 제대로 지켜 내지 못했다고, 회임한 황후를 어찌 연국까지 가게 했느냐고 야단치는 게 더 나았다. 잘못을 했지만 갖은 고생 끝에 겨우 인질에서 풀려난 황후에게 저렇게까지 하는 건 옹졸한 행동이라고 생각했다. 그 어느 때보다 사내다운 아량이 필요한 순간에 예석황제는 모질게 굴고 있었다.

예석황제는 다시 눈을 경요에게로 돌렸다.

"침전을 준비해 두었소. 그만 들어가서 쉬시오. 바람이 아직 차오."

준은 자리를 뜨려고 몸을 돌렸다.

"폐하."

자기도 모르게 차비가 준을 불렀다. 예석황제는 차가운 시선으로 차비에게 부른 이유를 물었다. 막상 불러 놓고 딱히 할 말이 없었던 차비는 허리를 굽혔을 뿐이다. 자균이 차비를 도왔다.

"폐하, 오랜만에 만나신 것 아닙니까. 내전에 차를 준비하라 이르겠습니다. 잠시 이야기라도 나누시지요. 황후마마께서 곤하시겠으나 그 정도 기력은 충분히 있으실 겁니다."

경요가 뭐라 대답하기도 전에 준이 입을 열었다.

"됐다."

황제의 거절은 짧고도 냉담했다. 더 이상 황후에 대한 말을 붙이지 말라는 불편한 심사가 느껴졌다.

차비를 비롯한 주변 사람들의 당황이 피부로 느껴졌다. 평정을 가장한 것은 오직 준과 경요 두 사람뿐이었다.

겨우 예의를 차리는 듯한 말이 예석황제의 입에서 나왔다.

"홀몸이 아니지 않소. 방해받지 말고 편히 쉬시오."

"예, 그리하겠습니다."

경요가 망설이다가 입을 열었다.

"폐하, 저……."

경요는 어찌 말을 붙여야 할지 몰라 말끝을 흐리다 입술을 깨물었다.

뒤로 돌아서며 예석황제가 말했다.

"한동안 바쁠 것이니 짐이 챙기지 못해도 너희들이 황후를 잘 모시거라."

황후를 찾지 않겠다는 뜻이었다. 또한 황후 역시 찾아올 생각을 하지 말라는 뜻이기도 했다.

경요의 얼굴이 하얗게 질리는 것을 다들 안타까운 얼굴로 바라보고 있었다.

황제의 지엄한 명에도 다들 입을 꾹 다물었다. '명을 따르 겠습니다.'라는 말이 죽어도 나올 것 같지 않았다. 예석황제는 답을 재촉하지 않았다. 경요는 돌처럼 굳은 얼굴로 예석황제 의 뒷모습을 바라보았다. 황제의 모습이 사라지자 겨우 입을 열었다.

"침전으로 가자."

환주에 도착한 날부터 경요는 심하게 앓았다. 경요는 절대 로 자신의 상태를 예석황제에게 알리지 말라고 안규를 비롯한 아랫사람들에게 단단히 입단속을 시켰다. 회임 중이라 함부로 강한 약을 쓸 수도 없었고, 원표는 기력이 고갈되어 생긴 병이 니 시간을 두고 긴 휴식을 취하면 몸과 마음이 편해지면서 자 연히 나을 병이라고 했다.

예석황제가 경요를 찾지 않았기에 경요가 병석에 누웠다는 것은 그녀 주변의 사람들만 알고 있었다. 경요의 사람들은 지 나치게 그녀에게 충직했다.

안규는 안타까워서 어쩔 줄 몰랐다. 친정어머니가 딸을 보 살피듯 안규는 침상에 축 늘어져 있는 경요의 등을 따스한 손 으로 쓸어 주었다.

"마마, 어찌 황상께 알리지 말라고 고집을 부리시는 겁니 까?"

"병을 핑계로 용서받고 싶진 않다."

"마마."

"폐하가 내게 노하신 건 당연하다."

경요는 가느다란 목소리로 중얼거렸다.

"화를 내실 만큼 내시고 노여움이 가시면 찾으시겠지. 그때까지는 내 이야기가 폐하의 귀에 들어가지 않게 해라. 곧 연국왕이 도착한다. 황후가 와병 중이라는 소문이 돌아 좋을 것이 없다."

좀 길게 이야기했을 뿐인데 경요는 현기증이 났다.

"어지럽구나."

눈을 감고 누워 있던 경요가 갑자기 몸을 일으켜 타구를 찾았다. 입덧은 이미 끝난 줄 알았는데 환주로 와서 다시 입덧을 했다. 먹은 것이 없으니 토할 것도 없었다. 좀 전에 마신 탕제를 고스란히 타구에 토하고 경요는 침상에 다시 누웠다.

안규는 저러다 뱃속 아기씨까지 어찌 되는 건 아닐까 노심초사했다. 안규는 서둘러 침전 밖으로 나갔다.

밖에 있던 내인에게 새로 탕약을 올리라고 명하던 안규는 경요를 뵈러 온 무영을 보고 살짝 고개를 숙였다.

"황후마마는 좀 어떠신가?"

안규는 길게 한숨을 쉬며 고개를 가로저었다.

"이전엔 물 종류는 그래도 드셨는데 지금은 약도 넘기지 못하십니다."

그들의 황후는 항상 지나칠 정도로 활기가 넘치고 건강했다. 병석에 누운 경요를 보고 그들은 황후 역시 그들과 같은 인간이었음을, 이번 겨울 동안 몸의 기를 남김없이 써 버렸다는 것을, 예석황제의 곁으로 돌아올 때까지 억지로 버텨 낸 것임을 깨달았다.

안규와 무영은 침전으로 함께 들어갔다. 경요는 그새 잠들어 있었다. 안규는 조심스러운 손길로 경요의 이마를 짚었다. 열이 있었다.

안규는 물수건으로 바싹 마른 입술을 축여 주고 마른 수건으로 땀을 닦아 주었다.

무영은 환주로 돌아온 후 자균에게 맡긴 일을 도로 찾아온 터라 황후 곁에 머물 시간이 별로 없었다. 짬이 날 때마다 병문안을 왔지만, 대개 경요는 열에 지쳐 잠에 빠져 있었다.

무영은 한숨을 쉬며 중얼거렸다.

'마마, 월담을 하셔도 좋고, 황궁 사냥터에서 노루를 잡으셔도 좋으니 어서 일어나서 저 좀 괴롭혀 주십시오. 그토록 오고 싶어 하신 환주로 이제 겨우 오지 않았습니까.'

안규 역시 무영과 같은 심정이었다.

"황후마마는 여전히 안 좋으신 건가?"

자균이 걱정스러운 목소리로 물었다.

무영이 한숨을 푹 쉬었다. 대답이었다.

"하긴 병이 나는 게 당연하지. 뭣 좀 드셨는가?"

무영이 무거운 얼굴로 고개를 저었다. 이번엔 자균이 한숨을 쉬었다.

'어디 아픈 게 몸뿐이시겠는가. 마음이 더 아프신 게지.'

"혹 하미과라는 걸 구할 수 있을까?"

"하미과?"

무영은 경요가 입덧으로 고생해 아무것도 먹지 못할 때 연국에서 하미과를 맛있게 먹고 기운을 차렸던 이야기를 했다.

"들어 본 적 없는 과일인데. 그렇다고 연국 왕에게 부탁할 수도 없고. 서화에게 부탁해 볼까? 서화라면 구할 수 있을지도 모르겠네."

"부탁하네."

자균은 고개를 끄덕거렸다.

"아무리 회임 사실을 숨기고 연에 인질로 갔다 해도, 폐하께서 너무하신 거 아닌가?"

"자네는 그리 생각하나? 너무하신다고?"

"사내가 되어 어찌 그리 옹졸하신가. 마마께서 연에서 하신 일을 생각한다면 그냥 묻어 두실 수도 있는 것 아닌가."

자균은 무영의 말에 동의했다. 경요가 연에 가지 않았다면 얻을 수 없는 정보들이었다.

"그런데 자네가 오해하고 있는 게 있네. 폐하는 황후마마에게 화를 내고 계시는 게 아니야."

"그럼 은애를 하고 계시나?"

무영이 비딱하게 대꾸했다.

"지켜 주지 못한 자신에게 화를 내고 계시는 거네."

은애하는 사람을 지켜 주지 못하는 마음을 자균은 누구보다 더 잘 알았다.

"사내가 되어 자신이 은애하는 여인 하나 지키지 못한다면 스스로가 얼마나 못나 보이는지 아는가? 게다가 폐하는 단의 주인이시니 필부가 느끼는 좌절감과 분노에 비하겠나."

자균은 조용히 한숨을 쉬었다. 여후가 드디어 환주로 떠났다는 말을 듣고 도착하려면 아직 멀었다는 것을 알면서도 황제는 환주성 벽에 있는 망루에 올라가 애절한 눈으로 성 밖을 바라보았다. 연을 떠난다는 기별을 받은 날부터 황제는 거의 아무것도 먹지도 마시지도 못했다.

완연하게 아이를 가진 티가 나는 황후를 보는 순간 자균의 가슴은 철렁했다. 경요가 워낙 자신의 회임에 신경 쓰지 않고, 주변 사람들이 신경 쓰는 것도 싫어해 자균과 무영은 가끔 경요가 회임 중이라는 것을 잊곤 했다. 그러나 아랫배가 둥글게 부풀어 올라 아이를 가진 것을 더 이상 숨길 수 없는 경요를 본 순간 자균의 심정은 참담했다. 신하인 그의 마음도 이런데 지아비인 폐하는 오죽하실까 하는 생각을 했다.

"황후마마만 편찮으신 것 같은가? 폐하 역시 마마가 환주로 돌아온 후 거의 잠을 못 주무시네."

무영이 똥 씹은 얼굴을 했다.

"그 무슨 바보 같은 일인가. 보고 싶으면 보러 가면 되지. 황후마마가 외간 여인도 아니고 그분의 반려 아니신가."

"그게 그리 간단한 문제가 아니야. 남녀 사이의 문제는 그 둘에게 맡겨 두는 수밖에 없어. 두 분이 서로를 은애하는 마음

334

이 지극하시다 보니 이리 어긋나기도 하는 거겠지."

무영이 갑자기 짓궂게 물었다.

"자네나 나나 숫총각 신세는 마찬가지인데 어찌 그리 남녀 상열지사에 대해 자세히 안단 말인가? 혹 내가 없는 동안 환주 처녀라도 가까이 했던 것인가?"

자균은 조금도 웃지 않는 얼굴로 대꾸했다.

"실없이 농은. 자네야 말로 빨리 장가를 가게. 사조원 대장 군께서 아주 마음을 졸이고 계시네. 아들이라곤 자네 하나뿐 아닌가."

"흥, 그 영감은 남 앞에서만 아들을 챙기지."

성격이 똑같은 탓에 사조원과 사무영 부자는 만나기만 하면 으르렁거렸다.

"아, 그러고 보니 연국에서 황후마마 대역을 했던 그 여인 은 어찌하고 있나? 폐하께서 적당한 보답을 하고 싶다고 하시 는데."

"아, 주유 낭자 말인가? 하긴 그 낭자 공이 컸지."

무영의 말을 듣고 자균의 얼굴이 무섭게 굳었다.

"지금 그 여인의 이름이 무어라 했지? 황후마마를 대신했던 화경족 상단 여인의 이름 말이야."

"주유라고 했네."

벼락이라도 맞은 것 같았다.

그 여인의 이름이 주유라고? 내가 잘못 들은 걸까? 아니야, 분명히 주유라고 했어. 그것도 두 번이나 말했어.

"어떤 여인이길래 황후마마 대역을 한 것인가? 연국 왕이 속을 정도로 황후마마 같았는가?"

자균의 동요를 전혀 알아채지 못하고 무영이 대답했다.

"상단 여인이라는 게 믿기지 않을 정도로 기품 있고 아름다운 여인이었네. 황실의 예법에 대해서도 잘 알고, 단의 황실에 대해서도 급히 공부했다는 것이 믿어지지 않을 만큼 잘 알고 있어서 연국 왕도 깜빡 속았어. 끝까지 속일 수 있었는데, 막판에 왕대비에게 들키는 바람에 좀 어려운 처지에 처했었지."

누구나 황후라 믿을 만큼 기품 있고 아름다운 여인⋯⋯.

경요를 찾으러 상단에 갔을 때 분명 주유를 보았다. 닮은 여인이 아니라 그녀였다.

'아직도 그 생각이냐?'

자균은 눈을 질끈 감았다. 어찌 이리도 환영에서 벗어나지 못하는 것인가? 하지만 만에 하나 주유가 살아 있다면?

한밤중 자신의 침상에서 사랑을 나누었던 주유가 떠올랐다. 그 생생한 느낌과 다음 날 아침 그의 침상에 남은 흔적과 깨끗하게 정리된 그의 방. 깔끔한 그 방에서 익숙하면서도 이상한 그 무언가를 느꼈었다.

하지만 그는 주유의 시신을 보았다. 그 시신을 태웠고, 회색빛 도는 흰 뼛가루를 주유가 매달 찾았던 지석사에 맡겼다.

그 시신은 과연 주유였을까? 갑자기 한 번도 의심하지 않던 일들이 의심스러워졌다.

주유의 옷을 입고 있었고, 주유의 연자 팔찌를 하고 있어서 그때는 조금도 의심하지 않았다. 그렇지만 심하게 부패해서 얼굴을 알아볼 수 없었다.

자기도 모르게 자균은 왼쪽 팔목을 만지작거렸다. 팔찌, 그래 팔찌가 사라졌다. 그것도 무슨 의미가 있는 것일까? 뼛속까지 유학자인 자균은 귀신이니 환영이니 하는 것을 절대 믿지 않았다. 오히려 경멸했다.

'내가 미쳐 가고 있는 걸까? 주유가 살아 있는 것일까? 정말 살아 있어서 날 찾아온 건 아닐까?'

실낱같은 희망이 마음속 어둠을 밝혔다.

황궁에서 주유가 살길 바랐던 이는 단사황태후였으나, 그것은 어디까지나 황귀비로였다.

단사황태후의 황궁에서 주유를 살릴 수 있는 사람은 오직 두 사람뿐이었다. 황제폐하와 황후마마.

주유가 죽은 후 황제의 태도는 지나치게 냉정했다. 그가 알고 있는 예석황제는 설령 총애를 받지 않은 여인이었다 해도 그리 싸늘하게 문제를 처리할 분이 아니었다. 연민이라도 보이실 분이었다.

게다가 그렇게 예리하고 명민하신 분이 황귀비의 죽음에 아무런 의문을 품지 않으실 리 없었다. 하나 예석황제는 아무 토도 달지 않고 그와 단사황태후가 말한 대로 믿고 하자는 대로 장례를 치르고 봉호를 내렸다. 죽은 황귀비에 대해 일절 함구할 것을 명했다.

'그때는 정이 없으셔서, 황후마마에게 푹 빠져 아무것도 보

이지 않으셔서 그랬다고 여겼다. 하지만 만약 폐하께서 주유를 살리신 거라면?'

주유는 화경족으로 나타났다. 그건 경요가 개입했다는 것이다. 자균의 마음이 혹시나 하는 생각들로 어지러워졌다.

무영이 자균의 하얗게 질린 얼굴을 보고 말했다.

"자네 안색이 왜 그 모양이야? 연국과의 화친 문제로 너무 과로한 거 아닌가?"

"아닐세. 그냥 마음에 걸리는 일이 있어서."

지금이라도 사정을 묻기 위해 당장 폐하와 황후마마에게 달려가고 싶었으나 때가 아니었다. 예석황제는 마음이 아팠고 황후는 몸이 아파서 그의 이야기를 할 계제가 아니었다.

"그 주유라는 여인은 지금 어디에 있는가? 행궁의 황후마마 침전에 있는가?"

"아니, 환주에 도착한 후 서화 행수에게 가 있네."

"그래? 알겠네."

갑자기 나타난 한줄기 희망의 빛으로 그의 마음은 어지러웠다. 이름만 같은 여인일 수 있다고 자균은 스스로를 진정시켰으나 소용없었다. 그 순간 자균의 머릿속에 한 여인이 나타났다 사라졌다. 신경 써서 보지 않았지만 늘 비단 너울로 얼굴을 가리고 있던 여인이 떠올랐다.

'만약에, 만약에 네가 살아 있다면……, 난 그 누구의 눈치도 보지 않는다. 오직 너와 나를 위해서 네 곁에 있을 것이다. 그러니 부디, 부디 주유야, 살아 있거라. 너를 위해서, 그리고 나

338

를 위해서 부디 살아 있거라.'

승장과 패장의 만남은 고요 속에서 이루어졌다. 두 사내는 말없이 서로를 응시했다. 제위 기간 내내 지겹도록 서로의 존재를 의식해야 할 두 사람의 첫 만남이었다. 한 단 높은 곳에서 그를 내려다보는 예석황제도, 굽힌 허리를 펴고 그가 쫓아야 할 사내를 올려다본 제선도 기묘한 기분에 휩싸였다. 두 사람은 동시에 마음속으로 중얼거렸다.

'저자구나.'

예석황제가 단을 지키려면 저자를 막아야 했고, 제선이 중원을 차지하려면 저자를 꺾어야 했다. 방패와 창의 만남. 후대의 사가들에 의해 그렇게 기록될 순간이었다.

스물한 살의 예석황제와 스물아홉 살의 연국 왕 제선. 열정과 젊음이 가득한 육체를 가진 두 치자는 그렇게 서로의 역량을 눈빛으로 측량했다.

여국의 청화사請和使가 허리를 숙이고 화친을 청하는 문서를 읽어 내려갔다.

"죄가 있으면 정벌했다가 죄를 깨달으면 용서하는 것이 대국이 소방에 취해야 할 도입니다. 소방이 대국에 죄를 지어 병화를 불렀으나, 만국을 포용하는 대국께서 연을 기꺼이 용서해……."

긴 글이 읊어지는 동안 예석황제는 연국 왕 제선에게서 시선을 거두지 않았다. 분명 그 역시 자신의 시선을 느끼고 있으리라 생각했다.

말이 화친이었지 사실상 항복 의식을 행하는 중이었다. 명목상 연은 단의 신하 나라가 되었다.

붉은 비단이 깔리고, 제선은 예석황제에게 신하로서 충성을 다해 섬기겠다는 뜻으로 세 번 절하고 아홉 번 조아리는 삼배구고두를 행했다.

허리가 굽혀지고 이마가 땅에 닿는 순간에도 제선은 자신이 진정 예석황제에게 졌다는 생각은 들지 않았다. 예석황제 역시 자신이 이겼다고 생각하지 않았다. 그저 이번 겨울의 전쟁은 두 사람 모두에게 겨우 첫 걸음일 뿐이다. 언젠가는 두 사람의 위치가 뒤바뀔 수도 있다고 여겼다.

엄숙한 예가 끝나자 예석황제의 국서가 제선에게 내려졌다. 국서를 받기 위해 두 팔을 올렸을 때 그의 소매에서 주홍빛으로 반짝이는 무언가가 맑은 소리를 내며 바닥으로 떨어졌다. 예석황제 준은 매의 눈으로 그것이 무엇인지 알아챘다. 착각할 리 없었다. 주홍 산호로 만든 나비 팔찌. 오직 경요를 위해 만든 것이었다. 세상에 그것과 똑같은 물건이 또 있을 리 없었다.

'어째서 경요의 팔찌를 저자가 지니고 있는 거지?'

제선은 직접 허리를 굽혀 그 물건을 주웠다. 날카로운 시선이 느껴져 고개를 드니 예석황제가 그를 잡아먹을 듯한 눈으로 노려보고 있었다. 자신이 가진 물건이 무엇인지 아는 눈빛이었다. 두 사람의 시선이 부딪쳤다. 감정을 감추었지만 서로의 눈빛에 깃든 감정을 읽어 낼 수 있었다. 그것은 바로 질투였다. 예석황제는 제선을, 제선은 예석황제를 질투했다.

모든 의식이 끝나고 단이 베푸는 연회가 크게 펼쳐졌다. 연회라는 이름이 무색하게 예석황제도 연국 왕 제선도 얼굴이 딱딱하게 굳어 있었다. 술로 가끔씩 입술을 적시며 무희들의 춤을 무표정한 얼굴로 볼 뿐이었다. 두 사람 다 같은 것을 생각하고 있었다.

예석황제가 입을 열었다.

"연왕은 무인이라 들었다. 이런 연회는 별 재미가 없겠지?"

"아닙니다."

"객을 불렀으면 응당 그를 즐겁게 하는 게 주인의 의무지."

예석황제가 자리에서 일어났다. 예석황제의 의중을 모르는 사람들의 술렁거림이 연회장을 채웠다.

"나 역시 이런 연회는 지루해서 말이야. 서로를 즐겁게 해 주는 건 어떤가?"

"무슨 말씀이신가요?"

예석황제는 씩 웃으며 제선에게 진검을 던졌다.

"여흥일세. 한번 나와 붙어 보겠나? 사내 대 사내로 말이야."

예석황제의 도발에 제선은 피가 끓었다. 지위도, 이번 전쟁의 승패도 상관없이 맨몸으로 붙어 보자고 청하는 것이었다.

"폐하, 취하셨습니다."

자균이 예석황제를 말렸다. 명희 역시 제선의 소매를 가만히 잡아당겼다. 이기든 지든 연으로서는 남는 게 없는 장사였다. 여흥이라고 하기엔 너무 위험했다.

두 사내는 싸울 생각을 굳혔다. 꼭 한번 붙어 보고 싶었다. 병사를 움직이는 전쟁이 아닌 단둘만의 승부를 내고 싶었다. 사내의 치기이자 혈기였다.

예석황제가 말했다.

"그냥 하면 재미가 없으니 뭔가 걸도록 하지."

"제게 중원을 가지신 단의 황제폐하가 원하실 만한 것이 있겠습니까."

예석황제가 씩 웃었다.

"염소 아흔아홉 마리를 가진 자가 염소 한 마리 가진 자의 것을 빼앗아 백 마리를 채우는 게 인간의 본성이지. 어찌 내가 그대에게 원하는 게 없겠는가? 그대도 분명 내게 원하는 게 있겠지?"

예석황제는 분명 '내게'라 말했다. 제선은 그 말 속에서 감히 자신의 것을 탐한 걸 용서치 못하는 거친 사내의 소유욕과 질투를 읽었다.

제선은 조용히 예석황제를 도발했다.

"그럼 주시겠습니까?"

순식간에 연회의 분위기는 차갑게 식었다. 곁에 있던 자균과 명희는 무엇 때문에 그들의 주군이 화친을 위한 잔치에서 이를 드러내며 대립각을 세우는지 이해할 수 없었다.

제선은 예석황제가 자기와 같은 부류라는 것을 느꼈다. 흥분할수록, 도발할수록 차가워지는 인간. 하나 이번에는 두 사람의 피가 똑같은 온도로 끓고 있었다.

"그건 이기고 나서 말해도 늦지 않지."

이번엔 예석황제가 제선을 도발했다. 승자의 여유였다.

태연한 척해도 예석황제는 그 어느 때보다 흥분한 상태였다. 제선 역시 태연한 얼굴이었지만 그의 피는 조용히 흥분하고 있었다.

"그럼 목검으로 하시지요. 경사스러운 자리에 혹 불미스러운 일이 있을까 걱정됩니다."

무영이 끼어들었으나 예석황제는 손을 들어 제지했다.

"목검이라니. 네가 지금 황제와 왕을 비웃는 것인가? 그대 생각은 어떠한가? 그대도 목검으로 나와 싸우고 싶나?"

"저는 폐하의 뜻을 따르겠습니다."

결국 진검으로 승부를 가리기로 했다.

두 사람은 열 발자국 정도 떨어져서 검을 빼어 들어 올렸다. 칼을 쥐는 순간 온몸의 모든 세포들이 아우성을 치는 것 같았다. 저 사내의 피를 원해. 검은 노골적으로 그들을 부추겼다. 피 맛을 보고 싶어 하는 칼날이 섬뜩한 광채를 냈다.

자균이 떨리는 목소리로 시작을 고했다. 순식간에 두 사람의 거리가 좁혀졌다. 준과 제선의 검이 맞부딪쳤다. 칼날과 칼날이, 눈빛과 눈빛이, 욕망과 욕망이 거칠게 부딪쳤다 떨어졌다. 칼날이 부딪치는 소리가 잦아졌고 높아졌다.

가슴을 졸이는 구경꾼들과 달리 두 사람의 움직임은 힘이 넘치면서도 유연하고 우아했다.

사내만이 출 수 있는 춤을 추는 것 같았다.

두 사람은 엉켰다 풀렸고, 서로의 급소를 노리며 달려들었다가 한 걸음 뒤로 물러나 상대의 허점을 파고들었다. 제선의 검 솜씨는 명성 그대로였고 예석황제의 실력도 그에 견주어 전혀 뒤지지 않았다. 호각의 실력을 뽐내며 두 사람은 조금도 빈틈을 보이지 않았다. 호흡 역시 흐트러지지 않았다. 승부는 쉽사리 나지 않았다.

결코 지고 싶지 않은 싸움이었다.

경요는 행궁 정원을 산책할 정도로 기력을 회복했으나 황제가 있는 쪽에는 얼씬도 하지 않았다.

경요의 마음에 어디 한번 끝까지 가 보자는 오기가 자라는 것 같아 안규는 걱정이 되었다. 아무리 황상이 은애한다 해도 경요는 여인이었다. 황상께 가서 보고 싶었노라 솔직히 털어놓고 용서를 구하면 황상께서도 못 이기는 척 용서해 주실 텐데. 경요는 고집스럽게 예석황제를 기다리고 있었다.

안규가 보기에 두 사람은 보이지 않는 줄다리기를 하는 것 같았다.

'다른 것은 그리도 명민하신 분이, 어찌 사내 마음은 읽지 못하시는지. 황상께선 마마를 기다리고 계실 터인데, 어찌 이리도 고집을 부리실까?'

하나 황상도 고집을 부리긴 마찬가지였다. 과일이나 탕제 같은 하사품을 내리시어 넌지시 그 마음이 풀렸음을 표현하시면 될 것을.

두 분 다 사랑에는 서투른 분이었다. 곧이곧대로라 조금의 굽힘도 없는 것이 두 분의 가장 좋은 장점이지만 이리 반목하실 때는 큰 단점이 되는구나, 안규는 그렇게 생각했다. 쉰에 가까운 안규의 눈에 지금 두 분은 남자와 여자로 싸우고 있었다.

'이제 화친 의식도 끝나고 한가해지셨으니 황상께서 무슨 말씀이라도 내리시겠지.'

하지만 자균과 무영이 가져온 소식은 안규를 깜짝 놀라게 했다.

"민예로 가셨다니 무슨 말씀입니까?"

안규의 두 눈이 커졌다. 자균과 무영도 기분이 썩 유쾌하진 않았다.

"오늘 아침 수라를 물리자마자 바로 떠나셨습니다."

"어찌 황후마마께 아무 기별도 없이……."

예석황제가 야속해 안규는 눈물이 나왔다.

"도대체 무슨 생각이신지."

쓰든 달든 무조건 예석황제의 편이었던 자균도 불편한 심정을 감추지 않았다.

안규가 표정을 고쳤다. 중정에서 돌아오는 경요의 발소리가 들렸다. 자균과 무영 역시 언짢은 기색을 지우려 애썼다. 자신들이 아무리 속이 상한들 황후마마의 아린 마음과는 비교할 수 없었다.

산책에서 돌아온 경요를 자균과 무영이 맞이했다. 다행히 푹 쉰 게 효과가 있었는지 경요의 혈색은 퍽 좋아졌다. 창백한 얼굴에 핏기가 돌아왔다. 이제야 그들의 씩씩한 황후마마인 것 같아서 자균도 무영도 조금 마음을 놓았다.

"무슨 일인가요?"

두 사람의 표정이 그리 밝지 않았다. 안 좋은 소식임을 경요는 직감했다.

"황상께서 민예로 떠나셨습니다."

경요의 두 눈이 커졌다. 자기도 모르게 입술을 깨물었다. 갑자기 현기증이 몰려와 경요는 의자에 앉았다.

"황후마마의 건강을 많이 걱정하셨습니다. 홀몸도 아니시니 이곳에서 좀 더 쉬었다가 건강이 회복되면 그때 부르시겠다고 말씀하셨습니다."

자균은 애써 예석황제를 대신해 변명했다.

경요는 자신은 보고 싶지 않더라도 아이에 대해서는 궁금해할 거라고 생각했었다. 달려가고 싶은 마음을 참고, 준이 원하는 대로 근신하며 그를 기다리고 또 기다렸다. 그런데 이것이 그의 대답이었다.

"그게 황상의 명이라면 따라야지요."

담담한 말과 달리 가슴에 누군가 맷돌이라도 올려놓은 듯 답답하기만 했다.

"저희들도 이곳에 머물도록 명받았습니다."

그것 또한 의외였다. 무영은 몰라도 자균은 민예로 데리고 가겠거니 여겼다.

"마마, 폐하께서 아직 화가 풀리지 않으신 것 같습니다. 조금만 더 여기 계시지요. 몸이 무거워지기 전에는 민예로 부르실 겁니다. 이곳에서 몸을 풀 수 없다는 건 폐하도 분명 알고 계시니까요. 곧 봄입니다. 환주 들판에서 백성들이 씨를 뿌리는 모습을 보고 싶어 하시지 않았습니까. 마마는 혼자가 아닙니다. 저희들이 마마 곁을 지킬 것입니다."

자균은 애써 경요를 위로했다.

티를 내지 않으려 했지만 경요는 풀이 죽어 있었다. 아무리 좋게 해석하려 해도 예석황제의 뜻이 '여전히 황후를 보고 싶지 않다.'는 것임을 부인할 수 없었다. 화친 의식만 끝나면 황후를 찾으리라 예상했던 자균은 예석황제의 마음이 여전히 풀리지 않음을 믿을 수 없었다. 아니, 점점 더 화가 커지는 것 같아 조마조마했다.

황후에 대한 이야기를 꺼낼 때마다 나오는 예석황제의 매몰찬 반응은 솔직히 그가 알고 있던 황제의 것이 아니었다. 무언가 유치하다는 생각을 지울 수 없었다. 직언과 직필을 두려워하지 않는 그였으나 부부 사이의 문제에 끼어들 수는 없었다.

경요가 피곤한 얼굴로 말했다.

"쉬고 싶어요. 다들 나가 주세요."

자균과 무영, 그리고 안규까지 침전 밖으로 나가자 경요는 침상에 무너지듯 몸을 눕혔다. 서운함이 북받쳤다.

경요는 베개에 얼굴을 묻으며 중얼거렸다.

"너무하십니다."

경요는 그날 저녁을 걸렀다. 도무지 무엇을 먹을 기분이 아니었다. 경요의 섭생을 꼼꼼히 챙기던 안규도 그날은 상전의 심기를 읽고 더 드시라 강권하지 않았다.

아직 밖이 완전히 어두워지지 않았는데 경요는 쉬고 싶다는 말을 하고 일찍 잠자리에 들었다. 경요가 잠든 것을 확인하고 안규는 경요의 침전 옆에 딸린 작은 방에서 바느질거리를 집어 들었다.

행궁에 어둠이 내렸다.

오늘 아침 황제가 민예로 떠난 터라 행궁의 경비는 평소보다는 덜 삼엄했다.

낯선 사내가 말을 타고 행궁 쪽으로 달려가고 있었다. 행궁 문을 지키던 병사가 사내를 세웠다. 사내는 말에서 내려 패를 보였다. 병사는 미복을 입은 사내가 내민 패를 바라보았다. 황제가 내린 통행패였다. 그는 통행패를 꼼꼼하게 확인한 후 용무를 물었다.

"무슨 일로 왔소이까?"

"황상께서 황후마마께 급히 서신을 보내셨소."

병사는 손을 들어 문을 열라는 신호를 보냈다. 육중한 행궁 문이 열렸다. 사내는 말을 병사에게 맡기고 안으로 들어갔다. 병사는 자신이 예석황제와 이야기했음을 꿈에도 몰랐다.

행궁 안으로 들어온 준의 발걸음은 거침없이 경요가 있는 침전으로 향했다.

준은 가만히 창문을 열고 경요가 자고 있는 행궁의 침전으로 들어갔다. 못된 장난을 하는 기분이었다. 그러면서도 황후의 침전에 낯선 이가 침입하는 것도 모르는 수비병들의 책임을 물어 내일 아침 모조리 감봉하겠다고 중얼거렸다.

창문은 불청객과 함께 봄이 느껴지는 부드러운 바람을 들여보냈다. 침상을 가린 황금빛 휘장이 가볍게 흔들렸다. 휘장 너머로 흐릿하게 경요의 모습이 보였다.

경요를 보는 순간 준은 눈앞이 캄캄했다. 어찌 저 몸을 하고. 온몸이 바르르 떨렸다. 그 참담한 기분을 무어라 표현해야 할까? 회임을 숨기고 인질로 간 경요가 밉거나 원망스러운 게 아니었다. 그냥 자신이 싫었다. 스스로를 부숴 버리고 싶었다. 산산이 가루가 되도록.

휘장을 살짝 열고 침상에서 몸을 웅크리고 자는 경요 옆에 살며시 누웠다.

처음엔 경요를 지키지 못한 자신이 괴로워 만나러 오지 못했고, 나중엔 제선에 대한 질투 때문에 만나러 오지 않았다. 유치한 질투 때문에 아내를 괴롭히는 자신이 한심했다. 하지만 제선 그자가 경요를 마음에 담았다는 것을 용서할 수 없었다. 경요에게 화를 낼 일은 아니었지만 경요에게도 벌을 내리고 싶은 마음이었다.

'정말 사내는 유치한 존재구나. 내 연심은 고작 너를 괴롭히는 것이었다니.'

경요가 인질로 연에 갔을 때보다 제선이 경요의 팔찌를 가지고 있을 때 더 분노했다는 것을 누구에게 털어놓을 수 있을까?

인기척에 잠이 깬 경요가 도무지 믿을 수 없는 것을 봤다는 얼굴로 준을 바라보았다.

"경요야, 내가 왔다."

여전히 경요는 준을 바라보기만 했다.

준이 경요의 뺨에 손을 가져다 대려 했으나 경요는 몸을 피했다. 흡사 낯선 것을 보는 듯한 눈빛에 준은 살짝 두려워졌다.

'내가 저를 버렸다 여기고 화가 난 것일까?'

그런데 경요의 표정이 이상했다. 입술이 떨리며 뭐라 말을 하려는 것 같았는데 두 눈에서 눈물이 쏟아졌다. 흐르는 눈물을 닦지도 않고 그저 눈물만 흘렸다.

경요의 눈물에 준은 어쩔 줄 몰랐다. 차라리 뭐라고 말이라도 하면 좋겠는데 경요는 그저 울고 또 울었다. 소리라도 내고 울면 좋았을 것을 벙어리가 된 것처럼 경요는 눈물만 흘렸다. 그것이 준의 가슴을 저미도록 아프게 했다.

"그만 울거라. 내가 너를 보러 오지 않았느냐."

그러나 경요는 여전히 그의 곁으로 다가오지 않았다. 그가 가까이 오는 것도 허락하지 않았다. 감격적인 재회를 예상했던 준은 경요의 눈물에 당황했다가 나중엔 무력감을 느꼈다. 황제면 뭐 하나 여자나 울리는 것을.

경요의 눈물 앞에서 할 수 있는 일이라곤 울지 말라고 말하거나, 잘못했다고 비는 것 말고는 없었다. 그 두 가지는 효과가 신통치 않았다.

울음을 그쳐만 준다면 황제가 된 후 한 번도 굽히지 않은 자신의 무릎을 굽힐 수도 있을 것 같았다. 나중엔 자신이 울고 싶은 심정이었다.

결국 예석황제는 밖으로 나갔다.

침전 옆에 딸린 작은 방에서 바느질을 하다가 꾸벅꾸벅 졸던 안규는 갑자기 황후의 침전에서 예석황제가 나오자 처음엔 생시 같은 꿈을 꾸는구나 생각했다가 진짜 예석황제라는 걸 깨닫고 허둥거리다가 바늘에 손가락을 찔렸다.

"폐하, 여긴 어쩐 일이십니까?"

안규는 예석황제가 민예로 돌아갔을 거라 믿어 의심치 않았었다.

환주에 머무는 동안 안규는 황제의 마음이 식은 게 아닐까 심란했다. 한밤중에 느닷없이 황후의 침전에서 나온 예석황제가 도대체 어떻게 침전에 들어갔는지는 훨씬 나중에야 궁금했다.

"황후가, 황후가 울음을 그치지 않는다. 어디가 아픈 게 아닌지 가서 알아보거라."

안규는 몸이 갑자기 안 좋아졌나 걱정이 되어 급하게 침상으로 달려갔다.

경요는 침상에 앉아 소리도 없이 굵은 눈물을 뚝뚝 떨어뜨리며 울고 있었다. 안규가 경요의 안색을 자세히 살피며 물었다.

"마마, 어디가 불편하십니까?"

경요는 도리질을 했다.

"마마, 어찌 이리 소리도 내지 않고 우십니까."

안규는 마음이 아렸다. 그동안의 긴장과 고생에 환주에서의 황제의 속 좁은 대거리가 더해져 경요가 폭발하고 만 것 같았다.

평범한 부부라면 바락바락 소리 지르며 싸우기라도 하겠지만 황후의 자리에 있는 자가 어찌 황제에게 불평불만을 털어놓을 수 있을까. 하지 못한 말들과 쏟아 내지 못한 감정들이 그저 눈물이 되어 흐르고 있는 것 같았다.

"그치세요. 그치셔야 합니다. 뱃속 아기씨가 놀라십니다."

경요는 베개에 얼굴을 묻고 흐느꼈다. 감정이 북받쳤는지 온몸으로 울고 있었다. 안규는 그저 들썩이는 경요의 어깨와 등을 손으로 쓸어 주는 것 말고 달리 할 수 있는 게 없었다.

호수에 던진 돌멩이 하나가 여러 겹의 파문을 일으키듯 침전에서 일어난 조용한 소동은 안규를 거쳐 자균과 무영에게까지 알려졌다. 다들 황제를 보는 눈이 차가웠다.

울음을 그치지 않는 경요 때문에 황제는 당황해서 방 안의 공기가 자신에게 차가운 것도 깨닫지 못했다. 한참 방 안을 부산스러운 발걸음으로 오락가락하던 예석황제가 드디어 좋은 생각이라도 났는지 무영에게 말했다.

"홍원표라고 했지? 그 내의원을 데리고 오라."

무영은 왕명에 복종하기 위해 원표가 자고 있는 방으로 한

달음에 달려갔다. 그러면서 자기도 모르게 피식 웃고 말았다.

'폐하는 황후마마를 절대 못 이기십니다. 어쩌자고 일을 이 지경으로 만드셨단 말입니까.'

무영은 원표를 급하게 깨웠다. 예석황제를 위해서가 아니었다. 예석황제가 황후에게 쩔쩔매는 평생에 없을 이 좋은 구경거리를 놓칠 수 없었다.

한밤중에 곤히 잠들어 있다가 무영의 억센 손에 이끌려 황후의 침전까지 온 원표는 그것만으로도 황당하고 억울할 지경인데 황제의 요구는 더 어이가 없었다.

"눈물을 멈추는 약은 없느냐? 황후가 눈물을 멈추지 않는다."

원표는 마음속으로 소리를 질렀다고 생각했는데 저도 모르게 그것이 말이 되어 튀어나와 버렸다.

"그런 말도 안 되는 약이 어디 있습니까!"

성질대로 소리를 버럭 지르고 말았다. 의원을 만물상이나 요술쟁이라고 생각하는 걸까? 쌓이고 쌓인 것이 그만 폭발해 버리고 말았다.

무사안일을 목표로 눈에 안 띄게 복지부동으로 내의원에 처박혀 있던 그가 황후와 인연이 엮이는 바람에, 환주에서는 과로로 죽을 뻔했고, 연국에는 인질의 덤으로 끌려가기까지 했다. 겨우 환주로 돌아와서 이제는 좀 쉬어 보자 싶었는데 한밤중에 황후의 눈물을 멈춰 달라고 떼를 쓰는 황제 때문에 원표는 완전히 이성을 잃었다. 무엇보다 그는 잠잘 때 깨우는 것을 부모 원수보다 더 싫어했다.

그러나 눈물을 멈추지 않는 경요 때문에 완전히 이성을 잃어버린 준은 일개 내의원 의관에 불과한 원표가 자신에게 버럭 성질을 냈다는 사실도 깨닫지 못했다. 그는 지푸라기라도 잡고 싶은 심정으로 원표에게 매달렸다.

"정말 없느냐? 약이 안 되면 침이나, 뭐 그런 것이라도. 아니면 민간의 비방이라도."

원표는 태어나서 가장 단호한 어조로 말했다. 그의 목소리에는 황제도 어찌할 수 없는 위엄마저 넘쳤다.

"화타와 편작이 환생해도 여인의 눈물은 절대로 멈출 수 없습니다. 그저 그칠 때까지 기다리는 수밖에 없습니다."

숫총각이 한 말임에도 지극히 사리에 맞는 말이었다.

원표는 절도 있게 예석황제에게 예를 올리고 황후의 침전을 나와 버렸다. 아직 해가 뜨려면 한참 멀었다. 원표는 침상에 누워 이불을 꼼꼼하게 덮고 다시 잠이 들었다.

예석황제의 애는 바싹바싹 타 죽을 지경이었으나 곁에 있던 무영도, 안규도 웃음을 참느라 혀를 깨물었다. 제아무리 잘난 사내라도 여인의 세 폭 치마 속을 벗어나지 못한다더니, 손에 닿는 것, 발을 밟은 땅 모두가 제 것인 예석황제 역시 마찬가지였다. 게다가 환주에서 돌아온 경요에게 냉랭하게 구는 황제에게 다소 화가 났던 경요의 사람들은 난처하고 당황해서 어쩔 줄 모르는 황제가 당연한 벌을 받고 있는 것처럼 느꼈다.

예석황제는 그날 큰 깨달음을 얻었다. 절대 여자를 울려서는 안 된다는 것. 당연한 일이지만 그날 밤 예석황제는 경요의 침상에서 자는 것을 허락받지 못했다.

훗날 신료들과의 술자리에서 심심파적으로 누군가가 '세상에서 제일 무서운 것은?'이라는 실없는 질문을 던졌을 때 예석황제는 '여인의 눈물'이라고 말해 좌중을 크게 웃게 했다.

허물없는 술자리였고 다들 적당히 취한 상태였다. 신료 하나가 이유를 묻자 '황제의 명으로도 그치지 않으니까.'라고 말했다. 사람들은 어지간히 취해도 흐트러지지 않는 예석황제가 드물게 한 농담이라 여겼으나 그것은 그의 진심이었다.

이전에도 이후로도 그날 소리 없이 눈물만 폭포처럼 쏟는 경요만큼 그를 무섭게 하는 것은 없었다. 예석황제 곁에서 조용히 술을 마시고 있던 자균이 그 말에 격렬하게 동감했다는 것을 아는 이도 없었다. 또한 황후가 끝도 없이 울던 그 상황을 목격한 몇 안 되는 사람 중 하나인 무영이 남몰래 배가 아프도록 웃고 있었다는 것도 사관의 날카로운 붓에 기록되지 않았다.

다만, 세상에서 가장 무서운 것은 여인의 눈물이라고 말한 예석황제의 말은 단의 백성들의 입에까지 오르내리게 되었다.

예석황제는 다음 날 날이 밝고 한참이 지나서야 겨우 경요의 얼굴을 다시 보게 되었다.

여전히 얼굴은 굳어 있었으나 울지는 않았다. 마음이 놓였다.

그의 아내는 늘 현명하고 강하고 다소 무모하리만큼 행동이 빨랐다. 아마 경요는 그 누구의 앞에서도 눈물을 보이지 않았을 것이다. 공주로 태어나 한 국가에 버금가는 힘과 재력을 지닌 상단의 후계자로 컸고, 모든 이에게 황후로 인정받겠다며 스스로 어려운 길을 가는 경요였기에 그 누구에게도 약한 모습을 보일 수 없었고 흔들리는 마음을 드러낼 수 없었다. 그림자 신부로 부모 형제와 상단 동료들 곁을 떠날 때도 울지 않았다.

그러나 준 앞에서는, 경요는 황후일 필요가 없었다. 예전처럼 자신을 바라봐 주는 준의 얼굴을 보는 순간, 경요는 스스로를 놓아 버린 듯 끝도 없이 눈물이 흘러나왔다. 그동안 애써 눌러두었던 두려움으로 긴장된 마음이 팽팽하게 당겨진 줄이 끊어지듯 무너져 버렸다.

눈물이 흐르기 시작하자 자신의 의지로도 멈출 수가 없었다. 경요는 자신의 눈물이 당황스러웠다.

'나이도 먹을 만큼 먹어서 이 무슨 추태란 말인가.'

하지만 눈물은 소낙비처럼 흘러내렸다.

아무 말도 생각나지 않았다. 머릿속은 텅 비어 버렸다. 아, 이제 좀 쓰러져도 되는구나. 이제 긴장을 풀어도 되는구나, 이제 누군가에게 내 고된 마음을 털어놓을 수 있구나. 말로 표현할 수 있다면 그런 기분이었을 것이다.

그런데 점차 눈물이 야속함과 서러움을 일깨우면서 도무지 그칠 수 없게 되었다.

준이 무어라 말을 하려는데 경요가 갑자기 얼굴을 찡그렸다.

"아, 아!"

경요가 배를 감싸 쥐었다. 얼굴이 사색이 된 준이 경요 곁으로 다가가 몸을 부축했다.

"어디가 안 좋은 것이냐?"

어제 운 것 때문에 뱃속 아기에게 무리가 간 것일까? 준은 새파랗게 질렸다.

경요는 작은 목소리로 준에게 속삭였다.

"침상으로 데려가 주세요."

준은 경요를 가볍게 안아 들었다. 아이를 가져 표가 날 만큼 배가 나왔음에도 경요의 몸이 가벼워 준의 마음을 아프게 했다.

경요를 침상에 눕히고 준은 옆에 걸터앉았다. 갑자기 경요의 손이 준의 팔을 잡아당겨 자기 옆에 나란히 눕게 했다. 영문을 모르는 준은 경요가 하는 대로 따라 주었다. 경요가 준의 손을 잡고 만지작거렸다.

"손이 차갑습니다."

그리고 준의 손을 자신의 뺨에 대게 했다. 경요의 뺨은 뜨거웠다. 자세히 보니 눈도 부어 있었다. 어제 자신이 침전을 나간 뒤에도 한참 운 것 같았다.

"시원해서 기분이 좋습니다."

경요는 방긋 미소를 지었다. 이제야 자신이 아는 경요로 돌아온 것 같았다.

"어디가 안 좋은 건 아닌가? 홍 의원을 불러야겠다."

준은 몸을 일으키려 했지만 경요가 다시 준을 붙잡았다.

"안 좋은 게 아닙니다."

"그럼 아픈 것인가?"

"아픈 것도 아닙니다. 뱃속 아이가 처음으로 태동을 하였습니다."

다시 경요가 얼굴을 찡그렸다. 아이의 발길질이 셌다. 아비의 목소리를 듣고 반가워하는 걸까? 준은 자기도 모르게 경요의 배 위에 손을 댔다.

툭.

그의 손에 작은 진동이 느껴졌다. 처음으로 느낀 자기 분신이었다.

"유야."

단사황태후가 지어 준 태명을 조용히 불러 주었다. 준의 목소리에 뱃속의 아이가 반응을 했다. 이번엔 아까와 다르게 조금 약한 진동이 느껴졌다. 얌전한 목소리로 '네.' 하고 대답한 것처럼 느껴져서 준은 가슴이 저릿했다. 이제야 내가 너를 만나는구나. 참 그리웠단다. 곁에 있어 주지 못해 심장이 빠개질 듯 아팠단다, 내 아이야.

"내가 너의 아비란다, 유야."

준은 다정한 손길로 경요의 배를 어루만졌다.

"네 이름이 마음에 드느냐? 할마마마께서 네 태명을 유라 지어 주셨다."

"유……. 뜻은 무엇입니까?"

"훨훨 날 유翔 자를 쓴다."

"훨훨 날 유. 소리도 좋고 뜻도 좋습니다."

준은 경요를 부드럽게 자기 쪽으로 당겼다. 경요는 순순히 준의 품에 안겼다. 빈틈없이 서로의 몸을 밀착했다. 준은 이제야 경요가 돌아왔음을 실감했고, 경요 역시 이제야 그를 만났음을 실감했다.

"우리가 며칠 만에 이리 한침상에 누웠는지 아는가?"

"잘 모르겠습니다. 석 달쯤 되었을까요?"

"이 무심한 여인아, 오늘로 딱 백 일이다."

"백 일이나요?"

"생각보다 짧다는 소리인가, 생각보다 길다는 소리인가?"

경요는 준의 얼굴을 어루만지며 이야기했다.

"정말, 정말 보고 싶었습니다."

"어찌 소식 한 장 써 보내지 않았는가."

준이 투정을 부렸다.

"보내면 그리워서 달려갈 것 같았습니다."

"정녕 나를 그리워했는가?"

"어찌 믿지 않으십니까?"

"그런데 환주에 온 후 왜 날 한 번도 찾지 않았는가."

"준 당신이 보고 싶어 하지 않는 것 같아서요."

"그대가 언제부터 내 말을 그리 잘 들었다고."

망설이다 말했다.

"나는 그대를 기다렸다. 월담도 하고 지붕에도 올라가는 그대가 아닌가. 마음만 있으면 내 침전에 못 들어오겠느냐."

준의 투정에 경요는 나지막하게 말했다.

"이곳에 오자마자 많이 아팠습니다."

또다시 준은 가슴이 욱신거렸다.

"그런데 어찌 아무도 그 말을 전하지 않은 거냐?"

"제가 그리하지 말라 명했습니다."

"정말 그대의 사람들은 비밀 엄수 하나는 최고군. 다들 그렇게 똘똘 뭉쳐서 나를 속이니 말이야."

"아직도 화가 풀리지 않으셨습니까?"

경요의 질문에 준은 대답 대신 다른 질문을 던졌다.

"연국 왕이 그대를 특별하게 생각했는가?"

자존심 때문에라도 물어보지 않으려 했지만 불쑥 말이 튀어나왔다.

"특별하게라니요?"

대수롭지 않게 대꾸하면서 경요는 준이 그것을 어떻게 눈치챘는지 궁금했다.

"그대를 여인으로 보았냐는 뜻이다."

"어찌 그런 말씀을 하십니까?"

"그자가 팔찌를, 내가 준 주홍 산호 팔찌를 가지고 있더군."

잃어버렸다고 생각했던 그 팔찌를 그자가 가지고 있었나?

"글쎄요. 제가 마음을 읽는 것도 아닌데 그자의 속을 어떻게 알겠습니까. 물어보실 상대를 잘못 고르셨습니다."

"그대는 그자를 어찌 생각하는가?"

'어찌 생각하고 말고가 어디 있습니까. 전 당신의 것인데요.' 라고 대답하려다 경요는 마음을 바꾸었다. 준을 살짝 골려 주고 싶었다.

경요는 가볍게 준의 입술에 자신의 입술을 댔다.

"맞혀 보십시오."

빙글빙글 웃기만 하는 경요를 보며 준은 나지막하게 한숨을 내쉬었다. 내가 과연 이 사람을 이길 날이 오기는 할까?

"그래도 사내 문제로는 속 썩이지 마라."

준의 목소리에 체념이 가득해 경요는 그만 소리 내어 웃고 말았다. 거기에 아랑곳하지 않고 준은 기운 빠진 목소리로 말했다.

"국사에 널 뺏긴 것으로 족하다."

"질투하셨습니까?"

"했다. 그자의 소매에 팔찌가 보이는 순간 화친이고 뭐고 목을 베고 싶었어."

"저는 잃어버린 줄 알았습니다. 제가 잃어버린 것을 그자가 주웠나 보지요."

경요는 일부러 느긋하게 대꾸했다. 팔찌를 잃어버리고 심장이 튀어나올 듯 놀란 것은 준에게 영원히 비밀이었다.

"이리 저를 품에 안고 있으면서도 질투하시는 겁니까?"

유치한 줄 알지만 경요는 준의 질투에 기분이 좋아졌다.

'나도 여자는 여자구나.'

"그대는 세상일은 잘 알면서도 사내의 마음은 모르는군."

준은 경요를 안은 팔에 더 힘을 주었다.

"사내는 말이다, 자기 여인이 꽃을 보면 그 꽃을 꺾어다 주고 싶은 마음 반, 그 꽃을 보지 못하게 꺾어서 밟아 버리고 싶은 마음이 반이다. 그 눈동자에 자기 외의 것을 담는 것이 싫으니까. 자기 두 팔이 만드는 작은 원 안에 자기 여인을 가둬 놓고 싶은 게 사내의 본심이지."

"준은 그러지 않으시지요."

"그게 그대를 내 곁에 둘 수 있는 유일한 방법이니까. 새가 하늘에 있을 때 가장 아름답고 물고기가 물속에 있을 때 가장 아름다운 것처럼 그대는 자유로울 때 가장 그대답지. 내가 외로워더라도 말이다. 그래서 그대를 화경족 상단에 다시 보내기로 했어."

"예?"

경요는 놀라서 몸을 일으키려 했다. 준은 그런 경요를 자기 옆에 눕혀서 팔베개를 해 줬다.

"그게 무슨 말입니까? 절 상단에 보내신다니요?"

"위보형 단주와 그리 거래를 했네."

경요는 놀라서 입을 조그맣게 벌리고 '아.' 하는 소리를 냈다.

"설마 그것으로 외할아버지를 움직이신 겁니까?"

여간해선 움직이지 않을 외할아버지를 준이 무슨 수완으로 움직였을까 내내 궁금했었다. 그런데 자신을 걸었다니, 경요는 상상도 못 했다. 단의 황후로 살기 위해 상단을 포기한 경요였다. 하지만 미련이 많이 남았다.

"우리 아이 중 하나를 상단 후계자로 키우기로 했지. 만약 지금 뱃속에 있는 유가 딸이라면 그 아이가 그대 뒤를 이어 상단을 책임지게 하겠다고 약속을 드렸어."

"황후가 상단 일을 하다니, 전례가 없는 일입니다."

경요의 입에서 전례라는 말이 나오자 준이 웃고 말았다.

"모든 전례와 관습을 깬 그대가 그런 말을 하니 좀 우습군. 앞으로 모든 전례가 깨지는 시절이 시작될 거야. 당연하다고 생각했던 일들이 전혀 당연하지 않게 되는 시절이 오겠지. 힘든 시간이 될 거야."

"하나 준, 어찌……."

"아직 어마마마가 강녕하시니 황궁 일은 크게 걱정하지 않아도 된다. 어마마마도 기쁘게 그 일을 맡아 주시리라 믿어. 황후와 상단 단주를 동시에 하려면 그대가 가장 힘들겠지."

준은 경요의 머리카락을 부드럽게 쓸어 주었다.

"내가 너무 나선 건가? 상단 일을 하는 것을 원하지 않는 건가?"

준의 목소리가 조심스러워졌다. 경요는 힘차게 고개를 가로저었다.

"아닙니다. 상상도 못 한 일이라 그런 것입니다."

"앞으로 한 가지는 꼭 지켜 줘."

"무엇을 말입니까?"

"절대 나 모르게 위험을 무릅쓰지 마."

경요는 준이 자신이 연에 간 일로 얼마나 마음고생을 했는지를 새삼 깨달았다.

"이번과 같은 일은 이후에는 없을 것입니다. 많이 반성하고 있습니다. 제 생각이 짧았습니다."

"아무래도 민예 화경방으로 근거지를 옮기는 게 좋겠지? 병주까지 오가기는 너무 힘이 드니까."

준이 말끝에 하품을 했다.

"어제 한숨도 자지 못했어. 우리는 왜 오랜만에 침상에 함께 누워서도 이런 재미없는 이야기만 해야 하는 건지."

준은 '쳇.' 하고 투덜거렸다. 준은 아이를 재우듯 경요를 토닥거렸다.

경요의 눈꺼풀이 점점 더 무거워졌다. 느릿느릿 감긴 눈은 떠지질 않았고 얼마 후 고른 숨소리를 내며 깊은 잠에 빠졌다.

그의 품 안에 경요가 있고, 경요의 배에는 아이가 있었다. 자기도 모르게 흐뭇한 미소가 떠올랐다. 더 바랄 것이 없었다.

자고 있는 경요를 보면서 준은 생각에 잠겼다.

'나비 팔찌를 경요에게 줘야 할까? 아니, 싫어. 그자의 손에 닿았던 것이 경요의 팔에 닿는 것은 싫어. 중원을 두고 싸울 줄은 알았지만 여인을 두고 싸울 줄은 몰랐지.'

준의 눈빛이 자기도 모르게 날카로워졌다.

'중원도 경요도 절대 빼앗기지 않을 것이다. 이 여인의 머리카락 한 올도 모두 나의 것이다. 숨소리 하나도 절대 주지 않을 것이다.'

준은 경요의 머리카락에 입맞춤을 했다.

침전이 너무 고요해 걱정스런 마음에 살짝 들어와 본 안규는 침상에서 꼭 안고 깊은 잠에 빠져 있는 황제와 황후를 보고 그 모습이 정다워서 자기도 모르게 미소를 지었다. 역시 부부 싸움은 칼로 물 베기라고 중얼거리며.

잠을 자고 있는 황제와 황후는 꽃이 피기 직전, 한껏 물기를 머금은 꽃봉오리 같았다. 가장 아름답고 향기로운 때였다.

'참으로 잘 어울리는 한 쌍이시다. 함께 계시는 모습이 참 곱고 아름답구나.'

안규의 눈에는 월하빙인이 묶어 놓은 붉은 실이 그들을 따스하게 감싸고 있는 것처럼 보였다.

무거운 책임에 짓눌려 사는 두 분이 모처럼 편안하게 쉬는 짧은 시간을 망치지 않기 위해 안규는 발소리를 죽이고 침전을 나왔다. 환주 행궁이 황제와 황후의 단잠을 지키기 위해 따스한 침묵에 잠겼다.

안규는 침전 밖으로 나와 하늘을 바라보았다. 칼날 같다 여겼던 파란 하늘이 해빙 중이었다. 햇빛은 훈훈했고 바람은 고운 비단처럼 부드러웠다. 파곤초원의 찬바람을 맞아 발갛게 터진 안규의 주름진 볼을 부드러운 바람이 어루만져 주었다.

안규는 돌로 포장된 길이 아니라 풀들이 자라는 땅을 밟아 보았다. 땅이 녹고 있었다. 땅 밑에 몸을 숨긴 씨앗들과 구근들이 조잘조잘 수다를 떨며 언제 고개를 내밀까 갸웃거리는 모습이 눈에 보이는 듯했다.

'어느새 봄이구나. 언제 봄이 뒤따라온 걸까?'

결코 끝날 것 같지 않은 겨울이었는데, 이리도 봄은 오는구나.

있는 힘껏 숨을 들이쉬어 보았다. 물 냄새가 났다.

환주에, 단에, 여와 연에 봄이 오고 있었다.

매년 오는 봄이건만, 꽃이 피려면 한참 멀었건만, 봄은 겨우 치맛자락 끝부분만 보여 줬을 뿐이건만 안규는 왠지 감격해서 눈물이 날 것 같았다.

32

침전에 어둠이 내렸다. 세심한 안규가 켜 놓은 촛불이 깜빡이며 방 안을 밝히고 있었다.

준은 한참 전에 잠에서 깨 있었다. 깊이 잠든 경요는 그의 품에서 몇 번이나 자지러지듯 놀라며 흠칫흠칫 몸을 떨다 그가 자기 가슴 쪽으로 당겨 안으며 등을 쓰다듬어 주면 떨림을 멈추고 다시 깊은 잠에 빠졌다. 가슴에 얼굴이 닿으면 경요는 무의식중에 그의 체향을 깊이 들이마셨다. 그러면 안심이 된다는 듯 경직되어 있던 얼굴이 부드럽게 풀렸다. 낯선 곳에서의 긴장을 몸은 여전히 기억하고 있었다.

진작 이리 안아 줄걸. 왜 그리 경요에게 매정하고 냉정하게 굴었을까? 자신의 마음과 행동이 잘 이해되지 않았다. 이렇게 안고 있는 것만으로도 세상을 다 얻은 듯 행복한데 유치하게 지어미의 마음에 왜 생채기를 냈을까? 누구보다 경요를 그리워하고 은애하는 자신이 말이다.

고요 속에서 준은 어이없는 정답을 찾아냈다. 항상 자신이 그녀를 더 많이 은애하고 더 많이 그리워하는 게 억울했다. 언제나 연심의 저울은 자기 쪽으로 기울어져 있다 여겼다. 자신은 경요가 없는 동안 정신의 반절 이상이 어디론가 사라진 것 같았다. 그 공허함을 어찌 표현할 수 있을까? 경요가 없었다면 평생 몰랐을 고독이 그를 힘들게 했다.

경요가 씩씩하게 잘 지낸 것이 한편으로는 다행이었지만 한편으로는 서운했다. 경요가 자기 없이 잘 지내는 것이 못마땅했다. 자기 때문에 흔들리는 모습을 보고 싶었다. 그러나 경요는 그의 치졸한 심술에 침묵으로 응수했다. 그녀가 굽히고 자신을 찾아올 줄 알았다. 그는 경요의 고집을 오판하였다. 이 여인이 그런 줄다리기를 할 리가 없었다.

경요를 품에 안는 순간 깨달았다. 그녀 역시 그와 똑같은 무게의 고독을 짊어졌음을. 다만 내색하지 않았을 뿐이다. 그가 신하들 앞에서 감정을 드러내지 않듯 말이다.

준은 경요를 품에 안고 그녀의 배에 손을 댔다. 손바닥에 느껴지는 느낌이 생경하면서도 한없이 사랑스러웠다. 아이는 씩씩하게 잘 놀고 있었다. 이리 씩씩하니 아들일까 생각하다가, 경요를 닮았으면 딸이어도 사내아이 못지않게 씩씩하겠지 싶어서 아이 성별을 가늠할 수 없었다. 기운이 넘치는 태아가 어미 뱃속에서 놀다 제 흥에 겨워 힘차게 발길질을 하자 경요가 그 서슬에 놀라 몸을 꿈틀거렸다. 준이 아이에게 나지막하게 말했다.

"유야, 네 어마마마가 지금 달게 주무시고 있단다."

그러면 유는 '알았습니다.'라고 말하듯 가볍게 톡톡 쳤다. 준은 뱃속 아이가 자기 말을 알아듣는 듯하여 무척 신기했다. 그러나 경요의 아이 아니랄까 봐 다시 힘차게 발길질을 했다. 경요의 단잠을 방해하는 건 곤란했지만 준은 자기 손바닥에서 느껴지는 생명의 증거가 한없이 소중했다.

품에 있는 경요의 몸이 움직였다. 잠에서 깨어난 경요는 여전히 눈꺼풀이 무거운지 눈을 비벼 억지로 눈을 떴다. 그리고 입을 작게 벌려 하품을 했다.

경요가 잠에서 깨어나자 그동안 억눌러 놓았던 준의 사내로서의 욕망도 깨어났다. 그를 미치도록 흥분시키는 그녀의 따뜻하고 부드러운 몸, 꿈에서도 그리워했던 그녀의 몸이 지금 그의 품속에서 나른한 몸짓으로 꼼지락거리고 있었다. 그 작은 움직임에도 준은 서서히 달아오르는 기분이었다.

어쩐지 준은 부끄러운 기분이었다. 환주로 가기 전 거침없이 그녀와 침상을 함께한 것이 꿈만 같았다. 경요가 그의 품에서 여인으로 활짝 피어나며 열락에 젖어 흐느꼈던 것이 환영 같았다.

준은 손으로 경요의 얼굴을 쓰다듬었다. 준의 손이 너무 뜨거워 경요는 깜짝 놀랐다. 자신을 처음 만지는 듯한 수줍은 손길에 경요도 부끄러워졌다. 준의 손길은 경요의 기억을 일깨웠다.

어둠 속에서 자신을 보는 준의 시선은 옷을 입고 있어도 벗고 있어도 늘 그녀를 수줍게 했다. 그의 시선으로 깨어나는 자신의 욕망이 부끄러웠다. 그가 주었던, 정신을 놓을 것 같던 흔희欣喜를 상상해 버린 자신이 부끄러웠다. 상상만으로도 그녀의 피부는 분홍빛으로 달아올랐다. 그가 주는 모든 게 좋았다. 몸이 섞이는 순간의 단순한 아픔도 좋았다. 질척한 입맞춤도, 한 몸이 된 후에 더욱 더 격렬해지는 그의 몸짓도, 그녀의 몸이 반응하는 곳을 천천히 찾는 그의 손길도 좋았다.

그녀의 체온이 서서히 오르는 것이 느껴졌다. 경요 역시 자신과 같은 마음임을 확인한 준은 다정하게 그녀의 얼굴을 두 손으로 감쌌다. 언 땅을 녹이는 봄비같이 그녀의 얼굴과 입술과 머리카락과 귀와 목덜미에 따스한 입술을 가져다 댔다. 꽃향기보다 더 달콤한 향이 그를 위해 그녀의 몸에서 피어났다. 목덜미에 입술을 가져다 대는 순간, 사내를 유혹하는 경요의 체향이 아찔할 만큼 짙어져 그는 자기도 모르게 욕망에 휘둘려 이를 세우고 말았다.

경요는 거칠어진 준의 몸짓에 움찔했으나 순순히 그를 받아들였다. 고통과 함께 찌릿한 쾌감이 파문을 일으키듯 목덜미에서 허리를 거쳐 아래로 흘러내렸다. 영역 표시를 하는 짐승처럼 준은 경요의 목덜미를 빨고 물었다. 입술이 지나간 자리에 불긋한 흔적이 남았다. 준은 한참 후에야 경요의 목덜미에서 입술을 뗐다.

경요가 준의 입술을 손가락으로 만지작거렸다. 참 붉고 곱다, 그리 생각했다. 그녀의 지아비는 아름다운 사내였다. 소년의 모습이 여릿하게 얼굴에 남아 있었다. 여인처럼 흰 피부가 눈부셨다. 경요는 다시금 자신의 지아비에게 반하는 기분이었다.

애를 태우듯 경요는 준의 입술만 만지작거렸다. 그의 입술은 갈증과 열기로 말라 있었다. 준은 경요가 그녀의 혀로 그것을 적셔 주었으면 좋겠다고 여겼다.

마침내 참을 수 없어진 준은 떨리는 손으로 경요의 손을 잡았다. 그녀의 손을 자신의 손으로 누르고 긴 입맞춤을 했다. 그의 입술이 닿자마자 기다렸다는 듯 경요의 입술이 열렸다. 그녀의 입에서 나오는 뜨거운 숨결을 준은 남김없이 삼켰다. 그녀의 입안에 혀를 집어넣자 뜨겁고 부드러운 혀가 준을 맞이했다. 그녀의 입안은 따뜻하고 촉촉했다. 목이 마른 그는 그녀의 타액을 남김없이 자신의 입안으로 옮겨 갔다. 어느 정도 갈증이 가시자 준은 천천히 그녀의 입술을 빨다가 가볍게 이로 물었다. 몰랑한 감촉이 좋았다. 경요도 화답하듯 준의 입술을 혀로 핥았다. 잠시 준과 경요는 입술을 뗐다. 얼굴이 보고 싶었다. 지금 이 순간이 꿈이 아님을 확인하고 싶었다.

다시금 두 사람의 입술이 겹쳐졌고, 이전보다 더 격렬한 입맞춤이 이어졌다.

준의 숨결이 거칠어진 것만큼이나 경요의 숨결도 거칠어졌다. 본능에 충실한 준의 손은 부풀어 오른 경요의 가슴으로 갔다. 탄력 있는 가슴을 부드럽게 주무르자, 두 개의 앙증맞은 열매가 딱딱해진 것이 느껴졌다. 입안에 넣고 싶었다. 골에 얼굴을 가져가 달큰한 냄새를 맡고, 수밀도를 베어 물듯 입술과 혀로 희롱하고 싶었다. 손가락 사이에 유실을 넣고 경요의 입에서 신음을 토해 내게 하고 싶었다. 준은 옷의 매듭에 손을 댔다가 괴로운 얼굴로 손을 뗐다.

"안 되겠지?"

회임 중의 방사는 금기라 알고 있었지만 정말 간절히 경요를 안고 싶었다. 이 사람을 안지 못한 지 백 일이 넘게 지났다. 경요 역시 입맞춤만으로 몸이 달아올라 어쩔 줄 몰랐다. 입맞춤으로만 멈출 수 없었다. 준이 자신을 안아 주지 않으면 미쳐서 죽을 것 같았다. 자신의 어디에 그런 날것 그대로의 욕망이 숨겨져 있었는지 알 수 없었다. 경요의 몸은 이미 환열에 들떠 작은 손길에도 허리를 뒤틀 만큼 쾌미를 느끼고 있었다.

떨리는 소리를 내지 않으려고 애쓰면서 경요가 말했다.

"부드럽게 해 주세요. 아이가 놀라면 안 되니까."

경요의 말에 준은 머뭇거리며 매듭을 풀었다. 매듭을 푸는 손이 떨렸다. 몇 번이고 그 알몸을 맛보기 위해 풀었던 매듭이지만 늘 머리가 멍해질 만큼 아득하고 아찔했다. 매듭이 풀리고 가리고 있던 옷을 벗겨 냈다. 천천히 하고 싶었지만 속옷 아래로 비치는 경요의 살빛을 보는 순간 자기도 모르게 옷을 찢듯이 벗겨 냈다.

경요는 알몸이 되었다. 온몸의 솜털이 모두 곤두서는 것 같앉다. 회임으로 가슴이 부풀어 있었고 유륜의 색깔도 짙었다. 준은 여인에서 어미가 되어 가는 경요의 몸을 천천히 바라보았다. 옷으로 가려져 있어서 보지 못했던 배도 보았다. 눈으로 보니 아이의 성장이 더욱 생생히 다가왔다. 준은 아이에게 입맞춤을 하듯 경요의 배에 입술을 가져갔다.

준은 경요를 안아 자신의 무릎에 앉게 했다. 경요의 몸이 한없이 잘게 떨리고 있었다. 준 역시 경요의 맨살이 자신의 몸에 닿자 아득하기만 했다. 그녀의 몸을 보호하듯 안고 준은 가슴을 빨았다. 미처 삼키지 못한 신음이 경요의 입에서 튀어나왔다. 그 신음 소리가 준을 더 미치게 했다. 그녀가 못 견디고 자그맣게 터뜨리는 신음 소리보다 더 좋은 최음제는 없었다. 더, 더 듣고 싶었다. 더 애타는 목소리로 경요가 자신을 부르길 바랐다.

준이 타액으로 젖은 유실을 손가락으로 만지작거리자 경요는 이제 신음 소리를 참을 수 없었다. 그녀를 제어하던 이성이 거의 다 증발되었다. 준은 강하게 유실을 입으로 빨아들이면서 다른 손으로는 입에 넣지 않은 가슴을 만졌다. 이전보다 묵직한 느낌이라 처음엔 생경했고 손길도 조심스러웠지만 곧 거침없이, 아픔을 느끼기 직전까지 거칠게 주물렀다. 그의 손에서 유실은 더욱 딱딱해졌고 가슴은 더 둥글게 부풀어 올랐다. 파도가 밀려오듯 온몸이 흔들렸다 잔잔해지길 반복했고, 그 간격은 더 좁아졌다.

그녀의 중심에서 흐르는 액체가 준의 허벅지를 적셨다. 그를 받아들일 준비가 충분히 된 것 같았다. 준은 경요가 우무라도 되는 양 조심스럽게 몸을 어루만졌다. 더 흥분하게 하고 싶고, 그녀가 울 정도로 몰아붙이고 싶었지만 회임 중일 때 그리해선 안 될 것 같았다.

준은 그녀를 옆으로 눕히고 감싸듯 뒤에서 경요를 안았다. 한껏 딱딱해진 준의 남성이 경요의 중심에 닿자 그녀는 움찔했다. 준은 경요의 배에 무리가 가지 않게 천천히 남성을 그녀 안으로 넣었다.

경요는 충분히 젖어 있었지만 오랜만의 삽입이 낯선지 그가 들어가자 몸을 움츠리고 입구 역시 입을 꼭 다물었다. 준은 강요하지 않고 그녀가 스스로 힘을 풀 때까지 가슴을 만지작거리고 뺨을 쓰다듬어 주고 귓불을 유실처럼 입안에서 희롱했다.

이윽고 그녀의 몸이 꽃이 피듯 수줍게 열렸다. 그 순간 준은 망설이지 않고 그녀 안으로 들어갔다. 처음 그녀 안으로 들어갈 때처럼 빡빡하게 자신을 에워쌌다. 강한 조임에 준의 남성은 더욱 커졌다. 그는 토정하지 않으려고 안간힘을 썼다.

경요의 입에서 고통이 느껴지는 헐떡거림과 신음이 흘러나왔다. 처음 안았을 때보다 더 아파하는 것 같았다. 그럼에도 자신을 받아들이려고 애쓰는 아내가 애잔하고 미안해서 준은 경요의 귀에다가 자신이 그녀를 얼마나 은애하는지, 그녀가 얼마나 아름다운지를 나지막한 목소리로 속삭였다. 그 말에 경요의 몸이 좀 더 열렸다. 고통과 열락의 경계에서 흔들리는 경요의 손이 허공을 휘젓자 준은 다정하게 그 손을 잡아 주었다.

그녀는 천천히 자신의 깊숙한 곳으로 그를 들어오게 했다. 그녀의 몸에서 흘러나온 뜨겁고 미끈한 액체와 준의 남성에서 흘러나오는 투명한 액이 뒤섞였다.

준이 움직일 만큼 경요가 열리자 천천히 그녀와 자신의 절정을 향해 준이 몸을 움직였다. 움직임이 격렬해지자 온몸에서 흘러나온 땀이 몸을 흠뻑 적셨다. 그들의 몸은 그들의 중심이 맞물리는 곳만큼 흠뻑 젖어 있었다. 경요는 신음했고 준 역시 악문 이 사이로 거친 숨을 뱉어 냈다.

오랫동안 참았던 것을 토해 낸 후 준은 온몸의 힘이 다 빠지는 기분이었다. 토한 후에도 경요의 몸을 더 탐하고 싶었지만 잠이 덩굴처럼 그의 몸을 휘감았다. 제멋대로 굴고 싶어 하는 자신의 욕망을 제어하느라 힘을 반 이상 쓴 것 같았다. 하나 그를 지독하게 괴롭혔던 경요에 대한 갈증은 해갈되었다.

준은 자신을 감싸는 잠을 억지로 떨쳐 내면서 경요의 몸을 바로 돌려 자신을 마주 보게 했다. 그녀를 안자 배가 먼저 닿았다. 그녀는 준의 입술에 입을 맞췄다. 뺨에 흘러내린 눈물이 준의 얼굴로 굴러떨어졌다. 자면서도 경요를 놓치지 않겠다는 듯 준은 그녀의 손을 꼭 잡았다.

정사가 끝난 후에도 그녀는 희락에 잠겨 있었다. 분출하는 순간 허탈해지면서 깊은 잠에 빠지는 사내의 쾌락과 달리 여인의 쾌락은 정점에 오른 후에도 쉽사리 식지 않았다. 온몸에 여전히 준과 나눈 환열이 남아 있었다. 몸을 살짝 움직이는 것만으로도 여전히 그의 손길과 입이 닿았던 곳에 고여 있는 환열이 일렁거리며 그녀의 감각을 깨웠다. 자기도 모르게 경요는 신음 소리를 내뱉었다. 아래가 저릿저릿했지만 그마저도 좋았다.

경요는 자신의 손을 꼭 잡고 잠이 든 준을 바라보았다. 가만히 그를 자신 쪽으로 당겼다. 잠이 들었어도 준은 경요에게 순순히 이끌려 왔다. 경요는 준의 얼굴을 자신의 가슴에 묻었다.

욕망을 다 연소하고 단잠에 빠진 준은 한없이 여려 보였다. 이것이 치자가 아닌 사내 준의 맨얼굴이었다. 부서지기 쉬운 연약함을 의무와 사명감으로 이겨 내는 사람. 그 연약함 속에 굳이 어려운 길을 가겠다는 고집과 각오가 있었다. 오직 자신만이 볼 수 있는 그의 얼굴이었다.

그의 품에서 자신이 그저 경요이듯 자신의 품에서 그는 준이었다. 그녀가 그의 것이듯 그는 그녀의 것이었다. 경요는 그것을 확인이라도 하듯 더 강하게 준을 안았다.

그녀의 품이 편안한지 준은 몸이 더 편하게 풀어졌다. 경요는 그의 머리카락을 쓰다듬었다. 그가 자기 품에 있고 자신이 그의 품에 있는 이 순간이 못 견디게 행복했다. 고르게 숨을 쉬며 편안히 자는 준의 잠을 지켜 주고 싶었다. 그 누구도 이 평온을 깨지 못하게 하리라 마음먹었다.

주유는 병주로 떠나기 직전에 황후의 갑작스러운 부름을 받았다. 안규를 보낸 것을 보니 급한 일이 분명했다. 주유는 경요가 보낸 마차를 타고 안규와 함께 행궁으로 들어왔다.

마차에서 내리자 강한 바람이 너울을 제멋대로 휘저었다. 주유는 발걸음을 멈추고 변덕스러운 바람이 멈추기를 기다렸다. 바람에 먼지가 섞여 있었는지 눈이 쓰라렸다. 주유는 너울을 고쳐 쓰고 천천히 걸어갔다.

황후의 침전에는 놀랍게도 예석황제가 있었다. 주유가 황급히 무릎을 꿇고 고개를 숙였다.

"일어나라. 딱딱한 자리가 아니니 마음을 편히 하거라."

예석황제가 나직한 목소리로 말했다.

"나를 보는 것이 어쩌면 괴로울지 모른다 생각했으나 공을 치하하고 감사의 마음을 전하고 싶어 너를 불렀다."

"아닙니다. 제가 무슨 공을 세웠다고 그러십니까. 두 분 마마께오서 제게 베푸신 은혜에 비하면 아무것도 아니었습니다."

준은 다탁에 차려진 술병을 들어 상아 술잔에 술을 따랐다. 노란 국화주가 쪼르륵 소리를 내며 잔에 담겼다. 준은 안규를 시켜 주유에게 술잔을 주었다.

"황후와 용종이 무사한 건 모두 네 덕이다. 연에서 네가 황후를 대신해 위험을 무릅쓴 것, 정말 고맙게 생각한다."

주유는 눈을 내리깔고 황제가 주는 술을 천천히 마셨다. 국화주가 혀끝을 부드럽게 스쳐 지나가 식도를 타고 내려가자 속이 금방 따스해졌다. 마시고 난 후에도 입안에 국화 향이 그대로 머물러 있었다. 뺨이 발그레하게 달아오른 것 같았다.

"황후가 먼저 할 이야기를 하게."

"부탁할 일이 있네. 함께 민예로 가지 않겠나?"

뜻밖의 말에 주유는 눈을 크게 떴다.

"내가 상단을 다시 맡게 되었네."

그 말에 주유는 더 놀랐다.

"민예의 화경방에서 날 도와줄 이가 필요해. 그대가 적역이라 생각하네. 일은 차차 배우면 되니까 큰 걱정할 필요 없네."

"제가 무슨 능력이 있어서 그 큰일을 맡을 수 있겠습니까?"

"서화가 그러더군. 자네가 아주 야무지다고. 화경족 사람들은 빈말을 하지 않네."

동비 역시 아무지고 차분한 주유를 마음에 들어 했다.

"연국에 있는 동안 자네를 곁에서 겪으면서 나도 자네가 마음에 들었다네."

"하나 마마, 죄인의 몸으로 어찌 민예에 몸을 두겠습니까?"

"그리 생각할 사람은 없네. 자넨 황귀비 주유로 돌아가는 게 아니라 화경족 주유로 돌아가는 것이야. 걱정할 것은 하나도 없네."

하지만 아무리 경요가 자신이 죄인이 아니라 말해 주어도 친딸처럼 자신을 키워 준 혜란공주에게는 죄인이었다. 그분 마음에 씻을 수 없는 상처를 주고 말았다. 그때는 거기까지 살필 겨를이 없었다.

전염성이 강한 열병으로 죽었다고 공표되었으나 혜란공주를 비롯한 진씨 가문 사람들은 그녀가 자진했을 거라 믿고 있을 것이다. 친딸처럼 키운 자신이 자진한 것을 알았을 때 혜란공주의 심정이 어땠을까? 주유는 감히 상상도 할 수 없었다.

378

자신이 얼마나 모자란 선택을 한 것인지 주유는 절절히 깨달았다.

어두운 주유의 얼굴을 보고 경요가 입을 열었다.

"혹 혜란공주 때문에 그러는 건가?"

"친딸처럼 키워 주신 분께 그분보다 먼저, 그것도 자진으로 세상을 버렸으니 그만한 불효가 어디 있겠습니까."

"자네는 이렇게 살아 있지 않은가."

그랬다. 자신은 살아 있었다. 두 분의 호의로 살 수 있었다.

"자네가 원한다면 혜란공주께 자네가 몸 건강히 살아 있음을 알리겠네."

"아, 아닙니다. 알리더라도 제가 직접 하고 싶습니다. 직접 뵙고 용서를 구해야겠지요."

그게 옳은 방법인 것 같았다. 경요는 고개를 끄덕였다.

"바로 대답을 해 달라는 것은 아니니 생각할 시간을 주겠네."

주유는 고개를 끄덕였다.

경요는 준을 보고 말했다.

"그럼 이야기를 나누십시오. 저는 잠시 나가 있겠습니다."

경요가 나가자 준은 한때 부부의 연을 맺을 뻔한 여인을 잔잔한 눈빛으로 바라보았다.

준은 다시 술 한 잔을 따라 주유에게 내렸다. 문득 합방할 뻔했던 날이 떠올랐다. 그때 주유는 사시나무처럼 떨고 있었다. 술을 쏟고 어쩔 줄 몰라 했었다. 그때 그녀를 진정시키기 위해 잡았던 그 손은 얼음처럼 찼다. 연약한 여인이었다. 그러나 원치 않는 일을 거부하기 위해 스스로 목숨을 끊을 만큼 심지가 굳은 여인이기도 했다.

'경요가 아니었으면 이 여인과 부부의 연을 맺었겠지. 그대는 훌륭한 황귀비가 되었을 거야. 하나 그대도 나도 행복하진 않았을 것이다. 그대 마음에 품은 사람이 그였을 줄 내가 어찌 알았을까? 우리는 어긋나서 정말 다행인 인연이다.'

주유는 두 손으로 술잔을 들어 올려 한 번에 마셨다. 국화향이 향긋했다.

"연에서 황후를 목숨을 다해 보호해 준 공에 합당한 상을 내리고 싶다. 황제인 내가 할 수 있는 일이라면 뭐든 해 주고 싶어. 원하는 것이 있는가?"

겨우 국화주 두 잔에 취한 것일까?

그녀가 원하는 것. 오직 하나밖에 없었다. 죽음 앞에서도 포기할 수 없는 사람. 모든 인연을 무 자르듯 잘라 냈으나 절대 잘려지지 않은 것.

어디서 용기가 났는지 주유는 대담하게 자신의 유일한 소망을 말했다.

"진 대학사를, 진자균 대학사를 제게 주십시오."

예석황제의 눈이 커졌다. 주유의 대담함에 깜짝 놀랐다.

주유도 자기가 이리 솔직하게, 그것도 황제 앞에서 자균에 대한 연심을 털어놓을 줄 몰랐다. 그런데 이상하게 후련했다. 황제 앞에서라도 자균을 연모함을 당당하게 밝힐 수 있는 자신이 좋았다. 예석황제는 당당한 주유의 모습이 아름답게 느꺼졌다.

"정녕 그를 원하는가? 그리도 힘들게 했던 자인데? 제 연심도 제대로 밝히지 못하는 어리석은 자인데?"

예석황제는 놀리듯 말했다. 경요로부터 그간의 사정을 모두 들은 터였다.

주유는 얼굴도 붉히지 않고 말했다.

"예, 그런 못난 사내라도 가지고 싶습니다. 오라버니는 감히 제가 욕심낼 수 없는 사람이었습니다. 황상께서 그분을 상으로 내리신다면 사양치 않고 받겠습니다."

황제가 유쾌하게 웃었다. 자균에겐 넘치는 짝이었다. 이 여인 어디에 이런 배짱이 있었을까? 벌벌 떨며 눈물을 흘리던 모습도, 물에 빠져 죽은 사람처럼 창백했던 모습도 찾을 수 없었다. 지금 그의 앞에 있는 주유는 강한 의지가 엿보이는 눈빛을 하고 있었다. 그때 그와 눈도 못 마주치던 여인이 이제 당당하게 자신의 뜻을 이야기하고 있었다.

"난 자균을 용서할 수가 없다. 신하이기 이전에 한 스승 밑에서 배운 학우였고 마음을 나눈 친구였거늘 어찌 제 마음에 담은 여인을 내게 보낼 수 있단 말이냐. 불충을 논하기 전에 인간으로 신의가 없는 것 아니냐. 게다가 그대는 어쨌든 내 여인이었고 죽어서였으나 정식 봉호까지 받았다. 감히 황제의 여인을 신하가 가질 수는 없는 법."

짐짓 언짢은 듯 이야기했으나 주유는 그 말에 섞인 장난기어린 웃음을 보고 말았다. 예석황제와 이리 편한 마음으로 이야기할 날이 오리라고는 상상도 하지 못했다.

처음 뵈올 때는 조금도 마음을 열어 보여 주질 않아 어렵고 차가운 분이라 생각했지만 이리 장난스럽게 농도 하시는 분이구나. 주유의 얼굴에 희미한 미소가 어렸다. 그 미소에 화답하듯 예석황제도 미소 지으며 말했다.

"쉽게 그대를 줄 수는 없지. 그대가 아팠던 것만큼 자균을 아프게 하는 건 안 되겠지? 자균의 고통은 그대의 고통일 테니. 하나 애는 좀 태워야겠군. 그건 허락해 주겠는가?"

주유가 고개를 끄덕였다. 황제의 미소가 더 커졌다.

위로는 황제와 황후에서 아래로는 안규와 원표, 혜란공주와 진씨 가문 전체가 자신을 속이기 위해 한통속으로 뭉쳤다는 것을 자균은 꿈에도 모른 채 서화를 만나기 위해 환주성 밖에 있는 유숙지로 갔다. 황후마마가 드실 하미과가 도착했다는 기별을 받고 직접 찾으러 가는 길이었다.

혹 주유를 볼지 모른다 생각하니 심장이 미친 듯이 뛰었다. 어쩌면 그날 밤은 꿈이 아닐 수도 있었다. 이곳에서 본 주유의 모습이 환영이 아닐 수 있었다. 이리도 가까운 곳에 있었던 거냐? 그런데 어찌 네가 살아 있음을 알리지 않았던 것이냐? 나와의 인연을 끊고 싶었던 것이냐?

서화는 자균을 반갑게 맞이했다.

"어찌 직접 오셨습니까? 바쁘신 것으로 알고 있는데요."

"이제 급한 일은 어느 정도 정리가 되었다네. 자네에게 물어

볼 것이 있네."

"말씀하십시오. 무슨 일입니까?"

자균은 입안이 바싹바싹 말랐다. 어찌 이야기를 시작해야 할지 도무지 생각이 나지 않아 헛기침만 몇 번 했다.

"상단에 주유라는 여인이 있는가?"

이미 경요로부터 전후 사정을 다 들은 서화는 시키는 대로 아무것도 모르는 척 시침을 떼며 물었다.

"예? 주유 아가씨를 무슨 일로 찾으십니까?"

"연에서 황후마마를 잘 모셨다고 하여 황제폐하께서 상을 내리시고 싶어 하네."

"아, 그 일이십니까? 그런데 어찌 명이 엇갈린 건가요."

"엇갈려?"

"엊그제 폐하와 마마께서 직접 주유 아가씨를 행궁에 불러 큰 상을 내리신 것으로 압니다. 게다가 경사가 겹쳐서 그 일도 함께 축하하실 겸 부르셨다 합니다."

"경사라니?"

서화는 목소리를 낮추었다.

"진 대학사만 아십시오. 아가씨는 여의 세자빈이 되실 겁니다. 상단에 계실 때 동비마마께서 세자저하의 짝으로 눈도장을 찍으셨답니다. 이제 연과의 문제도 해결되었으니 곧 국혼이 있으시겠지요."

자균은 눈앞이 캄캄했다. 서화가 하는 말을 믿을 수가 없었다.

"상단에서 일하는 여인이 어찌 후에 왕후가 되는 세자빈이 된다는 겐가?"

서화는 아무것도 모른다는 태연한 얼굴로 경요가 가르쳐 준 대로 줄줄 읊었다.

"자세한 것은 몰라도 꽤 귀한 가문의 핏줄이라고 하시더군요. 황후마마께서 상단에 맡기실 때 그런 이야기는 쏙 빼놓고 맡기시지 않았습니까? 세자빈에 부족함이 없는 지체라 하더이다. 사정이 있어서 몸을 피하고 계시는 것이었다는군요. 그것도 모르고 상단 일을 하게 했으니 이거 나중에 벼락이 치진 않겠지요?"

"아, 아무리 그래도 그렇지, 그 여인의 뜻도 중요하지 않은가."

서화는 웃음을 참기 위해 혀를 깨물었다.

"세자빈 간택이 보쌈도 아닌데 어련히 아씨의 의중을 살피지 않았을까 봐요."

"그, 그럼 주유라는 여인도 허락했다는 거냐?"

"일국의 세자빈이 되는 건데 허락하지 않을 이유가 없지 않습니까. 게다가 태원세자 저하는 인물 번듯하시지, 성품 따스하시지, 심지도 굳으시지, 한 여인만 은애하시는 부친 밑에서 자라셨으니 좋은 배우가 되어 주실 겁니다. 세자저하도 주유 아가씨를 퍽 마음에 들어 하셨다는군요. 이거 좋은 일은 좋은 일을 불러온다더니, 환주 문제가 해결되어 이런 경사스러운 일이 있나 봅니다."

'정안공주와의 국혼을 거절한 것이 설마······.'

서화는 새파랗게 질린 자균의 얼굴을 보니 동정이 가기도 했다.

'부부는 닮는다더니, 폐하도 공주님만큼 짓궂으시다.'

자균은 자기도 모르게 말을 더듬으며 지푸라기라도 잡는 심정으로 물었다.

"그, 그럼 그 주유라는 분은 어디 계시냐? 아직 이곳에 계시냐?"

"폐하와 마마께 하직 인사를 드리고 떠나셨습니다. 하석공주의 하가부터 치르셔야 하니 아직 시일이 많이 남았지만 이것저것 배우셔야 할 것이 많으니까요."

주유가 여국 궁에 간 것은 사실이었다. 동비는 경요를 돕게 될 주유에게 상단 일을 좀 더 자세히 가르치고 싶은 마음에 그녀를 자신이 있는 여국 궁으로 불렀다.

행궁에 도착한 자균은 자신을 급히 찾는다는 예석황제를 뵈러 발걸음을 바삐 했다.

"폐하, 무슨 일이십니까?"

"아, 자네에게 이를 말이 있어서 말이네."

"말씀하시옵소서."

"다름이 아니라, 자네에게 혼담이 들어왔네."

"네?"

자균은 어안이 벙벙했다. 정안공주와의 혼담을 거절한 것으로 한동안 혼인하지 않겠다는 자신의 뜻을 가문과 예석황제에게 분명히 전한 것으로 알고 있던 터였다.

"황후의 모친인 동비의 배다른 여동생과 자네를 맺어 주고 싶다고 화경족의 위보형 단주가 내게 부탁을 했네."

"그게 무슨 말씀이신지……. 동비께선 무남독녀가 아니십니까."

"배다른 여동생이네. 위보형 단주가 밖에서 본 여아가 있는데 지금껏 비밀로 하고 키워 왔다는군. 이번 환주 일로 화경족의 도움을 받은 데다, 앞으로도 화경족과의 관계를 더욱 공고히 하는 게 좋을 것 같아 나는 수락했네."

"네?"

자균은 자기도 모르게 목소리를 높였다. 지금 황명으로 혼인을 하라 하시는 건가?

"스물은 넘었다고 하는데 자색이 곱고 상단 일을 배워서 야무진 여인이라니 좋은 아내가 되어 줄 걸세."

"폐하, 전……."

"서화로부터 자네 이야기를 퍽 좋게 들었나 보더군. 꼭 혼인을 성사케 해 달라고 부탁했네. 황후 역시 대찬성이야."

예석황제는 환하게 웃으며 자균을 막다른 골목으로 몰았다.

"폐하, 전……."

예석황제는 자균을 똑바로 바라보았다. 만약 자균이 사내답게 사실을 밝힌다면 두말할 것 없이 그가 혼인할 여인의 정체와 그간의 사정을 솔직히 이야기해 줄 생각이었다.

'그래, 자네는 어떤 선택을 할 건가? 또 나를 기만하는 침묵을 선택할 것인가, 아니면 사내답게 모든 것을 밝히겠는가? 자네의 여인 주유는 내 앞에서 솔직하게 자네에 대한 연심을 밝

혔지. 자네는 어찌하려나?'

자균은 눈을 질끈 감았다.

"폐하, 전 혼인을 할 수 없습니다."

예석황제가 차갑게 물었다.

"이유는?"

"이미 마음에 담은 여인이 있습니다."

"그럼 그 여인과 혼인할 것인가?"

"그게……."

예석황제는 자균을 더 밀어붙였다.

"어느 집안의 여식인가? 단에서 자네를 사위로 마다할 집안은 없을 터."

자균의 눈빛이 한없이 흔들렸다. 예석황제는 혀를 찼다.

'그런 얼굴로 누구를 속이겠나. 쯧쯧, 이 순진한 친구야.'

"자네가 이미 마음을 정한 여인과 혼인을 하겠다면 나도 어쩔 수 없지. 하나 그 여인이 누구인지 알아야겠네. 황제가 아니라 자네의 친우로 말일세. 누군가? 내 명을 거역할 정도로 자네의 맘을 잡은 여인이."

자균은 대답할 수 없었다. 그는 이를 악물었다.

도대체 어찌해야 하는가? 주유인지 모를 여인은 여의 태원세자의 짝이 될지 모르고, 자신은 위보형의 서녀와 황명으로 결혼해야 한다. 짓궂게도 예석황제는 자균의 고민에 기름을 들이부었다.

"나라를 위해, 나를 위해 그리해 줄 수 없나? 내겐 위보형의 도움이 절실하네."

폐하를 위해 또다시 주유를 잃어야 하나? 자균은 숨이 막혔다.

"폐하, 저는……."

자균은 차마 말을 이을 수 없었다.

"그 여인과 함께할 수 없을지도 모르지만……, 그 여인은 저를 자신의 마음에서 몰아냈을지 모르지만……, 그 여인 외의 어느 누구도 제 반려로 맞을 생각이 없습니다."

자균의 목소리가 떨렸다. 예석황제는 한숨을 내쉬었다.

"지아비가 있는 여인을 사랑하는 건가?"

"아, 아닙니다!"

"그럼 신분이 낮아 자네의 반려가 될 수 없는 여인을 은애하는 건가?"

"그것도 아닙니다."

"그럼 도대체 뭔가? 속 시원히 말을 해 보게. 나는 자네의 벗이 아닌가. 어떤 허물이라도 내 그대를 위해서라면 덮겠네."

그 말에 자균이 대답했다.

"아닙니다. 폐하는 제게 벗 이전에 폐하이십니다. 저는 폐하의 신하이구요."

어찌 폐하의 비였던 여인을 마음에 담고 있다 말할 수 있을까?

혹여 이야기가 새 나간다면 폐하의 추문이 된다. 이 일은 나와 주유만의 일로 남아야 한다.

자균의 눈빛은 더 이상 흔들리지 않았다.

'호오, 절대로 내게 진실을 말하지 않겠다?'

"벗 이전에 신하라. 그래, 그럼 나도 자네에게 벗이 아닌 황제로 명하겠다. 위보형의 서녀 위연화와 혼인하라."

예석황제는 그 말을 끝으로 자균을 물러나게 했다. 벼락이라도 맞은 듯한 자균이 불쌍했지만 그는 자기도 모르게 미소 짓고 있었다.

'벗이기 이전에 신하라. 그대 정말 충직한 신하군. 평생 함께하고 싶은 여인 대신 나를 택했으니 말이야. 내 그 마음을 결코 잊지 않을 걸세. 하지만 내겐 진자균이라는 벗도 필요해. 벗이라면 이 정도 장난은 괜찮지 않을까?'

예석황제는 차비를 불러 진자균 대학사와 위보형의 서녀 위연화의 혼례를 급히 준비하도록 명했다. 황후의 친척이니 공주가 하가하는 예로 준비하라고 일렀고, 황귀비에게 주려고 마련했던 납폐를 주도록 명했다. 다들 황후의 핏줄이라 해도 일국의 공주도 아닌 겨우 상단 단주 서녀의 혼례로는 예를 넘어섰다 생각했으나, 그만큼 황제가 황후를 은애하며, 이번 전쟁에서 화경족의 활약이 큰 것에 대한 보상이라 여겼다.

병석에 누워 생기라곤 하나도 없던 혜란공주는 죽었다 여겼던 주유가 살아 있다는 소식을 비밀리에 전해 듣고 금세 자리를 털고 일어나 예석황제가 자균의 신혼집으로 특별히 하사한 채련당采蓮堂의 신방을 꾸미기 위해 분주했다.

'이리될 줄 알았다면 처음부터 그 연을 이어 줄 것을.'

신혼부부가 잠을 잘 침상에 자연스러운 꽃향기를 배게 하기 위해 향낭을 넣어 두면서 혜란공주는 그렇게 생각했다. 손자를 속이는 것이 마음에 걸리긴 했지만 주유를 자기 품으로 다시 데려올 수 있다는 기쁨 덕에 곧 잊어버렸다.

황후가 있는 곳에 사건이 있다. 황후가 없는 동안 윗사람들은 환주 사태와 예석황제의 첫 전쟁으로 정신이 없었지만 하루하루가 그날이 그날인 아랫사람들은 소동과 소문에 목말랐다. 그리고 그들의 기대는 누가 봐도 회임한 몸인 황후가 예석황제와 환궁한 날, 충족되었다.

저리 당당하게 부른 배를 디밀고 돌아왔으니 저 뱃속의 아이가 예석황제의 씨가 분명하다는 주장과 설마 회임한 황후를 환주로, 또 연으로 보냈겠냐는 주장이 한 치의 물러섬 없이 팽팽히 맞섰다. 다들 숨을 죽이고 황태후가 있는 존호궁만을 바라보았다. 분명 불꽃 튀는 설전이 있으리라 기대했으나 의외로 일은 싱겁게 마무리되었다.

환주에서 돌아오자마자 예석황제는 황후의 회임을 경하하는 연회와 과거를 열었고, 살인죄를 저지른 이를 빼고는 감옥에서 죄수들을 석방했다. 신하들은 다들 단사황태후를 바라보았다. 단사황태후는 직접 편전에 나와 황후가 환주로 가기 전 회임했음을 자신에게 고했고, 자신이 황제의 청을 받아 태명을 지었음을 말했다. 앞으로 황후의 용종에 대해 불미스러운 말을 입에 올렸다간 예석황제뿐 아니라 단사황태후의 불

벼락도 맞게 되리라는 뜻이었다. 또한 신관장 삭공이 예법에 맞게 황후의 회임을 하늘과 종묘에 고했음을 문무백관 앞에서 알렸다.

"그런 경사를 어찌 신들에게 숨기셨단 말입니까."

신료 중 하나가 여전히 미련을 버리지 못하고 단사황태후와 예석황제의 심기를 불편하게 하는 말을 아뢰었다.

예석황제가 말했다.

"황후는 늘 국사가 우선인 국모다."

"하오나 황후마마의 가장 큰 의무는 내명부를 다스리고 후사를 생산하시는 일이 아닙니까."

"황후가 내명부를 다스리지 못했고 후사를 생산하지 못했는가?"

"예?"

"내가 처복이 있어 능력 많은 후를 얻었으니 이를 국사에 이롭게 쓰는 것은 당연한 일 아닌가."

그 말에 누구도 이의를 제기할 수 없었다. 누가 뭐래도 황후는 환주 사태를 해결했고, 연국과의 전쟁을 승리로 이끄는 데 일익을 담당했다. 싫든 좋든 이제 황제의 용종까지 가진 그림자 신부를 황후로 인정해야 할 때가 왔다. 아니, 이미 그들에겐 그림자 신부라는 말이 머릿속에서 사라진 지 오래였다. 단의 황후이자 태화전의 주인은 경요, 여후였다.

주유와 자균의 혼사는 한때 경요가 머물렀던 유선궁에서 치러졌다. 곱게 화장을 하고, 화관으로 머리를 장식하고, 화려한 꽃수가 놓인 혼례복을 입은 주유가 감회에 찬 눈으로 유선궁을 둘러보았다.

이곳에 다시 돌아올 줄, 그것도 오라버니의 신부가 되기 위해 돌아올 줄은 몰랐다. 경요 역시 감회가 새로웠다. 저 침상에서 주유를 질투하며, 준에 대한 자신의 연심을 아프게 깨달았던 그 밤이 떠올랐다.

그 두 여인이 이제 서로 마주 보고 미소 짓고 있었다.

"떨리는가?"

"예, 이런 날이 오리라 생각지도 못했습니다."

안규가 신부의 얼굴을 가릴 붉은 비단을 함에 담아 가져왔다.

"그대는 정식으로 내 외할아버지의 딸로 입적되었네. 자네는 이제 화경족 위연화일세. 사적으로는 내 이모가 되는 셈이지. 자신의 이름과 출신을 모두 버렸는데 괜찮겠나?"

"이곳을 떠날 때 이미 버린 이름과 과거입니다. 앞으로는 위연화로 살겠습니다."

주유라는 이름은 오직 한 사람, 자균만 불러 주면 족했다.

연화蓮和는 주유가 스스로 지은 이름이었다. 채련자采蓮子에 얽힌 추억과 평생 자균과 화락和樂하고 싶은 소망을 담아 그리 지었다. 주유는 스스로 지은 이름이 마음에 들었다.

내인이 신부를 재촉했다.

"신랑이 도착했습니다."

주유는 눈이 보이지 않을 정도로 활짝 웃고 있었다. 그 모습을 보고 안규가 말했다.

"너무 웃지 마십시오. 혼례 때 신부가 너무 웃으면 가연을 시기한 잡귀가 붙는다 하더이다."

그 말에 경요가 대꾸했다.

"아닐세. 실컷 웃게. 그깟 잡귀 따윈 내가 쫓아 주겠네. 자네는 누구보다 크게 웃을 자격이 있는 사람이야. 진 대학사는 오늘 절대 웃지 못할 테니 자네라도 실컷 웃게."

그 말에 안규는 그만 웃음을 터뜨리고 말았다. 진 대학사의 얼굴이 어찌나 무시무시한지 신랑이 아니라 저승사자처럼 보인다고 아랫것들이 수군거리는 소릴 들었기 때문이다.

경요는 주름 하나 없는 붉은 비단을 화관으로 곱게 장식한 주유의 머리 위에 얹었다. 안규가 주유의 손을 잡고 유선궁 중정으로 안내했다. 경요는 붉은 비단 네 귀퉁이의 황금색 술이 햇빛에 반짝이는 모습을 바라보았다. 참 고운 신부였다.

'정말 어렵고 힘들게 이곳까지 왔네. 그러니 부디 행복하게.'

경요는 마음속으로 이젠 연화라 불릴 여인을 축복했다.

유선궁에서 친영의 예가 끝나고 자균과 주유는 각각 다른 가마를 타고 신방이 꾸며진 채련당으로 향했다. 주유는 붉은 비단을 쓴 채로 신방에서 자균을 기다리고 있었다.

자균은 무영을 비롯한 친우들과의 술자리가 길어지는 것 같았다.

주유는 붉은 비단 너머로 손가락 한 마디만큼은 짧아진 밀초를 바라보았다.

'기약 없이도 기다렸거늘. 사람 마음이 참 간사하구나. 이 짧은 시간이 그 시간보다 더 더디게 가는 것을 보면.'

주유는 조금의 흐트러짐 없이 꼿꼿하게 허리를 펴고 자균을 기다렸다. 밀초가 두 마디 더 제 몸을 태운 후에야 굳은 얼굴의 자균이 신방에 들어왔다. 황궁에서 보낸 화려한 꽃으로 장식한 신방에서 가장 아름다운 꽃은 신부였으나 자균은 자신만을 위해 핀 그 꽃을 돌아보지 않았다.

주유는 붉은 비단 너머로 흐릿하게 보이는 자균을 바라보았다.

'오라버니, 주유입니다. 제가 여기에 왔습니다.'

술 냄새가 진동을 했지만 자균의 몸가짐에는 흐트러짐이 없었다. 목소리 역시 취기를 느낄 수 없었다.

주유는 가슴이 두근거렸다.

"그대에겐 미안한 말이나 난 그대를 아내로 맞이할 수 없소."

어째서냐고 묻듯 얼굴을 가린 비단이 미세하게 흔들렸다. 자균은 비단 너머 여인의 얼굴을 바라보았다. 흐릿한 윤곽만 보일 뿐 표정은 알 수 없었다.

"그대에겐 청천벽력 같은 소리겠지만 난 황상의 명으로 그대와 혼인한 것이오. 명대로 혼인은 했지만 그대를 아내로 여길 수 없소."

여인은 말이 없었다. 자균은 여인이 무슨 말이라도 해 주길 기다렸으나 여인은 아무 말도 하지 않기로 작정한 것 같았다.

"난 이미 마음을 정한 여인이 있소. 그 여인과 인연이 기이하게 꼬여 자꾸만 어긋나고 있지만, 난 끝까지 가 볼 생각이오."

끝까지, 내 모든 것을 다 버리고, 안개처럼 사라져 버릴지라도 주유 너를 찾으러 간다. 네가 살아 있는지 확인이라도 해야겠다.

"그대가 이 혼인을 깨고 싶다면 그리해 주겠소. 모든 것은 내 허물이니 그대는 더 좋은 짝을 찾아 재가하시오."

가느다란 목소리가 붉은 비단 보자기 너머에서 들렸다. 너무 작아 귀를 기울여야 겨우 들을 수 있는 소리였다.

"저는 이 혼인을 깰 생각이 없습니다, 서방님."

작은 목소리였으나 단단한 고집이 느껴졌다. 자균은 자기도 모르게 조소했다. 아직 얼굴도 보지 않았는데, 몸도 섞지 않았는데 어찌 서방님이라는 말이 그리 쉽게 나오는가? 부끄러움이 없는 뻔뻔한 여인인가?

"혹 내 마음이 바뀌리라 생각한다면 오판이오. 난 그대를 평생 안지 않을 것이오. 그대 인생을 가엾게 만들지 말고 이 혼인을 깨시오."

"그분을 많이 은애하십니까?"

뜻밖의 질문이 비단 너머에서 들려왔다.

"그 사람에게 이미 오래전에 내 마음을 다 주어 버렸소. 그 사람이 내 품에 안겨 울음을 그치고 웃어 보일 때 이미 내 마음은 그 사람의 것이었소."

"얼마나 은애하십니까? 지금까지 가졌던 것들을 모두 다 버릴 정도입니까? 저를 버리시면 황상도 서방님을 용서하지 않으실 겁니다."

이제 협박인가?

"내겐 그 여인 말고는 아무 의미가 없소."

망설이다 덧붙였다.

"다 버릴 수 있소. 그 여인과 함께할 수 있다면. 아니, 애초부터 그리할 생각이었소. 진씨 가문의 장자로서의 모든 권리를 내려놓으려 했었소."

굵은 눈물방울이 여인의 손등에 툭툭 소리를 내며 떨어졌다.

자균은 그것으로 충분한 설명이 되었으리라 믿었고, 눈물방울이 그녀의 대답이라 여겼다.

"그럼 쉬시오."

하나 자균은 그 눈물이 기쁨의 눈물이었음을 알지 못했다.

33

혼인 첫날밤 자균은 서재에 딸린 작은 방에서 잠을 잤다.

새벽 해가 뜨기도 전에 잠에서 깨 등청을 위해 자리에서 일어났는데, 누군가가 침실 문을 두드렸다.

"기침하셨습니까?"

자균은 대답 대신 기침 소리를 냈다. 문이 열리고 마흔 줄 정도로 보이는 여인이 그에게 공손하게 고개를 숙였다. 뒤에 있던 열두어 살 정도로 보이는 소녀도 어리둥절한 얼굴로 어미를 따라 꾸벅 고개를 숙였다.

지해는 혜란공주가 특별히 그들의 신접살림을 돕기 위해 보낸 이였다. 채련당에서 새 살림을 시작한 두 사람을 위해 특별히 입 무겁고 손끝 야물고 음식 솜씨가 좋은 이를 구해 집안에 들였다. 진씨 가문에 있는 사람을 보낼까도 생각했지만, 주유의 얼굴을 알고 있기에 괴이쩍은 말이 날까 싶어 집안 사정을 전혀 모르는 이를 찾았다.

"주인어른, 처음 인사드립니다. 지해라 하옵니다. 이 아이는 제 딸 인아이옵니다."

목소리만큼이나 인사를 하는 몸가짐도 차분했다.

"무슨 일인가?"

지해는 자균의 냉랭한 물음에도 전혀 움츠러들지 않고 뒤에 서 있는 인아를 방 안으로 들어가게 했다. 인아는 어미가 가르쳐 준 대로 조심스러운 발걸음으로 방 안 가운데에 있는 다탁 쪽으로 걸어가 흰 천으로 덮은 나무 쟁반을 소리 없이 내려놓았다.

"어제 과음을 하셨는데 빈속으로 등청하시면 속이 많이 쓰리실 거라며 마님께서 죽조반을 만드셨습니다."

그 말을 끝으로 지해는 인아를 재촉해 밖으로 나갔다. 먹든 안 먹든 그냥 두고 나오라는 여주인의 명을 받은 것이다.

나무 쟁반을 덮은 천을 벗기자 사기그릇에 담긴 꿀물과 뚜껑 덮인 놋그릇이 얌전히 놓여 있었다. 잣가루를 얹은 타락죽이었다.

시원한 꿀물을 마시고 나자 위장이 깨어나는 느낌이었다. 허기가 느껴져 이번엔 타락죽을 마시듯 다 먹었다. 뜨거운 정도와 소금 간이 그의 입맛에 딱 맞았다. 그릇을 깨끗이 비우고 나자 이 죽을 만든 이가 그의 '아내' 연화부인이라는 지해의 말이 떠올랐다. 어쨌든 밥을 굶을 수는 없으니까. 자균은 그렇게 중얼거렸다.

　큰 집 살림에 익숙한 지해에게 채련당 살림은 심심할 정도
로 일거리가 없었다. 안채 일은 지해 혼자서 해도 반나절이면
끝이 났고, 진일과 힘을 쓰는 일은 행랑에 살고 있는 석주 어멈
과 그 남편이 맡아서 지해가 따로 신경 쓸 일이 없었다.

　채련당의 젊은 마님인 연화부인은 바깥어른에 대한 것은 일
일이 제 손으로 챙겼다. 매일 새벽 죽조반과 저녁 식사는 직접
만들어 올렸고, 혹 끼니를 거르고 밤늦게까지 궁에 있으면 석
주 아범을 시켜 요깃거리를 보냈다. 진 대학사의 입성은 속옷
에서 관복까지 직접 바느질해서 지었고, 침상의 이불보도 직접
수를 놓았다. 또한 서재와 침상의 청소와 정리도 다른 이를 시
키지 않았으며, 매일 침상을 깐 이불보를 직접 빨아 뒷마당에
널어 말리고 풀을 먹여 다림질까지 했다.

　여러 대갓집을 돌아다니며 안주인을 모셨던 지해에게 연화
부인은 특이한 상전이었다. 이렇게 직접 다 하실 거면 뭐하러
자신을 집에 불러들였는지 알 수 없었다. 솜씨도 얼마나 야무
진지 정말 이런 분을 안사람으로 둔 남편은 행복하겠다 여겼
다. 그런데 바깥어른은 무슨 심사로 이리 고운 분을 박대하시
는지 이해할 수 없었다.

　지해는 연화부인을 보고 앉으면 모란이요 서면 작약이라는
말이 어떤 인물을 두고 하는 말인지를 알았다. 얼굴이 예쁘면
솜씨가 없다지만, 살림이라면 깐깐할 수밖에 없는 그녀의 눈에

도 주유의 솜씨는 인정할 만했다.

지해는 남편에 대한 일은 진일이든 마른일이든 손에서 일거리를 놓지 않는 젊은 마님 보기가 너무 송구해서 '이런 일은 제게 맡기시지요.' 하는 것이 말버릇이 되었다. 하지만 연화부인은 남편에 대한 일은 절대 맡기지 않았다. 황상의 명으로 얼굴도 보지 않고 급히 혼인을 한 사이라고 얼핏 소문을 들었던 지해는 시종일관 찬바람이 씽씽 부는 지아비를 진심으로 정성스럽게 섬기는 연화부인이 존경스럽기까지 했다.

제아무리 순종적인 여인이어도 혼인 첫날밤 신방에서 소박을 당한 모욕감은 그 어떤 것으로도 풀어지지 않을 거라 여겼는데 연화부인은 태연했다. 초야 다음 날, 신방에 들어간 지해는 여전히 붉은 비단을 머리에 쓰고 있는 연화부인을 보고 깜짝 놀랐다. 초야는 고사하고 얼굴을 가린 비단도 건드리지 않으셨단 말인가?

도대체 어찌 말을 붙여야 할지 알 수 없어 그저 입만 벌리고 서 있는데 연화부인이 자리에서 일어나 스스로 붉은 비단을 벗었다. 혹 밤새 흘린 눈물로 얼굴이 퉁퉁 부어 있지 않을까 걱정했지만 비단을 벗고 드러난 연화부인의 눈은 맑았다.

연화부인은 연꽃같이 잔잔한 미소를 지으며 그녀에게 말했다.

"잠시 뒤 서방님이 등청하셔야 하네. 옷 갈아입는 것을 도와주게나."

편한 옷으로 갈아입은 연화부인은 앞치마를 두르고 부엌으로 갔다. 직접 돌절구에 쌀을 빻고 신선한 우유를 부어 타락죽을 끓였다. 지해는 연화부인이 몸을 움직이는 것을 유심히 살폈다. 일에 익숙해 보였다.

"아, 마님, 꿀을 조금 넣으시는 게……."

소금만으로 간을 하는 것을 보고 자기도 모르게 지해는 참견을 했다.

"단것을 싫어하신다네. 간은 소금으로만 하는 걸 좋아하시지."

지해는 눈을 둥그렇게 떴다. 어찌 식성까지 아시는 걸까? 시댁에서 미리 귀띔이라도 받으신 건가?

"자네가 인사를 올릴 겸 인아와 함께 가게."

"예? 마님이 직접 가시는 게……."

지해가 말끝을 흐렸다.

연화부인은 여전히 편안한 얼굴로 말했다.

"내 얼굴 보기 싫으실 테니 자네가 가게. 나 때문에 조반도 못 드시고 등청하면 안 될 말이지."

젖은 손을 앞치마에 닦으며 주유는 부엌을 나갔다. 어젯밤 소박맞은 여인이라고 믿을 수 없을 만큼 편안한 얼굴이었다.

'속이 오죽하시겠나. 그런데도 저리 태연하시다니, 대단하신 분이다.'

지해는 연화부인에게 감동하고 말았다. 자기라면 죽조반은 고사하고 찬물 한 동이를 뒤집어씌웠을 거라고 생각했다. 그러면서 윗사람으로 채신을 지키며 사는 건 쉬운 일이 아니라고 고개를 주억거렸다.

새벽에 등청하는 자균의 죽조반을 챙긴 후 주유는 자신의 침실에서 잠시 눈을 붙였다. 아직은 정체를 들키고 싶지 않았기에 얼굴 마주칠 일을 만들고 싶지 않았다. 잠시 졸다 일어나면 해가 떴다. 주유는 부엌에 들렀다가 자균의 서재로 들어갔다.

오늘도 자신이 올린 죽조반 그릇이 깨끗이 비워져 있었다. 주유는 흐뭇한 미소를 지으며 서재의 창문을 열었다. 서책이 많은 방이라 환기를 시키지 않으면 금세 곰팡이 냄새가 났다. 매일 바람과 볕을 충분히 쐬어 줘야 했다.

완연한 봄바람이 창을 통해 들어왔다. 바람결에 누군가가 보낸 서찰처럼 흰 꽃잎이 창틱에 떨어졌다. 주유는 꽃잎을 손바닥에 올려놓았다. 벚꽃 잎이었다. 중정에 있는 벚꽃이 지고 있구나. 주유는 손바닥에 올린 꽃잎을 완상하면서 봄볕과 봄바람을 즐겼다.

매일 잠깐 머무는데도 자균은 기가 막힐 정도로 서재와 침실을 어지럽혀 놓았다. 주유는 '오라버니는 정말 못 말려.' 하고 중얼거리며 여기저기 흩어진 책들을 제자리에 놓고, 붓을 빨아 붓걸이에 걸고, 아무렇게나 던져진 연적과 먹을 제자리에 놓았다. 벼루 역시 다음에 쓰기 좋게 깨끗이 닦아 놓았다. 무심한 남자라 매일 이렇게 자기 서재가 깔끔하게 정리되어 있다는 사실도 눈치 채지 못하는 것 같았다.

침실로 들어갔다. 벗어 놓은 옷이 바닥에 아무렇게나 떨어져 있었다. 주유는 옷가지를 집어 올렸다. 자균의 체향이 느껴졌다. 주유는 자균의 옷을 안고 그가 누웠던 침상에 몸을 눕혔다. 빠져나간 지 꽤 시간이 흘렀지만 이불 안에서 온기가 느껴졌다. 그의 체온이었다.

주유는 눈을 감았다. 꿈만 같았다. 자균이 자신이 치워 놓은 서재에서 책을 읽고, 자신이 바느질한 옷을 입고, 자신이 만든 음식을 먹고, 자신이 빨아 풀을 먹여 다린 이불을 덮고 잔다. 가슴이 벅찰 만큼 행복했다.

서재를 청소하러 들어간 연화부인이 시간이 꽤 지났는데도 나오지 않자 지해는 살며시 서재로 들어갔다. 부인의 모습이 없었다. 서재에 딸린 작은 방문을 열었다. 연화부인이 침상에 누워 졸고 있었다. 그 모습이 편안해 보였다. 지해는 연화부인의 잠을 깨우지 않기 위해 소리 죽여 나왔다.

밤늦게 돌아온 자균은 심사가 불편해 보였다. 지해는 연화부인이 끓인 진한 차를 주인어른 앞에 놓았다.

서재를 나가려는 지해를 자균이 불렀다.

"이 책상 위의 꽃, 자네가 가져다 둔 건가?"

자균의 말에 지해의 시선이 책상 위의 꽃병으로 향했다. 소담하고 싱싱한 작약 한 송이가 꽂혀 있었다.

"황후마마께서 백화원의 작약이 곱게 피었다며 몇 송이 선물로 보내셨습니다. 황후마마께서 하사하신 것이니 주인어른께 뵈어야 한다고 마님이 꽂아 두셨는데요."

자균의 이마에 깊은 주름이 잡혔다.

'왜 하필 작약인가?'

주유를 떠올리게 하는 꽃이었다.

"꽃을 치울까요?"

머뭇거리며 지해가 물었다.

꽃을 보는 자균의 시선이 살벌하면서도 촉촉하게 젖어 있어 어느 쪽에 장단을 맞춰야 할지 알 수 없었다.

한참 후, 자균이 꽃에서 시선을 돌리며 입을 열었다.

"아닐세. 그냥 두게. 밤이 늦었으니 그만 들어가 쉬게."

자균은 지해가 가져온 차를 천천히 마셨다. 차가 입에 맞았다. 그는 쓰다 싶을 만큼 강한 차를 좋아했다. 문득 주유가 떠올랐다. 주유는 그가 그리 차를 마시는 것을 질색했으나 언제나 그가 차를 청할 때는 차의 향도 맛도 느낄 수 없을 만큼 쓰디쓴 차를 우려 주었다.

그는 혼란스러웠다. 매일 저녁 퇴청하여 채련당으로 향하는 자신의 발걸음이 점점 더 가벼워진다는 것을 깨달았다. 채련당이 이리도 금방 자신의 집으로 여겨질 줄 몰랐다.

놀랍게도 퇴청 시간이 가까워지면 자기도 모르게 마음이 가벼워졌다. 궁에서 일을 하는 동안에도 문득문득 집 생각이 났다. 골치 아픈 일이 있어도 밤에 집으로 돌아가 쉴 생각을 하면 마음이 안정되었다.

집 안의 훈기가 그를 유혹했다. 주유를 잃고 얼어붙은 그의 마음이 서서히 녹고 있었다. 자기도 모르게 그는 채련당에서 마음을 놓고 진심으로 쉬고 있었다. 그녀가 직접 차린 밥상과 직접 만들었다는 옷, 그의 취향에 맞게 깔끔하게 정돈된 서재.

하지만 그래선 안 되었다.

이 훈기는 분명 그가 얼굴도 보지 않은 연화부인이 만든 것이다. 집은 여인의 것이다. 사내는 둥지를 만들지 못하는 존재다. 이 집을 편안히 여기는 것은 연화부인을 받아들이겠다고 여기는 것과 똑같다.

심신이 이렇게 편안했던 것이 언제였는지 그는 기억을 더듬었다. 주유가 그의 곁에 있었던, 그가 단을 떠나기 전이었다. 너무 오래전이라 그런 시간이 있었는지도 까맣게 잊어버렸다.

답답한 마음에 그는 시라도 읽으려고 서가 앞에 섰다. 서책의 등을 손가락으로 훑었다. 문득 그의 시선이 제일 위에 있는 얇은 책에 멈췄다. 주유가 필사한 도연명의 시첩이었다.

'한참 전에 황후마마께 빌려 드린 서책인데⋯⋯.'

되돌려 받은 기억이 나지 않았다. 자균은 고개를 갸웃거리며 책을 폈다. 자신이 연시를 적어 놓은 도연명의 시첩이 맞았다. 시첩을 넘기던 자균의 시선이 멈췄다. 도연명의 시첩에 백거이의 시가 있었다.

아리따운 소녀가 작은 배를 저어
흰 연꽃 몰래 캐어 돌아가네.
그 흔적 감추지 못해
물풀 위로 길 하나 남기고 말았네.

주유의 글씨였다. 그녀가 자신에게 연심을 고백한 '채련자'를 떠올리게 하는 시였다.

이 시가 언제부터 적혀 있었던 거지? 자균은 아무리 생각해도 도연명 시첩에서 이 시를 본 기억이 없었다. 보았으면 기억이 났을 것이다. 기분이 이상해 자균은 도연명 시첩을 덮었다.

하지만 백거이의 시가 주유의 수줍은 고백같이 느껴져 다시 펴서 시를 읽었다. 아리따운 소녀는 주유일 테고, 흰 연꽃은 연심이리라. 연심을 끝내 숨기지 못한 소녀의 사랑스러운 자태가 떠오르는 시였다. 어떤 마음으로 주유는 이 시를 시첩에 썼던 걸까?

주유를 떠올리자 자균의 마음은 갈래갈래 찢어졌다.

너는 지금 살아 있는 거냐? 살아 있다면 왜 나를 찾아오지 않는 거냐? 나를 잊기로 한 거냐? 내게 죽은 사람이 되고 싶었던 것이냐?

수만 갈래의 생각이 머리를 어지럽게 했다. 당장이라도 여국 궁으로 뛰어가 사람들이 말한 '주유'를 확인하고 싶었다. 그러나 그 생각을 할 때마다 얼음 한 조각을 삼킨 듯 마음이 시렸다. 주유의 마음이 예전과 달라진 것 같다는 예감이 들었기 때문이다.

가서 그 아이를 만난다고 치자, 그런데 그 아이가 나를 외면한다면? 나는 그 아이가 살아 있는 것만으로 만족하고 단으로, 황상 곁으로, 채련당에서 자신을 기다리고 있는 이 여인 곁으로 돌아올 수 있을까? 먹먹하고 막막한 마음에 자균은 눈을 감고 길게 한숨을 내쉬었다.

죽은 줄 알았을 땐 억지로라도 접어야 한다고 욱여넣은 마음이었으나, 살아 있을 수 있다는 희박한 가능성이 생기고부터 자균의 마음엔 폭풍이 불었다. 주유가 죽었다는 사실을 안 순간보다 주유가 살아 있다는 것을 안 순간 마음이 더 지옥이 되었다.

그런데 무언가 이상했다. 먹빛이 지나치게 선명했다. 이전에 그가 썼던 연시보다 나중에 썼음이 분명했다. 자신이 잘못 본 것이 아닌가 싶어 자균은 시첩을 촛불 가까이에 가져갔다.

'도대체 무슨 조화인가?'

왜 이렇게 요즘 그의 주변에서 이해할 수 없는 일이 한꺼번에 벌어지는지 자균은 알 수가 없었다.

갑작스럽게 숙직을 한다는 기별을 채련당에 알리자 석주 아범이 헐레벌떡 야식을 가지고 왔다. 닭 한 마리에 인삼과 대추를 넣어 푹 고고, 그 국물에 삶은 국수를 넣고, 찹쌀과 발라낸 닭살로 만든 완자를 얹은 음식이었다. 서둘러 왔는지 음식은 여전히 따스했다. 노랗게 뜬 닭기름이 먹음직스러워 보였다.

참으로 정성스럽게 만든 음식이었다. 석주 아범은 마님이 직접 완자를 빚고 국수를 뽑아 만들었다는 설명을 빠뜨리지 않았다. 그의 아내는 초야에 소박을 맞춘 남편을 위해 무슨 생각으로 이런 음식을 만드는 걸까?

자균은 연화부인이 몇 번 그러다 말겠지 생각했다. 마음에도 없는 지아비에게 정성을 다하는 일이 쉬울 리 없었다. 하나 그의 아내 연화부인은 조금도 달라지지 않았다. 정성껏 만든 음식, 그의 몸에 딱 맞는 옷, 햇빛 냄새가 나는 풀 먹인 이불까지 그는 그 모든 것에 연화부인의 손길이 닿았다는 것을 알았다. 그 손길에서 그에 대한 지극한 애정이 느껴져 자균은 자기도 모르게 가슴 한구석이 저릿할 때가 많았다. 왜 얼굴도 보지 않은 여인에게 이런 감정을 느끼는 건지 알 수 없었다.

시장했던 자균은 달게 음식을 먹고 빈 그릇을 석주 아범에게 챙겨 보냈다.

새벽이 가까운 시간에 퇴청한 그는 특별히 예석황제가 내린 가마를 타고 채련당으로 돌아갔다. 입이 찢어져라 하품을 하며 석주 아범이 문을 열어 주었다.

집 안으로 들어갔는데 기분이 이상했다. 집이 텅 빈 듯 기이하게 썰렁했다.

지해가 서재에 있는 그에게 뜨거운 차를 올렸다. 차 맛이 달랐다. 그가 차가 마음에 들지 않는다는 눈으로 보자 지해가 황급히 입을 열었다.

"늘 주인어른이 드실 차는 마님이 준비하셨는데, 오늘은 몸이 불편하셔서 제가……."

"아파? 어디가?"

"해 질 즈음 갑자기 열이 오르고 춥다고 하시었습니다."

"의원에겐 보였느냐?"

"저녁에 황후마마께서 내의원을 보내셨습니다."

아픈 몸으로 야식을 만들어 보낸 건가? 미련하기는.

"그 내의원 이름이 뭔가? 무슨 병이라 하던가? 많이 불편한가?"

지해는 갑자기 연화부인에 대해 이것저것 관심을 보이며 묻는 자균이 낯설었다.

"홍원표라는 분이셨습니다. 며칠 날씨가 차지 않았습니까. 무리를 해서 몸살이 난 것이랍니다. 내일 약을 지어 보내겠노라 했습니다."

"익숙지 않은 일을 해서 그렇겠지. 앞으로 내 식사와 의복은 자네가 챙기게."

자균이 말하자 지해는 그리하겠노라 대답은 했지만 연화부인이 절대 그 일감을 놓지 않으리란 걸 알았다. 처음으로 연화부인을 챙기는 듯한 말을 들은 지해는 어쩐지 기분이 좋았다. 아무렴, 지성이면 감천이지. 저 정도의 지극정성이면 죽은 시신도 벌떡 일어나겠다고 생각했다.

다음 날 자균은 도무지 일에 집중할 수 없었다. 그의 의지와 상관없이 채련당에서 앓고 있을 아내 생각을 떨칠 수가 없었다. 예석황제는 그가 지난밤 무리를 해서 그렇다 여기고 일찍 퇴청하라 명했다.

퇴청하는 길에 그는 망설이다 내의원에 들렀다.

'어차피 집에 가는 길이니 굳이 다른 사람을 수고롭게 할 것

이 뭐가 있을까?'

홍원표는 그에게 약첩을 건네주었다. 자균은 별 관심 없는 척하면서 연화부인의 병세를 물었다. 원표는 어제 지해가 했던 말과 똑같은 말을 반복했다. 탕제를 먹고 푹 쉬면 며칠 후 괜찮아질 거라고 말했다.

채련당은 고요했다. 석주 어멈이 문을 열어 주면서 안채에 마님만 계신다고 말하자 자균은 자기도 모르게 미간을 찌푸렸다. 아픈 사람을 혼자 두었다고? 그의 불편한 심기를 읽지 못한 석주 어멈은 지해가 인아를 데리고 외출했다는 말을 전했다.

집으로 들어간 그의 발길은 자연스럽게 서재로 향했다. 옷을 갈아입고 책상 위에 앉았다.

하지만 무엇을 해야 하는지도 모른 채 다시 벌떡 일어나 서재를 서성거렸다. 마음이 진정되지 않았다. 이 미치도록 불안한 마음은 뭘까? 그녀가 아픈 게 아니라 이 집 전체가 아픈 것 같았다.

자균은 책상 위에 놓인 꽃병을 물끄러미 바라보았다. 언제부턴가 늘 작약 한 송이가 꽂혀 있었고, 어느 순간부터 그 꽃이 그리 거슬리지 않았다. 자균은 손가락으로 싱싱한 꽃잎을 만지작거렸다. 자균은 약첩을 부엌에 놓고 다시 서재로 돌아왔다. 그거면 자기 할 일은 다 했다고 생각했다. 하지만 여전히 마음이 불편했다. 자균은 서재를 나갔다.

혼인하고 처음으로 그의 발걸음이 안채 연화부인의 침실 쪽으로 향했다.

'아픈 사람을 혼자 둘 순 없는 거니까. 상태가 많이 안 좋으면 의원을 불러야 하니까. 아픈 사람을 홀로 두고 어딜 간 거야!'

자균은 애꿎은 지해에게 화를 냈다. 그런데 이상하게 가슴이 두근거렸다. 자균은 그동안 자신이 연화부인이 어떻게 생긴 여자인지 궁금해했음을 깨닫고 화들짝 놀랐다.

침실 문 앞에서 자균은 망설였다. 아내의 방문 앞에서 망설이는 지아비라, 우습기도 했지만 그들은 아직 합방도 하지 않았으니 부부라 할 수 없지 않은가. 어쩌면 자신의 흐트러진 모습을 보이고 싶어 하지 않을지도 모른다고 생각했다. 그래서 자균은 문에다 귀를 대어 보았다. 아무 소리도 나지 않았다. 편히 쉬고 있는 건지, 아니면 너무 아파서 신음 소리도 내지 못하는 건지 알 수가 없었다.

겨우 문을 열기로 마음먹고 문고리에 손을 댔을 때 지해의 목소리가 들렸다.

"어쩐 일이십니까?"

지해와 눈이 마주치는 순간 자균은 무언가 나쁜 짓을 하다 들킨 것 같았다.

"아픈 사람이 있는데 어찌 외출을 했는가?"

찔리는 마음을 감추고자 자균은 책망하는 소리를 했다.

"화경방으로 마님 심부름을 다녀왔습니다. 급한 일이라 오늘 꼭 가야 한다고 마님께서 보내셔서……."

"일이 아무리 급해도 아픈 사람이 먼저지. 다음에 이런 일이 있으면 석주 어멈에게 곁을 지키게 하게."

자균은 붉어진 얼굴을 들키지 않으려고 몸을 돌렸다. 그런데 지해가 그를 붙잡았다.

"그런데 여기까지 어쩐 일이십니까?"

초야에 소박을 맞춘 주제에 무슨 일로 여기까지 왔냐는 뜻이 섞여 있는 것 같아 자균은 자기도 모르게 얼굴이 화끈하게 달아올랐다. 자균은 고개도 돌리지 않고 애써 무뚝뚝하게 말했다.

"내의원에서 보낸 약첩이 부엌에 있다는 말을 하러 왔을 뿐이네. 전할 사람이 아무도 없어서 직접 왔을 뿐이야."

궁색한 변명이었지만 지해는 그 말에 그냥 넘어갔다.

다음 날 인아가 그의 죽조반을 가져왔다. 그가 늘 아침마다 먹던 그 맛이었다. 자기도 모르게 자균은 몸이 좀 나아서 죽을 끓였는지, 아니면 아픈 몸을 이끌고 부엌으로 간 건지 신경이 쓰였다. 태어나서 주유 말고 여인에게 신경이 쓰인 건 그의 '아내'가 처음이었다.

연화부인 주유는 지금 자신이 자균과 밀월을 즐기고 있다는 생각이 들었다. 그만 모를 뿐이었다. 주유는 집에서 그의 흔적을 좇고, 그는 자신의 흔적을 좇는다. 모두가 술래인 숨바꼭질을 하는 기분이었다.

과연 오라버니는 내가 주유라는 사실을 언제 알아낼까? 매일 콩닥콩닥 가슴이 뛰었다. 그가 추측할 수 있게 흔적들을 뿌려 놓았다. 채련당이라는 집 이름, 그녀가 서재를 정리해 주었을 때 그가 선물로 줬던 작약, 도연명의 시첩에 그녀가 쓴 백거이의 화답시, 그의 입맛에 맞는 차와 음식들……. 그것들과 마주칠 때 어떤 생각들이 떠오를까? 분명 그녀가 떠오르리라. 그녀를 그리워하리라. 자기도 모르게 주유는 장난스러운 미소를 짓고 말았다.

입궐하기 위해 집을 나서는 그의 뒷모습을 몰래 숨어서 보면서 중얼거렸다.

'오라버니, 어서 저를 찾아 주세요. 저는 이곳에 이렇게 있답니다.'

주유는 자기 팔에 찬 두 개의 연자 팔찌를 만지작거렸다.

자균이 퇴청해 집으로 돌아오자 평소처럼 지해가 차를 가지고 서재로 들어왔다.

자균은 종이로 싼 꾸러미를 지해에게 건넸다.

"마님에게 가져다주게."

"이게 무엇입니까?"

"연자네. 뒤뜰에 있는 연못에서 키우게."

"예?"

"심심할 테니 소일 삼아 연꽃이라도 가꾸면 좋지 않은가. 벗이 선물해 준 것이네."

"아, 알겠습니다."

지해가 빙긋 웃는 것 같아 자균은 무안했다. 지해가 나가자 급히 차를 마시다 혀까지 데었다.

'무영 그 자식은 하필 그런 선물을 전해 주라고 해서. 어울리지 않게 연자가 뭐야?'

궁에서 만난 무영이 채련당에 연꽃이 없으면 되겠냐며 반강제로 그에게 쥐여 준 연꽃 씨앗이었다. 빙긋 웃으면서 연화부인이 집에서 심심하실 터이니 소일거리로 키우면 좋지 않겠느냐고 말했다. 그와 연화부인 사이가 좋지 않다는 것을 알고 준 선물 같았다. 하긴 어디서 이야기가 흘렀는지 그가 연화부인을 첫날밤에 소박 맞혔다는 것을 모르는 이가 없었다. 분명 황상과 황후에게도 그 소문이 들어갔을 텐데 쓰다 달다 한마디 말도 없었다. 그래서 더 마음이 무거웠다.

연자를 받자 주유 생각이 났다. 잃어버린 연자 팔찌 생각도 났다. 자기도 모르게 자균의 발걸음은 요지연으로 향했다. 둥근 연잎들이 탐욕스럽게 햇볕을 쬐고 있었다. 물끄러미 연잎들을 바라보면서 자균은 이곳에서 주유의 마음을 모른 척해 상처 줬던 것을 떠올렸다. 마치 인연이 끊어지는 것을 암시하듯 주유의 연자 팔찌가 이곳에서 끊어졌었다. 주유의 발에 밟혀 부서진 연자를 금으로 때워 다시 주유에게 주었으나 그것 역시 사라졌다.

'이미 끊어진 인연을 이으려고 나는 애쓰고 있는 것일까?'

자균은 연자를 요지연에 던질까도 생각해 봤다. 그런데 만약 연화부인이 연꽃을 좋아하면? 작약을 매일 꽂아 두는 것을 보면 꽃을 좋아하는 여인 같았다. 하긴 꽃을 싫어하는 여인이 어디 있을까? 망설이다가 결국 집에 가져왔다.

'집 이름이 채련당인데 연꽃이 없으면 이상하겠지.'

연자에 괜한 의미를 두지 않으려 했지만 신경이 쓰였다. 아침저녁으로 서재를 드나드는 지해는 시치미를 뚝 떼고 그가 준 연자에 대해 아무 말도 하지 않았다. 결국 그가 먼저 물어볼 수밖에 없었다. 자세한 이야기를 듣고 싶었지만 잘 전해 드렸다는 짧은 대답이 전부였다.

비운 죽 그릇을 들고 바쁘게 서재를 나가는 지해에게 물었다.

"요즘 마님은 어떠시냐?"

"아, 예. 잘 지내십니다."

역시 건성인 듯한 대답이 돌아왔다. 자균의 뜬금없는 관심에 콧방귀를 뀌는 모습에서 정 궁금하면 직접 찾아가라는 책망까지 느껴졌다. 지해는 아픈 부인 문병 한 번 오지 않은 그가 퍽 미운 듯했고 그 기색을 숨길 생각도 없었다.

하나 지해의 말은 빈말이 아니었다. 연화부인은 정말 잘 지내고 있었다.

자균이 전해 준 연자를 보고 남몰래 혀를 깨물고 웃었다. 분명 황후마마의 사주가 분명했다. 연자 팔찌에 대해 아는 이는 황후마마밖에 없으니까. 연자는 분명 '이 답답한 사람아, 이제 좀 깨닫게.' 하는 황후의 말없는 전언이었다. 하나 그는 여전히 알아차릴 기색이 없었다. 속임수도 상대가 너무 오래 깨닫지 못하면 지루해지는 법이다. 이제나저제나 기다렸던 그들도 이제 슬슬 지쳐 가는 것 같았다.

'여전히 연화부인의 얼굴은 보고 싶지 않은 걸까?'

주유는 고개를 갸웃거렸다. 기쁘기도 하고 서운하기도 했다. 그만큼 그녀에 대한 마음이 깊고 간절하다는 뜻이기도 했지만 연화부인으로 한 모든 일들이 그의 마음에 닿지 못했다는 뜻이기도 했다.

'오라버니, 연화부인에게도 마음을 좀 열어 주세요. 이리 애쓰고 있지 않습니까.'

주유는 연자 팔찌를 만지작거렸다.

'이것까지 쓰고 싶지 않은데, 이번엔 오라버니가 저를 찾아 주세요. 제게 와 주십시오.'

등청하지 않는 날 자균은 늦잠을 자고 일어났다. 자균의 잠을 방해하고 싶지 않았는지 죽조반이 다탁에 올라와 있지 않았다. 잠이 덜 깬 자균은 여전히 멍한 기분이었다. 집 안이 고요했다.

'아무도 없나?'

자균은 집 안 구석구석을 돌아보다가 연화부인의 침실 앞에서 발걸음이 멈췄다. 여자 얼굴을 보는 게 무엇이 두려워 매번 그리 도망치듯 외면하는 걸까? 왜? 망설이는 자신이 한심했다.

'보고 나면 흔들릴 것 같으니까. 내 마음엔 오직 주유뿐이라

했는데 연화부인이 내 마음에 자리 잡을까 봐 겁이 나니까.'

자균은 쓰게 웃었다. 여인의 마음은 갈대라 했지만 사내 마음도 참 부질없구나. 초야에 내 마음이 주유의 것이라고 연화부인 앞에서 그리 당당하게 말했거늘. 어째서 나는 이리도 쉽게 그대에게 익숙해진 것일까? 나도 모르게 그대의 흔적을 찾고 있는 것일까? 그대의 온기와 향기로 가득한 이 채련당이 두렵고 불안할 만큼 편안한 걸까?

잠이 덜 깨서일지도 몰랐다. 자균은 연화부인의 얼굴을 보고 싶었다. 그래서 침실 문을 열었다.

아무도 없었다. 은은한 향기만이 이 방의 주인이 여인임을 알게 했다. 그런데 그 향기가 어디선가 맡아 본 듯했다. 어디선가……. 꿈인지 환영인지 현실인지 알 수 없는 흐릿한 열락의 시간 속에서 그 향기를 맡았다.

자균은 천천히 발걸음을 옮겼다. 오늘 연화부인을 꼭 볼 생각이었다. 부엌에도 없었고 중정에도 없었다. 이제 남은 것은 뒤뜰뿐이었다.

뒤뜰로 막 나가려던 자균은 연못가에 서 있는 사람을 발견했다. 그는 자신이 여전히 잠을 자고 있는 거라고 생각했다. 이것이 생시일 리 없었다.

한 여인은 지혜였고 곁에서 시끄럽게 웃고 있는 아이는 인아였다. 그리고 연둣빛 옷을 입고 있는 다른 한 여인은…….

주유였다.

'나는 지금 꿈을 꾸고 있는 것일까?'

꿈이라면 너무나도 아름다운 꿈이었다. 그와 주유가 모두의 축복 속에 백년가약을 맺고, 주유가 그에게 대담하게 마음을 고백했던 시 '채련자'를 따서 채련당이라는 이름의 집을 짓고, 그녀가 좋아하는 작약으로 집을 장식하고, 해가 지면 궐에서 돌아와 그녀가 차린 저녁을 먹고, 집 뒤 연못에서는 채련당이라는 이름에 걸맞게 연꽃을 키우는…….

꿈이 아니었다. 뒤뜰 연못에 연자를 뿌리는 이는 분명 주유였다.

소녀가 아닌 여인. 늘 머리를 길게 늘였었는데. 주유는 이제 결혼한 여인이기에 머리를 땋아 둥글게 말고 화잠을 꽂고 있었다.

그녀는 평온하고 행복해 보였다. 자균이 주고 싶었던 것이다. 행복과 평온. 봄날처럼 따사롭고 포근한 공기만이 그녀 주위에 가득하길 바랐다.

자균은 그만 그 자리에 주저앉고 말았다.

울고 있던 아이 생각이 났다. 뱃속에 있을 때 아비를 잃고, 태어나자마자 어미를 잃고, 피 한 방울 섞이지 않은 집안에서 자라게 된 슬픈 아이가 있었다.

그 아이는 소리 내어 울지 않았다. 기저귀가 젖어도, 배가 고파도, 숨소리만 조금 거칠어졌다. 자신에겐 울 권리도 없다는 것 같아 보여 자균은 그 조그만 아이가 가여웠다.

네 살이 될 때까지 외마디 단어도 입 밖에 내지 않아 다들 벙어리인 줄 알았다. 워낙 공기 같은 아이라 있는지 없는지 존재감이 없었다. 그러나 자균만은 그 아이의 존재를 늘 뚜렷이 느꼈다.

가끔 그 아이가 진짜 사라질 때가 있었다. 몇 년 동안 숨바꼭질을 한 끝에 자균은 그 아이가 울고 싶을 때 어딘가에 숨는다는 사실을 깨달았다. 그리고 꽃그늘 아래에서 소리 내지 않고 울고 있는 그 아이를 발견했을 때 그 아이와 자균의 긴 숨바꼭질은 끝이 났다. 그를 보는 눈물 젖은 아이의 눈. 그 눈은 드디어 누군가가 자신을 알아봐 주었다는 안도감이 가득했다. 소리도 내지 않고 울면서 그 아이는 자신을 찾아 줄 누군가를 계속 기다리고 있었다. 술래도 돌아가 버린 숨바꼭질을 혼자 하는 아이처럼.

자균의 마음에 그 아이가 언제 들어왔을까? 그 시작은 잘 기억나지 않는다. 확실히 깨달은 순간은 바로 그날, 꽃그늘 아래 소리 내지 않고 울고 있던 그 아이를 안아 올렸던 순간이었다. 그 아이를 들어 가슴에 안고 울지 말라고 속삭여 주자, 거짓말처럼 아이의 눈물이 그쳤다. 그때 마음먹었다. 이제 술래 없는 숨바꼭질은 하지 않게 하겠다고. 내가 너의 집이 되어 주겠다고 생각했다.

그녀의 숨바꼭질은 그때 끝난 걸로 알고 있었는데, 아니었다. 그 숨바꼭질은 이제야 끝이 났다. 그녀를 본 지금 이 순간 깨달았다. 그는 그녀의 집이 되어 주지 못했지만 그녀는 그의 집이 되어 주었다.

어떤 정신으로 서재로 돌아와 책상 앞에 앉았는지 기억이

나지 않았다. 파도처럼 너무 많은 것이 한꺼번에 자균을 덮쳤다. 자신이 속았다는 것보다 주유가 그의 곁으로 왔다는 사실이 더 중요했다. 자신은 한 발짝도 움직이지 않았다. 그저 슬퍼하고 절망했을 뿐이었다.

주유는 그런 그의 곁으로 돌아왔다. 자신은 그마저도 알아보지 못했다.

그날부터 자균은 일을 핑계로 채련당에 돌아오지 않았다. 도무지 어떤 얼굴로 그 집에 들어가야 할지 알 수 없었다. 하루가 이틀이 되고, 이틀이 사흘이 되었다. 나흘을 넘어 이레째가 될 때까지 그는 채련당에 들어가지 않았다. 그가 집에 들어가지 않자 주유는 갈아입을 옷을 보냈지만 자균은 그마저도 돌려보냈다. 집에서 심부름 온 자에게 어찌나 매몰차게 구는지, 금세 진자균이 철야를 핑계로 집에 들어가지 않는다는 것을 온 궁 안 사람들이 다 알게 되었다.

조정 사람들과 궁 안 사람들은 아예 대놓고 부인을 백안시하는구나 생각했다. 도대체 부인이 어떻길래 저렇게 집에도 들어가지 않고 시위를 하는 걸까? 예석황제가 달을 보고 해라고 해도 믿을 진자균이었다. 그런 그가 황상이 직접 중매를 선 여인을 저리 박대한다는 것은 분명 무언가 문제가 있었다. 황후가 잠잠하니 진 대학사가 궁 안 사람들의 수다를 책임졌다.

연화부인은 자주 황후를 뵈러 입궁을 하였는데 그때마다 비단 너울로 얼굴을 가렸다. 한동안 궁 안에 있었던 황귀비 주유를 기억하는 자가 있을지도 몰라서였다. 궁인들은 그것을 근거로 부인이 박색일 거라고 입을 모았다.

"연화부인이 오셨습니다."

안규가 고하고 나자 밝은 얼굴의 연화부인이 내전으로 들어와 예를 올렸다. 안규가 준비한 차를 올리자 경요와 주유는 여자들의 수다를 시작했다. 경요가 짓궂은 미소를 지으며 입을 열었다.

"아직도 합방하지 않았다 들었네."

"어찌 부부 합방 같은 은밀한 이야기까지 아십니까?"

"궐 안 최고의 이야깃거리가 진 대학사가 첫날밤에 황상이 중매를 선 여인을 소박 맞췄다는 것 아닌가. 자균 대학사의 철야 최장 기록이 연일 화제가 되고 있네. 다들 황상께서 중매를 서신 황후의 이모라는 자가 얼마나 박색이면 저리 치를 떨며 신방으로 들어가지 않느냐며 입방아를 찧고 있네."

말이 끝나자 경요도 주유도 웃고 말았다.

"아직도 그대가 주유인 것을 모르는가?"

"예, 혼인날 제 얼굴을 덮은 붉은 비단도 걷지 않았습니다. 집 안에서는 내외라도 하듯 안채에는 얼씬도 하지 않고요. 제 얼굴이라도 보면 이 혼인을 무를 수 없다 여기는지 미꾸라지처럼 요리조리 피해 다니십니다. 채련당이 그리 큰 집도 아닌데 말입니다."

경요가 혀를 찼다.

"참으로 모자란 사람이군. 밥상을 차려 줬으면 됐지 입에 떠먹여 주기까지 해야 하는가. 자네도 웃지만 말고 이제 정체를 밝히게."

"저는 좋습니다. 그분이 저 때문에 애태우는 모습을 남몰래 훔쳐보는 것이 말입니다."

"자네도 꽤 심술궂구먼."

주유가 미소 지으며 말했다.

"타고난 성정이 그러신 건지 늘 제게 마음 보여 주는 것에 인색했던 분이었습니다. 그분이 저로 인해 수척해지는 모습을 보는 게 좋습니다. 그래도 이제는 제 정체를 밝혀야겠지요. 저를 찾겠다고 여국 궁으로 쳐들어갈 기세니 말입니다."

경요는 솔직히 그 모습을 보는 것도 좋을 성싶었다. 지나치게 옳고 곧은 사내라 놀리는 재미가 쏠쏠했다. 모두가 자기를 속였다는 것을 알면 어떤 얼굴을 할까?

'평생 진 대학사는 주유, 아니, 연화부인에게 잡혀서 살겠구나.'

경요는 차를 마시는 연화부인을 바라보았다.

채련당에서 자균을 기다리는 주유는 점점 초조해졌다.

무심해도 이리 무심할 수가 없었다. 정말 야속한 남자였다. 어느 순간은 정녕 그가 저를 은애하고 있나 의심스러웠다. 정말 황후마마의 말대로 입에 떠서 넣어 줘야 알아채려나?

주유는 드물게 어두운 얼굴로 수를 놓고 있었다. 그때 석주 어멈이 궐에서 주인어른이 보냈다며 서신을 건넸다. 서신을 본 주유의 얼굴이 붉게 달아올랐다.

수틀을 옆으로 밀고 주유가 자리에서 일어나 붓과 종이가 놓여 있는 책상으로 갔다. 무언가 급히 써서 밀봉한 후 석주 어멈에게 주었다. 급한 편지니 지금 당장 석주 아범을 시켜 궐에 가져가라고 말했다.

숨바꼭질이 끝났다. 드디어 술래가 그녀를 찾았다. 기나긴 숨바꼭질이었다.

자균이 보낸 서신은 바로 그녀가 그에게 주었던 채련자를 적은 종이었다. 그것을 여태껏 가지고 있으리라고는 상상도 하지 못했다. 주유는 그 대답을 썼다.

그립고 안타까운 맘, 말도 못 하고
하룻밤 시름에 머리가 세었소.
그 누가 이 서러운 상사想思를 알까.
야위어 가락지가 헐겁구나.

자균이 쓴 연시였다. 수없이 읽고 또 읽어 외우게 된 그 연시. 자균이 그녀에게 마음이 있음을 깨닫게 해 준 그 연시였다.

두근거리는 마음으로, 이제 진짜 신부가 된 마음으로 주유는 자균을 기다렸다.

초야의 밤처럼 붉은 초를 밝혔다.

초조한 마음으로 주유는 침상에 앉아 점점 짧아지는 초를 바라보았다.

내 뜻이 잘 전달된 것일까? 이제 정말 숨바꼭질이 끝난 걸까?

발소리가 들렸다. 긴장과 머뭇거림이 느껴졌다. 이미 몸을 섞었는데도 오늘이 첫 밤처럼 느껴지는 건 그 역시 마찬가지인 것 같았다. 떨리는 손으로 문고리를 잡는 그의 모습이 눈에 선했다.

그녀의 심장처럼 그의 심장도 뛰고 있었다.

문이 열렸지만 주유는 고개를 돌리지 않았다. 수줍은 신부는 감히 고개를 들 생각을 하지 못했다.

자균이 그 옆에 조용히 앉았다. 자균의 손이 서서히 주유의 얼굴로 다가왔다. 꽃송이를 들어 올리듯 소중하게 주유의 턱을 들어 올려 자신과 눈을 마주치게 했다. 두 사람의 눈동자에 서로의 얼굴이 맺혔다.

꽃그늘 아래 울고 있던 그 아이가 지금 그를 보고 웃고 있었다.

자균이 천천히 말했다.

"찾았다."

꽃그늘 아래 숨어 있는 아이를 찾고 웃어 주었던 그가 지금 그녀를 보고 울고 있었다.

주유가 천천히 그 말을 되풀이했다.

"찾았다."

자균의 두 손이 주유의 뺨을 감쌌다. 그의 손만큼 그녀의 뺨도 불타듯 뜨거웠다.

나지막하게 말했다.

"주유야."

이제 오직 그만이 부를 수 있는 이름.

주유가 대답했다.

"네, 오라버니."

경요는 봄꽃이 곱게 핀 백화원의 다회에 연화부인을 초대했다. 사정을 아는 이들만 초대된 조촐한 연회였다.

꽃그늘 아래 다탁이 놓였고, 황후가 직접 차를 우려 손님들을 대접했다. 특별히 비파의 명인을 불러 청아한 곡을 타게 했다.

껄끄러운 과거 이야기는 아무도 입에 올리지 않았다. 단사황태후도 그녀를 모른 척했다. 황귀비 주유는 이미 죽었다. 이렇게 활짝 핀 꽃처럼 아름다운 여인은 황후의 이모인 화경족 위연화였고, 진자균의 처였다.

황후의 회임에 대한 덕담이 오갔다.

단사황태후의 시선이 이따금 경요의 배에 간다는 것을 모두 알면서도 모른 척했다. 쌓아 온 것이 있어 서로 고운 소리를 할 수 없는 두 사람은 그저 시선을 교환하는 것으로 족했다.

경요의 시선이 우연히 주유의 팔목에 멈췄다.

"설마?"

경요와 눈이 마주친 주유가 볼을 붉혔다.

늘 두 개를 하고 다녔던 연자 팔찌가 하나밖에 없었다. 다른 하나가 어디에 있는지 경요는 알 것 같았다. 경요가 꽃으로 시선을 돌리며 미소를 지었다. 꽃이 고운지, 드디어 자기 짝을 찾은 여인의 미소가 더 아름다운지 알 수 없었다.

34

황궁과 단의 수도 민예에 기이한 소문이 돌고 있었다.

황제의 오른팔이라고 하는 진자균 대학사의 부인이 죽은 황귀비와 똑같이 생겼다는 말들이 황궁 여기저기에 그늘에서 자라나는 이끼나 버섯처럼 퍼져 나갔다. 소문은 황궁 담을 넘어 민예의 저자까지 퍼졌다.

당연히 예석황제 준과 경요, 단사황태후와 진씨 가문의 어른들 귀에도 들어갔다. 다들 언제까지고 숨길 수 있을 거라고 생각하진 않았지만 막상 황제와 진자균을 둘러싼, 차마 입에 담기 힘들 정도로 지저분한 추문이 돌자 어찌 대처해야 할지 막막했다.

자균 역시 몸 둘 바를 몰랐다. 다들 호기심 어린 눈으로 채련당을 바라보았다.

"준, 어찌하실 생각입니까?"

경요가 걱정스럽게 물었다.

"정말 손이 많이 가는 친구군. 내 연화부인에게 자균을 줄 때부터 생각해 둔 것이 있으니 걱정하지 말게."

준이 믿음직스럽게 말했다. 비밀 엄수가 몸에 밴 내인들의 입은 걱정이 되지 않았다. 문제는 신료들과 그들의 처, 황실 내외명부의 여인들이었다.

예석황제는 단사황태후의 탄신 잔칫날 보란 듯이 연화부인을 불렀다.

내인들과 내외명부의 여인들과 조정 신료들은 소문의 연화부인을 직접 보고 깜짝 놀랐다. 개중에는 죽은 황귀비의 얼굴을 아는 이가 있었다. 황후의 인척이었기에 연화부인은 황제 가까이에 마련된 상에 자리 잡고 앉았다. 힐끔거리는 시선이 바늘처럼 따가웠지만 연화부인은 태연한 얼굴로 예석황제가 단사황태후를 위해 특별히 준비한 연극을 감상했다.

연극이 끝난 후 주연이 벌어졌다. 내외명부의 여인들이 한 사람씩 단사황태후에게 하례의 술을 올렸다. 진 대학사의 부인이자 황후의 이모인 연화부인도 단사황태후에게 장수를 비는 술을 올리기 위해 가까이 왔다. 그때 단사황태후 옆에 있는 예석황제가 입을 열었다.

"요즘 황궁과 저자에 도는 기이한 소문을 그대는 아느냐?"

연화부인은 아무것도 모른다는 얼굴로 눈만 깜빡였다.

"소첩은 낯선 곳으로 시집와 아는 이도 없이 채련당에만 있다 보니 세상 돌아가는 소식을 거의 듣지 못하옵니다. 어떤 소문이길래 제게 하문하시는 겁니까?"

"그대가 죽은 황귀비와 닮았다는 소문이다. 개중에는 그대가 황귀비가 아니냐는 말까지 있는 모양이다."

"네?"

연화부인의 연기는 앞서 보았던 연극의 배우들보다 더 뛰어났다. 놀라는 모양새가 진짜처럼 보였다. 예석황제는 연화부인을 꼼꼼히 뜯어보았다.

"내 눈에는 그대와 죽은 황귀비는 전혀 닮은 구석이 없는데 어찌 그런 소문이 도는 걸까?"

다들 침을 꿀꺽 삼켰다.

"아, 그래! 녹섬 그대는 간택장에 있었지? 어떠한가. 연화부인과 죽은 황귀비가 많이 닮았나?"

황귀비 간택에 참여했던 예부의 수장 한녹섬에게 물었다.

주유를 코앞에서 봤던 한녹섬이었다. 분명 자기 앞에 있는 여인은 혜란공주의 양녀 주유가 맞았다. 하늘에 맹세할 수도, 제 자식의 목숨을 걸 수도 있었다. 그러나 한녹섬은 황상의 의도가 무엇인지 모를 만큼 둔한 사람은 아니었다.

"아니옵니다. 신이 보기에도 전혀 닮은 구석이 없는데 어찌 그런 소문이 돌았는지 궁금하옵니다."

"연화부인은 황후의 이모로 화경족 상단과 단의 사이를 더욱 공고히 하기 위해 타국으로 시집을 온 이다. 그런데 기이한 소문이 돌아 짐뿐 아니라 황후의 마음도 불편하구나. 게다가 불행히 타고난 명이 짧아 죽은 황귀비까지 욕되게 하는 소문이다. 이는 분명 황후를 흔들고 나를 흔들고자 하는 사특한 자들의 짓이 분명하다."

한마디로 입조심들 하라는 뜻이었다.

합궁까지 치를 뻔한 황상이 연화부인이 황귀비가 아니라고 말했는데 누가 거기에다 대고 감히 '저분은 황귀비가 맞습니다.'라고 말할 수 있겠는가. 게다가 예석황제의 눈에 서린 서슬 퍼런 냉기를 모두 감지했다. 앞으로 목을 제대로 간수하고 싶다면 절대로 이런 이야기를 꺼내서도 안 되고, 이런 이야기가 저자에 돌아서도 안 된다는 것을 다들 깨달았다.

그 이후 누구도 연화부인이 황귀비를 닮았다는 소리를 꺼내지 않았다. 백 일 가는 소문이 없다는 듯 연화부인과 죽은 황귀비에 대한 이야기도 그렇게 잊혔다.

경요의 환궁 후, 황궁이 어느 정도 안정되자 단사황태후는 황궁을 나가겠다는 뜻을 예석황제에게 밝혔다. 이전부터 생각한 일이었다. 이제 자신은 황궁에서 쓸모가 없었다.

황궁에 있으면 계속 경요와 부딪쳐야 했고, 경요와 부딪치는 과정에서 상처 입는 것은 자신의 아들과 곧 태어날 아이일 것이라 여겼다. 지금이 딱 좋을 때였다.

미련은 태어날 아이를 곁에서 지켜보지 못한다는 것, 손자가 자신을 별로 좋아하지 않으리라는 것, 그것뿐이었다. 황후가 자신을 싫어하니 태어날 손자에게 자기 이야기를 좋게 할

리 없었다.

자식은 어미 편이니까. 생각이 거기에 미치자 단사황태후는 가슴이 아팠다. 그런 아픔을 겪으니 차라리 지석사로 가 언니 곁에서 조용히 은거하는 것이 더 나을 것 같았다.

문득 자신의 인생이 허망했다. 아무것도 남은 것이 없었다. 인정하긴 싫지만 보기 싫은 그 계집애의 말이 맞았다. 원하지 않는 일에 생의 대부분을 쏟아 부었다. 다시금 그때로 돌아간다면 지금처럼 살지 않을 것 같았다. 단사황태후는 빠르게 존호궁을 비울 준비를 했다. 이깟 궁엔 아무런 미련이 없었다. 황금빛 태후복도 그녀에겐 거추장스러운 수의囚衣였을 뿐이다.

"마마, 황후마마가 오셨습니다."

단사황태후는 올 것이 왔다는 얼굴로 황후를 맞이했다. 무의식중에 부른 배에 시선이 갔다.

"어쩐 일인가?"

"뜻밖의 소식을 듣고 황망하여 찾아왔습니다. 황궁을 나가 지석사로 가신다니요?"

예석황제가 말려도 듣질 않자 경요가 찾아온 것이었다.

경요의 호들갑이 이해가 되지 않는다는 듯 단사황태후는 차가운 시선으로 그녀를 바라보았다.

"황후가 가장 원하던 일 아닌가."

"그리 생각하십니까?"

경요의 얼굴이 굳었다.

"네가 이기지 않았느냐. 그러니 내가 떠날 수밖에."

경요가 한숨을 푹 내쉬었다.

"제가 이겼다고 생각하십니까? 저는 마마와 싸움을 한 것이 아닙니다."

"너 때문이 아니다. 오래전부터 생각했었다. 황상이 홀로 서게 되면 물러날 생각이었다. 이제 이곳에서 난 필요하지 않은 존재니까. 뭐, 다들 속이 시원하지 않겠느냐. 권력에 미친 황태후가 제 발로 황궁을 나가니 말이다. 이제야 황궁 사람들이 숨 좀 쉬고 살지 않겠느냐."

단사황태후는 경요가 준의 곁에 있으니 자신은 이제 쉬어도 된다고 생각했다. 자기 이상의 기량을 가진 황후가 곁에서 보필할 테니 걱정이 없었다.

드러내진 않았지만 단사황태후는 이미 오래전에 경요를 준의 배필로 인정했다. 덧붙여 금세 회임한 것도 마음에 들었다. 더도 말고 덜도 말고 넷 정도는 낳았으면 싶었다. 자기 마음에 들지 않는다는 것은 사소한 일이었다. 단을 위해 준을 위해 경요가 그 자리에 있어야 했다. 모두가 싫어하는 자신은 이제 사라지는 게 맞았다.

"황상은 여전히 마마를 필요로 하십니다."

경요는 황태후가 별로 마음에 들어 하지 않을 말이라 생각하며 한마디를 덧붙였다.

"저도 황태후마마가 필요하구요."

그 말에 단사황태후가 놀랐다. 전혀 예상하지 못한 말이었다. 다른 누구보다 자신의 출궁을 반길 거라 생각했었다. 이리 부리나케 쫓아온 것은 이목을 생각한 요식행위라 여겼다. 황태후가 출궁을 한다는 데 적어도 몇 번은 말려야 황상과 황후의 면이 설 테니까.

경요는 오래전부터 생각해 온 것을 말했다.

"유를 키워 주십시오."

단사황태후의 눈썹이 위로 치켜 올라갔다.

"지금 유의 양육을 내게 맡기겠다는 거냐?"

"황상께서 절 상단으로 돌려보내겠다 말씀하실 때부터 생각한 것입니다. 저는 상단 일 때문에 원행에 나갈 때가 많습니다. 몸을 풀자마자 당장 병주로 가야 합니다. 유를 데리고 갈 순 없지 않습니까."

단사황태후는 자기도 모르게 입술을 깨물었다. 빈말을 하는 아이가 아니었다. 하지만 선뜻 믿기지가 않았다. 싫어하는 자신에게 왜 소중한 자식을 맡기는 걸까?

"어째서 내게 맡기느냐. 넌 날 싫어하지 않느냐."

"이 황궁에 저와 준만큼 유를 사랑하는 분은 황태후마마밖에 없으니까요."

"내가 아이를 키우면서 아이가 널 미워하도록 만들면 어쩔 거냐?"

좋으면서도 말은 반대로 나갔다. 자기도 모르게 웃을 것 같아 얼굴에 힘을 줬다.

"그리하지 않으실 거 압니다."

"왜?"

"황태후마마는 사실 저를 꽤 좋아하시지 않습니까."

단사황태후는 어이가 없어서 주먹을 꽉 쥐었다 폈다를 반복했다. 뭐? 내가 널 꽤 좋아한다고? 무슨 말도 안 되는 소리를.

"그럼 지석사에는 안 가시는 걸로 알고 그리 기별하도록 명하겠습니다."

경요는 제멋대로 결론을 내렸다.

"그럼 너는 날 어찌 생각하느냐?"

단사황태후의 뜻밖의 질문에 경요는 잠시 생각에 잠겼다.

"자식을 맡길 만큼 마마를 믿습니다."

그 말을 끝으로 경요는 존호궁을 나섰다.

경요가 나간 후에도 단사황태후는 멍한 기분이었다.

어째서 그녀의 가장 간절한 소망을 이루어 주는 게 저 밉상 맞은 계집애일까? 단사황태후는 눈물을 흘리지 않으려고 애썼다.

이제 몇 달 후면 아이를 이 품에 안을 수 있다. 마음껏 사랑할 수 있는 준의 아이가 태어난다. 단사황태후는 경요의 산달이 언제인지 손가락으로 꼽아 보았다.

마음에 무언가 따스한 것이 차오르고 있었다. 인정하기 싫었지만 경요는 자신을 구원하고 있었다. 처음으로 햇빛이 비치는 곳으로 걸어 나온 기분이 들었다. 어깨가 가벼워졌고 얼굴에 쓰고 있던 위엄 있는 황태후의 가면도 벗어던졌다.

황태후가 중얼거렸다.

"나도 자식을 맡길 만큼 너를 믿는다."

"서방님, 이제 일어나셔야 합니다."

여름이 가까워지면서 아침도 일렀다. 주유와 좀 더 밀월을 지내고 싶은 자균에게는 눈물이 날 만큼 원통한 일이었다. 짐짓 잠이 깨지 않은 듯 굴었지만 거기에 속을 연화부인이 아니었다. 결국 연화부인은 최후의 수단을 썼다.

"오라버니, 일어나세요."

그 말에 자균은 자기도 모르게 빙그레 웃음을 지으며 눈을 떴다.

'오라버니 소리가 그렇게 좋을까?'

주유는 고개를 갸웃거렸다. 혼인을 하고 한침상을 썼으니 호칭을 바꾸어야 했지만 자균은 서방님이라는 소리를 별로 좋아하지 않았다.

서방님이라는 말이 아직 입에 익지 않은 것은 연화부인도 마찬가지였다. 어둠 속에서 자균과 몸을 나누며 신음할 때는 자기도 모르게 오라버니라고 중얼거리며 그에게 매달렸다. 태어난 후 계속 그를 그리 불렀기 때문이다. 서방님이라는 말도 좋았지만 오라버니라고 부르는 게 주유도 사실 좋았다.

연화부인은 자기도 모르게 오라버니 소리가 나올까 사람들 앞에서는 늘 신경을 썼다. 단둘이 있을 때도 가급적 서방님이라고 불렀지만 자균은 그것을 불만스러워했다. 그래서 가끔 인심 쓰듯, 우는 아이에게 엿을 물리듯 '오라버니.' 하고 불러 주면 자균은 좋아서 어쩔 줄 몰라 했다. 늘 태산 같고, 어렵고, 어른같이 느껴지던 오라버니가 가끔은 동생처럼, 아들처럼 귀여울 때가 있었다. 주유는 그것이 부부라는 것을 서서히 깨달아 가고 있었다.

다탁에는 그가 먹을 죽이 얌전히 김을 뿜고 있었다.

자균은 주유의 손을 잡아 침상으로 끌어 억지로 그녀를 눕혔다. 옷이 구겨지고 머리가 흐트러진다고 질색을 했지만 매일 아침 죽조반을 가져오며 그를 깨우는 주유에겐 이제 하루 일과 중 하나가 되었다. 자균은 그녀를 꼭 안고 정수리에 입을 맞췄다. 아무 데도 가지 않는데, 평생 그의 곁에 있을 건데도 자균은 매일 아침 그녀를 부서져라 안았다. 그렇게 그녀가 그곳에, 자신의 곁에 있음을 확인하는 것 같았다. 주유 역시 싫은 척은 했지만 자균의 강한 팔에 부서져라 안기는 그 느낌이 좋았다.

자균이 죽 그릇을 비우자 주유는 그가 관복 입는 것을 도와주었다. 집을 나서려던 그가 잠시 주유를 세워 두고 서재로 급히 발걸음을 옮겼다.

"이거."

금실로 수놓은 붉은 비단 주머니를 주유의 손에 건넸다.

작약 모양의 뒤꽂이였다. 자균은 쑥스러운 듯 얼굴을 붉히며 뒤꽂이를 주유의 머리에 꽂아 주었다.

"잘 어울립니까?"

주유가 수줍게 웃으며 자균에게 물었다.

짐짓 별로 마음에 안 든다는 얼굴로 자균이 말했다.

"네가 고와서 뒤꽂이가 살질 않는구나."

"그럼 뺄까요?"

주유가 뒤꽂이를 빼려 하자 자균이 만류했다. 자균은 흐뭇하게 자신이 선물한 뒤꽂이로 장식한 주유의 머리를 바라보았다. 주유는 작약보다 모란보다 더 고왔다.

자균이 등청한 후 주유는 살며시 머리에 꽂은 뒤꽂이를 빼서 손바닥에 올려놓았다. 자균은 무슨 이유인지 그녀가 작약을 좋아한다고 굳게 믿고 있었다. 주유는 작약이 싫지도 좋지도 않았지만 자균이 그리 믿는다면 그리 믿게 할 생각이었다.

후에 단의 역사상 제일 오랫동안 승상의 지위에 있었던 진자균은 죽는 날까지 그의 유일한 처 연화부인이 가장 좋아하는 꽃이 작약이라 믿어 의심치 않았다. 그들이 죽는 날까지 함께 살았던 채련당은 연꽃만큼이나 작약이 아름다운 곳으로 이름을 떨쳤다.

"신혼 재미가 퍽 좋은가 보지?"

예석황제의 목소리가 뾰족했다.

"아, 예. 좋습니다, 폐하."

묻는다고 곧이곧대로 대답하는 건 또 무슨 심사냐? 놀리는 재미도 없는 놈. 예석황제는 속으로 중얼거렸다.

연화부인의 마음은 하늘처럼 넓은가 보다. 저런 놈을 기다려 주고, 받아 주는 것을 보면. 좀 더 고생을 시켜도 괜찮은데. 자균과 주유의 어긋난 연을 이어 주고 싶었던 것은 그와 경요의 소망이긴 했지만 이렇게 칠푼이처럼 넋이 나간 모습을 몇 달째 보는 건 고역이었다.

10년 이상 함께 지내면서 자균에 대해서는 거의 다 안다고 자부했던 예석황제였으나 도무지 어디에 저런 칠푼이가 있었는지 영 적응이 되지 않았다.

'아무리 제 아내를 은애해도 그렇지 저리 얼빠진 것처럼 굴다니. 사내는 모름지기 진중하고 우직해야 하거늘. 어찌 연화부인 이야기만 나오면 저리 깃털처럼 팔랑거린단 말인가. 쯧.'

하나 황후에게 절절매는 황제 역시 단사황태후 이하 주변 사람들에게 그런 눈으로 비친다는 사실은 꿈에도 몰랐다. 그가 황제이기에 아무도 그 앞에서 그런 소리를 할 수 없었던 것뿐이었다.

예석황제는 자균에게 심술을 부리고 싶었다.

"자네가 여국 궁에 가고 싶어 한다고 황후가 말하던데."

이 무슨 청천벽력 같은 소리인가. 자균은 화들짝 놀라며 강하게 부정했다.

"아, 아닙니다."

"내 신하이기 전에 벗인 자네의 소원을 꼭 들어주고 싶네."

'아아, 제발 폐하!'

자균은 마음속으로 신음했다.

"여국에서 국혼을 허락한다는 국서가 왔네."

"예? 국혼이라니요?"

자균은 여국도 국혼도 지긋지긋했다. 절대 그럴 리 없다는 것을 머리는 알지만 혹 주유를 빼앗기는 건 아닌가 심장이 철렁했다.

"여국 왕이 태원세자와 정안공주의 국혼을 정식으로 허락하는 국서를 보냈어."

드디어 정안공주가 여국으로 시집을 가겠다고 마음을 먹었다. 혹 그 마음이 변할까 예석황제는 부랴부랴 혼인을 청하는 국서를 여국에 보냈고 거기에 대한 대답이 도착한 것이다.

황제의 얼굴로 돌아온 예석황제가 국서를 자균에게 건넸다.

"자네가 국혼도감을 맡아야겠네. 우승상에게 맡기려 했으나 하필 와병 중이라 문밖출입을 못 한다는군."

국혼도감을 맡을 연배 지긋한 신료는 우승상이 아니어도 많았다.

"여국에 가서 국혼에 대한 일정 논의를 하고 오게. 납채와 고기도 정해야겠지. 정안을 세자빈으로 책봉하는 국서 역시 받아와야 하고."

이제 겨우 주유의 품에 안긴 자균을 다시 여국에 보내는 것은 친우인 자신을 속인 것에 대한 예석황제의 심술이기도 했다. 은근히 뒤끝이 길고, 갚을 건 확실히 갚게 하는 황제였다.

"싫으면 환주 지사 자리는 어떤가?"

연화부인은 화경방에서 상단 일을 돕고 있어서 민예를 떠날 수 없었다. 짧은 이별을 할 건지 긴 이별을 할 건지 정하라는 황제의 명이었다.

울며 겨자 먹기로 자균은 여국으로 떠났다.

여의 태원세자와 단의 정안공주의 국혼은 중하中夏의 어느 날 단의 황궁에서 치러졌다.

예석황제의 장자 유의 탄생을 축하하는 것을 겸해 여국 왕 진수와 동비, 영성위 석채와 하석공주가 단에 와서 황자의 명명식命名式을 지켜보았다. 부친 예석황제가 태명을 초명初名으로 그대로 썼듯 일황자 역시 단사황태후가 지어 준 태명을 초명으로 썼다.

정안공주는 삼칠일이 지난 후 황후와 황자를 보러 태화전으로 왔다.

흰 비단 강보에 싸인 아이를 바라보는 정안공주의 눈에서는 혼인을 앞둔 신부의 설렘을 조금도 찾을 수 없었다. 경요는 누구보다 그 마음을 잘 이해할 수 있었다. 자신 역시 오직 이 궁에서 살아남겠다는 각오 하나만으로 시집을 왔으니까.

경요는 정안공주가 왜 자신을 찾아왔는지 알 수 있었다. 물에 빠진 사람이 지푸라기라도 잡듯 자신과 비슷한 처지인 경요를 보면서 어지러운 마음을 진정시키고 싶었으리라.

"황후마마, 황자아기씨가 참 예쁩니다. 사내아이인데 어찌이리 곱게 생기셨을까요?"

"정안공주도 곧 혼인을 하면 어머니가 되실 텐데요. 자기 아이는 백 배 더 예쁠 겁니다."

정안공주가 한숨을 길게 쉬었다. 그런 그녀를 경요가 빤히 보고 있다는 것을 깨닫고 얼굴을 붉혔다.

"낯선 곳으로 가시려니 불안하십니까?"

그러나 전혀 생각지도 못한 이야기가 정안공주 입에서 튀어나왔다.

"저……, 세자저하를 뵐 수 있을까요?"

혼인하기도 전에 신랑 얼굴을 보겠다는 거였다. 경요는 놀람을 감추고 이유를 물었다.

"물어볼 것이 있습니다."

정안공주의 얼굴이 너무 비장해서 경요는 그 부탁을 들어주겠다 약속했다.

태원세자는 순순히 경요의 부탁에 응했다. 외국 사신들을 접대하는 데 사용하는 용화궁에 머무르고 있던 태원세자는 태화전으로 왔다. 경요는 안규에게 두 사람을 접대하도록 하고 황자 유를 데리고 단사황태후가 있는 존호궁에 갔다.

정안공주는 태원세자를 전혀 알아보는 눈치가 아니었다. 자신을 알아볼지 모른다고 약간 기대했던 태원세자는 살짝 실망했다.

"무슨 일이십니까? 국혼을 무르고 싶다 말씀하고 싶으십니까?"

정안공주는 태원세자가 자신을 그것밖에 안 되는 철부지로 보는 데에 울컥했다.

"아닙니다. 이 국혼이 얼마나 중요한지 알고 있고, 어디까지나 단의 공주로 태어난 이상 제게 주어진 의무를 기쁘진 않지만 기꺼이 짊어질 생각입니다."

태원세자는 '오호.' 하는 소리를 작게 냈다. 몇 달 사이에 떼쟁이 공주님에게 무슨 일이 있었길래 이리 의젓한 소리를 하는 걸까? 죽어도 자신과 혼인할 수 없다고, 혼인하느니 여승이 되겠다고 머리카락을 자르던 그 소녀는 어디로 간 걸까? 솔직히 태원세자는 지금 이렇게 의무감에 똘똘 뭉친 진짜 공주 같은 그녀보다 그때의 떼쟁이가 더 귀여웠다고 생각했다.

"그럼 무슨 일로 저를 보자고 하신 겁니까?"

"그, 그러니까 제가 무엇을 해야 하는 겁니까?"

너무 진지한 목소리에 태원세자는 막 삼키려던 차를 풋 뿜었다.

"무엇을 해야 하다니요?"

"아무리 생각해도 모르겠습니다. 황태후마마도 어마마마도 황상도 단과 여의 화친이 제 어깨에 있으니 발걸음 하나도 조심스러워야 한다고 항상 말씀하시는데 제가 도대체 무엇을 해야 합니까? 제 발걸음하고 단과 여의 화친이 무슨 상관이 있는지 아무리 생각해도 답이 나오지 않아 머리가 터질 것 같습니다. 도대체 저는 앞으로 어떻게 발걸음을 떼어야 한단 말입니까? 그래서 황후마마는 어찌 걸으시나 훔쳐보기도 했는데, 뭐 특별하게 걷는 것 같지도 않으시고요. 그래서 혼인하기 전에 저하께 여쭈어 보고 싶었습니다. 도대체 전 어떻게 해야 합니까?"

정안 공주는 진짜 심각하게 고민을 한 것 같았다. 태원세자는 웃음을 터뜨리지 않기 위해 혀를 꼭 깨물었다.

'그대는 정말 아직 어리고 순수하군.'

물들지 않은 비단 같은 여인. 자신이 물을 들이는 대로 성장할 거라 생각하니 태원세자는 어쩐지 묘한 흥분과 소유욕을 느꼈다.

"단과 여의 화친을 위해 공주께서 하셔야 할 일은……."

정안공주가 기대에 찬 눈으로 태원세자를 바라보았다.

"……아무것도 없습니다. 예쁜 걸로 충분하십니다. 공주마마의 미모만으로도 충분히 단과 여의 화친은 지켜질 것 같습니다만."

그 말에 이번엔 정안공주가 차를 뿜을 뻔했다.

"그러는 공주는 제가 어떠십니까? 저더러 차가운 생선 대가리라고 하신 것 기억하십니까?"

"제가 언제……."

정색하던 공주는 무언가를 깨달았는지 얼굴이 하얗게 변했다. 자기 앞에 있는 태원세자의 얼굴이 낯이 익었다. 딱 한 번 본 사내지만 가끔 떠올랐던 얼굴, 자신에게 예쁘다고 말했던 낯선 복장의 사내. 그가 지금 자기 앞에서 빙긋 웃고 있었다.

"이제 기억이 나십니까?"

이번에는 얼굴이 붉어졌다. 그 추태를 보였다니. 쥐구멍이 있다면 들어가고 싶었다. 태원세자는 너무도 솔직하게 감정을 드러내는 정안공주가 사랑스러워 자기도 모르게 그 볼에 입을 맞추고 싶었다.

"어떻습니까? 여전히 제가 차가운 생선 대가리 같다고 생각하십니까?"

정안공주는 붉은 얼굴로 고개를 세게 도리질했다. 그 서슬에 머리를 장식한 나비 떨잠이 맑은 소리를 내며 떨어졌다.

태원세자는 느긋하게 자리에서 일어나 바닥에 떨어진 떨잠을 주워 정안공주의 머리에 꽂아 주었다. 정안공주는 난생처음 성숙한 사내가 풍기는 낯선 체향을 맡고 이유도 모르면서 부끄러워졌다. 오라버니를 빼곤 자기 옆에 남자가 이리 가까이 다가온 건 태원세자가 처음이었다.

석류화처럼 빨개진 정안공주의 얼굴을 보며 태원세자가 말했다.

"울고 계셔도 예쁘시고 가만히 계시면 더 예쁘시고 이리 얼굴을 붉히시니 더욱더 예쁘십니다. 웃으면 얼마나 더 예쁘실까요? 저만 보고 웃어 주십시오. 꽃이 활짝 핀 것처럼 말입니다. 그거면 됩니다."

진지한 얼굴로 저런 농담을 하다니. 정안공주는 웃음을 터뜨렸다. 내 지아비 되실 분은 재미있는 분이시구나. 정안공주는 태원세자가 농담을 했다 생각했으나 그것은 그의 진심이었다. 그의 유일한 단점이 농담을 할 줄 모른다는 것임을 정안공주는 꽤 시간이 흐른 후에야 깨닫게 되었다.

"여전히 저와 혼인하느니 여승이 되고 싶으십니까?"

정안공주는 이번엔 다소곳하게 고개를 가로저었다. 태원세자의 얼굴에 만족스러운 미소가 걸렸다.

태원세자는 헤어지면서 정안공주에게 진지한 얼굴로 자기 마음을 밝혔다.

"저는 단의 정안공주가 아닌 그대가 마음에 들어 이 혼인을 허락했습니다. 그러니 언젠가 그대도 나와 같은 마음이 되어 주었으면 좋겠습니다. 그대가 고국과 가족을 떠나 여의 세자빈으로 살겠다고 각오해 준 것으로 충분합니다. 단도 아닌 여도 아닌 그대의 지아비가 될 나를 보아 주십시오. 나의 빈으로 살아 주십시오."

정안공주는 후에 태원세자가 즉위하여 선왕宣王이 되자 비가 되었고, 봉호는 왕비에게 어울리지 않는 이름이라는 신료들의 반대에도 불구하고 화비花妃로 봉해졌다.

정안공주는 선왕의 유일한 꽃이었다.

여의 사가들은 아무리 불쾌한 일이 있어도 선왕이 화비 앞에서는 절대 미간을 찌푸리지 않았으며, 동비만큼 사랑받은 왕비였다고 기록했다.

경요의 진통이 심상치 않았다. 장자 유를 수월하게 출산한 터라 두 번째 출산인 이번도 별문제 없으리라 생각했던 홍원표였다. 하지만 산실에 들어간 지 벌써 이틀째인데 아기씨는 나올 생각을 하지 않았다.

경요는 해일 같은 지독한 통증이 밀려올 때마다 입에 문 흰 비단 수건에 소리 없는 비명을 토해 냈다. 절대 익숙해질 수 없는 통증이었다. 점점 더 짧은 간격으로 덮쳐 오는 아픔은 경요의 몸을 도끼로 조각내는 것 같았다.

숨 쉴 기운도 없다고 생각하면서도 '마마, 힘을 주십시오.'라는 말에 저도 모르게 힘을 줬다. 제발 이번에는 나와 다오. 제발 어미를 살려 다오. 경요는 이가 다 으스러질 만큼 힘껏 악물고 힘을 줬다. 무언가 쑥 빠지는 기분이 들었고 허탈감이 밀려왔다. 아이가 나온 것 같았다. 그런데 너무 고요했다.

"마마!"

곁에서 경요의 손을 잡아 주던 안규가 울고 있었다. 순간 경요는 아기가 잘못된 건 줄 알고 망연해 어쩔 줄 모르는데 그런 어미의 마음을 달래듯 힘찬 울음소리가 났다.

경요의 진통을 옆에서 고스란히 지켜본 의녀들과 의관들도 모두 눈물이 그렁그렁했다.

"공주마마이옵니다."

홍원표가 아이의 몸을 천으로 감싼 후 안규에게 건넸다.

"공주아기씨는 건강하십니다."

안규가 갓난아기를 경요가 볼 수 있게 내려놓았다. 경요는 아기의 볼에 손을 가져다 댔다. 경요가 힘들었던 것만큼 아기 역시 어미의 몸을 빠져나오는 것이 고되었을 터였다. 울면 안 되는데. 경요는 눈물을 삼키기 위해 눈을 깜빡거렸지만 첫 아이 유 때와 똑같이 눈물이 흘러나왔다. 공주라 했다. 그럼 이 아이는 자신처럼 상단을 잇게 될 것이다. 첫 아이 유가 준의 후계자였다면 이 아이는 경요의 후계자였다. 자신과 비슷한 인생을 살고, 자신과 비슷한 고생을 겪고, 자신과 비슷한 고민을 하며 자라겠지. 경요는 아기의 축축하게 젖은 머리카락을 만지작거렸다.

아까와 다른 눈물이 경요의 눈에서 흘러나왔다.

그래도 자신은 이 아이를 키울 수는 있었다. 이렇게 힘들게 낳은 아이를 외할아버지 위보형에게 보내야 했던 어머니 동비의 마음은 어땠을까? 그저 기쁘고 벅차기만 했던 첫 아이 유의 출산 때와는 마음이 달랐다. 경요가 울자 아기도 울음을 터뜨렸다.

아이가 자신과 같은 여인이라는 사실을 깨닫자 기쁘면서도 또한 애잔했다. 너 역시 이 고통을 겪으며 여인이, 어미가 되어야 하는구나. 눈물을 그친 경요가 아이의 뺨을 조용히 쓰다듬자 아이는 울음을 멈추고 입을 오물거리며 잠이 들었다. 경요 역시 기력이 다해 기절하듯 잠이 들었다.

공주의 탄생은 단사황태후가 있는 존호궁에 알려졌다. 어머니와 함께 초조하게 아내의 출산을 기다리고 있던 예석황제는 황후도 공주도 건강하다는 이야기에 희색만면한 얼굴로 벌떡 자리에서 일어났다. 문 앞까지 간 그가 문득 생각이 났다는 듯 다시 단사황태후에게 다가왔다.

"같이 가시렵니까?"

단사황태후는 고개를 저었다.

"유와 함께 있으렵니다. 지금은 쉬는 게 제일 큰 보약이니 어미는 나중에 가 보겠습니다."

예석황제는 여전히 냉랭한 어머니와 아내의 관계에 작게 한숨을 내쉬었다. 단사황태후의 얼굴은 무표정했다. 하긴, 첫째 유가 태어났을 때도 단사황태후는 그리 기뻐 보이진 않았다. 아기의 얼굴보다 경요의 얼굴이 더 보고 싶은 예석황제는 급히 산실로 갔다. 아들의 발소리가 들리지 않자 단사황태후의 얼굴에 비로소 미소가 떠올랐다.

"공주라. 공주가 태어났구나."

단사황태후는 내관 상섭을 불렀다.

"황후에게 궁귀탕을 빨리 올리라 내의원에 전하고 얼마 전에 내게 진상된 만삼蔓蔘을 황후의 기력을 보하는 탕제에 쓰라고 해라."

얼마 전 돌이 지나 한창 걷는 데 재미를 붙인 유가 아장아장 존호궁 침전 안을 걷고 있었다. 단사황태후는 유를 덥석 안아 올렸다. 매일매일 안아서 그런지 유는 여전히 가볍게 느껴졌다.

단사황태후는 유의 볼에 자신의 볼을 부비면서 말했다.

"유야, 네게 여동생이 생겼구나."

유는 그 뜻을 아는지 모르는지 까르르 웃음을 터뜨렸다.

예석황제는 그의 첫딸 이름을 소령이라 지었다.

오수만큼 달콤한 것이 있을까? 오전 나절 손자들을 돌보느라 기력을 모두 소모한 단사황태후는 점심상을 물린 후에 차를 한 잔 마시고는 손자 손녀들을 보모와 유모들에게 맡기고 오수에 들었다.

단사황태후는 낮잠을 자는 동안에도 아이들이 계속 침전에서 놀게 했다. 아이들이 움직이다가 무언가에 부딪치는 소리, 뜻도 모르고 제 입에서 나오는 소리가 신기해 연신 종알거리는 토막말, 심사가 뒤틀려 칭얼거리는 소리는 그녀에게 잠을 부르는 자장가였다.

낮잠에서 깬 단사황태후는 버릇처럼 손자들을 눈으로 찾았다. 황자 경은 유모의 애를 태우면서 아슬아슬 발걸음을 떼고 있었다. 이령공주는 바닥에 깔아 둔 비단 보료에 털썩 주저앉아 비단으로 만든 인형들을 가지고 조잘조잘 이야기를 하고 있었다. 맏손자인 유가 없었다. 단사황태후가 무엇을 찾는지 아는 내인이 조용히 주인의 궁금증을 풀어 주었다.

"좀 전에 황상께서 잉어 낚시에 데려가셨습니다. 수연강에 가신다 하였습니다."

단사황태후는 무심결에 중얼거렸다.

"흥, 그 물건이 오나 보군."

"할마마마, 그 물건은 무엇입니까? 어디에 쓰는 것입니까?"

이령공주가 천진한 얼굴로 물었다. 아무것도 모르는 아이의 천진한 눈빛에 단사황태후는 말문이 막혔다.

단사황태후가 대답하지 못하자 이령공주가 다시 물었다.

"할마마마는 그 물건을 싫어하십니까?"

그 말에 단사황태후는 미소를 지었다가, 자신이 미소를 지은 사실을 깨닫고 억지로 얼굴을 찡그렸다.

입술을 오므리고 한참 생각을 하던 단사황태후는 입을 열었다.

"사실은 좋아한단다."

할머니의 대답이 마음에 들었는지 이령공주는 다시 가지고 놀던 인형으로 주의를 돌렸다.

미복 차림으로 차비와 호위 무사 둘만 거느리고 예석황제와 유는 황궁 밖을 나갔다. 황궁 밖을 나가는 것도 낚시를 하는 것도 처음인 유는 신이 나면서도 긴장이 되는지 아비의 손을 꼭 잡고 있었다. 자신의 손을 세게 잡는 아들을 보며 준은 괜히 가슴이 뭉클했다. 벌써 네 아이의 아비가 되었으나 유가 가장 애틋했다. 첫정이었고 이 아이가 뱃속에 있을 때 함께해 주지 못한 것이 작은 한으로 가슴에 남았다.

유는 생김은 어미를 닮았으나 성품은 아비를 닮았다. 그래서 경요가 상단 일로 궁을 비울 때 경요를 바라보듯 아들을 바라보았다. 그에 비해 둘째 소령공주는 생김은 자신을 닮았고 성품은 경요를 그대로 닮았다. 상단을 이끌어 가야 하는 그 아이의 운명에 걸맞은 성품을 타고났으니 다행이라 생각했다.

상단 일을 배워야 하는 아이라 곁에 두는 시간이 짧았다. 경요는 위보형이 자신에게 엄격했던 것 이상으로 소령에게 엄격했다. 딸은 아비의 가장 소중한 보석이라 그랬는데. 소령을 손안의 보물처럼 곱게 키우고 싶었다. 하지만 태어나기도 전에 그 아이의 운명을 정한 건 바로 자신이었다.

"저도 어마마마를 따라 가고 싶은데 왜 항상 소령만 데리고 가시죠?"

할머니 단사황태후 밑에서 컸지만 유는 경요를 더 따랐다. 어마마마에 대한 유일한 불만이 상단 일로 원행을 떠날 때 자신은 두고 소령만 데리고 간다는 것이었다. 자신도 어마마마와 함께 먼 나라로 여행을 가고 싶었다. 겨우 한 살 차이인데다 사내아이보다 더 활달한 소령이기에, 두 아이는 남매라기보다는 친구처럼 투닥거리고 경쟁하며 자랐다.

긴 원행으로 소령은 늘 먼지투성이에 얼굴과 몸이 시커멓게 타 있었지만 유는 그것도 부러웠다. 소령의 입에서 끊이지 않고 나오는 여러 나라의 신비한 이야기들도 유를 매료했다.

"너는 단의 황태자이지만 소령은 상단의 후계자이니까. 길이 다르단다. 아비가 이 황궁에 있고, 네 어마마마가 여러 나라들을 돌아다니는 것처럼 말이다."

나이에 비해 성숙한 유는 준의 말을 알아듣긴 했지만 속은 여전히 쓰렸다.

"그런데 아바마마, 황궁의 요지연에도 잉어가 많은데 왜 수연강까지 가시는 겁니까?"

아들의 물음에 예석황제는 빙그레 웃으며 대답했다.

"잉어는 강에서 직접 잡은 것이 더 맛있단다. 네 어마마마가 내게 가르쳐 준 것이지."

부자는 나란히 나무 그늘 아래 자리를 잡고 낚싯대를 드리 웠다.

　해질 무렵이면 경요가 민예에 도착하리라. 준은 달콤한 기대감에 미소를 지었다.

끝 그리고 시작

연의 왕대비 효라가 서거했다는 소식이 저녁 무렵 단의 황궁에
도착했다. 백 살에서 몇 살이 모자란 나이였다. 천수를 충분히
누린 나이, 언제 세상을 떠나도 이상하지 않을 나이지만 효라
의 서거 소식을 들은 경요는 심장이 쿵하고 떨어졌다.

'연을 지탱하는, 아니, 이 세상을 지탱하는 든든한 기둥 하나
가 쓰러졌구나.'

경요는 두툼한 서찰을 만지작거렸다. 사적인 서찰이라는 뜻
을 전하고 싶었는지 겉봉에는 왕의 인장이 찍혀 있지 않았다.
봉투 겉면에 자신의 이름과 경요의 이름을 썼을 뿐이었다. 밀
봉도 하지 않았다. 전해 줄지 말지 마음대로 하라는 배짱이 느
껴져 슬픈 와중에도 경요는 작게 미소 짓고 말았다. 까마귀 깃
털 같던 그녀의 머리가 반백이 되었으니 이 사람에게도 그 시

간이 흘렀을 텐데……. 참 여전한 사람이었다.

경요는 천천히 봉투를 열어 서찰을 꺼냈다. 준이 안 보는 척하면서 자신을 계속 주시하는 게 느껴졌다. 무슨 내용인지 궁금해서 죽을 지경일 것이다. 경요는 편지를 읽어 보라고 건네줄까 생각했다가 마음을 접었다. 제선 때문에 그녀에게 질투하는 준이 여전히 좋았다.

효라는 여느 때와 다름없는 하루를 보낸 뒤 저녁에 잠자리에 들었고 새벽쯤 숨을 거두었다. 해가 떴는데 기침하지 않은 것을 이상하게 여긴 내인이 침전 안으로 들어갔을 때 숨은 이미 끊어져 있었지만 몸은 여전히 따스했다.

아흔이 넘어서는 거동이 불편해 천막에서 왕궁으로 들어와 살게 되었지만 그녀는 끝내 왕궁에 정을 붙이지 못했다. 그래서 초원의 풍경이 한눈에 보이는 곳에 효라를 위한 새로운 궁을 지었다고 했다. 초원에서 태어나 초원에서 살다 초원을 바라보며 세상을 떴다고.

마치 오랫동안 서찰을 나눠 온듯 제선의 글은 길고 자세했다. 예법에 얽매이지 않고 거리낌 없이 붓을 놀렸다. 서찰의 서체는 물이 흐르듯 자연스러웠다.

연국 왕 제선이 단의 여후에게 보내는 처음이자 마지막 서찰이었다. 효라와 경요 사이의 특별한 인연을 생각해서 보낸 편지인 듯했다.

경요는 맏아이 유를 바라보았다. 저 아이가 이만큼 장성한 것도 다 효라 덕분이었다.

다섯 아이의 어미. 단의 황후와 화경족 단주로 살아가면서 효라는 그녀의 외할아버지 위보형만큼이나 경요에게 큰 영향을 미쳤다. 효라의 넉넉함을 경요는 닮고 싶었다.

효라의 부고는 경요에게 생각했던 것보다 더 큰 슬픔을 안겨 주었다. 큰 별이 졌다. 효라의 죽음으로 연국 역시 위대했던 한 시대가 종말을 고했다. 파곤의 어머니 효라의 화로가 꺼지면서 초원에서 살아온 그들의 삶 역시 이제 기록된 역사로만 남게 되었다.

제선의 서찰이 도착한 날은 한데 모이기 힘든 경요와 준의 아이들이 오랜만에 다 모인 날이었다.

자식들 중 가장 먼저 혼인한 이령공주가 둘째를 회임한 몸으로 입궁했고, 진 승상과 연화부인의 딸 여정과 혼인하여 출궁한 경도 모처럼 민예로 돌아온 소령공주를 만나기 위해 황궁에 들어왔다. 다섯 중 벌써 둘이 짝을 찾았고, 소령도 곧 혼인을 앞두고 있었다. 맏자식 유의 혼사가 제일 늦어지고 있었다. 새삼 시간이 많이 흘렀음을 경요는 깨달았다. 그 시간들을 스쳐 지나가며 느꼈던 희로애락이 이젠 저릿하게 그리워졌다.

'나도 이제 추억을 곱씹는 나이가 되었구나.'

효라의 죽음은 경요에게 이제 자신도 인생에서 꼭 쥔 것들을 하나씩 놓아야 함을 깨닫게 했다. 인생이 가을에 접어든 것이다. 제 몸을 덮었던 빛나는 초록빛 잎들을 떨어뜨릴 준비를 하는 나무처럼, 목숨보다 사랑한 자식도, 젊음을 바쳐 키운 상단도, 뼈를 깎는 마음으로 지켰던 황후의 자리도 하나씩 놓아 버릴 생각이었다. 죽는 순간까지 놓지 못하는 건 그녀의 지아비 준이었다. 하늘도 그 사람만은 놓지 않아도 된다고 경요에게 말했다.

황태자도 아직 짝을 채워 주지 못했는데 경이 이른 나이에 혼인을 한 것은 단사황태후 때문이었다. 지난해 세상을 떠난 단사황태후는 죽기 얼마 전 예석황제에게 대가 끊긴 자기 가문을 다시 이어 줄 것을 부탁했다. 선황 때 옥사에 휘말려 단사황태후의 아버지와 남자 형제들은 모두 목숨을 잃었다.

예석황제가 아비 효성황제의 결정을 부정하는 불효를 저질러 신료들에게 흠집을 잡힐까 두려워한 그녀는 단 한 번도 자신의 아버지와 오라버니들의 복권을 입 밖에 내지 않았다.

황태후로 있으면서 단 한 번도 가문을 위한 사적인 부탁을 하지 않았던 그녀였다. 예석황제는 병색이 깊어 회생이 힘든 어미를 위해 기꺼이 그 부탁을 들어주었다.

예석황제는 황자 경을 엽씨 가문의 양자로 보내 대를 잇게 했다. 대를 잇기 위해서는 혼인을 해야 하기에 경은 형보다 먼저 아내를 맞이하게 되었다. 자신의 피를 이은 손자가 가문을 잇게 되자 단사황태후는 흡족해했다. 경은 어마마마보다 할마마마 소리를 입에 달고 산, 단사황태후가 가장 사랑한 손자였다.

위보형이 죽은 후 상단의 단주가 된 경요는 얼마 후 소령공주에게 상단 일을 넘길 예정이었다. 그에 맞춰 예석황제도 황태자 유에게 국사를 하나씩 넘기고 있었다. 진 승상과 사 대장군이 여전히 건재하니 크게 걱정할 일은 없었다.

경요가 생각보다 빨리 소령에게 상단을 물려줄 결심을 하게 된 건 예석황제의 건강이 예전 같지 않기 때문이었다. 재위 25년 동안 연국 왕 제선과 중원을 두고 치열한 전쟁과 전투를 거듭하면서 그는 단의 영토와 자신의 기력을 맞바꾸었다.

두 사내는 서로 맞붙기 위해 태어난 사람처럼 싸웠다. 어찌 하늘이 예석황제와 제선을 한 시대에 내었을까, 후대의 사가들이 탄식할 만큼 두 사람의 국량은 엇비슷했다. 그래서 싸움의 승패는 쉽게 나지 않았고 전쟁과 전투는 지루하리만큼 길어지기 일쑤였다. 가장 날카로운 창과 가장 튼튼한 방패의 싸움이었다.

예석황제는 단의 황제 중 가장 오랜 시간 수도 민예를 떠나 전장에서 살아야 했다. 그 덕에 단은 여전히 중원을 단단히 지키고 있었다.

경요와 준은 25년간 충실히 단을 위해, 화경족 상단을 위해 봉사했으니 이젠 자기 자신을 위해 살아도 되겠다고 생각했다. 25년을 함께 살면서 온전히 네 계절을 잇달아 함께 보내 본 적 없었다. 이젠 그의 곁에 있고 싶었다. 예석황제 역시 같은 마음이었다.

유의 나이 스물다섯. 예석황제가 황위를 이었을 때가 스물이었으니 충분히 단의 운명을 맡겨도 되는 나이였다.

유는 자신의 짝을 스스로 결정하겠노라고 경요와 준에게 일찌감치 말해 두었다. 아바마마와 어마마마처럼, 자신과 함께 고민할 수 있는 여인을 찾고 싶다고 말했고, 경요와 준은 그리하라 허락했다. 그렇지만 유의 인연은 어디에 숨었는지 나타나지 않았다. 단사황태후는 눈감기 전에 꼭 유의 혼인을 보고 싶어 했지만 이령공주와 황자 경의 혼인을 보는 것으로 만족해야 했다.

소령은 혼인을 하기 전에 황적에서 나가겠다고 했다. 소령이 마음을 정한 이는 서화와 모린의 아들 유풍이었다. 경요에게 서화가 그런 것처럼 유풍은 소령의 오른팔이었다. 연심은 아니었으나 소령은 그가 필요했다. 함께 있으면 편했고 소령에게 가장 중요한 상단 일을 함께 의논할 수 있었다. 어릴 때부터 같이 자라 서로에 대해선 환히 잘 알기도 했다. 그런 마음으로 시작하는 남녀도 있다며 소령은 담담하게 그와 혼인하겠노라고 경요와 준에게 고했다.

유풍의 어머니 모린은 여국의 왕족이었으나 아버지 서화의 신분이 낮아 소령은 공주의 신분으로는 그런 유풍에게 하가할 수 없었다.

소령은 황적에서 나가는 것에 불만이 없었다. 소령은 황적에서 나간다 하여 자신이 아비의 딸이 아닌 건 아니지 않냐고 반문했지만 예석황제는 쓸쓸하다는 생각을 지울 수 없었다.

다섯을 낳았지만 곁에 남는 자식은 하나도 없었다. 마지막까지 함께하는 것은 부부뿐이었다.

막내 황자 운은 태어난 지 사흘 만에 죽었다.

홍원표는 예석황제에게 산모와 아이 중 하나를 선택해야 한다고 고했다.

산모를 살리기 위해서는 아직 나올 준비가 안 된 태아를 억지로 끄집어내야 했고, 태아를 살리기 위해서는 경요의 목숨을 걸어야 했다. 출혈이 멈추지 않아 언제 나올지 모르는 아이를 기다리다 보면 죽을 수도 있다는 게 원표의 판단이었다.

잔인한 선택이었지만 예석황제는 망설이지 않았다. 황후를 살리라고 명했다.

그늘 없는 그들의 행복을 하늘이 시샘한 것일까? 경요를 살리기 위해 억지로 끄집어낸 아이는 사흘밖에 살지 못했다. 호흡이 약해서 젖도 빨지 못했다. 경요는 사흘 동안 눈도 붙이지 않은 채 아이를 품에서 내려놓지 않았다. 예석황제도 경요에게서 그 아이를 빼앗을 수 없었다. 아이가 숨을 거두자 경요는 혼절했다.

건강하고 영특한 아이를 넷이나 두었음에도 사흘밖에 살지 못한 운의 존재가 나머지 네 아이보다 경요의 마음속에선 더 컸다. 불쑥불쑥 그 아이가 떠올랐다. 무슨 인연이었기에 그리 짧은 순간밖에 어미 곁에 있지 못했을까? 그 아이와 자신은 왜 만난 것일까? 어쩌면 자신이 저지른 알지 못하는 죗값을 그 아이가 대신 받은 게 아닐까? 경요는 그녀답지 않은 그런 생각까지 했다.

그런 경요를 유일하게 이해한 사람이 단사황태후였다. 또한 기묘한 일이었으나 자식을 잃은 경요는 단사황태후를 좀 더 이해하게 되었다. 생전 처음 절대로 벗어날 수 없을 것 같은 어둠 속에 갇힌 기분이었다. 황태후가 이런 어둠 속에 반평생 동안 갇혀 있었음을 경요는 깨달았다.

모진 것이 삶이라, 아이를 잃은 후에도 남은 네 아이의 어미로 살아가기 위해 일어서야 했다. 간신히 어둠에서 빠져나온 후에도 경요 마음엔 죽은 아이의 그림자가 늘 따라다녔다.

자식은 가슴에 묻는다는 옛말은 그른 게 아니었다.

좋은 것, 아름다운 것을 보고도 온전히 기뻐할 수 없었다.

살아 있는 네 아이들과 준은 경요의 웃음에 물기가 어려 있음을 몰랐다. 아이를 잃은 어미가 이렇게 기뻐해도 될까? 행복해도 될까? 막내 운을 잃은 후 경요는 행복과 기쁨 앞에서 멈칫거리게 되었다.

자식을 잃은 슬픔 앞에서는 경요의 강한 성격도 빛나는 지성도 뛰어난 혜안도 아무 도움이 되지 않았다. 그저 끝날 것 같지 않은 분노와 절망과 슬픔만이 그녀를 사납게 몰아붙였을 뿐이다.

단사황태후의 임종은 경요 혼자서 지켰다. 평생 솔직하게 마음을 터놓는 게 어색했던 두 사람이었다. 마지막 순간 손을 먼저 내민 것은 단사황태후였다. 단사황태후는 경요에게 나지막하게 말했다.

이제 운에겐 자신이 가니 너무 걱정 말라고. 네가 올 때까지 그 아이를 잘 보살펴 주겠다고. 그 순간 경요는 말라 버린 줄 알았던 눈물이 터져 나왔다. 단사황태후는 경요의 손을 잡고 세상을 떠났다. 유가 태어난 후부터 내색하진 않았지만 누구보다 서로를 의지한 두 사람이었다. 기이한 일이었으나 단사황태후의 서거 후 경요는 운에 대한 죄책감에서 놓여났다. 정말 단사황태후가 운을 돌보고 있을 것 같았다.

준은 경요의 마음을 이해하지 못했다. 열 달 동안 제 뱃속에서 키운 아이를 잃은 그 참담한 마음은 오직 어미만이 느낄 수 있는 것이다.

경요는 차라리 자신이 대신 죽길 바랐으나 준의 생각은 달랐다. 그는 아이들에게 지극한 부정을 베풀었으나 그에게 더 소중한 건 경요였다. 운을 잃고 무너진 경요에게 몇 번이나 말했다. 선택의 순간이 다시 온다 해도 자신은 그녀를 선택할 것이라고. 그런 준에게 경요는 말했다. 자신은 반대라고. 부부의 유일한 평행선이 바로 그것이었다.

운을 잃었을 때 준은 황제로서 가장 힘든 시기를 넘기고 있었다. 제선과의 싸움에서 고전을 면치 못해 한때는 수도 민예까지 위협받았다.

경요는 다시 털고 일어나 준의 곁을 지켰다. 그녀는 그의 가장 큰 약점이면서 강점이었다. 그녀가 흔들리면 준은 두 배, 세 배 더 흔들렸다. 함께한 세월이 길어지면서 은애하는 마음은 더욱 깊어졌고 서로에 대한 연민이 더해졌다.

경요는 서찰을 조용히 접었다. 그들이 거쳐 왔던 삶의 굴곡들을 떠올리며 남편을 바라보았다. 좋은 날도 슬픈 날도 그와 함께했기에 넘길 수 있었다고 여겼다. 경요의 시선을 느낀 준은 경요를 바라보았다. 경요의 얼굴이 밝지 못하자 그의 얼굴도 어두워졌다. 경요는 애써 미소를 지었다. 그 미소에 준도 미소로 화답했다.

"왕대비의 국장에 누굴 보내야 할까?"

준이 경요에게 물었다.

"유가 가면 어떨까요?"

동생 경과 바둑을 두고 있던 유가 뜻밖의 말에 눈을 크게 뜨며 부모를 돌아보았다.

"제가 말입니까?"

그 말에 대꾸하지 않고 경요는 소령공주에게 물었다.

"상단에선 누굴 보내는 게 좋을까?"

"오라버니가 간다면 상단에서는 서화 대행수를 보내겠습니다. 단의 황실 사람이 둘씩이나 가는 건 이상하니까요."

"그래, 그리하는 게 좋겠다."

유가 경요에게 항의했다.

"어마마마, 왜 제가 왕대비의 국장에 참석해야 한단 말입니까?"

"연의 왕대비와 너 사이의 인연 때문이다. 네가 무사히 태어날 수 있었던 것은 그분 덕이 컸다. 살아 있을 때 인사를 하지 못했으니 마지막 가는 길은 뵙고 오너라. 단의 황태자가 아닌 파곤의 어머니에게 은혜를 입은 사람으로 가는 것이다."

경요는 가기 싫어하는 티가 역력한 유에게 타협의 여지가 없이 딱 잘라 말했다.

유는 불쾌했다. 머리가 굵어진 후에 자신이 어머니의 복중에 있을 때 연에 인질로 간 것을 빌미로 혹 그의 아비가 제선이 아니냐고 수군거리는 소리를 들었었다.

게다가 그는 준보다는 경요를 많이 닮아 더욱 그러한 소문이 쉽게 사라지지 않았다. 그런데 자신이 연 왕대비의 국상에 간다면 소문 좋아하는 사람들은 또 입방아를 찧어 댈 것이다. 어마마마의 뜻은 그래해도 아바마마는 반대할 것 같아 유는 예석황제를 바라보았다. 그러나 뜻밖에도 예석황제는 경요의 말에 고개를 끄덕였다.

"그래, 그게 좋겠다."

효라는 경요가 첫 전쟁에서 포로들을 무사히 살려 보내 준 것을 잊지 않았다. 그 후 무수히 많은 전투에서 양국의 포로들이 비교적 평화적으로 고국으로 돌려보내진 것은 효라의 역할이 컸다. 효라는 자신이 말한 대로 은혜를 갚았다. 예석황제는 단의 황제로 그 고마움을 표현해야 한다고 여겼다.

"너도 잘 알겠지만 왕대비 덕에 단의 많은 병사들의 목숨을 살릴 수 있었다. 나라 백성에게 그런 은혜를 베푼 분이시니 당연히 황태자로서 감사를 표하는 게 마땅한 일이지."

도리 없이 황태자 유는 연으로 문상을 가게 되었다.

단의 황태자 일행이 왕대비의 장례에 참석하겠다는 소식이 연에 닿았다.

'황태자라면 그때 희경의 뱃속에 있던 아이인가?'

제선의 기억 속에 경요는 여전히 그때 소녀 같기도 하고 소년 같기도 한 풋풋한 모습으로 남아 있었다. 그의 마음 속 가장 소중한 기억이었다. 단의 황후이며 화경족 상단의 단주이기에 그녀의 소식은 늘 들을 수 있었다. 다섯 아이를 낳았고 그중 한 아이를 잃었다는 아픈 소식도 들었다.

초원에서 마주 본 것이 마지막이었다. 그 이후 경요와 그의 길은 한 번도 겹치지도 교차되지도 않았다. 그럼에도 그리움은 매해 더 깊어져 갔다. 희경. 단의 여후는 그에게 언제나 희경이었다. 그녀가 그리울 때 마음속으로 부르는 이름.

그는 비빈을 여럿 두었으나 자식 복은 없었다. 자식을 일곱이나 두었지만 살아남은 것은 딸 희경이 전부였다. 희경은 그의 첫 자식이었다. 그의 첫 왕비였던 경비가 낳은 딸로, 그녀는 그의 친아버지 씨족인 해랑 씨족의 여인이었다.

효라는 자신의 비가 건강하고 아이를 많이 낳아 줄 수 있으면 된다는 제선의 뜻에 따랐다. 그렇게 고른 경비가 딸을 낳고 이레 후에 세상을 떴다. 산욕열 때문이었다.

태어난 지 이레 만에 어미를 잃고 그처럼 효라의 천막에서 자라게 된 딸에게 제선은 주저하지 않고 희경이라는 이름을 붙여 주었다. 그녀처럼 강하고 빛나고 아름답길 바랐다.

경비 뒤로 차례차례 여러 여인들이 입궁했고 그의 아이를 낳아 주었지만 강인한 아비를 닮지 못했는지 다들 어렸을 때 세상을 떠났다. 나중에는 비빈이 회임했다는 소식을 들어도 제선은 기쁘지 않았다.

아이를 잃는 아득한 슬픔을 또 겪어야 할지도 몰라 두려웠다. 어떻게 이 슬픔은 익숙해지지도 무뎌지지도 않는 건지. 제선은 깊은 한숨 속에 눈물을 숨겼다.

제선은 그녀가 다섯 아이 중 한 아이를 잃었다는 소식을 들었을 때 아무리 강인한 그녀라도 이번에는 무너졌을 거라 생각했다. 강인했기에 더욱 완벽하게 허물어질 수밖에 없음을 제선은 알았다. 그 역시 그랬다. 생명의 기운이 빠져 버린 아이의 차디찬 육체를 어루만지면서 제선은 조금씩 죽어 가는 기분이었다. 아이의 죽음은 절망과 분노 외에는 아무것도 남기지 않았다.

비빈들은 사랑하지 않았지만 제 피를 이은 자식들은 사랑했다. 그의 아비 기숙은 자신의 피를 이은 자식들에게 무심했으나 제선은 그렇지 않았다. 여인에 대한 애정을 모조리 아이들에게 쏟았다.

부디 건강하게만 자라 달라는 그의 소망은 매번 무참하리만큼 잔인하게 짓밟혔다. 아이의 시신을 담은 작은 관을 보는 것도 끔찍했다.

피와 시신이 난무하는 전쟁터에서 반생을 산 그가 자식의 시신 앞에서는 평범한 아비였다는 것을 그 누가 이해할 수 있을까? 아이의 죽음은 불면의 밤으로 이어졌다.

자신이 비빈들에게 마음을 주지 않아서 아이가 죽은 것일까? 전쟁과 전투에서 저지른 수많은 살육에 대한 벌로 아들들의 목숨을 앗아 간 것일까?

아무리 생각해도 답이 나오지 않았다. 고민한다 하여 죽은 아이가 살아나는 것도 아니지만, 긴 밤 내내 잠을 이루지 못하는 제선은 그런 생각에서 벗어날 수 없었다.

그런 끔찍한 경험을 경요가 했다 생각하니 마음이 아렸다. 동시에 그와 그녀가 무언가를 공유하긴 처음이라는 생각도 들었다. 그녀의 아픔을 그는 이해할 수 있었다.

제선이 곁에 있는 내관에게 희경이 어디 있는지를 물었다. 분명 거기에 있으리라 짐작이 가면서도 확인차 물어본 것이었다. 대답이 바로 돌아왔다.

"왕대비마마의 천막에 계십니다."

효라는 자신이 키운 마지막 아이인 희경에게 천막을 물려줬다. 효라는 혁요에게 시집오면서 받은 그 천막에서 인생 대부분을 보냈다. 그 화로의 불을 꺼뜨리는 것은 효라에게 목숨을 끊는 것과 다름없었다. 효라는 화로의 불길을 지키겠다는 희경의 약속을 받고서야 겨우 제선이 지은 왕궁으로 들어갔다. 효라는 자신의 지혜를 희경에게 전하기 위해 20여 년을 더 산 것일지도 몰랐다.

효라가 왕궁을 싫어했듯 희경 역시 왕궁보다는 천막에서 지내는 시간이 길었다. 제선이 왕궁에 있을 때 문안 인사를 하기 위해 들어와 겨우 며칠 머물렀을 뿐이다. 아비는 자주 궁을 비웠고 의붓어머니들과 이복형제들만 있는 왕궁은 희경의 집이 될 수 없었다. 희경에 대한 효라와 제선의 사랑은 지극했다. 아이들이 제대로 장성하지 못하자 비빈들이 희경을 보는 시선은 더욱 싸늘해졌다.

제선은 쉰을 넘었다. 예석황제의 장자 유는 벌써 스물다섯이었다. 아무리 백전노장 제선이라도 스물다섯의 젊음과 전면전을 하기엔 기력이 딸렸다. 그 역시 이제 후계자가 필요했다. 그러나 그럴 이가 없었다.

그의 뜻을 이을 아들이 없으리라고는 결코 생각하지 못했다. 비빈들이 차례차례 회임했고 희경 아래로 여섯 아이가 태어났다. 그중 하나는 자신의 뜻을 이을 만한 재주를 타고날 것이라 믿어 의심치 않았다. 그러나 제선의 그런 생각을 비웃기라도 하듯 여섯 아들들을 모두 세상을 떠났다. 그에게 남은 것은 오직 희경뿐이었다.

현실적인 방법은 희경을 정략결혼시키는 것뿐이었다. 벌써 희경을 노리는 가문들이 많았다. 제선 역시 기숙과 피 한 방울 섞이지 않았으나 왕위에 오르지 않았나. 기숙의 친아들들, 제선의 피 섞이지 않은 아우들의 아들 중에서 누군가를 고르는 것이 가장 잡음 없는 방법이었다. 그렇게 되면 정통성에 대한 문제는 깔끔하게 정리된다. 혁요, 기숙으로 이어지는 혈맥이 보존되며 또한 그의 피 역시 연국 왕통에 그대로 남길 수 있었다. 그가 기숙의 친아들들에게 가진 부채감 역시 해소할 수 있었다.

하지만 그는 희경을 그런 도구로 쓰고 싶지 않았다. 희경이라는 이름을 붙일 때부터 그 아이는 단의 여후처럼 자기가 원하는 길을 개척해 어디에도 구속받지 않고 훨훨 날게 해 주고 싶었다. 그래서 그 아이가 하고 싶어 하는 것은 무엇이든 막지 않았다.

사내아이처럼 사냥과 검술을 가르쳤고, 네 살 때부터 뛰어난 스승 밑에서 글공부도 시켰고, 전쟁에 흥미를 보여 명희에게 병법을 배우게 했다. 요즘은 야장과 화약에 흥미를 보이고 있었다. 계집애다운 고운 구석이라곤 하나도 없었으나 제선의 눈에 희경은 세상에서 가장 아름답게 빛이 났다.

효라 역시 계집애치고는 별난 희경을 있는 그대로 사랑했다. 그녀가 제선을 있는 그대로 받아들였듯이 말이다. 하나 어느 사내가 희경 같은 아이를 아내로 감당할 수 있을까? 아무리 생각해도 머리에 떠오르는 이가 없었다. 이 아이의 자유를 구속하지 않고 훨훨 하늘을 날게 할 사내를 찾는 건, 이 세상에 희경 같은 여자 아이가 하나 더 있는 일보다 힘들 성 싶었다.

제선은 효라의 천막으로 말을 타고 갔다. 희경이 천막 안에 굳은 얼굴로 앉아 있다가 아비가 들어오는 소리에 자리에서 일어났다.

증조할머니에게 이 천막을 이어받은 지 2년, 여전히 천막에는 효라의 존재가 짙게 느껴졌다. 효라가 자신의 천막을 찾은 제선에게 말없이 염소젖으로 만든 차를 내밀었듯 희경 역시 말없이 아비 앞에 몸을 데울 따스한 차를 올렸다.

자신도 이리 마음 한구석이 허전한데 이 아이는 오죽할까. 세상에 홀로 버려진 듯한 기분이겠지. 제선은 차를 마시며 희경의 마음을 짐작하려 했다.

"융단을 짜고 있었느냐?"

희경은 고개를 끄덕였다. 천막의 한쪽 구석을 차지한 커다란 융단 틀에는 반쯤 짠 융단이 걸려 있었다. 붉은색을 바탕으로 금색과 검은색이 오묘한 무늬를 이루고 있었다.

융단은 천막의 유일한 장식품이면서 추위에서 몸을 보호하는 실용적인 목적에도 충실했다. 청랑족 여인들은 걷기 시작하면 융단 짜는 것을 배운다. 그녀들이 짜는 융단은 자신의 몫이 아니었다. 나중에 태어날 딸을 위한 융단이었다. 효라의 천막을 장식한 융단들도 모두 효라의 어머니, 할머니, 증조할머니가 짠 것이었다. 어머니가 짠 융단으로 천막을 장식하는 것은 어머니의 힘이 천막을 지킨다는 뜻이기도 했다. 희경 역시 효라에게 배운 대로 언젠가 태어날 자신의 딸을 위해 융단을 짜고 있었다.

"네게 물을 것이 있다."

"하십시오."

"앞으로 어찌할 생각이냐?"

효라가 죽은 후 아비가 그것을 물을 줄은 알았지만 효라의 장례를 치르기도 전에 묻자 희경은 당황했다.

"아바마마가 원하시는 것은 무엇입니까?"

"내게 자식은 너 하나다."

"혼인을 하란 말씀이십니까?"

"네가 그것을 원한다면 그보다 더 좋은 건 없겠지."

제선은 그녀가 그것을 원하지 않음을 잘 알고 있었다. 평범한 여인의 운명을 뛰어넘길 바랐지만 자신이 그녀에게 혼인이라는 평범한 여인의 운명을 강요하는 모양새였다. 제선은 스스로를 조소했다.

"아비는 늙었다."

결국 아바마마는 날 사촌들 중 한 명과 혼인시키실 생각인가? 자기도 모르게 희경의 손이 바르르 떨렸다.

제선은 지쳐 보였고 목소리에는 피로가 가득했다.

피 섞이지 않은 조부인 기숙은 뛰어난 왕이라 들었는데 그의 피를 이은 아들들은 시시했고, 그 손자들은 더 한심했다. 어느 것 하나 자신에게 미치지 못하는 사내에게 인생을 걸 생각 따윈 없었다. 오직 그녀를 연의 왕위를 잇는 도구로 생각하는 사내에게 짓밟혀 아이를 낳고 왕궁에 갇혀 살 생각만으로도 질식할 것 같았다. 그녀는 초원의 삶에 길들여져 있었다. 부자연스러운 왕궁 생활을 견딜 자신이 없었다.

"혼인이 싫다면 어딘가로 도망가 숨어 사는 수밖에 없다. 내가 살아 있는 동안은 널 지킬 수 있겠지. 내가 세상을 떠난 후에는 너 혼자 어찌하려느냐? 어느 누가 왕위에 오르더라도 정통성을 위해선 널 가지려 들 것이다."

정말 이러고 싶진 않았다. 희경 말고 딴 아이가 있었다면 이 아이를 자유롭게 살게 했을 것이다. 제선으로선 선택의 여지가 없었다. 결국 그가 아버지와 다른 것이 무엇이 있는가? 결과적으로는 똑같았다. 그 역시 나라를 위한다는 허울 좋은 명분 아래 딸을 정략의 제물로 삼으려 하고 있었다.

초원을, 증조할머니의 천막을 떠나라고? 희경은 충격을 받았다. 이곳을 떠난다는 생각 따윈 한 번도 해 본 적이 없었다. 초원과 효라의 천막은 희경 자신이었다. 이곳을 떠나선 살 수 없었다.

"지금 대답을 하라는 게 아니다. 아직 시간이 있으니 생각해 보거라."

제선은 천막을 나섰다. 희경은 여전히 타오르고 있는 효라의 화로, 아니, 이젠 자신의 화로를 바라보았다. 이 화로의 불을 끄고 싶지 않았다.

드물게 초원에 비가 내리고 있었다.

이전에 파곤초원에 온 적이 있는 사무영 대장군이 유와 동행했으나 길잡이로는 별 쓸모가 없었다. 비 때문에 하늘이 흐려 별을 볼 수 없어 방향을 잡을 수 없었다. 길을 잃은 유 일행은 초원에서 하루 유숙하기로 했다.

천막을 치는 동안 유는 초원을 잠시 달려 보겠다고 무영에게 말했다.

"멀리 가진 마십시오. 길을 잃습니다."

그 말에 유가 피식 웃었다.

"이미 길을 잃었는데 또 길을 잃을 수 있겠나."

유는 무영의 대답을 기다리지 않고 말의 옆구리를 찼다.

빗속을 한참 달리다 유는 기이한 불빛을 발견했다.

'도깨비불인가?'

저 멀리 하늘에서 노랗고 파랗고 붉은 불빛들이 빛났다 사라졌다. 호기심이 동한 유는 그쪽으로 말을 달렸다.

유가 도착한 곳은 거대한 돌탑이었다. 거대한 돌탑 주변엔 유의 무릎 정도 높이의 낮은 돌탑들이 하늘의 별처럼 많이 쌓여 있었다. 다시 도깨비불이 나타났다 사라졌다.

유는 말에서 내려 고삐를 잡고 도깨비불이 나타나는 곳으로 천천히 발걸음을 옮겼다. 그곳으로 갈수록 어디선가 맡아 본 적 있는 냄새가 짙어졌다.

'화약 냄새?'

유는 도깨비불의 정체를 알고 맥이 빠졌다. 연화煙火였다. 맥이 빠진 것도 잠시, 비 오는 날 아무도 보지 않을 연화를 쏘아 올리는 사람에 대한 궁금증이 생겼다.

희경은 증조할머니 효라를 위한 연화를 쏘고 있었다. 화약에 대해 잘 아는 희경이기에 연화를 만드는 것은 일도 아니었다. 그녀는 왕대비의 장례식에 갈 생각이 없었다. 값비싼 물건을 감정하는 듯한 힐끗거리는 사내들의 눈빛이 싫었다. 그런 눈빛 속에서 어머니나 다름없는 효라를 보낼 수 없었다. 희경은 홀로 효라를 장례 지내기로 마음먹고 돌탑으로 왔다.

비를 맞으며 연화를 쏘고 있으니 이젠 정말 자신이 혼자가 되었다는 것이 실감났다. 비는 희경의 뼛속까지 차갑게 얼렸다. 하지만 몸보다 마음이 더 추웠다. 지독하게 외로웠다. 비가 오는 초원에서는 살아 있는 것들의 기척을 어디에서도 찾을 수

472

없었다. 하늘 아래 혼자라는 생각을 하며 희경은 연화에 불을 붙였다.

펑펑 소리를 내며 하늘 높이 올라간 연화의 불빛은 효라의 혼을 부르기 위함이었다. 어쩌면 누군가가 자신을 발견해 주길 바라는 마음도 있었을지 모른다. 하지만 비가 내리는 밤의 초원에 누가 있을까? 어찌 인간은 이렇게 약한 존재인가, 희경은 생각하고 또 생각했다.

이 돌탑은 효라가 좋아하는 장소였다. 매년 봄바람이 불어오면 돌탑 주변을 장식할 흰 비단과 푸른 비단을 희경에게 들려 이곳으로 왔다.

효라는 돌탑 주변에 나무 장대들을 박고 비단을 묶었다. 청명한 푸른 하늘과 연초록빛 융단이 깔린 것 같은 초원 사이에서 세차게 흔들리는 흰 천과 파란 천은 세상의 모든 신성한 것들에게 이곳에 쌓은 돌탑들의 소망을 들어 달라는 신호였다.

효라는 매년 봄이면 희경을 데리고 와 이곳에서 돌탑을 쌓았다. 이곳에서 효라는 그녀 자신을 위한 소망은 단 한 번도 빌지 않았다.

그리운 마음을 담아 연화에 불을 붙였다. 허공에서 흐릿한 빛을 내며 터지는 연화를 보다가 희경은 낯선 사내가 자신을 빤히 보고 있는 것을 발견하고 놀랐다.

유는 희경과 눈이 마주치자 그녀 곁으로 천천히 걸어갔다. 사내는 스스럼없이 희경에게 말을 붙였다.

"연화구나. 네가 만든 것이니?"

"그렇습니다."

"우연히 초원을 지나다가 도깨비불인 줄 알고 쫓아왔는데 연화라니. 비 오는 날 연화를 쏘다니 너도 참 괴짜로구나."

초원에 살다 보면 스쳐 지나가는 낯선 이들과 수없이 만나고 헤어졌다. 이 사내도 그들 중 하나였다. 사내가 풍기는 분위기는 단정했고 고아했다. 자신을 해칠 것 같진 않았다.

희경은 굳이 남자의 정체를 묻지 않았고, 유 역시 비 오는 밤 연화를 쏘는 소녀의 정체를 묻지 않았다. 비가 그들의 만남을 더 비현실적으로 보이게 했다.

희경은 유의 존재에 신경 쓰지 않고 계속해서 연화를 발사했다. 연화가 소리를 내며 하늘로 쏘아질 때마다 희경의 창백한 얼굴이 빛났다 어둠 속으로 사라졌다. 유는 묵묵히 그녀 곁에서 연화를 바라보았다. 저리도 고운 연화를 보는 소녀의 표정은 처연했다. 감출 수 없는 슬픔이 온몸에서 흘러내렸다.

이젠 볼 수 없는 누군가를 그리워하는 마음을 쏘아 올리는 연화일까? 유는 궁금했지만 묻지 않았다.

희경은 갑자기 나타난 사내가 두렵기는커녕 반갑기까지 했다. 사내의 눈은 선량했고 목소리는 다정했다. 어째서 사람 하나가 자신 옆에 있는 것으로 한결 따스한 기분이 드는 건지 이상했다. 전혀 모르는 사람인데. 비는 여전히 내리고 있는데 몸의 떨림이 멎었음을 희경은 깨달았다.

그녀는 준비한 연화를 다 쏘았다. 천막으로 돌아가기 위해 초원 어딘가에 있을 말을 부르려고 휘파람을 힘차게 불었다.

얼마 후 말이 희경 곁으로 달려왔다. 희경은 비에 젖은 말의 갈기를 다정한 손길로 어루만져 주었다. 말은 푸르르 소리를 내며 힘껏 몸을 흔들었다.

"덕분에 좋은 구경 했다. 비 오는 초원에서 연화를 보았다고 하면 아무도 믿지 않겠지."

유는 아무 말 없이 말에 오르려고 하는 희경에게 말을 걸었다. 희경은 말에 오르려다 뒤를 돌아 그를 빤히 바라보았다. 비 오는 밤에 이곳까지 오게 된 인연이 신비하게 느껴졌다.

혹 효라가 자신을 위해 보내 준 게 아닐까? 희경은 그런 말도 안 되는 상상을 했다.

다시 만날 인연이 없는 사람이니 고민거리를 털어놓기도 쉬웠다.

"누군가가 원하지 않는 일을 억지로 시키려고 하면 어떻게 하는 게 좋을까요?"

뜻밖의 엉뚱한 질문에 유는 진지하게 대답했다.

"도망치거나 맞붙어 싸울 수밖에 없겠지."

"당신이라면 어떻게 할 건데요?"

유는 잠시 생각에 잠겨 있다 대답했다.

"나라면 싸울 거야."

"왜요?"

너무나 간절히 대답을 원하는 소녀의 눈빛에 왜 가슴이 떨리는지 유는 알 수 없었다.

"누구에게나 인생의 끝은 죽음이고, 죽음의 순간까지 따라

다니는 건 제대로 직면하지 못했다는 후회일 테니까."

"질 게 뻔해도? 죽을 만큼 괴로워도?"

"괴로워서 도망가도 도망간 것 때문에 또 괴로워질 테니까."

도망치거나 맞붙어 싸울 수밖에 없다. 도망쳐도 괴롭고 싸워도 괴로울 것이다.

그녀 역시 후회하는 삶 따윈 딱 질색이었다. 하나 부딪쳐 부서지는 것도 두려웠다.

지금껏 희경은 한 번도 다쳐 본 적이 없었다. 효라와 제선의 보호 속에서 하고 싶은 것들만 하고 살았던 삶이었다. 증조할머니는 세상을 떠났고, 제선은 그녀에게 선택을 해야 한다고 말하고 있었다. 자신이 바라는 것은 아버지가 내민 선택지 안에 들어 있지 않았다.

그녀를 낳은 것은 제선이었고 키운 것은 효라였다. 도망치는 건 적성에 맞지 않았다. 원하는 대로 살기 위해서는 어찌해야 할까? 그러기 위해서는……

'왕위에 오르는 수밖에 없다.'

자기가 내뱉고 놀랐다. 왕? 왕이 되겠다고?

스스로 길을 만들어 가는 수밖에 없었다. 얼마나 힘든 여정일까? 자기도 모르게 희경은 한숨이 나왔다.

희경은 눈물이 나올 것 같아 눈을 깜빡거렸다. 낯선 사내 앞에서 약한 모습을 보이기 싫었다. 흩날리는 빗방울이 얼굴에 닿은 거라고 그렇게 믿어 주길 바랐다.

유는 긴 속눈썹에 맺힌 눈물방울이 소녀의 뺨을 타고 흐르는 것을 보았지만 아무 말도 하지 않았다. 긍지와 자존심이 독수리가 나는 하늘보다 더 높은 소녀다. 우는 모습을 들키는 순간 자기 앞에서 등을 돌려 저 넓은 초원으로 달려가 영원히 잡을 수 없는 곳으로 숨어 버릴 것 같았다.

비를 맞아 얼굴은 더욱 창백해졌고 입술은 흰 눈에 떨어진 동백 꽃잎처럼 붉디붉었다. 입술이 바르르 떨렸다. 추위에 떨고 있는 걸까? 유는 자신의 겉옷을 벗어서 덮어 줄까 생각했다가 자기 옷도 소녀의 겉옷만큼이나 흠뻑 젖었음을 상기했다. 비에 젖은 소녀는 더 여리고 가냘프게 보였다.

갑자기 희경이 바닥에 주저앉았다. 무엇을 하려고 그러나 유는 가만히 그녀를 바라보았다.

희경은 납작한 돌을 주워 돌탑을 쌓고 있었다. 하나, 둘, 셋, 넷, 다섯, 여섯, 일곱…… 쓰러질 듯 말 듯 하면서도 희경의 돌탑은 하나씩 돌 수를 늘려 갔다.

들리지 않는 작은 목소리로 붉은 입술을 달싹거리며 희경은 자신의 소원을 돌 하나하나에 아로새겼다.

나는 아버지의 뒤를 이어 왕위에 오를 것이다. 왕 자리를 노리는 사내들에게 이용당해 원치 않는 혼인 따윈 절대로 하지 않을 것이다. 나를 키운 이 초원을 버리지도 않을 것이다. 나는 아비의 뜻을 이을 것이다. 나는 여왕이 될 것이다.

희경의 눈빛은 점점 더 단단하고 비장해졌다.

유도 그녀 곁에 쭈그리고 앉아 돌탑을 쌓기 시작했다.

자기만의 생각에 빠져 있던 희경은 유의 뜻밖의 행동에 놀랐다.

"뭘 하시는 겁니까?"

"한 사람이 비는 것보다는 두 사람이 비는 게 더 낫지 않겠어?"

"제가 뭘 비는 줄 알고요."

"저 위에 계신 분은 알겠지, 뭐."

태연한 얼굴로 유는 탑을 쌓았다. 유의 탑 쌓는 솜씨는 형편없었다. 자꾸만 돌이 미끄러져 무너졌다. 그래도 유는 진지한 얼굴로 돌을 하나씩 쌓았다. 희경은 그런 유의 모습을 홀린 듯 바라보았다. 희경이 계속 자신을 바라보자 유는 고개를 돌려 비에 젖은 얼굴로 미소를 지었다. 자기도 모르게 희경도 굳은 얼굴을 풀고 미소 짓고 말았다. 정말 오랜만에 웃는 것이었다.

유가 입을 열었다.

"나는 유라 한다."

"저는 희경이라 합니다."

두 사람은 서로의 이름만 알려 주고 뒤돌아섰다.

스무 걸음 정도 걸었을 때 유는 뒤를 돌아보았다. 희경은 말고삐를 잡고 빗속을 걸어가고 있었다. 무영이 있는 곳으로 돌아가기 위해 다시 몸을 돌리려는 찰나 희경이 유 쪽으로 움직였다.

빗발이 굵어져 서로의 얼굴은 알아볼 수 없었지만 한참 동안 두 사람은 서로를 응시했다.

단국 황태자 유 스물다섯, 연국 공주 희경 열여덟의 일이었다.

그들 앞에 펼쳐질 수많은 일들의 시작이었다.

『그림자 신부』끝